张莉 主编

新女性写作专辑：

美发生着变化

The Beautiful Changes

北京出版集团
北京十月文艺出版社

目录

序言

美发生着变化

张　莉

那是很多年前了。

留学多年的蒋梦麟回到民初的中国，家门前的学校已经变成一所女校，他看到了新的中国女性："大概有一百名左右的女孩子正在读书。她们在操场上追逐嬉笑，荡秋千荡得半天高。新生一代的女性正在成长。她们用风琴弹奏《史华尼河》和《迪伯拉莱》等西洋歌曲，流行的中国歌更是声闻户外。"

如果说这是他所见到的外部变化，那么大伯母则为他讲述了这十多年来发生在青年男女身上的变化。在这位老年女性看来，青年男女们的有些事实在要不得，这些要不得的事包括：青年男女们认为菩萨是迷信，认为应该把佛像一齐丢到河里去；他们还说男女平等；女孩子说她们有权自行选择丈夫，离婚或者丈夫死了以后有权再嫁；认为旧日缠足是残酷而不人道的；认为外国药丸比中药好；还认为没有鬼；在这些青年男女们看来，唯一不朽的是为人民为国家服务……

是的，从晚清到"五四"前的1918年，中国各地的很多女孩子们，开始经历识字、学堂、报纸、旅游等带给她们的冲击，她们的内心世界及生命轨迹，开始有了与其母辈们不同的，或重大或细微的改变。——一些人通过女学堂认识到一生的女性朋友，一些人通过女学堂可以学到一技之长，一些人凭借女学生身份获得一份完美的爱情与婚姻，也有一些人，通过自己的学堂经历，改变了自己的人生旨趣与奋斗方向。当然，还有一些女性，她们借由写作，在中国现代文学史上写下了自己的名字。

今日回望，那是中国新文学史的开始，也是中国现代女性文学史的开始。——一百年，中国新文学发生着变革，而无论文学内外，中国女性的精神气质和身体形象也都今非昔比。关于何为女性之美、何为女性写作之美的标准也在慢慢改变。

本书所收录的“新女性写作专辑”发表在《十月》杂志 2020 年第 2 期，它代表着我对新的女性文学变革的期盼，其中也含有了女作家们对我们时代女性生活和女性生存的认知。

专辑出版后，得到了诸多媒体的广泛报道。“十月杂志”微信公众平台陆续发布了四十余篇相关文章，这些文章包括此次“新女性写作专辑”的理论与时代背景、相关访谈、作品的全文或节选、评论家或作家的批评文章等，引起业内强烈反响，诸多评论家和学者加入到讨论中来，这一专辑也在更为年轻的“九〇后”“〇〇后”读者中得到了回应。事实上，关于何为“新女性写作”，也在《中国现代文学研究丛刊》《中国当代文学研究》等重要学术期刊以“专辑形式”被关注。

现在，一年即将过去，重读“新女性写作专辑”里的作品及其衍生讨论，我想到那首诗：

美发生着变化，像一只蜥蜴

将皮肤翻转，改变了森林；
又像一只螳螂，伏在绿叶上，
长成一片叶子，使叶子更浓密，
证明绿比任何人所知的更深。

你手捧玫瑰的样子总好像在说
它们不仅是你的；美发生着变化，
以这样仁慈的方式，
为了别样的发现，永远希望
分离事物与事物本身，并将一切
在片刻间释放，变回奇迹。

这首诗出自美国诗人理查德·威尔伯的《美发生着变化》，是作家周晓枫推荐给我的。那是一个夏日的午后，当晓枫在电话那头一字一句念出这首诗时，我一下子便记住了那句“美发生着变化”，最终也听从她的建议，以此作为“新女性写作专辑”第一季书名。

是的，这首诗里，包含着我对女性文学、女性力量和女性精神的理解。在我看来，变化一直存在，仍在继续，因此专辑也将会有第二季、第三季……

感谢韩敬群总编辑对此书的大力支持，感谢我的三位优秀责任编辑张引墨、韩晓征、李婧婧，没有他们的帮助，便没有此书的如期问世。

2020 年 11 月 6 日

导语

重提一种新的女性写作

张　莉

改革开放四十多年来，中国女性文学和女性写作有了飞跃发展。张洁、铁凝、王安忆、张辛欣、翟永明、林白、陈染、徐坤、迟子建;《方舟》、《玫瑰门》、《弟兄们》、《逐鹿中街》、《在同一地平线上》、《女人》(组诗)、《一个人的战争》、《私人生活》、《厨房》、《世界上所有的夜晚》……一大批作家及作品构成了光彩熠熠的当代女性文学史。而在这个脉络里,不同时期的女性写作,也与“个人化写作”“身体写作”“中产阶级写作”等标签扭结在一起。因此，今天讨论女性写作、女性文学时，也不得不面对我们要谈的是哪种女性写作，是何种意义上的女性文学等问题。这让人意识到，无论是写作还是研究，“女性写作”都似乎变成了“麻烦”。尤其是近十年来，它已变成一个可疑的命名，一个模棱两可的存在，就连许多女作家谈起它时，都会小心翼翼地避让。当代女性写作出现了某种停滞的状态。

一方面，中国社会的性别观念和性别意识在发生重大而悄然的变革；另一方面，中国女性写作及当代文学作品中的性别意识却让人心生遗憾。这是提出“新女性写作”时所面对的文学语境。基于一种遗憾，抑或一种期许，2019 年 10 月，我与《十月》杂志一起，向不同代际女作家发起了进行“女性写作”的邀请，希望以此推动女性写作的发展，而令人惊喜的是，这一邀约得到了作家们热情、及时而有行动力的回应。

2019 年年底，当我读到翟永明、林白的不凡而深具情意的诗句：“请允许我狂喜　也请允许我自恋 / 让我掌控四面八方投来的惊异目光 / 或者　目光中的不屑与敌意 / 也让我将它们聚于眼底　盈手成握 / 如呼吸般吞吐出去”（翟永明《狂喜》），“万物终将开花，时间迎风招展”（林白《假想女儿出嫁》）时，内心极为感慨。作为多年来的读者，我要向这两位对女性写作做出重要贡献的诗人 / 作家表达敬意。当然，我也必须提到周瓒、戴潍娜、玉珍的新诗，她们的诸多诗句让我许多天来不断想起，难以忘记。

阅读小说及非虚构作品时，我会不断回味作家们所理解的女性写作以及女性意识：当金仁顺在《宥真》中写下那位韩国女诗人所遇到的性骚扰，当叶弥写下男女之间的困扰，当乔叶记下普通女人小瓷的那些过往，当孙频写下那位黑夜在汾河里游泳的特立独行的迷人女性，当张天翼写下那位绿皮火车上面临隐秘两难的女孩子，当蔡东写下男人对“她”的不舍和眷恋，当文珍写下青年女工林雅的灰暗人生，当淡豹写下一个单亲家庭女孩子的成长轨迹……这些作品超出了我的阅读期待，无论从行文到立意，它们都为当代文学带来了清新而凛冽的气息，那是冲击，亦是惊喜。

特别感谢北京大学贺桂梅教授能加入这一专辑。作为同代人，我们在对谈里共同梳理了四十多年来中国女性文学和性别意识变化的过程，其实也是在共同思考什么是真正意义上的女性写作、今天在中国语境里如何进行女性写作等问题。在我们看来，对“新女性写作”的推动不仅仅应该落实在作家作品里，也应该包括同时代批评家的加入、思辨和争论。

什么是我所期待的女性写作呢？这是我一直以来试图回答的问题。坦率说，所谓“新女性写作专辑”，是“新的女性写作”，它与“个人化写作”“身体写作”“中产阶级写作”等命名有重要区别。“新女性写作”强调写作者的社会性别，它将女人和女性放置于社会关系中去观照和理解而非抽离和提纯。它看重在日常生活中发现隐秘的性别关系，它认识到，两性之间的性别立场差异其实取决于民族、阶层、经济和文化差异，同时，它也关注同一性别因阶级/阶层及国族身份不同而导致的立场/利益差异。“新女性写作”强调写作的日常性、艺术性和先锋气质，而远离表演性、控诉式以及受害者思维；“新女性写作”看重女性及性别问题的复杂性，它应该对两性关系、男人与女人以及性别意识有深刻认知。这是一种理想意义上的女性写作——真正的女性写作是丰富的、丰饶的而非单一与单调的，它有如四通八达的神经，既连接女人与男人、女人与女人，也连接人与现实、人与大自然。

特别要说明的是，此专辑即将付梓之际，正是全国人民共同抗击新冠肺炎之时。在这个特殊的时刻，越来越多的人开始看到女性的身影、女性的呼号以及女性的力量。这让人再次想到，看到那些以为不容易看见的女性生存，倾听那些以往不容易听到的女性之声，对今天的女性写作何其重要。是的，我所认为的真正的女性写作，就是和现实中更广大的女性在一起，感同身受，以独具女性气质的方式言说我们的命运。哪怕这个声音不“委婉”，不悦耳，哪怕没有更多人听到。

当然，我并不能说专辑里所有作品都合乎我对女性写作的理解，我只确信的是，在刚刚出炉的新女性写作专辑里，一些气质卓然的女性写作之苗已经孕育。

想到了伍尔夫在《一间自己的房间》中对“莎士比亚妹妹”的期许，那已是九十多年前了：

> 假如我们惯于自由地、无所畏惧地如实写下我们的想法；假如我们能够躲开共用的起居室；假如我们不是从人与人之间的相互关系，而是从他们与现实的关系出发去观察人；对天空，对树木或无论什么东西，也是从它们本身出发去观察；假如我们的目光越过弥尔顿的幽灵，因为不管什么人，都不该挡住我们的视野；假如我们面对事实，只因为它是事实，没有臂膊可让我们倚靠，我们独自前行，我们的关系是与现实世界的关系，而不仅仅是与男人和女人的关系，那么机会就将来临，莎士比亚的死去的诗人妹妹就将恢复她一再失去的本来面目。她将从那些湮没无闻的先行者的生命中汲取活力，像先她死去的哥哥一样，再生于世间。

我以为，伍尔夫对“莎士比亚妹妹”的描述里，包含有对新的女性写作的期许。

特别感谢《十月》杂志主编陈东捷老师，编辑季亚娅老师，因为有了他们的努力，这期“新女性写作专辑”才得以顺利完成。非常期待更多的写作者、批评家加入，也期待更多的“新女性写作专辑”问世。

2020 年 2 月 22 日

中篇小说

白貘夜行

孙　频

一

天快黑的时候，西北风从深山里钻出来，到处乱窜，枯叶纷飞，整个小煤城瞬间变成一叶扁舟，浮游于海上。小煤城本来就以黑立身，所以每次天一黑，我就觉得小煤城又从这世界上隐身了，完全是非洲黑人走夜路的感觉，最多剩下两只眼白和一副牙齿。

就在此时，梁爱华给我打来个电话，老姚，过来喝一盅？一般情况下都只能是她给我打电话，而不可能是我给她打电话。原因很简单，因为她没事就关机，给她打电话的时候，永远是一堵硬邦邦的墙耸立在手机里，您拨打的电话已关机。我立刻被弹回来。我问过她，你又不是日理万机的领导，老关机干吗？她的理由很堂皇，如果不关机，我就老是竖着耳朵等别人的电话或信息，就是电话不响，我也要拿出来不停地检查，看有没有漏掉电话。但平时又没什么人给我打电话，有时候眼巴巴等一天都等不到一个电话，好不容易等到一个，一看，是保险公司打来推销保险的。还不如干脆关机，索性让自己连个想头都没有。

我刚在惨白的台灯下批改完一大摞作业本，机械重复的动作让我有种身负内伤的感觉，我对着电话呻吟道，你那儿有什么下酒菜？要我带点过去吗？她说，你赶紧过来，有花生米、卤鸡爪、五香豆腐皮，有油麻花，还有雪花梨，一个一斤多重，管够。我说，你怎么还囤着你那巨梨？你上次送我的，一个梨我啃了整整三天，简直像个大冬瓜，怎么吃都吃不完。

这几年里，梁爱华的酒瘾和年龄成正比，年龄成了一件大号容器，可以随意放置不少陈年的东西，包括酒瘾。她早晨起床后的第一件事，就是抱起酒瓶子咕咚咕咚猛灌几口，半瓶酒下去才算真正清醒过来，总算是起床了。上课的时候，她的保温杯里装的是酒，一边讲课一边抄起保温杯喝两口，喝完问学生，刚才讲到哪了？参加教师培训的时候，她和老师们坐在下面，每人面前摆着一杯水，只有她的杯子里是酒。为了掩人耳目，她在酒里撒了些茶叶，然后正襟危坐，端起杯子小心翼翼地吹气，开水总要有热气的嘛。开会过程中，她旁边一个好事的老师大概已憋了半天，实在憋不住了，在耳边悄悄问了她一句，你喜欢用凉水泡茶？怎么茶叶全漂在上面？

我对酒的态度一直比较复杂，当年上师专的时候，宿舍里的一个东北姑娘喜欢喝酒，有一天晚上，皓月当空，她拎着两瓶二锅头一袋花生米，拉着我一起到楼顶上喝酒赏月。我们两个坐在高高的楼顶上，一边看着月亮一边喝着二锅头，她往嘴里扔了一粒花生米，慢慢嚼着说，这几天看什么小说了？月亮极大，就挂在我们头顶，似乎只要我们站起身来，就能一步跨进去。冰凉的月光金碧辉煌，淹没一切，在月光下，我们的眼睛和手里的酒瓶都闪着金光。我有了一点微醺的感觉，便起身走到栏杆边向下看，夜色如海，微风拂面，整个人有一种马上就要飞起来的感觉。我大声说，你毕业后想当老师吗？我不想当。身后半天没有回应，静悄悄一片，我扭头一看，刚才还坐在椅子上的人忽然不见了。忙跑过去寻找，却发现她已经醉倒，滑到椅子底下睡着了。

那时候偶尔喝点酒，其实不是喝给自己的，是喝给别人看的，带着舞台上表演的性质，和穿高跟鞋穿短裙其实是一回事，就希望走过去的时候能听到身后有一片窃窃私语的声音，那女生能喝酒啊，好牛 × 啊，真有个性啊。嗡嗡的声音如一条毛茸茸的绚烂尾巴甩来甩去，不无得意。后来师专毕业后还真当了初中老师，成天觉得不得志，郁闷之下想起了借酒消愁的古训，便时不时拎两瓶啤酒回宿舍，一只手一瓶，像戏台上拎着两只铜锤的花脸。也是带着做戏的成分。偶尔真喝多了，便借酒撒撒疯，或胡言乱语一番或抱住某个人哭一番，哭诉自己为何就真的当了个初中老师。如果身边实在没有人，抱住根柱子也能哭一番。哭过之后的第二天，只要远远看见昨天抱住的那个人，像遇到鬼一样，扭头便跑，生怕被认出来。万一不小心还是迎面撞上了，便整理一下衣襟，咳嗽两声，慢慢踱过去，假装不认识。

那时候其实从未觉得酒好喝过，相反，甚至觉得喝酒如上刑。真正品出了喝酒的滋味是在四十岁之后。四十岁之后，我偷偷培养出了一个习惯，每天晚上备完课做完家务，等女儿和丈夫都上床睡觉之后，我便给自己倒一盅酒，摆一小碟花生米或自己腌的酸黄瓜，坐在窗前慢慢自斟自饮。我家在三楼，窗外有棵巨大的泡桐树，春天的时候，一树泡桐花风鬟雾鬓，花香充满攻击性，熏得人睁不开眼睛。夏天的晚上，风摇影动，沙沙作响，黑色的树影如皮影戏般投在纱窗上。秋天，我坐在窗前看着落叶乘坐着月光，旋转着飘落。冬天，光秃秃的树干上赫然露出了一个巨大的鸟窝，两只黑白相间的大喜鹊在鸟窝里相依为命，时常隔着玻璃挑衅地看着我。看到外面漫天大雪，我真有心给那对喜鹊送床花棉被。深夜里呆坐在窗前，听着北风呼啸或雨打桐花，竟慢慢喜欢上了这喝酒的滋味。有时喝到半醉半醒，独倚窗前，前尘如梦，一时竟不知道自己到底活了多久，也不知道自己究竟身在何处。辽阔所带来的纯净和悲怆包裹着我，使我久久躲在那微醺里不愿离去。

小煤城就在两座山的夹缝里，汾河穿城而过，这里最早只有几座小煤矿和一个小村庄，据说那个叫花口的村庄早年就漂在煤层上面，无论是谁家，从自家屋里往下挖，不到一米，黑色的煤炭就喷泉般涌了出来。农民们用大块的煤炭盖厕所，垒猪圈，那时候没人知道煤炭是能卖钱的。后来才有了煤矿，小煤城是被煤矿孕育出来的，自带黑色基因，终年灰头土脸，谁要敢穿着白鞋出去遛一圈，那真要被视为英雄。更早的时候，街上行人的脸都是黑色的，只露着两块白色的眼角，谁要是张口一笑，一嘴雪白的牙齿绚烂至极，一里地之外就能看到。这几年大力提倡绿化，煤尘多少被镇压住了一部分，但还是没人敢穿白鞋上街。敢穿白鞋的还是英雄。

我沿着汾河往前走，抽屉般大小的小煤城，我只需步行一刻钟，便可到达梁爱华家的楼下。

西北风使劲推着我，枯叶在脚下前呼后拥，嘎吱作响，一弯冷月浸在黑色的河水里，诡异安详，像从河水深处生长出来的植物。我裹了裹身上的粉色大衣，今年流行粉色，刚刚入秋，学校里的女老师们便人手一件粉色大衣，脸下方的部分都一模一样，好似在同样的瓶子里插了不同的花。我也不敢落单，赶紧买了一件披挂上，在这种小地方，隐匿于人群是最安全的。所以，一旦流行什么新发型，我就赶紧跑出去跟着烫个头。一度流行空气烫，学校里的女老师们一人顶着一头鬈发，在操场上监督学生做课间操。阳光照下来的时候，状如一排威严的狮子。

梁爱华住的是老式板楼，一共六层，她住在顶层。楼下点着一盏孤零零的路灯，一抔昏黄的灯光里，落叶旋转着，向上向下飞扬，如装在一只玻璃瓶里的飞虫。我站在灯下，有些看呆。近几年里，我尤其喜欢这些幽暗自在的小角落，好像这些地方可以让我繁殖出些许别人看不到的生机。终于爬上六楼，气喘吁吁地敲门，门开了，梁爱华魁梧的身影耸立在我面前，把我整个人都罩了进去。

梁爱华身高足有一米七五，像个篮球运动员，年轻的时候还偏喜欢穿高跟鞋，使整个人看起来像巨人一般，总是摇摇欲坠。

有一段时间她留着及腰的黑色长发，长发长腿，还在额上绑了条黑色绷带，更显杀气腾腾。梁爱华一直没有结婚，四十岁以后就彻底断了结婚的念头，现在她最担忧的问题已不是有没有人可以和她结婚，而是她死了以后谁来帮她收尸的问题。偶尔去我家做客的时候，她四仰八叉地躺在我的床上，脚都放不下，还得搁在床外面，更加像个女巨人。女巨人很忧虑地问我，老姚你说我会不会死了一个月才被人发现？你说我死了谁会埋我啊，我无儿无女的，是不是将来要暴尸街头了？

我慷慨地拍着她的肩膀说，我不是还有个女儿嘛，我女儿就是你女儿，放宽心，到时候借给你用。

她的宽肩膀耷拉下来，有些犹疑地说，那毕竟是你的女儿，又不是我的，要不让她认我做个干妈？我给干闺女买身衣服，再买双鞋。

我不无得意地又拍了拍那只肩膀，说，人都死了还能知道什么，就是把你火化了你也不知道疼。

女巨人竭力反抗着，那也不能让自己暴尸街头吧，还是不太体面。

我再次给她打包票，放心，肯定有人埋你。

进她屋里一看，曲小红也来了。和二十年前一模一样，仍然涂着两只黑色的大眼影。她本是细长眼睛，单眼皮，但浓重的眼影一涂，眼睛忽然就变得极大极黑，灯泡似的，整张脸上就只看到两只大眼睛。她长着尖下巴薄嘴唇，总是涂着口红，睡觉时候也不放过，咧嘴笑的时候会露出一嘴细密的小白牙，两只虎牙尖尖的，像猫科动物。

平日里我很少能见到她的真身，都是在微信里看着她的头像和动态。她把我拉进了一个群，群名叫“一路芳华”，她是群主，终日在群里吆喝着卖保健品。她在群里贴出自己的各种写真照，穿着少数民族风格的长袍马褂，涂着眼影，戴着扇子一样的假睫毛。每张照片里都以各种姿态捧着保健品，即使正斜卧在榻上看《红楼梦》的时候，旁边也摆着一盒保健品。然后每天早晨必发一段人生感言，如“我觉得，生活就是心怀最大的善意在荆棘中穿行，即使被刺穿，亦不改初衷”。

有段时间，群里比较沉寂，没人响应她的号召买保健品，她先是漫不经心地发了一组风景照，从大理到九寨沟到赛里木湖，好像她正在群里悠闲自在地散步。过了一会儿，她慢慢探出头来观察着四周，在群里款款扔了一句话，我有故事，亦有良药，请莫辜负上天对我们的赐予。群里静悄悄的，没有一个人出来响应。沉默了片刻，她显然有些急躁起来，把同样的话又在群里发了一遍，我有故事，亦有良药，请莫辜负上天对我们的赐予。群里还是鸦雀无声，好像人全都跑光了，只留下一座阴森森的废墟，她正独自守着这废墟。我有些于心不忍，想从群里退出来，转念一想，平日里我都是潜伏的状态，可能她已经忘记了我也藏在群里，如今一退群，现出真身，她保准心里大惊，怎么这人也藏在群里。我只好继续蛰伏在角落里，假装什么都没看到没听到。

群里继续荒芜着，寸草不生，连脚步声都听不到一星半点。忽然之间，她第三次跳了出来，带着点愤怒，带着点哀求，把说过两次的话又原封不动重复了一遍，我有故事，亦有良药，请莫辜负上天对我们的赐予。

我忍无可忍，终于还是冒着暴露的风险从那个群里退了出来，脚步踉跄，几欲摔倒。

此时她的真身就坐在我面前，像一个卸了妆的演员忽然从后台走了出来，连脸上的毛孔都看得一清二楚，我心中难免有些惶恐。她坐在那里并没有说话，只是对我款款一笑，露出了两排细碎的小白牙。算是打过招呼了。她一只手里捏着一只鸡爪，另一只手慢慢掰下鸡的脚指头，把那指头喂进自己嘴里。她十个手指头上都涂着珠光色的指甲油，小拇指高高跷起。我一时看呆，她和二十年前竟没有任何区别。

梁爱华拖着一条油腻腻的辫子，穿着一件男式的方格子棉衬衫，把我推到桌前坐下。这几年里，她的性别看起来正在渐渐消失，但奇怪的是，她的性别越是模糊，越是没有了女人的花枝招展，我和她在一起的时候越是有一种稳妥感。所以最近几年，我和她反而愈走愈近，直至我允诺让我女儿将来帮她收尸，倒也并非一张空头支票，好歹算是个江湖承诺。

我们三人围着一张方桌坐下，青白色的灯光扣下来，像一只玻璃瓶，把我们静静罩入其中。窗外寒风呼啸，使劲推搡着窗框，想要挤进来，我们相对而坐，如地球毁灭之后仅剩的三个幸存者，不禁有相对如梦寐之感。梁爱华给三只杯子里都满上酒，我们碰了碰杯，都一口喝尽。我说，今天是什么日子？梁爱华龇着牙，用手指头抹了抹嘴角溢出来的酒，叹了一句，难得能聚齐，咱们四个就差个康西琳了。

二十年前，我、梁爱华、曲小红还有康西琳曾同住在一间大宿舍里。那时候我们刚刚从不同的师专毕业，都是那种藏在犄角旮旯里的小师专，有时候一个县城里都蛰伏着一座师专，庞然大物似的蹲在县城边上。我们赶上了国家最后一批大学生包分配，咣当咣当乘着末班车来到世界的尽头，被分到了这小煤城的同一所初中当老师。学校慷慨地为我们新来的老师提供了宿舍，就在办公楼的顶层。顶层有几间小宿舍，还有一间巨大的教室。几间小宿舍已经被人或杂物占满，于是我们四个女老师便分到了那间巨大的教室。

那间教室的前后都有黑板，后黑板上还有粉笔板报，写着“欢度国庆”四个大字，还用红粉笔画了两只灯笼。前面还有讲台，搞得我们睡觉的时候也觉得像在上课。因为这教室里没有课桌椅，看起来十分辽阔，又有一种被洗劫之后的破败感。学校已经在这间教室里为我们安置了四张单人床，四套桌椅，桌椅是教室里淘汰下来的旧桌椅，我那张桌子上还用小刀刻着一行字“打倒王兴兴死了好”。我们分到宿舍的第一件事就是集体上街，一人买了几米花布扛回来，搭起帐篷，把自己的床和桌椅统统包了进去。四顶帐篷搭起来之后，像蒙古包一样错落其中，但整间教室看起来仍然辽阔有余，聊个天需要举着喇叭，从前黑板迁徙到后黑板简直都需要骑辆自行车。

我们的邻居，左边是一对年轻教师，刚生了孩子，孩子的奶奶过来帮着带。那间宿舍我进去过几次，一张双人床就几乎挤满了整个房间，晚上，一家四口全都挤在这张床上，一日三顿饭也都在这床上吃。晚上我每次溜达过去串门的时候，都看到那女老师正坐在一张小板凳上，挥舞着菜刀砍玉蔓菁，地上滚落的全是人头大小的玉蔓菁，她砍得十分娴熟专注，像砍人头一样过瘾，几下就把皮砍光了。再把光溜溜的玉蔓菁一个个码在坛子里，撒上盐，她这是在腌咸菜。床底下全是咸菜坛子，像阿里巴巴发现的神秘山洞。我奇怪的是，三个大人，一个小孩，怎么需要这么多咸菜，简直够吃好几年的了。我问过康西琳这个问题，她想了想，说，可能腌咸菜也算个爱好吧。

右边是一个年轻的男老师，教美术的，宿舍里摆着各种画素描用的石膏像，大卫、伏尔泰、阿波罗、维纳斯、马赛，全都熙熙攘攘地挤在他的小宿舍里。晚上趁着月光往里一瞅，只见宿舍里站满了高冷的西方人，高鼻深目，一动不动。住在这屋里倒也不寂寞。

但是我从没有见过他画画，每次见到他的时候，只见他不是躺在床上看书就是站在楼道里做饭。

学校里没有食堂，学校附近也没有小饭店，我们只能自己做饭。

我们人手一个汽油炉，到了做饭时间，就集体把汽油炉拎到楼道里，因为在屋里会把人熏死。先是用气筒给炉子打气，打了一会儿气，炉子气鼓鼓地立在那里，火箭一样蓄势待发。然后点亮打火机，凑近，炉子轰的一声就着了，蓝色的火苗忽然就蹿得极高，昂着头，眼镜蛇似的吐着芯子，带着邪恶之气。我每次用那汽油炉的时候都生怕它会爆炸，做饭的时候，我像兔子一样警惕地盯着它，随时准备转身逃走，如同守着一枚炮仗，内心充满恐惧。每次我们用气筒打气的时候，楼道里的声控灯就跟着我们的节奏一明一灭，我们的脸也跟着在黑暗中一沉一浮。待到炉子上的锅咕咚咕咚煮出香味的时候，楼道再次滑入黑暗中，恹恹睡着了，只有几簇蓝色的火苗静静跳跃着舔着锅底。

为了让楼道时不时能亮起来，我们学会了跺脚、尖叫、打响指等热热闹闹的方式，好迫使灯光醒来。那灯光睡眼惺忪地呆看着我们，醒来片刻之后又悄悄睡过去了。所以，即使躺在宿舍的蒙古包里，也时不时会听到楼道里传来的尖叫声、跺脚声、响指声，好像楼道里挤满了南来北往的人。

二

那时候正是小煤矿的鼎盛时期，不管什么人，在山上随便挖个洞，挖着挖着挖出煤来了，就摇身变成了煤老板。还有的人就在自家床底下挖，挖着挖着，煤就流出来了，于是躺着也躺成了煤老板。煤老板们最喜欢开悍马和路虎，在小煤城那两条腊肠宽的街道上，经常看到坦克队似的悍马一辆接一辆飙了过去。煤老板们还喜欢买楼房，并喜欢用现金买。一个煤老板正在门口晒太阳，看见邻居要出门，便随口搭讪，这是要出门买东西去？邻居说，可不，去省城买点楼房。煤老板用牙签剔了剔牙，说，出去买楼房啊，那给我也捎两三套吧，捎上个两层也行，实在不行就一栋，反正和买大白菜也差不了多少。于是邻居的煤老板用加长大卡车拉着一车人民币，浩浩荡荡去省城买楼房去了。煤老板的大老婆二老婆三老婆若是去省城购物，那就如同蝗灾，她们会把商场里的东西全部扫光，席卷而去。

小煤城的街道上终年落满了厚厚的煤灰，路边的树叶上也全是煤灰，根本看不出叶子原来是绿色的，这里几乎看不到绿色的植物。穿城而过的汾河水也是黑色的，像从幽冥之地流出来的。白天走在街上的时候，经常会看到缺胳膊少腿的人正一边在街上晃荡一边晒太阳，这些人大都是受过工伤的矿工。受伤之后不能再下井了，矿上养着他们，他们没事可干，就一天到晚拖着一条腿一条胳膊乱晃，到处撩猫逗狗，或者用剩下的一只眼睛死死盯住你看半天，直把你看得毛骨悚然。卖牛杂碎的，卖豆腐的，打香油的，都骑着二八自行车在人群里乱钻，一边钻一边吆喝，割豆腐喽。声音悠长洪亮，五里地之内都能听得见。他们自行车的后面绑着一只木盒子，装着杂碎或豆腐，上面盖着一块白笼布，豆腐在下面一颤一颤，好像还是活的。

离学校最近的一家小面馆是一个白头发老太太开的，这老太太颇有狐仙的气质，把自己的家住得像个洞穴。一栋很旧的单元楼，她家住在一层，图方便，面馆就开在自己家里。但临街的是窗户，不是门，她就想了个办法，在自家窗户下面架了个矮矮的木梯。客人去吃饭的时候，需先爬上梯子，再从窗户里钻进去，然后坐在油腻腻的小木桌前从容地吃碗面。桌上常年摆着腊八蒜和大葱，面汤管够，上不封顶。

晚上若走在街上，就会看到三三两两喝醉酒的矿工们，互相搀扶着，一边骂娘一边吹着啤酒瓶子。在漆黑的矿井下待一天，浑身冻得像冰块，血液都冻住不流了，所以矿工们下完井一定要先做两件事，泡热水澡和喝酒，都是为了让身体能暖过来。若是在路灯下和他们打个照面，保准吓一跳，牙齿和眼白实在太白了，简直不像人类的牙齿和眼白，像宝石一样，在黑暗中闪闪发光。

我们四个年轻女老师在一起聊得最多的话题就是，怎么能离开这个鬼地方，然后跑得无影无踪，永不再回来。晚上，吃完晚饭后，我们一般都躲在自己的蒙古包里，各做各的事情，备课、看书、写信，偶尔串个门。无论我什么时候去曲小红的蒙古包里串门，她都在里面给自己做好吃的。她的这顶蒙古包简直像个魔盒，不时会变出一些美味的食物。她仍然穿着白天上课穿的套裙，一丝不苟，只在腰上戴了个小围裙，涂着眼影，抹着口红，正坐在桌前给自己包南瓜饺子。我蹭过去围观，说，南瓜也能包饺子？她头也不抬地说，我自己发明的，保准好吃。我无聊地立在旁边，也插不上手，连着看她包了几个饺子，忍不住说，还是你的生活质量最高。她手里托着一个元宝似的饺子，不屑地说，在这种鬼地方待着，还不给自己弄点好吃好喝的？钱是王八蛋，有了就要花。

她说的倒是实话，当时我们每个月的工资不过几百块钱，每次刚从会计那里领到工资，我们还没来得及想好这个月的工资怎么用呢，她已经用一大半的工资买了一件大衣回来，或是用二分之一的工资文了两条眉毛回来。若是哪个下午没见到她，我就敢保证，等她晚上回来的时候，一定会顶着一头全新的发型。

饺子包好了，她穿着套裙和高跟鞋，拎起气筒去给汽油炉打气去了。我又晃荡到梁爱华的蒙古包里，每次我一挑起她的帘子，看到她不是在吃零食就是在写信，或是边吃零食边写信。她虽然看起来像个女巨人，却神奇地保留着很多小女孩的习惯，比如不停地吃零食，再比如，总是给她师专的老师写信。她说那个老师是她的男朋友，她几乎一个星期给他写一封信，只要她走出校门，我就知道，她一定是去邮局寄信去了。但是我从未见她那师专老师给她来过一封信，尽管如此，她还是长年累月，一封接一封地给他写信，在信中详细向他汇报她每一天做了什么吃了什么，和哪个学生又怄气了，和哪个室友去逛街了。有一次我坐在她床上看着她写信，忍不住狐疑地说了一句，你确定他能看到这些信？她扔下钢笔，一边把信折叠成松树形状，一边瞟了我一眼，你什么意思？信还能寄不到？

我犹豫了一下，说，你确定他会把这些信拆开？她的手抖了一下，但很快还是把松树叠好了，她使劲拍了拍这封信，对它说，可能用不了多久我就要调走了，他把我一调过去，我就和他结婚，谁在这种鬼地方找对象，白人都能变成黑人。

若是游弋到康西琳的蒙古包里，她不是在学英语就是躺在床上看小说。她喜欢看小说，我也喜欢看小说，我们经常互通有无，互相交流最近看了什么书。至于学英语这件事，我也问过她，你一个语文老师成天学英语干吗？她把录音机里的英语磁带翻了个个儿，倨傲地说，考研究生啊，考研怎么能不复习英语呢？你觉得我会在这种地方一直待着吗？

我听了很是自惭形秽，我一天到晚就想着怎么能弄个本科文凭，实在是胸无大志。她读书很多，每次只要我一提起什么小说，她就说她已经看过了，我经常见她去校图书馆借书，她抱着厚厚一摞书回到宿舍，脸上有一种由内而外长出来的笑容。她还喜欢画画，居然还喜欢游泳，在那个年代，北方人很少有会游泳的。她有一个专门的速写本，我看过一次，里面画着各种人物和风景。有时候兴致好了，她还会帮着她班上的学生画画墙报。她是在南方读师专的时候学会了游泳，我们认识之后，经常听见她抱怨说这地方连个游泳池都没有。在北方的一座小煤城里谈游泳，总觉得像天方夜谭。有时候我见她在楼道里和学生谈话，一谈能谈很久，还会买一些小礼物送给成绩有进步的学生，便觉得她心里其实还是喜欢当老师的。

这天，我刚蹿进她的蒙古包，就见她很兴奋地招呼我坐到床上，然后从枕头下面掏出一本书，神秘地递给我，说，这本书看过没？我一看，不是从图书馆借的，大概是从地摊上买来的盗版书，封面上印着一个时髦女作家的头像，印刷劣质，那头像居然是重影的。

我翻了几页，十分震惊，不敢再继续看下去。把书合上的时候，发现她正坐在椅子上盯着我看。我低头研究自己的手，看了半天，十个指头，一个没少。再抬起头的时候，发现她还在盯着我看，一种我从未见过的崭新目光。我张了张嘴，忽然有些紧张，我说，这种盗版畅销书，错别字真多，一行有好几个，简直没法看。她从椅子上站起来，坐到了我旁边，靠着我，用手指着那本书，轻轻说，你没听过这本书？是现在最畅销的小说。你看看书里人家大城市的女性们是怎么生活的，和我们简直不像活在一个时代里。

我默不作声，手又机械地把那本书翻了几翻。这时，她伸手把那书接了过去，拍了拍封皮，又翻开书认真地看了一段，好像她也是第一次看到这本书。她忽然把脸从书里抬起来，眼睛发亮，严肃地对我说，人类的文明总是在不断往前发展的，总不会倒退，对不对？我已经感觉到了，我们国家也快了，快和西方的那些发达国家差不多了，本来嘛，你看看这都什么时代了，马上就要进入二十一世纪了，社会总会越来越进步的，我说的肯定没错，你就等着看吧。

她说话的语气和神态闪烁着一种金属的光泽，使她看起来携带着一种巨大的密度，仿佛来自别的星球。她和我一起坐在青白色的日光灯里，我却忽然有些不认识她了。我看到了她挂在床头的那张钢笔速写，她给自己画的自画像，寥寥几笔，很是神似，她说从来没有人教过她画画，她是无师自通。不知为什么，无师自通几个字曾经让我心里暗暗咯噔了一声。

隔壁的美术老师知道康西琳会画画之后，几次来敲我们宿舍的门，来给康西琳送各种画册。康西琳每次都躲在自己的蒙古包里，指使我们其他人去开门，并谎称她出去了，不在宿舍里。美术老师退走之后，她从蒙古包里钻出来，一边活动筋骨一边厌烦地说，三番五次敲人家的门，你们说这人想干吗？你们见过他的画没有，真是一点灵气都没有，规规矩矩的，哪里像个画家，倒像个数学老师。

没有人搭话，我们三个都各自钻进了自己的蒙古包，大教室里静悄悄的，八根灯棍同时在头顶亮着，但还是有很多角落浸泡在阴影里，似荒草离离。夜晚的大教室看上去像个诡异的剧场，灯光惨白，却又无限纵深，前后墙上的黑板如镜子般对照，倒影在里面重叠。不管美术老师画得好不好，他毕竟人高马大，毕竟是个年轻男人，还是学美术的，但他敲门从来只找康西琳。

我们三人都躲在各自的蒙古包里默不作声。我正坐在桌前备课的时候，门帘一挑，进来一个人，我一看，是康西琳。她坐在床沿上，凑过身子来看我备课，我下意识地躲了躲，没说话。她静静看了一会儿，鼻息落在我脸上。她忽然伸手在我肩膀上轻轻打了一下，我还是没吭声，继续备课。片刻之后，她忽然又伸手在我肩膀上打了一下，我一扭头，她正笑嘻嘻地看着我，见我看她，忙又在我胳膊上捏了一把，说，你就是骨头架子小，我真羡慕你这样的，永远都不会长胖。我心里忽然一阵厌恶，继续低头备课，眼角里恍惚看见她抓起一支笔。

胡乱备了一会儿课，心里愈加不舒服，就那个美术老师，一个从来不画画的美术老师，不是在看书就是在做好吃的。就这样一个男人。我不该这样对她，我为自己感到羞耻。正在这时，她忽然把一张钢笔速写伸到了我眼前，是她刚才画的，画中的我正伏案备课，看起来有些驼背。谈不上多喜欢，但我还是把这张钢笔速写挂在了床头。后来发现曲小红和梁爱华也各有一张的时候，我就悄悄把它撕了下来，藏在了抽屉的最里面。

但我们四个也有集体狂欢的时候。听说小煤城中心位置刚刚开业了一家商场，我们四人便一起浩浩荡荡地去逛商场。也是深秋时节，我们每人买了一件当年最时髦的呢子大衣，吊牌都不剪，直接就披挂在身上，四人并排着，一边往前走，一边大声说笑着。尤其是梁爱华，一米七五的个子挑着一件大衣，气场庞大，携风带雨，两边的行人纷纷为我们让路，走过去很远了还有人回头看着我们。

一个中学老师已经算是这小煤城里的知识分子，我们都明白这点，看着街上行人的目光，我们明白行人们也知道这点。于是我们越发大声地说笑，动作夸张，几近于悲壮。从商场逛出来，意犹未尽，再看秋阳煦暖，便又结伴去了小煤城唯一的公园里。这个公园只有馒头大，里面种了些柳树和月季花，胡乱堆着几块假山，假山下面有一个臭水坑。月季花早已谢了，残花如干血滴，柳树的枯叶漂满水坑，像个陷阱。我们四个在假山下合了张影。

从公园出来还是不想回学校，一个人不想回去，另外三个便都跟着不想回去，甚至唯恐别人找到了回去的理由。明明无所事事地在大街上闲逛，心里却奇怪地焦灼着，总觉得有什么事情还没做，总觉得不能就这样回去，不能就这样放过自己。我们四个人像变成了一个人一般，一个臃肿巨大的胖子，踟蹰在满是煤灰的街头。

走着走着，前面的十字路口忽然出现了一座帐篷，一座真正的帐篷。大约因为我们平日里住的也是帐篷，一见不知从哪里刮过来的帐篷，竟觉得分外亲切，八条腿都朝着那帐篷飞奔过去。走近了才发现是个马戏团，有个男人正在门口收门票，而买门票的全是男人，有民工有矿工，还有在这边打工的外地人。我们四个齐齐得了人来疯一般，一定要让这个平凡的夜晚过得有意义一些。于是商量了一番，也买了四张门票，跟着男人们进去了，卖门票的男人诧异地看着我们，但什么都没说。我们进去之后，看了不到十分钟就一个接一个地从帐篷里逃出来了。原来，帐篷里的马戏是脱衣舞。

我们四个人相互搀扶着，脚步踉跄，如同刚从战场上败退下来的散兵游勇。但我们分明已经豁出去了，仍然不朝学校的方向走，反而踉踉跄跄地奔到了汾河边，好像今晚河水也欠了我们。我们依次站在河边，晚风带着深秋的寒意，从我们身体里穿过。我们的大衣膨胀起来，如四只展翅欲飞的大鸟。

黑色的河水中沉睡着一轮金黄的月亮，哗哗的流水声像飞奔的时间一样惊悚，我往河里扔了块石头，扑通一声，月亮碎成了无数瓣金黄的羽毛，整条河变成了一座金光闪闪的宫殿。直到那宫殿渐渐消殒，月亮重新沉入水底，康西琳才颓丧地说了一句，这地方是真没法待了，人都什么素质，我一定要离开这个地方。我们三人默默立在河边，想着刚才在帐篷里跳脱衣舞的女孩比我们年龄还小，都心有余悸。那女孩脸上连一丝表情都看不到，整个就是木刻的。我清楚地记得，那女孩居然穿着一双红色的袜子站在那里。那双袜子一直穿在她脚上。

康西琳考研究生没考上。每个人都想离开这里，可没有一个人走掉，到后来，也许都不敢走掉。因为我们心里其实都明白，自己不过是一个小小的师专生，连个本科学历都没有，也就在这小煤城里可以猴子称大王。而外面的世界，必定会有很多庞然大物等着我们，我们望而生畏。

转眼就到了新年，新年一过，又一年就要开始了。时间的轮回让人既恐惧又踏实。新年这天，外面下着毛茸茸的鹅毛大雪，大教室里的暖气倒是烧得很足，毕竟，这里最不缺的就是煤嘛。我一直没搞清楚这么大、这么笨重的教室原来到底是做什么用的。上课，不可能，放电影，更不可能，这么巨大的教室已经俨然像个小礼堂了，但经久不用，又像废墟一样阴森。我们集体把我们栖息的大教室装饰了一番，在前后黑板上都用彩色粉笔写上“新年快乐”，用彩色的皱纹纸把灯管都缠了起来，制造霓虹灯的效果。我用红纸剪了很多窗花，在每扇窗户上都贴了几张。红色的窗花映着窗外漫天的大雪。我们把桌子拖出各自的蒙古包，拼凑在一起，包了顿白菜猪肉饺子。啤酒是早已准备好了的，一整箱蹲在地上，挺唬人的。

窗外的雪越下越大，天地已经灰蒙蒙地连成了一体，小煤城消失了，低矮的平房消失了，煤矿消失了，时间和空间都从世界上消失了，只有我们这间大教室遗世独立，被遗忘在大雪之中。我们吃着饺子喝着啤酒，每个人都不想勒住自己，喝到最后，每个人都有了醉意。曲小红摸出一包没拆开的红塔山，撕掉塑料纸，使劲往桌子上一拍。我们每个人都拿了一根烟，叼在嘴上，用最夸张的姿势把嘴里的香烟点着，以掩饰我们第一次抽烟的笨拙。我们互相嬉笑着监督着,吸进去一大口,像几头欢乐的大象,竟相朝空中喷着烟圈。

我看到每个人都从自己的身体里脱离出来，轻盈无比，踩着自己的肉身，如踩着属于自己的那匹坐骑，四匹坐骑沉甸甸地卧在那里。康西琳喝多了，一定要朗诵一首她自己刚写的诗，她踩着椅子，又站到桌子上朗诵，我也喝多了，一句没听清楚。诗还没朗诵完，她忽然就坐在桌子上大哭起来。我像看到了上师专时候的自己，那时候我也这样哭过，我得意地对她们说，你们看，她肯定是喝多了，只有喝多的人才哭得像个傻瓜，她喝多了。

梁爱华晃荡着陡峭的身高，过去欲安慰她，却被康西琳一把抱住，结果两个人又抱在一起痛哭起来。事后我问梁爱华那天为什么要哭，她不好意思地说，没有什么理由，就是见康西琳哭了，她就也跟着哭了。我当时卷着大舌头对曲小红说，你看，这两个人都，都喝多了，都，都哭得像，傻瓜。为了过节，那天曲小红穿了一件西班牙舞女一样的大红裙子，正在空地上不停旋转，红裙子像降落伞一样渐渐张开，膨胀，变得越来越恐怖，好像瞬间就会把她带走。

但她并没有真的被降落伞带走，而是忽然就降落在了我的旁边。

她跳累了，看起来也喝醉了，正嬉笑着看着我，嘴上的口红已经蹭掉大半，花豹一样露着两只尖尖的虎牙。这时候她忽然做了一个动作，她解开了穿在身上的衬衣，紧接着又用两个指头解开了里面的内衣，我吓得后退几步，酒立刻醒了一半。她站在我面前，一边展览给我看里面的内容，一边用演话剧用的腔调说，你看，你来看，我虽然很瘦，很瘦，很，苗条，但，胸却很大，你看，是不是？

三

康西琳最先有了男朋友。那时候对于我们每个人来说，如何找男朋友其实都是一种心照不宣的恐惧。因为在这座小煤城里，我们的选择范围都窄得可怜，学校的男老师，矿工，煤老板，还有少数男公务员，因为稀缺而长期稳居牛市，据说只要是个男的，哪怕长得像只陀螺，也可以每天不重样地相亲。而我们又是如此地怜惜自己，怜惜自己会写诗，会画画，会跳舞，会看小说。于是，我们不约而同地陷入同一种循环里，一边不停地发誓要离开这里，一边又每日按部就班地上课下课，批改作业。

就在这个时候，康西琳游离出我们的队伍，忽然有了男朋友。我们有一种被人背叛之后的愤怒和怅然若失，但还是装作热情地凑过去打听各种基本情况，身高多少？什么学历？什么工作？她慢条斯理又心不在焉地回答了我们的问题，显然级别已远在我们之上。此刻的她把我们其他三人衬托得如幼儿园的儿童。我发现她自从谈恋爱之后，整个人都变得温暾下来了，像裹在一团光晕里，触摸不到，连面目都模糊不清了，也不再提一定要离开小煤城的话。有时候觉得她在水里，我在岸上看着她，有时候又觉得分明是我在水里，她正在岸上笑着看我。

我一连几天没去她的蒙古包里，以作为对她的惩罚。可是，她好像已经暂时忘记了我的存在，因为她压根儿没时间想起我。她每次出门的时候，都要偷偷避开我们，是溜出去的。大约是因为又换了新衣服或是脸上化了妆，看起来过于隆重盛大了，生怕碰到熟人。她晚上要很晚才回到宿舍，她每次推开门轻手轻脚进来的时候，我就放下手里的书，从门帘的缝隙里偷偷观察着她。她果然化了妆，涂了口红，画了眼影，像另一个曲小红走了进来。因为化了妆，她的眼睛和嘴巴看起来都比平时大了一个号，从脸上呼之欲出。尽管这样，我还是能从她脸上辨别出另外一些东西，那是一种勉强按捺着的镇定，镇压着内里的火山。这种镇压又生出一种奇怪的反弹力，以至于她的脚步异常轻盈，简直不像人类在走路。她飘进自己的蒙古包，把帘子严严实实拉上了。

又过了一段时间，她开始偶尔夜不归宿。又过了一段时间，她收拾了几件衣服，干脆搬出了宿舍。

春天到了，窗外的杨树长出嫩叶，像挂了一树亮晶晶的眼睛。我每日与那些眼睛对视，惊奇地发现它们几乎一天一个样，短短几天内就迅速变成了巴掌大的树叶。不知不觉，春日已到尽头。大教室里因为少了一个人而越发空旷荒凉，她的蒙古包还在，里面的东西也都在。但我们都不敢走进她的蒙古包，似乎那是一座废弃的荒冢。

梁爱华仍在终日写信，写给一个永远不会给她回信的男人。我甚至怀疑，她说的这个师专里的老师也许根本就不存在，她所有的信其实都是写给自己看的。曲小红受了康西琳的刺激，开始四处托人给她介绍男朋友，她穿着长风衣，戴着礼帽去相亲，看她的背影就像一个刚刚从伦敦大雾里走出来的英国人。好像总有人请她吃饭，但她每天晚上都是早早回到宿舍。隔壁的美术老师忽然结婚了，据说找了个矿上小学的数学老师，果真是和数学老师更投缘。他像示威一样跑到我们宿舍发了四张请帖。我们给他凑了份子钱。

初夏到了，黄昏的时候，我独自去河边散步，河边的杂草丛里盛开着星星点点的蒲公英，有时候不小心踩到一簇草丛，里面便轰然飞出一群雪白的小降落伞，像放烟花似的，小降落伞们乘风飞翔，有的落在水面上，有的能一直飞到河的对岸。就为了能碰到这些小降落伞，我故意在草丛里走来走去，期待能碰到它们表演的魔术。有时候我会坐在河边，掏出一只揉得皱巴巴的烟盒，带有表演性质地掏出一根烟，叼在嘴角点着，夸张地抽两口，对着空中吐出一串烟圈。希望被人看到又怕被人看到。

夕阳即将归山，西面的群山之上，晚霞在猎猎燃烧。我不敢再往前走。顺着河流再往下游走，是一大片坟地，那坟地里有两千年前的武氏墓群，墓碑已长满青苔，字迹难以辨认。也有最近几年的新坟，能认出是新坟，是因为还有人来上坟，坟前摆着果品。在坟地周围还有好几座诡异的小庙，矮小破败，人弯着腰都钻不进去，不知道是不是用来祭拜鬼魂的。据说每到天黑，这片坟地里就会升起大雾，常有穿白衣的人影和白狐在雾里无声游动。穿过这片坟地，再往下游走就是一片水库，像一面大镜子栖息在群山之中。

我站在河边回望着整个小煤城。小煤矿纷纷倒闭之后，这座大煤矿便兴起了，它在兼并和吞吃了很多小煤矿之后，越长越大，越长越强壮，最后长成了一个极其庞大的黑色巨人。在那座巨大煤矿的衬托下，小煤城看起来那么小那么羸弱，就像寄生在煤矿上面的一件小肢体。最后一缕光线渐渐从天边消失了，黑暗从山谷中生长出来，在四野游荡。那煤矿的轮廓看起来坚硬狰狞，力大无穷，可怖地耸立在荒野里。我站在那里，河水从我脚下哗哗流过，我第一次感到了恐惧。我忽然明白，其实我也不过是寄生在这煤矿上的一株小生物，也许这辈子我都没法离开这个地方了。我想起了康西琳，想起那天晚上，她抚摸着那本书的封皮对我说话的神态，这都什么时代了，人类的文明总是要不断向前发展的，总不会倒退。她看上去就像一个闪闪发光的先知，而我只能远远跟在她身后一路小跑。

两个月之后康西琳又搬回了宿舍，她说和她男朋友分手了。我们都凑过去，想打听一些更详细的情况，她把桌子上一层厚厚的灰尘抹了一遍又一遍，满不在乎地说，他不适合我，分就分了，都什么年代了，马上就是二十一世纪了。说这句话的时候，她看了看窗外，似乎此刻的窗外真的已经是一个崭新的世纪了。她那废弃的蒙古包里重新透出了灯光，宿舍里又还原成了四个人，一切都和从前衔接得天衣无缝，每天上课下课，备课，批作业，用喷着火舌的汽油炉做饭。我们依然像从前一样互相串门，我每次蹿到康西琳的蒙古包里的时候，都见她桌子上又重新摆着厚厚一摞小说，大概是刚从学校的图书馆里借的。她半躺在床上，飞快地翻书，好像正在书里找什么东西。

她和我打了个招呼，但看起来并不打算多说什么，我坐在她的椅子上，一时无话，便也随手拿起一本小说翻了几页。我一边翻书一边找话说，小说这东西嘛，就是作家们编出来的，看看就行，别当真。她的上半身忽地从床上弹了起来，她盯着我说，你说谁当真了？我怔了一下，心想自己刚才说错什么了吗？一边想一边帮她把那摞歪歪扭扭的小说整理了一下。她重新跌落在床上，半躺在那里看着我，手里还拿着那本打开的书，又胡乱翻了几页书，她忽然用老师训学生的口气冲我说，姚丽丽，你怎么还不谈恋爱？是要等到七老八十了再谈？你不谈恋爱怎么能知道谁适合你，赶紧的，抓紧时间。以往要是有人催我结婚什么的，我会毫不客气地顶回去，可是这次，不知为什么，我只是宽容异常地对她笑了笑。

等我下次再去串门的时候，不管聊什么，她最后都会把话题慢慢绕到这方面来，不时问我，有男朋友了吗？我笑道，又不是买菜，哪有这么快的。她略略有些失望，扭头去抠那张挂在床头的钢笔画像，不一会儿，竟抠起了一圈细细的毛边。我觉得我应该说点什么来阻止她，但我还是默默坐在那里，什么都没说。她终于停止摆弄那圈毛边，忽然又烦躁急切地问了我一句，要不要我帮你介绍？她表现得过于热衷了些，简直像个有提成的说客。我心中越发疑惑，总觉得哪里不太对劲。

过了几天，我看到她正站在曲小红的蒙古包前，游说曲小红该找男朋友了，不要太挑。我站在她们身后默默听了一会儿，忽然就明白过来，她是太孤单了，她需要有人做伴。曲小红正坐在桌前，戴着围裙给自己做芹菜肉包，我看到，过了许久，她才从包子上慢慢抬起头，似笑非笑地看了康西琳一眼。康西琳的背影似乎微微抖了一下。

康西琳又搬出去住了，她有了新的男友。这次她搬出去的速度似乎比上次更快，倒像是匆忙逃出去的。晚上，她的蒙古包再次寂灭了下去。那天，梁爱华去了她舅舅家吃饭，曲小红约会未归。整个大教室真变得像草原一样空旷寂静。我桌上摆着一本自学考试的书，专升本，我翻了几页就把书放下了，一个人开始在大教室里闲逛。有时候她们都不在，我还会在这里面跳绳、做操，太空旷了，简直连骑马都可以。逛到教室最前面，我在黑板上写了一行字，“素壁斜晖，竹影横窗扫。空房悄，乌啼欲晓，又下西楼了”。擦掉，又慢慢逛到教室最后面，在后黑板上写了四个大字，“新年快乐”，每个都有手提箱那么大，再擦掉。然后，我继续游荡，最后来到了康西琳的蒙古包前。

我呆立片刻，还是鼓起勇气，挑起帘子进去了。我希望看到她的蒙古包里空空如也，希望她的一切已经随她绝尘而去，绝不留下一点点再返回来的证据。但是，我挑起帘子的一瞬间，看到一切都在原处，桌上的书和床头的钢笔画像都还在原处。站在那里，我忽然就感到了一种很深的悲伤，与此同时，竟还有一种隐秘的镇定在里面。

几个月后，康西琳又搬回了宿舍，显然她和这个新的男友也分手了。宿舍里又恢复成了四个人，晚上，四个蒙古包都亮着灯，顿时热闹了不少，我们却不再凑过去东问西问。她看上去和从前没有什么不同，每天按时上课下课，早晨早早起来去监督学生上早自习。我也去上早自习，看到她站在教室的门口捧着一本书看，低着头，看得很专注，刘海垂下来遮住半张脸，简直像个瘦弱的中学生。不一会儿，只见她冲进教室里，拎出一个捣乱的男生，高声训斥一番，又罚那男生靠墙站立。周围的班级，不时有老师探出头来，悄悄朝她的教室门口张望一番。

中午该做饭了，我一想到又要做饭便觉得痛苦不堪，我讨厌做饭，讨厌吃饭，甚至讨厌睡觉，经常幻想，人要是可以不吃饭不睡觉该多好。转念又想，人要是不吃饭不睡觉，像个拖拉机一样只知道加油也没什么意思。这时候只见康西琳拎起气筒和汽油炉，一边往出走，一边大声对我说，姚丽丽，我今天中午做鸡蛋炒馒头，给你也做上，啊，你就别做饭了，听到没。我赶紧环顾了一下周围，其他两个人正各忙各的，好像什么都没听见。

晚上，康西琳又把我拉进她的蒙古包里，说她今天刚买的绿豆糕，叫我一起来吃。我坐在椅子上，吃了一块就不吃了，她诧异地说，你不是只要有点心就能活下去？我摇摇头，对她笑了笑。她有些着急地看着我，你吃啊，再吃啊，怎么就不吃了。我只好继续干笑着说，晚上还是少吃点，不消化。她又起身把我拉过去，让我也坐在床上，靠着她。她用一只手不时地拍着我的肩膀，问我，最近看了什么好的小说，给我说说。我往一边挪了挪，躲开她的手，说，最近忙着看自考的书，没时间看小说了。

她有些惊讶地看着自己的那只手，像是不认识这只手，看了很久，慢慢收回去了。沉默片刻，她忽然笑道，你自考是对的，拿到本科学历就离开这里。你还记不记得我们那次在街上碰到的那个马戏团，里面跳的是脱衣舞，最后就剩一双袜子。居然也有人买票进去看，这种小地方真的是太野蛮了，人的素质也太低了些，其实我们看不到的是，人类的文明正在飞快地往前发展，再过个十年二十年，可能整个世界都不一样了。

再次听她说到“文明”二字，没有了上次忽然瞥见宇宙飞船的惊艳感，这次我心里五味杂陈，不知道该说什么，便随手拿起桌上的一个本子翻了翻，不料却是日记本，我只匆忙瞥到一句“她们永远都不能得到自由，因为她们软弱庸俗”。我连忙放下本子。为了掩饰自己的紧张，我又随手抓起一支圆珠笔，低头把玩，手心里都是汗。

她抓过被子搭在自己腿上，好像忽然有点冷，然后硬要给我腿上也搭一些，我没拒绝。她歪着头，看着我的脸，带着点严厉，又带着些快乐，问了我一句，姚丽丽，你到底什么时候才谈恋爱哪？我把圆珠笔芯摁出来，又摁了回去，机械地反复了几次，只听她在旁边高声说，你不谈怎么能知道什么样的人适合你？谈恋爱又不是什么丢人的事，对不对？她的声音太高了些，我怀疑另外的两个蒙古包里都听见了，当然我也明白，她的目的就是让另外的两个人都能听见。

我说我要去卫生间，然后便扔下圆珠笔走出了她的蒙古包。我走过足球场般的大教室，来到楼道里，卫生间在楼道的最里面，我穿过黑暗的楼道往最里面走。感应灯在黑暗中一明一灭，在灯光暗下去的一瞬间，我有一脚踩空的恐惧感，似乎踩在了无边无际的虚空之上。我不时地跺脚，尖叫，才终于走完了这段路程。

半个月之后，发生了一件事。初二六班的班主任调走了，需要有新的老师来接手这个班。但这个班很差，在每次考试中都是垫底的，班上几乎没有出色的学生，老师们都知道带这样的班只会拖后腿，所以没有人愿意接手。因为是语文老师，学校想安排曲小红或康西琳来带这个班，但她们两个都不愿意。那天，两人一出校长办公室的门，在楼道里就你一句我一句地吵了起来。办公室里的老师们听见动静，纷纷走出来看热闹，在一层二层办公的老师们也纷纷爬着楼梯，赶到三楼来观瞻，结果围的人越来越多。我也从办公室跑出来，想挤进去看看究竟是怎么回事。

我往进挤的时候，两个人好像正在激烈地争执什么，我没听清楚，当我好容易挤进去的时候，看到两个女老师正在劝康西琳，那边有几个老师在劝曲小红，一边劝，一边又微笑着看着她们吵。曲小红站在自己办公室的门口，那扇木门半开着，有阳光从那半扇门里泻出来。曲小红一半站在金色的阳光里，脸上看上去半明半暗。她抱着胳膊，把脸扭向里边，好像不打算再和康西琳说什么了。那边康西琳也不再说话，胡乱理了理刘海，目光直直看着人群，像是打算从这人群里挤出去。

就在这个时候，我看见曲小红那张扭过去的脸忽然又悄悄扭了回来，不知为什么，我忽然就有些紧张，我都能看清她脸上那层金色的汗毛，和那张涂了口红的薄嘴唇。她斜睨着康西琳的背影，红嘴唇轻轻张了张，吐出了两个边缘清晰的字。我相信一定是所有在场的人都听清楚了这两个字，因为人群忽地一下就静了下去，像是所有的人集体掉进了一个黑暗的洞中，都还来不及反应过来。我也听清楚了那两个字，“傻 ×”。

康西琳猛地扭过头来，有些不敢相信地看着曲小红，她脸色惨白，用发抖的声音半笑着问了一句，你，是什么意思？

曲小红站在那缕阳光里微微笑了一下，她又张开薄薄的红嘴唇，斜斜看着她，轻描淡写了一句，我什么意思，你心里最清楚。

满月的夜晚，我和康西琳一起在汾河边散步。群山和巨人般的煤矿隐没于黑暗中，只剩下一道粗糙的剪影，小煤城的灯火散落在山谷里，如萤火虫一般微弱。月亮高悬于荒野之上，河流闪着银光，看上去光华夺目。我们沿着汾河一直往前走，都不知道该说点什么。

走着走着，前面就是那片坟地，我们不约而同地站住了，因为是晚上，看不清前面是否已经起了大雾，更看不清是否有穿白衣的人影和白狐在里面游动。我们站在那里踌躇片刻，互相看了看，决定还是掉头往回返。就是在往回返的路上，她站在河边，看着水里的月亮，对着那轮月亮说了一句话，这里的人素质太低了，我一定要离开这个地方。

她像是在对着月亮发誓。

河水没有应答，载着月光，从我们脚下哗哗流走。

过了两天，下午下了课我回到宿舍，发现康西琳蒙古包里静悄悄的，便以为她在办公室批改作业。天渐渐黑了，我们三个人的蒙古包都亮起了灯光，唯独她的蒙古包还是暗着。等到睡觉前，我发现她的蒙古包还是暗着。我走出自己的蒙古包，像平常一样，独自在空旷的大教室里游荡了一圈，最后，我慢慢来到了她的蒙古包前。我在那里站立了好一会儿，深吸了一口气，才轻轻掀开了她的布帘子。就着外面的灯光，我模糊看到，里面是空的。除了那张单人床和那套桌椅，她所有的东西都不见了。桌上的书，还有挂在床头的那张钢笔画像，全都随着她一起消失了。

四

窗外的西北风越来越猛烈，啪啪敲打着玻璃，似一头怪兽正在窗外狠狠盯着我们，就不信我们不出这门。我给三只酒盅里又满上酒，主动举杯道，来，我敬你俩一盅，咱仨也难得聚到一起。喝完这盅酒，梁爱华从抽屉里翻出半包烟，自己在嘴上叼了一根，用火机点着，又拿烟盒子让我们。我瞪着她说，你还真抽上了，这是上瘾了？她用两根指头不太熟练地夹着烟，讪讪地说，平时都不抽，就是和你们在一起的时候玩一根，哪来的瘾？我正襟危坐在椅子上，说，既然不上瘾，那就还是掐掉吧，对身体没什么好处。她还是保持着那个姿势，用两根指头夹着那根烟，一声不响地盯着桌子看，好像什么都没听见。大约五分钟之后，她转过身去，悄悄把烟掐掉了。

她的这种表情我太熟悉了。小煤城的第一家咖啡厅开业的时候，我请她去喝咖啡，说，咱也是有咖啡厅的人了。要了两杯咖啡，她拿起小勺子一勺一勺舀着喝咖啡。我看看四下无人，连忙压低声音对她说，这小勺子是用来搅咖啡的，不是用来喝咖啡的，这样会被人笑话的。她好像聋子一般，完全没听见我在说什么，继续慢条斯理地用勺子舀着咖啡，一勺一勺地喝。好几分钟之后，她悄悄放下了勺子，面无表情，端起杯子，一边看窗外来来往往的行人，一边把杯子凑到嘴边。我这才明白，其实她都听见了。确实，她又不是聋子。

二十年已经过去了，如今，我能在她们面前稍微摆出一点类似于族长的威仪感，却是因为，在我们四个人中间，我无疑是看起来过得最正常也相对最体面的那个。我在二十七岁那年果断地结了婚，在结婚之前我已经通过自考拿到了本科文凭，教的班级能排到年级前列。而同时，我已经不再与人谈论如何离开这座小煤城的愚蠢话题。我最终找了个煤矿上的技术员结婚，是的，无论怎样都绕不开那座庞大的煤矿，因为就是它繁衍出了这座小煤城。他虽然不是矿工，但和矿工基本属于同一物种，都是活在黑暗中的生物。他也得下井，坐着那种巨大的铁篮子下到井底排查各种线路的安全性。

我明白在这样一个小煤城里，他对于我来说已经是比较优化的选择，是煤老板和矿工之外的第三种材质。何况他做得一手好菜，每晚还雷打不动地给我削一个苹果，也从不过问我的私事。我们有一个女儿，如今已经十四岁，学习成绩一直名列前茅，业余时间还抽空学了一门乐器。其实我并不想要一个女儿，我更愿意要个儿子，倒不是我重男轻女，而是我觉得男性这种性别会让人活得更容易一点。

我安心做我的中学老师。从家里走到学校的这十分钟路程里，一路上会碰到很多人和我打招呼，姚老师。不管认识不认识，我都面带微笑，礼貌地点头。虽然明白自己已经开始步入老女人的行列，但现世的稳妥护佑着我，使我得以安然滑翔过了一天又一天。我看起来简直正常到了不能再正常的地步，除了晚上偷着喝酒以及偶尔躲到汾河边偷偷抽上一根烟。

曲小红倒是嫁了个煤老板的儿子，那时候煤老板的儿子经常开着悍马在我们学校门口等她，办公楼上所有的窗户里都探出了脑袋，目送着曲小红款款走上悍马，再目送着悍马扬长而去。婚后不久她生了个女儿，可是煤老板家族要求必须生出男丁，她只好又生了二胎，结果被学校开除了。她生的二胎倒是个男孩，但不知什么原因，生完二胎没几年她就离婚了，据说还是她自己先提的离婚。一双儿女都被煤老板家族抢走，她独自前往省城打了两年工，两年后我又在小煤城的街头看到了她，她回来了，背着一只闪闪发亮的人造革皮包，穿着多年前的旧呢子大衣。我动作敏捷地躲了起来，免得她看见我。

梁爱华那就更不用说了，给她师专的老师写了好几年的信，从未收到过一封回信。她是在好多年之后戛然终止了给他写信，但那个时候，她已经三十多岁了。三十多岁的时候，她穿着珍藏多年的高跟鞋，一身职业黑色西服，晃着一米七五的巨型身高，去咖啡厅和一个离异后的男人相亲。出发前，我拎着她的耳朵猛往她耳朵里灌，喝咖啡的时候一定不要用勺子舀着喝，听到没？听到没？她很不屑地俯视着我，意思是我贬低了她的智商。结果这次相亲之后，她再不肯去相亲，也拒绝再去任何一家咖啡厅。

梁爱华拈起一颗花生米，搓了皮，往空中一扔，用嘴稳稳接住了。我见状，连忙呵斥道，看看你这吃相，还是当老师的，也不稳重点。她并不生气，慢慢嚼碎花生米，自己又给自己倒了一盅酒，一仰脖子喝了下去，然后借着酒意，偷偷看了看我，又偷偷看了看曲小红。我一拍桌子，说，梁爱华，有话快说，你到底想说什么。

沉默片刻之后，她面无表情地看着我说，猜我昨天在街上看见谁了？康西琳。她回来了。

整个屋子咣当一下就掉进了一种恐怖的安静里，窗外的西北风更加猖狂，使劲推着门窗，好像随时都会破门而入。我也偷偷看了一眼曲小红，她好像什么都没听见，正在专心致志地啃鸡爪，在她面前已经堆起了一座碎骨头组成的小坟茔。我坐在椅子上，努力斟酌着字眼，问道，你没看错吧？真是她？她回来干什么？显然梁爱华也在努力选择着字眼，她犹豫了一下，慢吞吞地说，好像，她好像在五一大楼前面卖烙饼。这次，连曲小红啃鸡爪的手也暂时停住了。我听到自己的声音陡然变尖变细，却还努力保持着一个族长的威严，你说清楚一点，什么叫好像？到底是，还是不是？

我必须承认，在听到康西琳并非是衣锦还乡的瞬间，我竟偷偷松了口气。

梁爱华一仰脖子，又刺溜喝下去一盅，她想了想，又给自己倒了一盅，喝下去，这才红着脸，有些伤感地说，自己去看看不就知道了，就在五一大楼前面。我用眼角的余光瞥见曲小红慢慢伸出一只手，继续拿起一只鸡爪啃，她那涂了指甲油的手指在灯光下闪闪发光。我忽然想跳起来阻止她继续吃下去，但稍微咬了咬牙，还是忍住了。

我穿着大衣，戴着帽子，戴着口罩，出现在五一大楼前面的小广场。这是小煤城里最早出现的百货大楼，曾经掌控着全城人吃喝拉撒的命脉，如今已沦为廉价市场，很多小摊小贩聚集在门口，有摆地摊卖衣服的，有卖烤红薯的，有卖冬瓜的，有卖爆米花的，有卖盒饭的。卖爆米花的风箱时不时嘭的一声巨响，像在放二踢脚。在初冬冷白的阳光下，小贩们个个裹着棉衣，戴着帽子，仍然冻得瑟瑟发抖，于是他们便三三两两生一堆柴火，原始部落一般，一群人围着一堆火，一边聊天一边把手伸在火堆上烤。火光使所有的人看起来都变形成了波浪形，伸出去的那些手，也像水草般柔软地飘摇着。

事实上，在这二十年里，整个小煤城还是发生了不少变化的。我记得那是在2008年左右吧，因为煤价大跌，开小煤窑的煤老板们纷纷破产，很多人开着一百多万的车，却连油都加不起。于是满街横躺着没人开的僵尸车，卖也卖不掉。省城人听说了之后，组团赶过来，用白菜价捡漏，一买一串，螃蟹一样，拎着回去。煤炭市场的寒冬过去之后，小煤矿已经死的死，伤的伤，活着的也只是苟延残喘，纷纷被大煤矿收购兼并。饱食之后的大煤矿越发显得庞大狰狞，在旷野里呼风唤雨，简直像个躲在深山里的史前巨兽。煤价上涨几年后，2012 年再次下跌。2014 年之后因为环保的要求提高，又有一批煤矿倒闭，于是又有一批煤老板泯然众人。同时随着煤矿减少，煤价再次上涨。我们这座小煤城，这么些年来就像坐了过山车一样，跟着煤价上下翻飞，腾挪跌宕。最近两年，煤价倒是不错，但小煤城里又流传着一个恐怖的谣言，那就是，这座巨型煤矿的开采年限快到了。如果这座庞然大物倒地死亡了，它身上的寄生物又能活多久。但不管外界如何风云变幻，我仍然每天兢兢业业，准时上课下课。我已经分不清楚自己到底是否喜欢这份职业。我早已想好，即使有一天这座巨型煤矿真的消失了，我还会留在原地。

在各色小贩中间，我几乎一眼就看到了坐在小推车后面卖烙饼的康西琳。

她看上去和二十年前并没有太大的区别，还是二十年前的发型，也没有呈现出属于一个中年女人的臃肿体态。我看着她，有一种错觉，觉得她刚刚从她那顶蒙古包里钻出来，夹着课本，正准备去给学生们上课。往事汹涌而来，冲刷得我几乎站立不稳。

我自恃自己戴着帽子和口罩，便又小心翼翼地往前挪了挪，假装路人，漫不经心地从她的小推车前走过去。我瞥见她黑色的羽绒服一直到膝盖，胳膊上戴着两只雪白的套袖。为了看得更清楚些，我又折回来，又折回去，反复走了几个来回，终于看清楚，她的眉眼之间到底还是老了一些，脸颊也凹下去了，但她化了妆，脸上扑着粉，描了眉毛，还涂着口红。头发是深栗色的，显然是染过的。她看上去并不真实，更像一层二十年前的倒影立在那里。

没人过来买饼的时候，她就用盖子把饼盖上，在盖子上再捂一层小被子保温。然后掏出一只护手霜，挤在手上，两只手来回摩挲着，摩挲半天，又把一只手放在鼻子下面细细闻着，一边闻一边独自笑着。真正让我惊讶的是她那种表情，很奇特，没有任何痛苦，近于透明，好像这二十年的时间在她身上根本就是无效的，或者说，它们已经被什么更强大的东西消解掉了。唯一留下的痕迹也许是她的发型，廉价的口红。毕竟，就连我这样一个常年生活在小煤城里的女人，都不会用这样的口红。事实上，近两年里，我们学校的有些女老师甚至开始盘头，穿旗袍，个个像宋庆龄似的。

她对每一个过来买饼的人报以微笑，丝毫没有一点点不好意思，只见她手脚麻利地把饼切开，称重，装进塑料袋里递过去。她并没有凑到那些火堆旁边取暖，只是不时搓手，在嘴上哈气，不时像小姑娘一样蹦跶几下取暖。一直没有人来买饼的时候，她会坐在手推车后面看书。只见她两手捧着书，认真看几页，直到又有顾客过来才放下书。我实在忍不住好奇，从各个角度拼命凑过去窥视，只想看看那是本什么书，但我又不想过早暴露自己。终于，又有人过来买饼，在她放下书的一瞬间，我压低帽子，擦着手推车往过走。于是凑巧看清了封面上的几个字，是《尤利西斯》。

显然，我被震住了。我不敢停下，只是没有目的地快步往前走。在走过去很远之后，我才终于回过头，看到她和她的小推车已经变成了很小的一个点。我久久凝视着那个点，就像看着一个极大的秘密。

五

夜深了，今晚丈夫在矿上值班，女儿回她房间里睡下了。我听见她从里面把门锁上了。我照例倒了一盅酒，瘫坐在窗前，慢慢喝着，窗外枯枝上的那弯上弦月又肥大了些，明亮了些，我每天晚上都看着它，看着它一点点长大，变圆，再一点点瘦损下去，直至完全消失在夜空里。但我毫不担心，因为知道它还会再次长出来。这个盈虚消长的过程给我一种暗暗的快乐。

我知道，女儿是怕我在她睡着之后闯进她的房间。有一次，在她睡着之后，我进去给她盖被子，却发现她枕边放着一张男明星的照片睡着了，一个长得像人妖的男明星，我叫不上名字来。我站在她床前，愤慨而悲怆，几下将那照片撕成碎片。女儿猛地惊醒，眯着眼睛，困惑地看着我，我悲伤地对她吼道，看看你操的都是什么心，你要是考不上好大学怎么办？你也留在这里吗？

此后，当我悄悄盯着女儿看的时候，连我自己都能感觉到自己目光里的某种不友善。我想起了自己的少女时代，也会隔着电视屏幕崇拜一个男明星，好像已经被我彻底丢弃的东西，又奇迹般地在她身上出现了，她似乎是变成了小时候的那个我，而我对那个小时候的自己时常充满厌恶。如果有人问我，愿不愿意重新来过一次。我一定会毫不犹豫地回答，不愿意。我是真的不愿意。我讨厌这艰辛漫长的成长，讨厌使尽全力才能在这世上获得一点点安全感。每个人只适合活一次。

这些年来，即使是过年的时候，我都不愿意跑到省城去购物，即使车程不过一个小时。我也从不去北京上海那些大城市里旅游。对于不属于我的东西，我都不愿再多看一眼，因为即使多看一眼，都会使我暴露出软肋。我已经接受慢慢老死在这座抽屉大的小煤城里，对我来说，这也许还能勉强算得上是一种尊严。

可是，康西琳又为什么要回来呢？她已经离开这里二十年了，为什么还要回来？何况还不是什么衣锦还乡。如果只是想做一点小生意，又为什么非要回到这里？更重要的是，一个落魄的人，脸上居然连一点痛苦和怨气都看不到。这使她的归来看上去璀璨夺目，似乎她的内部正燃烧着一种奇异的能量。

我一边琢磨着一边喝完了手里的酒，又因为实在贪恋这深夜里的安静，忍不住又倒了一盅喝完了。微醺之间，我觉得自己好像正站在一条柔软的大河边上，波光月影，芳草夹岸，我走到河边使劲往里看，却看到河底沉着两个人的倒影。再仔细一看，正是我和康西琳在二十年前的那个夜晚落在汾河里的倒影。我们的眉眼都还是从前的，像河底保存完好的尸骸。我吓得后退了几步，一直退到客厅的沙发里。

第三天下午没课，我穿戴整齐，依然捂上帽子和口罩，再次来到了五一大楼前的小广场。她还在那个位置，推着那辆小推车，我今天才注意到，小推车擦得很干净，推车上盖烙饼的小棉被也很干净，倒像是给小婴儿盖的。这个时间点来买饼的人不多，她正坐在推车后面捧着一本书看。我开始时又像个间谍一样，在她周围东躲西藏，生怕她会看见我。后来连自己心里都觉得一阵好笑，便站在那里不动了。忽然，康西琳抬起头来，平静地与我对视了几秒钟，我心跳加速，却见她再次低下头去，继续看书。

她居然没有认出我来。我下定了决心，缓缓走到她跟前，像电影里演的那样，在她面前郑重地摘下了口罩。她重新抬起头，看着我，脸上居然没有一丝一毫的惊讶，甚至没有任何多余的表情，她只对我微微一笑，然后淡淡打了个招呼，姚丽丽，你也过来买饼？

要多少？我顿时有些失望，又忍不住有些心虚，看来前天我像做贼一样从她身边溜过去数趟时，她其实就已经认出我了。

这回，我可以光明正大地看着她了。她仍然化着妆，白粉下面可见一层细密的皱纹，因为脸颊凹下去，使整张脸看上去棱角分明，看上去有点像男人了。还是那件黑色羽绒服，戴着两只刺目的白套袖。就在我看她的当儿，她又掏出护手霜，往手上挤了一点，然后两只手来回搓着。我注意到那两只手，红肿皲裂，可能是因为在这样的寒天里做烙饼的缘故。抹上护手霜，她又把手放在鼻子下面闻了闻，然后很满意很欢快地把两只手捧在胸前，好像在做祈祷一样。

她的某些动作，甚至比她二十年前更像个少女。顺着这老少女的纹路，从一两个侧面看过去，会忽然觉得她身上有种阴森可怖的东西，是那种陈年标本才会散发出来的气息。我又专门朝她放在手推车上的那本书瞟了一眼，上次吓到我的是一本《尤利西斯》，这次是一本简·奥斯汀的《劝导》。盯着那本书的封皮，我心里不由得一阵伤感。想想自己，已经有多久没看过一本完整的书了，年轻时候看过的那些小说还埋在记忆深处，墓碑似的森然而立，我时不时也会在脑子里祭奠它们一番，顺便祭奠年轻时候的那个自己。但更多的空闲时间我只是像别人一样，捧着手机，在那儿不停地翻，不停地翻，也不知道自己到底在打捞什么，简直像在钻一个无底洞，越是一无所获越是要往里钻。

但我想到她现在只是一个在五一大楼前摆烙饼摊的女人，我又恢复了自己一贯的镇静，还有我那种礼貌的微笑。大约是因为当中学老师当久了，即使是微笑的时候，很多人也会觉得我身上有一种威严感。我笑着说，什么时候回来的？怎么回来也不去找我们玩？

她也笑着，笑容纯净，在下午的阳光里闪闪发光，她说，我去当年我们住的那间大宿舍找过你们，那里现在已经变成了仓库，早就没有人住了。我一愣，没想到她居然真的去找过我们，本想再问一句，那怎么不去下面的办公楼找我？想想还是作罢。

我斟酌了半天字眼，才又问了一句，怎么样，生意还好吗？她很快乐地说，还好还好，每天半夜起来做饼，早晨和中午来买饼的人多，有时候都忙不过来，下午人就少了，过会儿我也就收摊了，我自己做的千层烙饼，很香，来，给你尝一块。说着，她掀开小被子，用不锈钢夹子夹起一块烙饼朝我递过来，我一边摆手一边后退。其实平日里我也经常从各种小摊上买吃的，但不知为什么，此刻，我忽然觉得这种小摊上的吃的既不卫生也不体面。她固执地伸着夹子，不肯把手缩回去，我也站在那里不动，我们对视了几分钟，她忽然笑了笑，把手中的烙饼放进自己嘴里，慢慢嚼着咽了下去。等到吃完，她拍拍手上的油渍，心满意足地说，好吃，我每天的午饭就是这烙饼，天天吃也吃不腻。你真不尝一块？

我心里一阵莫名的难受，手搭凉棚看了看西边的太阳，说，我们也二十年没见了，这样吧，今晚我请你吃饭，你想吃什么？我迟迟不敢开口说要请她吃饭，是因为担心她会拒绝。不料，她很爽快地说，好啊，这次你请我，下次我请你。我倒有些微微的措手不及，便提议道，那我们去吃火锅吧，天这么冷，吃火锅暖和。她又是很高兴的样子，搓着两只手，一口便答应下来。看着她的样子，我总觉得哪里不对劲，有些疑心眼前这个人并不是真正的康西琳，而只是一个和康西琳长相酷似的人。我试探性地问了一句，你现在还画画吗？她瞪大眼睛看着我说，画啊，这是昨天刚画的。说着从那本《劝导》里翻了翻，翻出一张卡片来，应该是做书签用的，卡片上画着一个眉开眼笑的小儿在戏一只蜻蜓，是用钢笔画的。我说，画得不错。她立刻说，那送给你吧。

我收下了卡片，心里又是一阵说不出的怅惘。这时候过来一个买饼的老太太，称了二斤烙饼，临走的时候还盯着我看了一眼。我心想，难道是我的帽子戴歪了，还是纽扣扣错了？还是因为我站在这手推车旁边的缘故？不由得扶了扶帽子，又偷偷检查了一遍纽扣。二十年来，我已经慢慢拥有了一套独属于小煤城的尊严体系，几乎没有人会挑衅我。

我不想一直把自己展览在这里，便说，那我们去吃火锅吧，你的手推车放到哪里？我心想，她总不至于把手推车推进饭店里吧。没想到，她兴冲冲地说，再过十几分钟我男朋友就要过来接我了，到时候我把推车交给他，我们就一起去吃饭。我一听男朋友三个字，不由得一愣，对于我来说，这已经是一个过时的古董般的词语，这样猛地听上去，简直有一种借尸还魂的感觉。我犹豫了半天才问了一句，哦，你还没结婚啊？不料，她极爽快地抛出一个字，没。

虽然我也时不时会厌倦婚姻里的烦琐和无聊，但面对她这样一个没有过婚姻的单身女人，还是不由得会生出一种优越感来。我必须承认，即使是在梁爱华面前，我内心里其实也是有那么一点优越感的。那种感觉，怎么说呢，就像在冰天雪地里，我把自己包裹得严严实实的，却忽然迎面遇到了一个衣不遮体的人。这优越感里难免还有些怜悯。可是眼前这个女人，看上去不但不怕冷，还很快乐，这让我有点生气。

一边等她男朋友，我一边找话说，那你男朋友，应该和你年龄差不多吧。她正在收拾手推车，听见我的问话，忽然自豪地一笑，说，他比我小十岁。我大吃一惊，重复了一遍，十岁？继而又为自己的没有见过世面而感到羞愧。她仍然在看着我微笑，不知为什么，我总感觉她的笑容里颇有深意，以至于让我有些微微的脊背发凉。推车收拾好了，她的男朋友还没来，我只好又找话说，那你们怎么不结婚啊？她摘下两只套袖，在手里团了团，像在玩一个雪球，我忽然感觉到，她身上散发出一种奇特的优越感。她在我面前也有某种优越感。她似乎抬起眼睛轻轻瞟了我一眼，很快又转向别处，只听她说，结婚又有什么意义，非要把两个人捆绑在一起。高兴了在一起，不高兴了就各走各的，他要是哪天离开我了，我一个人照样过得好好的。

正在这时候，一个背着工具包戴着安全帽的男人向我们走过来，还未走到跟前，康西琳就笑着迎上去，伸手在他肩膀上轻轻拍了一下，接过他手里的包。然后回头对我喊着，这就是我男朋友，刚从工地上干活回来，来接我了。那男人三十多岁的样子，精瘦，个子也不高，看着像个南方人，站在康西琳面前，好像整个人都能被她装进去。男人留着寸头，长着一双很亮的小眼睛，朝我看了看，似乎还对我笑了一下。

这几年小煤城里又开发了几座楼盘，因为小煤城夹在山谷里，没有宽裕的地方，所以只能像积木一样往高处摞，但凡开发一座楼盘，一定都是几十层的高层楼，恨不能够着月亮，高楼摇摇欲坠地插在群山之间。近年里拥进不少这样的外来务工者，我在这里生活了二十年，已经有了主人的感觉，竟然也开始学会了排外。每次见到他们，我都会远远躲开，因为他们很容易让我想起当年十字路口的那个大帐篷，和帐篷里穿着红袜子的女孩。他们是观众，可怜又可怕。

我们坐在火锅店一个靠窗的沙发座上。她脱了羽绒服，里面穿着一件很普通的黑色毛衣，胸前却别着一朵亮晶晶的胸花。我盯着那胸花呆呆看了几秒钟。我意识到其实我正盯着她看，但我也不想回避。不知她是不是故意在躲避我的目光，她一直看着窗外的行人，脸上还是很高兴的样子。她这种神情让我觉得她是存心要虐待自己，好像一定要把自己扣作某种人质。我有些生气，又有些心酸，一时不知道该说什么。

锅开了，咕咚咕咚地响着，一团白雾弥漫在我们中间，我们的眉眼和手都在雾气中融化了一部分，我感觉稍微舒服了一点。锅里的羊肉已经可以吃了，但她没有动，只是端坐着，像小学生一样把两只胳膊放在桌子上，小心守着自己面前的一碗小料。我说，快吃啊，羊肉要老了。她嗯了一声，还是没动，只是专心地盯着那口锅。我只好自己先吃了起来，见我开始吃了，她才慢慢举起筷子，也跟着我吃了起来。一旦吃起来，我才发现她胃口极好，就是在和我说话的当儿，她也一刻没有闲着，嘴里一直在吃。刚扔进去的白萝卜，还没煮熟，她就急不可待地捞了出来，一边吹气一边咬下去。在捞火锅的时候，她仍然是那种快乐而无忧无虑的表情，好像这是一种很有趣的游戏。

我吃了几口便吃不下了，为了陪她，还是夹了点青菜，装模作样地吃着。沉默片刻，我又开口道，你当初离开学校后去了哪里？又疑心自己的这种口气是不是像在审问对方，于是又补充道，我是说，你后来去哪里发展了？她一边用漏勺使劲从锅里打捞着，一边漫不经心地说，去了好多地方，先去了北京，又从北京去了广州，后来又从广州去了深圳。

我在二十年里拼命躲避的一些地名忽然都从她嘴里跳了出来，带着一点漫不经心的炫耀，我有些避之不及，便微微冷笑着说，哦，那你怎么又回来了？她忽然开心地大笑着说，觉得还是这里好玩啊，真的，当年我们老说怎么从这个小地方逃走，后来我跑过那么多地方，发现还是这个地方最好玩，就像个小玩具一样，你不觉得这里真的很好玩吗？她边说边大笑，牙缝里露出了绿色的菜叶子，手伸出去又把剩下的白菜和土豆片都倒进了锅里。

她的快乐激怒了我，我用一根指头轻轻敲着桌子，看着她说，你去过那么多地方，又回来卖烙饼，就没做出什么事业吗？话一说出口我就后悔了，我想起在当年的大宿舍里，她的桌子上永远摆着一摞刚从图书馆借来的小说，她把藏在枕头下的那本书拿出来给我看，对我说，人类的文明总是要不断往前发展的，总不会倒退。我的眼睛忽然发酸，眼泪几乎就要流下来。这时却听见她边笑边说，人活一辈子都要经过很多事情的，起起落落，这有什么好奇怪的。我这些年里就数在深圳待的时间最长，那里机会多嘛，我在深圳的时候开了个公司，也赚了些钱，在深圳买了房买了车，消停地过了几年。那几年里我都没做过一顿饭，家里雇了个保姆，做饭打扫卫生都是她管。后来你猜怎么，我被人告了，说我公司的项目打的是法律的擦边球，结果就打官司，罚我款，卖了房卖了车都不行，后来我就进监狱了。

我惊讶地看着她，她又对我无邪地笑了笑，撸起两只袖子，把一盘手擀面也倒进了锅里。她一边搅着面条一边说，我在监狱里待了四年，出来的时候就什么都没有了，又变成了穷光蛋，没有了就没有了嘛，本来也不是我的，钱就是过过手。你要问我为什么卖烙饼，因为我自个儿最喜欢吃的就是这烙饼啊，在南方的时候吃不到，成天就是海鲜啊，各种粉啊，越吃不到越想吃，做梦都能梦见。所以后来我就想，反正什么都没有了，干脆去卖烙饼，也是我的一个梦想。我现在每天的午饭就是吃自己做的烙饼，怎么也吃不腻，就是觉得好吃，你说有什么办法？

这时候我慢慢松弛了下来，没有刚才那么绷得紧了，因为我并不太相信她说的话。但她说自己一无所有了我还是相信的，因为一个四十多岁的女人，在寒风中摆摊卖烙饼，若不是真的一无所有了估计也不会这样。我觉得我应该安慰她几句，嘴上说出来的却是，你快吃，快吃，要不要再加点什么？她笑着摇摇头，把锅里煮好的面条捞了一碗，撒上葱花，埋头吃了起来。这时候我注意到她撸起袖子的胳膊上有一行黑色的小字，看着有点像文身。我忍不住问了一句，你还文身？她一听，立刻伸出胳膊给我看，原来是一行数字，她很快乐地说，这是我曾经的一个男朋友的生日，我把他的生日都文在了身上，说明是爱情吧。

我盯着她，想从她的眼睛里拽出一点别的东西，但她从容不迫地盯着火锅，又拿勺子捞了一碗面，等到这碗面也快吃完了，她才抬起头对我说，不过这个男朋友早就分手了，我为什么会把他的生日文在我身上呢，肯定还是因为他当初很爱我，我也很爱他。我现在这个男朋友对我也不错，但肯定还是不及他吧。我说，那为什么分手了呢？她只笑了笑，并不说话，又抬起自己的胳膊，很专注地欣赏了一下上面的文身。然后继续拿起勺子，把锅里的残渣细细打捞了一遍，连底料里的红枣都没有放过一颗。我从没有见过吃得这么干净的火锅，简直不忍多看。等到连锅里的残渣都打捞干净之后，她才终于放下筷子，摸了摸自己的肚子，高兴地说，好久没吃过这么好吃的饭了，你看，生活还是挺美好的吧。

我们从火锅店里出来一看，天已经黑透了，寒风卷着枯叶，从空荡荡的街上呼啸而过，不多的几个行人都扛肩缩脖，两手插兜，急急赶路。我说，我得回家了，女儿还在家里，你也该回家了吧，你家住在哪里？不料她说了一句，我先不回家，我要去游泳，我每天晚上都要去游泳的，一年三百六十五天，没有一天间断过，哪天不游就浑身不舒服，那我走了啊，改天请你吃饭。说罢便扬长而去。我愣了一愣，又在她背后追着问了一句，大晚上的，你去哪里游泳啊？她头也不回地说，汾河水库。我们的声音立刻被寒风卷走，随后，她的背影也很快消失在了夜色中。

那天晚上，我到家之后，女儿正在台灯下写作业。我坐在她旁边的椅子上，怔怔地看了她很久，直到把她看得都有些害怕了。她抬起头，不安地说，你又要和我说什么吗？我疲惫地摇摇头，说，没有，写作业吧，写完早点睡。我站起身来，走了几步，又停下，在阴影里回过头来对她说，如果将来有一天有人对你说起独立、自由，你一定要先好好搞清楚，到底什么是独立、自由。

六

这天下午，我佯装着买菜，不知不觉又溜达到了五一大楼前的小广场。我戴上口罩，压低帽子，像个特务一样先把自己隐蔽起来。

然后我窥视着康西琳和她的手推车，她还在老地方，还是穿着那件黑色羽绒服，来买饼的人不多，她坐在手推车后面正捧着一本书看。来来往往的人们都忍不住要多看她一眼，在这样一个小煤城里，有人一边摆路边摊一边认真看书，无疑显得十分霸气。我有些怀疑她是否真的看进去了。但在我们久别重逢之后，她最让我感到困惑的地方倒不是她还在看小说，不是她一边卖烙饼一边看《尤利西斯》，而是，她好像神奇地失去了痛苦的能力。我记得二十年前她还不是这样的，那时候她时常觉得痛苦，时常伤春悲秋，并时不时需要和我倾诉。而现在，她整个变得像个钢铁侠。这二十年的时间里，她到底做什么去了。

我躲在那个角落里久久观察着她，只见她看了一会儿书，又拿出一个本子，趴在手推车上，认真地抄写着什么。天哪，她居然还在做读书笔记。过了一会儿，她放下笔和本子，又掏出护手霜，往两只手上抹了抹，使劲地搓着，两只脚蹦蹦跳跳地取暖。她一边蹦跶，一边不时像向日葵一样仰起脸，眯着眼睛晒着太阳。这时过来一个女人带着一个小孩买饼，那小孩穿的棉衣连着帽子，帽子上有两只兔耳朵。她把烙饼递过去之后，专门从推车后面跑出来，笑嘻嘻地把小孩衣服上的两只兔耳朵拎起来，一边摇晃一边说，小白兔，白又白，爱吃萝卜和青菜。那小孩不满意被人揪起耳朵，噘着嘴，像是要哭的样子，女人呵斥一声，不知是在呵斥小孩还是在呵斥康西琳。然后拎着烙饼，提着小孩，匆匆离去。

康西琳看着她们的背影，独自站在那里笑得前仰后合。周围的小摊贩纷纷扭过头，无声地看着她。看来她的快乐并不是装给我看的，这时候我又有些怀疑，她是不是大脑受过伤，整个人变得有些不正常了。我从那个躲藏的角落里走了出来，摘下口罩，忽然从天而降地站在了她面前。她很高兴地看着我，姚丽丽，你过来啦？要不要吃块烙饼，还热乎着呢。说罢夹起一块烙饼就往我嘴里塞，我连忙躲开，烙饼落到了我身上，我连忙掸衣服，她又咯咯大笑起来。我一抬头，正好看到她放在手推车上的那个本子，是一个黑色封皮的笔记本，厚厚的。我把那本子拿了起来，一翻，密密麻麻的黑色钢笔字，是摘抄，一个厚厚的本子已经基本抄满了。我再仔细一看，忍不住倒吸了一口凉气，整个本子摘抄的都是《尤利西斯》。她在抄书。

我迷惑地看着她，说，你把《尤利西斯》都抄下来了？她不好意思地笑了笑，说，实在是喜欢，就忍不住把书抄了一遍，一个本子都放不下，这是第五个本子了，家里还有四本。

我低头把那本子又翻了半天，看见自己的手在微微发抖，我周身有一种奇怪的无力感。好半天我才把本子合上，抬起头对她说，走，今天我请你吃饭，你还想吃火锅吗？她立刻说，那不行，上次你请我的，今天该我请你，今天生意还可以，卖了一百多块钱，说吧，你想吃什么？

我只好说，那我们就别去吃饭了，其实我现在都不怎么吃晚饭，到这个年龄了，一不小心就长肉，要不我们去汾河边走走吧。她盯着我的脸研究了半天，然后用很天真的神情说，你真不想吃晚饭啊？不是为了给我省钱吧？真不用省，钱挣来就是为了花出去，你要真不想吃，那我也不吃了，听你的，少长点肉，我肚子上现在也长肉了，幸好每天游泳，怎么样，身材还保持得可以吧？那我们就去汾河边走走。然后她又补充了一句，我男朋友快来接我了，稍微等等啊，等他来了把推车推走，我们就去河边。

太阳已经开始落山，橘红色的夕阳涂抹在我们脸上和身上，使我们彼此看上去都柔和了些，不远处的小贩们在夕阳里变得影影绰绰，像道背景，整个黄昏里好像只剩下我们两个人相对而立，这让我忽然对她多了些亲近感。我斟酌着用词，小心翼翼地说，你这个男朋友,毕竟比你小十岁……他毕竟才三十多岁,你有没有想过……他有一天，忽然离开你，或者，或者……她抱着肩膀，眯着眼睛看着夕阳，嘴角迅速闪过一丝笑容，那笑容倏忽就不见了。就在那一瞬间，我忍不住打了个寒战，我忽然感觉到了藏匿在她身上的那种可怕清醒，带着寒凉的蛇的属性，猛地探出头来与我对视，又转瞬即逝。

就在这时候，从夕阳里渐渐走出一个影子来，这影子渐渐长出五官，还戴着一顶黄色的安全帽。是她那男朋友过来接她了。他离我们还有几米之遥的时候，我就听见她用很大的声音热烈地叫了一声，亲爱的，你终于来了。那男人走到跟前，还是上次的那种表情，仔细打量我一番，然后笑着对我点点头。康西琳走过去挽住了男人的胳膊，晃着那只胳膊，撒娇道，亲爱的，今天给我买什么好吃的了？那男人摘下安全帽，抓在手里，看了看我，说，还没买，你想吃什么？她立刻噘起嘴，仍然晃着那只胳膊，不高兴地说，说话不算话，不理你了。那男人又看了我一眼，似乎还歉意地对我笑了一下，掰下她的手，说，你想吃什么，我这就去买。

看着男人推着手推车渐渐远去之后，她忽然就放声大笑起来，笑得收都收不住，一边笑一边拍着我的肩膀说，哈哈哈哈哈，好玩吧？你说好玩不好玩，是不是像做游戏一样好玩？我们刚往前走了几步，她忽然扑哧一声，又笑得捂住了肚子。

落日把整条河都染成了金色，而旷野与群山已隐匿于铁青色的薄暮之中。我们沿着金色的大河慢慢往前走，渐渐地，金色的波光消失了，河流变成了黑色，仿佛来自幽冥之地，而与此同时，一轮焦黄的月亮沉入河里，河水又变得安详沉静。我们就那么慢慢走着，走着，像极了二十年前的那个夜晚，我们也是这样在河边散步，月亮同样沉入河中。两天后她便不辞而别，不久，学校就把她除名了。

我裹了裹身上的大衣，说，我们上一次在这里散步已经是二十年前了，时间过得真快。她说，是吗？我说，你变得和以前不大一样了。她说，有吗？我忽然像个中学老师给学生上课一样严肃地说，康西琳，你这二十年里到底做什么去了？

她把脚下的一块小石头踢到了河里，河里的月亮立刻变成了无数片金色的羽毛。她看着那些羽毛说，不是都和你说过了吗，我去过好多地方，做过好多工作，人这辈子就是要多跑跑多看看，反正最后都是要死的，谁和谁到最后还能不一样了？你说你死的时候和我死的时候能有什么不一样？都是死人躺在那里，别人总不会说，这个死的是个中学老师，那个死的是个卖烙饼的。

说着说着她又快乐起来，蹲在地上捡起一把小石头，不停地往河里扔，等到那月亮刚刚凝固了一点，她立刻又扔出一块石头，再次把月亮打碎。我站在旁边呆呆看了好半天，终于说了一句，这些年里你到底受过什么苦？她在黑暗中似乎微微愣了一下，随即便又哈哈大笑起来，她一边笑一边说，姚丽丽，你都想哪去了，就算我坐过几年监狱，也没你想的那么不好，其实监狱里住得还挺干净，每天都唱歌，可以借书看，晚上还有电视看，好多人为了躲债还故意躲进监狱里呢，你真的想多了，哈哈哈哈哈。

我对她这种过分欢快的语气已经开始感到厌倦，便不再说话。她独自笑了半天也渐渐安静下来，我们在黑暗中看不清彼此的表情，只能感觉到对方也正看着脚下的河水。我们无声无息的目光在水中相视。就这么呆呆站了许久，我感觉到，那些聒噪的、虚假的东西已经缓缓沉下去了，触了底，我们周围的黑暗变得澄澈而透明，我开始能够触摸到那些躲在深处的隐秘纹路了。我才又对着河水说，我也不知道，到底是什么害了你，你不要老拿一些东西来折磨自己，没必要的。你还没有感觉到吗？时间真是个好东西，只要放在时间里，什么都能变。你看不过就二十年的时间，很多东西都和以前不一样了……谈恋爱是个小事，你可能还不知道吧？就连这个小地方的人，现在也流行约网友，找情人，去酒店开房，还有的人干脆就在车里……就连我们学校的老师，都有这样的。

她站在那里看着河水，没有说话，也没有动。

我轻轻叹了一口气，又说，这么些年里，我倒一直记得你说过的那句话，你说，人类的文明总是要不断往前发展的，总不会倒退。

她还是一句话都没有说，也没有动。

我继续道，还记得你当初给我看的那本小说吗？早已经买不到了。不过现在的小孩子都不看小说了，他们看手机看电脑。

她仍然没有说话。

静默了片刻，我又说，那个曲小红，还记得吧？你离开学校的第二年，她嫁了个煤老板的儿子，经常开着悍马过来接她。后来因为生二胎被学校开除了，再后来又离婚了，也不知道是因为什么离的婚，她从来不和别人说。现在她成天在微信上卖东西，卖保健品卖祖传膏药卖什么红外仪，一天到晚给熟人发链接，让人买她的东西，群发链接的时候还总要群发一句，有什么好事都是第一时间告诉您。毕竟是以前的同事，把她拉黑也不好，只好由着她随便发，反正假装看不见。她离婚之后也没再结婚，但听说有个情人，好了几年了。那情人有正经工作，有老婆有孩子，估计也不会离婚。有一次她在微信上和我诉苦，说她那情人曾经借给她五万块钱，现在只要一吵架就问她要钱，说，把我那五万块钱还给我。

她一动不动地站着，我都疑心她是不是站着睡着了，仔细一看，河里的波光在她脸上诡异地闪动着，她正目光灼灼地盯着河水。我感到无趣，朝自己的两只手上哈了一口热气，使劲搓着，又来回跺着脚取暖，她还是静静地站在那里，一动没动。我活动了几个来回，又凑到她身边，陪着她看了半天河水，才在她耳边悄悄说，过去的就过去了，不必记在心上，她现在是什么样子，我也告诉你了。她倒是聪明，但你看也不过活成现在这个样子。

在黑暗中我看不清她的表情，但我能明显感觉到，话音刚落，我们周围的空气忽然就变得异样起来，有些僵硬，还有些锋利，凉飕飕地刮着我脸上的皮肤。我愣了一下，但很快就反应过来了，因为我用了一个词“聪明”，而二十年后使用这个词，无疑会让她觉得对应着二十年前，曲小红在校长室门口用过的那个词“傻 ×”。我忽然发现，在这二十年的时间里，那个词的威力真正辐射着的，也许不是别人，却正是我自己。

她依然站在那里，还是没有动，河水闪烁着金属般的月光，河边枯萎的芦苇在月光下变得像雪，周围寂静极了。我心里忽然就莫名地害怕起来。我觉得我应该向她解释点什么，我张了张口，嗓子干涩，居然没发出任何声音。我甚至扭头看了看我们来的小路，它在黑暗中如蛇一般蛰伏着，若隐若现。就在这个时候，我忽然听见了几声笨重爽朗的笑声，哈哈哈哈哈哈，是康西琳发出来的。她一边笑一边扭过脸看着我说，你怎么知道人家曲小红过得不好呢？一个人过得好不好只有自己心里清楚，比如说你姚丽丽，你过得好不好也只有你自己心里清楚。

我与她在黑暗中静静对视了几分钟，然后我慢慢笑了一下，说，康西琳，如果你真的过得好，我替你高兴。

月亮就在头顶，我们又默默地往前走了一段路，前面就是那片坟地，我停住了脚步。康西琳并没有停下，她独自向那坟地里走去，往前走了好一段路才回头对我说，你先回去吧，我要去汾河水库游泳，和你讲过，不管刮风下雨，我每天都要游泳的。我大声对她喊道，你不怕冷吗？她没有回答，背影渐渐消失在了坟地里。

那个晚上回家之后，我浑身发冷，一个人多喝了几杯酒，然后晕晕乎乎地躺到床上，很快就睡着了。在梦中，我又回到了那间空荡荡的大宿舍，宿舍大极了，一眼看不到边，宿舍的尽头全是可怖的黑暗。宿舍里到处是一座又一座的小帐篷，像驻扎在草原上的蒙古包。我掀开每一座帐篷的帘子，里面都空无一人，只有我一个人在其中游荡。

此后，每天下午，只要有时间，我就会悄悄溜到五一大楼前，戴着帽子和口罩，躲在暗处，观察着康西琳的一举一动。我不相信一个人可以一直装下去。

她每天都在老地方卖烙饼，顾客时多时少，她很有耐心的样子，总是笑脸迎人，裹着那件黑色羽绒服，戴着两只白套袖，麻利地给顾客称饼，不时拿出护手霜，给两只手都抹上，又放在鼻子下面闻一闻。如果有人带着小孩子，她就一定要张牙舞爪地逗逗那小孩，揪揪小孩的耳朵，或拍拍人家的屁股，然后独自站在那里哈哈大笑，顾客走出很远了，她还会想一次笑一次，每次都笑得前仰后合。没有顾客的时候，她就拿出一本书来看，有时候还趴在手推车上做些摘抄。有人好奇她看什么书，她就很高兴地给人家讲解半天。在很无聊的时候，她也会凑过去烤烤火，和其他小贩一起吹牛谈笑。听不清他们说了什么，总是见她在人群里大笑，一边笑一边使劲捶着对方的肩膀。

她男朋友过来接她的时候，她远远就会冲过去，抱住他的胳膊，恨不得长到他身上，又是笑又是撒娇，有时候她男朋友会从口袋里掏出一个苹果或一个面包，她就迫不及待地咬一口，再递过去让她男朋友也咬一口。收摊之后，两个人一起推着手推车，在夕阳里慢慢远去。

有一日，天色一直阴沉着，到黄昏的时候，天空里终于飘起了薄雪。我批改完一摞作业，站在窗前看了一会儿雪，然后穿上大衣戴上围巾，出了办公室，向五一大楼走去。雪越下越大，走到五一大楼前的时候，地上已经有了厚厚一层积雪，大部分小贩都提前撤了摊，地上空旷萧索，木柴黑色的灰烬已被白雪盖住，仍然冒着袅袅青烟，像一片劫后余生的废墟。

然后，我看到，康西琳孤零零地站在老地方，手推车在她身后。我站在一棵叶子落光的大杨树后面，静静地看着她。她手里捧着手机，手机里放的好像是一段梆子戏。她闭着眼睛，面孔仰起接着雪花，很陶醉地听着。听着听着，她随着梆子戏的节奏开始手舞足蹈，她踩着碎步不停转着圈，两只手模仿着戏里的水袖，眼睛仍然闭着。她在漫天的大雪中，闭着眼睛微笑着，张开两只手接着雪花。

七

冬至的晚上，梁爱华又给我打电话，叫我去她家吃饺子。我能体会到一个单身女人每逢节日的恐惧，便提前给丈夫和女儿包好了饺子，我不愿意让任何东西破坏了我目前这点稳妥，就像一个穷人绝不肯轻易动用自己保底的一点积蓄。把饺子摆在厨房里，我才穿上羽绒服，围上围巾，向梁爱华家里走去。

冬日的小煤城枯瘦灰败，满目都是灰色和黑色，偶尔有一场雪点缀一下，则是满目嶙峋的黑白。煤矿开采年限即将到来的说法仍然像幽灵一样，飞翔在小煤城上空。我有时候在街上走着走着，一抬头看见煤矿的大烟囱，就会忍不住产生一种幻觉，整个小煤城只不过是海上的一艘轮船，我是船上的乘客之一，我和所有的乘客一样，漂浮在海上，却无法知道，船将要驶向哪里，或者在哪一刻就会忽然翻掉。于是，所有的人都对这未知充满恐惧，又充满了奇怪的渴望。有时候我都能清楚地看见这种渴望，是血红色的。

到了梁爱华家一看，曲小红又是比我早到了，两个人正挽着袖子包饺子。我说，曲小红，看来你现在不忙啊。她用两只涂了眼影的巨大眼睛看了我一眼，嘴里只轻轻哼了一声。

饺子煮好了，热气腾腾地摆在桌上，整个屋子里立刻有了一种节日的氛围。梁爱华搓了搓手，说，咱们姐妹得喝点酒，过节嘛。我说，你倒是哪天不喝。她抱出一只大酒坛子，兴奋地说，这是我从汾酒厂买来的原浆酒，七十多度，好酒。我吓一跳，说，老梁，酒瘾越来越大了啊，你还不如直接喝酒精。她不以为然地说，这个度数的酒才是好酒，不要喝那些勾兑出来的低度酒，老姚，你也有事没事喝两杯，不要老是一本正经的样子，人活一世，草木一春，会享受点。我说，你死了，我还得帮你收尸呢，我还不敢死在你前面。

饺子吃了半盘，酒也喝了几盅，梁爱华抹了抹嘴，忽然说了一句，我去五一大楼了，在门口看见了康西琳。我和曲小红都没有吭声，屋里的空气忽然有些诡异，梁爱华见状又补充了一句，我也不是专门去的，就是在门口碰见的，她在那卖烙饼，我还问她买了点，饼做得不错。我和曲小红还是没说话，我慢慢夹了一个饺子，却放在自己盘子里半天没吃。梁爱华又倒了酒，我们三个碰了一下，都喝光了。高度酒在嗓子里燃烧着一直向下窜去，整个身体里都像着了火。我放下酒盅，漫不经心地说了一句，我也看见她了，我看她现在过得挺好。

梁爱华连忙点点头，我也看她过得挺好。

我自己给自己倒上酒，一口喝完，又说，是挺好。

梁爱华啧啧道，老姚，可以啊，被我培养出来了，这就对了，会享受一点嘛。什么时候把康西琳叫上，就在我家，我们四个人一起吃顿饭吧，就是不知道她愿不愿意。

我听见自己说，她肯定会来的，因为她现在过得挺好，过得挺好就没有理由不来，我从来没有见过比她过得更好的人。

梁爱华一拍桌子，说，现在过得好就好，大家一起喝酒，谁也不许再说以前的事。

这时候，一直一言不发的曲小红忽然抬起了头，她的红嘴唇在灯光下对我和梁爱华微笑着，我听见她轻描淡写地说了一句，那是装的，她怎么可能过得好。

我与她那双巨大的黑眼睛对视了几秒钟，然后我说，曲小红，那你觉得谁过得好？

她慢慢挑起了一边嘴角笑了笑，看着我说，你们知道我是什么意思。

半天没人再说话，周围的空气变得僵硬起来，梁爱华赶紧给三只酒盅都倒上酒，又忙着把自己囤的零食都搬了出来，嘴上不停地说，来，吃着，喝着。

为了不至于冷场，我们像三只仓鼠一样无聊地咀嚼起零食。梁爱华又独自喝了几盅酒，忽然眯起眼睛看着我说，老姚，你觉得这事奇怪不奇怪，你说康西琳为什么非要再回到这小地方呢？她在这里无亲无故的，又没有房子，上次我问过她，她说现在和她男朋友租了个房子。我说，你们打算结婚吗？她说，能在一起就好，结婚有什么用。你说要是想卖烙饼赚点小钱，既然有手艺，在哪不能卖？为什么非要回这里来卖？这小地方有什么？

我机械地往嘴里塞了一块薯片，咔嚓咔嚓磨碎了，并不想说话。曲小红的声音忽然从旁边刺了过来，我去五一大楼买衣服的时候也看见她了，她回来就是为了给我们看的，这女人……专门让人看她卖烙饼。

梁爱华冷笑一声，说，让我们看什么？你想多了吧，人家又不是穿金戴银地跑回来刺激你。

曲小红微微笑着，不再说话，只用两个指尖轻轻拈起一块薯片端详着。

我用力把半包薯片扔在桌上，又喝下去一盅酒，我开始感到轻微的眩晕，它让我觉得自己变得很轻盈很陌生。我看着另外两个人说，她现在真的过得挺好，她肯定不是做给别人看的，她现在的状态……是有些奇怪，但挺好，真的挺好。你们知道吗？她抄写了整本《尤利西斯》，她还每天晚上去汾河水库游泳，风雨无阻，不管刮风下雨下刀子，没有落下过一天。

我看见自己伸出一只指头，在另外两个人面前拼命摇晃着，没有落下一天，没有落下过一天啊。

曲小红笑了一声，慢条斯理地说，这天气去汾河水库游泳？你们也信？真是笑死我了。

梁爱华忽然一拍桌子，异常兴奋地说，今天不是过节吗？我们好久没在一起过过节了吧，那时候我们住在大宿舍的时候，一起过节一起抽烟喝酒，记得不？那时候多好玩。今天我们就一起过节，我们现在一起去汾河水库吧，看看康西琳到底是不是在水库里游泳。

我一愣，马上说，大冬天的，汾河水库都结冰了吧。

曲小红笑着说，放心吧，每天都有人去水库钓鱼，靠岸的一圈冰都被炸开了，一辆汽车都能开进去。

梁爱华使劲拍着手说，快走快走，我们都去汾河水库，今天过节嘛，就要有个过节的样子，人生一世，草木一春。

她俩看起来也都喝多了，浑身散发着一种灼人的兴奋，眼睛亮得邪气。我仿佛觉得我们又回到了二十年前的大宿舍，那个新年，窗外下着雪，我们在黑板上写着新年快乐，用彩纸裹了灯管，贴了窗花，然后我们四个人喝着啤酒，装模作样地抽着烟，在一种人造的兴奋中相互依偎着过了个新年。我觉得我也一定喝多了，因为我的话开始变多，开始想掉眼泪，我的脚步开始变得极其轻盈，随时都能飞起来。确实，我也想看一看在汾河水库里游泳的康西琳。我挥着手对另外两个人说，那我们出发。

于是我们三人把自己裹得严严实实地出发了。寒风从后面推着我们，使我们脚步踉跄，又走得极快，像是划着船前进一样。我们一边跌跌撞撞往前走，一边相互搀扶着大声说笑，还不时用手比画着什么，像三个溜出校门偷偷喝酒的女大学生。不时有行人回头看着我们，我们也毫不畏惧，反而更大声地说笑，有一种奇怪的荣耀感。

我们沿着汾河走着走着，就来到了那片墓地前，要去水库就必须经过这片墓地。我们三人不约而同地都停住了脚步。荒野里的月光分外澄澈，墓地看上去撒了一层薄薄的银霜，发着幽幽的冷光，看不清是不是有传说中的大雾，也看不清是不是有白衣人和白狐在其中穿行。我们在那里呆立了片刻，都有些犹豫，曲小红忽然冷笑一声，说，康西琳每晚一个人穿过这墓地去水库游泳，你们也信？

酒精在体内炙烤着我，我盯着曲小红的脸，笑着说，你又怎么知道她不在水库里游泳呢？曲小红干笑两声，说，好啊，去看看，那我们就往过走啊，站在这儿是什么意思？梁爱华晃着一米七五的个头蹿到前面说，我走前面，你们俩走后面，其实有什么好怕的呢？我这辈子没做过一件亏心事，没害过一个人，应该是鬼见了我害怕才对。

墓地里寂静极了，是那种年深日久一层一层积淀下来的寂静，已经长出了石头的纹理，坚硬冰凉，伸手就能摸到。大大小小的坟墓在月光下肃立着，静静地注视着我们，古老的墓碑苔痕斑驳，阴森森地躲在阴影里。月光亮得惊心动魄，夜晚好像变成了沙哑可怖的白天，墓地里流动着一层晶亮的水银，我们三个人蹑手蹑脚地往过走，生怕惊动了那些坟墓。地上是我们投下的长长的影子，像三个面目模糊的魂魄跟着我们。梁爱华声音打着战，说，怕什么？等我们死了都要来这里的。我和曲小红缩着脖子，都没吭声。

那片墓地我们走了很久很久才走完，以至于我怀疑我们是不是误闯进了另一个幽灵定居的世界里，再也回不去了。就在我越来越感到恐惧的时候，忽然发现坟墓开始渐渐稀少，走着走着，我们看到前面一大片干枯的芦苇在月光下闪着银光，那是汾河水库。我们连忙朝那片芦苇奔过去。

水库冻成了一面巨大的镜子，安静地躺在月光下，这么一眼望过去，无边无际的平静与浩荡，好像来到了天尽头。果然，白天来钓鱼的人把水库沿岸的冰面都炸开了，那些大大小小的冰窟窿里都沉着一轮月亮，亮晶晶的，一眼就能看清楚哪里是冰哪里是水。

西北风呼啸而过，一大片芦苇都弯下了腰，我看了看四周，旷野里看不到任何人影，寂静辽阔的冰湖上也没有任何人影。我们三人互相看了看，都没有说话，经冷风一吹，酒已经醒了大半。都不想就这么回去，于是，我带头，我们三人沿着水库继续往前走。

我们就这么踩着月光又走了一段路，穿过那片芦苇荡，是一块开阔的水边空地，空地上只长着一棵孤零零的枯柳树。又往前走了几步，我猛地站住了，后面跟着的两个人也同时站住了。我相信她们一定也看见了，前面，就在水库的边上，站着一个人，是个女人。她好像正在那里做什么健身操，又像是在那里独自跳舞，我想还有一种可能是，她正在做游泳前的热身运动。总之动作看着有些诡异。我们仨屏住呼吸看着那个影子，她跳得很投入，丝毫没有感觉到我们的到来。我们静静地站立了片刻，又不约而同地向她走过去。

近了，更近了，在浩大雪白的月光下，我看清楚了，前面那个人影正是康西琳。那一瞬间，我有些喜悦，有些悲伤，还有些奇怪的如释重负，我快步向她走去，我还没有想好应该和她怎么打招呼。另外两个人就紧紧跟在我身后，在寒冷的冬夜里，我能清晰地听见她们沙沙的脚步声在逼近。康西琳也一定同时听到了这脚步声，她猛地停住，回过头来看着我们。我和她在月光下四目相对。

我还没有来得及看清她脸上的表情，也还来不及和她打声招呼的时候，就见她忽然做了一个让我猝不及防的动作，她只看了我们一眼，就一眼，然后整个人就轻盈敏捷地跳了起来，在月光下，她穿着衣服跳进了脚下的冰窟窿里。那冰窟窿里的一轮月亮迅速被搅碎了，化作无数片金色的羽毛。

月光下，整个冰面变成了磨砂的玻璃，依稀映出了无数条鱼儿的身影。即使站在岸上，我都能看到，有一个非人非鱼的黑色影子正在冰面下欢快地游来游去。

寄居蟹

文　珍

1

那只螃蟹的眼睛很善良。

基本上每只被做成公仔的动物的眼睛都很善良。其实没什么样子真正邪恶的仿真动物：邪恶很容易就导致商品卖不出去，滞销在库。

林雅悄悄地把螃蟹藏在身子后面。最后能不能把它带出去还不知道，她想试试看。女儿是巨蟹座的，她想给她弄一个螃蟹公仔回去。在过去的十五个月里，她已经从这个工厂里悄悄带走了一只浣熊、一只猫头鹰和一只树懒，样本库渐渐齐全起来。而女儿饼干也从三岁变成了四岁零三个月，已经是非常机灵的小姑娘了。她目前没有法定意义上的爸爸，但这没有什么。饼干的眼睛比任何公仔的都要善良，并且看上去聪明，林雅试着找一个形容词来形容，比如像小鹿的眼睛，工厂里最好的仿真小鹿的眼睛也不过是用玻璃球制造的，据说是奥地利工艺的一种玻璃，通透性特别高，硬度也够，这样装在小鹿的眼窝里，就会像真正的鹿眼一样熠熠生辉。但是小饼干的眼睛比那个还要美丽。她的眼睛里面有一些真正的星星。

而这只螃蟹的眼睛不过就是凸出来的黑色绒布做的罢了，绣了一点白色的部分假装眼白或星星。但其实螃蟹眼睛很小。林雅家就在江苏，她知道。她家没怎么吃过大闸蟹，大多都是毛蟹。就算在江苏本地，大闸蟹也是更金贵一点的品种，平常人家等闲不会买的，尤其村里还有专门养殖大闸蟹的人，养肥后立刻就被收蟹的人带走了，收的价格比市价低，但依旧不便宜。想吃蟹最好就是自己捉，河里、湖里、池塘里，到处都可以捉毛蟹、小青蟹、蟛蜞，但家里也不怎么吃，半天才一点点肉，吃这东西也太耗时间了。

是到了华南后，林雅才经常怀念家乡的各种吃食。有时候也不无炫耀的成分。比方说她中午刚看到来了一批螃蟹公仔的样板，就忍不住和一条线上的孙美妮说：我们在老家经常吃蟹的。妮子你吃过吗？

孙美妮是北方人，大庆的。林雅猜她这辈子都没见过一只活螃蟹，没想到她说：吃过啊。

你们那也有蟹？

盘锦离我们那旮旯不远，稻田蟹老出名了。

盘锦在哪？

辽宁。有个红海滩挺好玩的，你没听说过？

林雅就不说话了，继续缝螃蟹眼睛，缝完了用机器把钳子、蟹螯和身体之间的线走一遍，反过来再车一遍。她知道饼干爸爸老家也在辽宁，但他从来没和她说过什么稻田蟹、红海滩，大概是他们还不够熟，在一起的时间其实也不够多。

要么就是他也不知道。其实他对于家乡什么都不知道。林雅惘然地想。

饼干爸爸叫军军，如无意外……现在应该还在五隅。那地方据说现在特别出名，东瀛电视台都报道了。最早就是 S 城若干郊区人才市场之一，后来不知怎么地就慢慢集结了一大帮打短工的人。一到晚上，尤其是夏天，市场后的窄巷到处都睡满赤膊，冬天就多一副铺盖，脏兮兮地直接铺在凉席上，像火车站。附近的网吧也每晚人满为患，有些人刷着刷着就往键盘上一倒，死了。军军说那些人只打日结散工，干一天，歇三天，没事就天天泡网吧。但军军更绝。他连日结都懒得打，没钱宁可不去网吧，天天躺在铺位上玩手机。

军军大名叫田又军，从小跟妈妈来了 S 城，说起来还算是半个本地人。林雅和他认识在火车上——那次军军说是回东北老家看奶奶。老人家在村子里病得快死了，父母一个在 S 城做家政，一个在浙江当保安，一时都请不到假赶回去，就让军军回去当全权代表。

林雅那次倒是第一次离家远行。才十九岁，啥都不懂。来自 S 城的军军在她眼中就是洋气的代名词，穿着谈吐都和村里的男孩子全不一样。嘴里还不断蹦出洋气的新词儿，什么沙雕、窝里蹲、女团、饭圈、大神，一个接一个让人耳不暇接。又管可乐不叫可乐，叫快乐肥宅水。

她没听明白，傻乎乎地问：肥宅水？

军军哈哈大笑：没错，就是肥宅水，喝了正好洗胃。

可乐多好听，为啥叫肥宅水？

嗐，你不懂。

军军又给她展示自己最新的山寨手机。说是 S 城最大的电脑城买的，功能比苹果一点不差，两百六十块钱，像素和苹果 6 差不多。军军说她坐在窗口的模样好看，不由分说给她拍了几张，就势要了微信号：否则我怎么把照片发给靓女？

林雅是第一次被人称作靓女，很新鲜。那天她的注意力几乎全在这个 S 城男孩身上，窗外经过那么多城镇、平原、电线杆、田野里孤零零的树、远路上芥子大小的行人，她全没在意。不知不觉间列车已疾驰过小半个发展中的中国。

军军说他到 S 城都已经十五年了，五岁那年跟妈妈一起过来的，但一直没住一块儿。他妈总在雇主家里，他从小就被托给五隅附近的老乡，就周末见一面。

林雅不知道五隅在哪儿，但这地名听上去挺有意思，颇有沿海地区特色。这个男孩也有意思，一见面就说他妈干家政。她怯生生地问：S 城好找工作吗？

军军表情沉稳地想了想，说要看到底想干什么了，想去服务业还是工厂，有没亲戚朋友投靠，有人介绍没准能找个待遇好点的工作——如果不想也干日结的话——而且女孩子本来也更好找事做。说完他奇怪地笑了笑，那瞬间超过了实际年龄的二十岁。是过了很久以后林雅才想明白那笑的意思：S 城市区里还好，但五隅一带到处都是洗脚城、洗浴中心、发廊、美容院。

当时林雅只茫然道：我是和我妈大吵一架跑出来的，谁也不认识。——除了你，她心说。虽然也只认识了俩小时，但目前已是眼前最能代表 S 城的熟人了。

谁都不认识就敢跑这么远，还敢和母上顶嘴，有个性。

母上是什么？

母上就是你妈。父上就是你爸。军军发现这样说话有点像骂人，笑了：你从来不上网的？大乡里，哈哈。

林雅傻傻地张着口：大乡里？

就是农村人的意思——对不起，开个玩笑。

她有点局促地笑了：本来也是。不过我们那儿现在也是社会主义新农村了，村里马路修得挺宽的，也盖了好多新房子。我们村里好多人都发财了，尤其是前几年那些养螃蟹的。

养螃蟹？大闸蟹？

就是大闸蟹。我们苏北就出蟹，好多号称阳澄湖大闸蟹的都是从我们那儿运到苏州去的，在阳澄湖里泡两天，贴个牌，价格就连翻好几倍，他们都叫这种为“洗澡蟹”。

你们那儿收购价多少钱一斤？

林雅说了个数，军军瞪大了眼：这么便宜！

不便宜了，毛蟹才几块钱。

毛蟹谁吃它！你听我说，搞不好我俩可以合伙做点生意。你们村不是养蟹的人多吗，一多就卖不上价。还不如让我进点儿到S城卖，市里那玩意儿卖得贼贵，也不知有啥吃头，半口肉。

她奇怪地发现他管S城叫市里，不过也兴奋了一下，想想又说：可我不认识那些养蟹的……好多都是外乡人。有兴化的、连云港的，听说还有山东人。

军军说：那你让家里人问联系方式，我来。

那还要打电话回去才知道……我才刚跑出来。

说着她耳根不期然热起来，觉得暴露自己是个问题少女是件丢人的事。但对方看上去完全不以为意，顷刻间就放弃了致富大计：你跑啥？你家里人逼你嫁糟老头？

都什么时代了，哪还有这种事。

那你跑啥？

我不爱读书，想在镇上读完中专就打工，我妈心血来潮非逼我考师范，说减免学费，现在老师待遇又好，考上就轻松了。我不考就骂我没出息。也不想想，我们村这五年来高中生都没一个考上二本的，我一个中专生怎么考？高中文化基础课压根就没学过——加上我也不怎么想当老师。所以一拿到毕业证就跑了。到外面干点啥不好？广阔天地。

林雅笑嘻嘻说了一长串想好的话。但真正的理由她当然没说。她与之决裂的其实也不是她妈，而是她爸。她爸以前一心想让她留在村里，嫁个养螃蟹的外乡人最好，早早就逼着她选了学费低的中专，家里有点钱都供她弟读高中了——自从二胎罚了一大笔钱，十几年来家里经济情况就没好转——结果弟弟成绩太差，她爸又懊悔了，不知从哪儿听来一耳朵，一拍脑门非逼着闺女重新考学，说当老师社会地位高，待遇好，尤其S城那边的老师，正式编制每月至少一万。可这哪来得及？她中专学的是服装设计，师范得考数理化，她爸不知道功课丢了就是丢了，道走错了就是错了。她妈则是墙头草，在林雅和她爸吵架摔盆子时全程一声不吭，末了蹦一句“女孩子家读那么多书没用，不然早点嫁人也挺好”，气得人吐血。嫁人有什么好？被丈夫欺压了一辈子又有什么意思？四十不到的人，头发都花白了，看上去五十还不止。林雅看她妈窝囊样子，早寒透了心，知道女的在这家的地位还不如根草。哪怕不考师范上班挣钱了，没准儿也还得一直供弟弟复读，上大学，考研究生。与其如此，不如趁早远走高飞，再混出个样儿给他们看。

更不堪的往事也不愿去想了。比如从小就让她吃剩饭，让她给弟弟洗脚，颐指气使地说一切并不必颐指气使的话。就像弟弟才是这个家庭真正需要的传宗接代者，而她只是他出生前失败的试验品。十二岁那年姐弟抢糖，他毫不犹豫地就给了她一巴掌。弟弟也就比她小一岁，使尽吃奶力气的一掌呼在脸上，疼得她眼泪立刻就下来了。哭着去找她爸告状，她爸二话不说，又是一巴掌。

就是那两巴掌让林雅记恨到现在。但眼前这个秀气的男孩子一定想不到这么多：重男轻女也就在农村还常见，说出来都像上个世纪的事，也真没比嫁老头强多少。他是独生子女，还在S城长大，那个大城市一定像电视里一样又繁华、又现代，高楼林立——连理应最穷的老师月工资都上万，像天方夜谭。她打工也不求那么多，一月大几千就可以了。好久以前就传说那边遍地黄金，这神话在苏北流传二十年了，她依然信。不过村里去浙江上海的人多，她反倒不乐意，嫌离家太近。要跑就跑远点。

你读过中专？

是啊。服装设计。其实就是高级裁缝。

挺厉害的。对方脸上闪过一道也许过于明显的艳羡阴影，随即露出雪白的牙齿笑了：做衣服当然比读书强。读书是没啥意思，换我也跑。听说现在大学生也就是每天通宵打游戏，打着打着就挂了——这不和我们五隅一个样。

五隅在哪儿？

你没听过五隅？是个人才市场，就在S城西郊，现在可出名了。

中专生在那能找到工作吗？

没问题。人才市场嘛，各种层次的人才都需要。

你说话可真有意思。

湿湿碎啦。

什么意思？

小意思，哈哈。

…………

就这样不停歇聊了一路。一直聊到站了还舍不得分开，在月台互望着恋恋地笑。虽然早就借发照片互加了微信，也反复说了几次回头再约吃饭。

还是军军主动开的口：你不是在S城暂时没地方落脚？要不要我直接带你去五隅？——反正也是个人才市场，正好。

林雅这时候才发现漫长的一路好像一直就在等这么一句话，心底放下一块大石地笑了：好啊。

因此这段关系就是这样看似随随便便地开始的。相遇的第一天，从火车上一直到五隅，一路上她看军军的眼神一直都是星星眼，脑子里空空如也。暗自觉得他长得帅，对她又绅士，比镇上的任何男孩都风趣，穿着谈吐也不俗——后来才知道，那次军军回乡，是特意穿了最好的一身衣服。火车上八小时，坐地铁转公交再坐摩的又是俩小时，十小时内她自认彻彻底底缴了械。只要他不嫌她“大乡里”，她天南海北哪里都敢跟他去。也不是不知道会发生什么——都十九岁的人了，又不傻——但真出了什么事她也会毫不犹豫地说：

我是自愿的。

就像那些电视剧里悲惨又漂亮的女主角一样——但她没想到最危险的还并不是所托非人。

2

显然这个叫田又军的S城男青年绝非人贩子，更不是什么处心积虑的流氓。

他并没有直接带林雅到小旅馆去，而是真的就带她直奔五隅——晚上门口就成了大通铺的五隅人才市场，旁边的海信大酒店灯火通明，大门口横七竖八睡着的也全都是人，保安走来走去的并不管。她走了半天才发现五隅街上几乎没什么女青年，除了巷口看上去就不大对劲的几位：十厘米跟的松糕鞋，低胸爆乳一步裙，大浓妆，头发染成五颜六色。据说里面最出名的叫红姐，都管去找她们叫修车。红姐好惨，修车修到四十五岁，还在修。还有人说她前后包养了三个小白脸，现在还伺候着一个不到三十岁的。

但林雅当时只是傻傻问军军：我晚上睡哪里？

军军摸摸头：你有钱去开房吗？景乐新村那边倒是有泊寓，日租很贵，八十块钱一间。

泊寓是什么？名字还蛮好听的。

林雅也没想到自己的第一次就这样交代在八十一晚的城中村“泊寓”里。好一点的大闸蟹旺季收购价要六十块，这还不够两斤大闸蟹的。但其实还是军军送她过去后的表现打动了她，虽然一路都暧昧，但进屋后却并没有像她想象中的猴急——而是尴尬地站在门口，随时准备离开的样子。“泊寓”房间很小，床离门才一米，放下他俩的箱子，基本就没可落脚的地方。

你休息吧，坐一天车也累了。我先走了。军军迟疑地说，脚下并没动：我明天再来看你——

再坐一会儿。我烧点水给你喝。林雅笑着，表现出驾轻就熟的姐姐模样——但在这方圆不到十平方米的房间里找了半天，并没找到电热水壶，渐渐窘迫起来，也只好局促地坐在床边。

再怎么落落大方，并排坐在这种房间的床边和火车上坐下铺的意味显然是完全不同的。随着时间过去，空气里说不清道不明的密度越来越高。军军坐下一直低着头，偶尔转头，眼神立刻又心虚地收回去，像被她的模样灼伤了似的。

林雅突然前所未有地快乐。她知道自己在这个男孩子眼中是好看的。

而他呢，他在她眼中也堪比二十岁的柳下惠。倘若就这样让他走了，她这天晚上反而会睡不着的。就算是陪她度过在 S 城的第一晚吧。

讲不清是谁先伸出的手。也许就是林雅。她似乎也不清楚自己在做什么，胆子却一下子变得很大，整个人处在一种燥热的迷乱中。他倒很吃惊的样子，整个人急遽一颤，手背却老老实实地覆在她手掌下，一动不敢动。

你手好瘦。她轻声说。我有个弟弟，比你胖好多。

可我比你大。军军闷闷地说。我 94 年的。

这时候她才发现他眼睫毛垂下来很长。笑着指出这一点，那睫毛更像蝴蝶翅膀一样抖个不停，像被笑声惊动了似的。军军怕冷似的缩了下脖子，手却突然反过来用力抓住了她的手。

你干吗？

我喜欢你。他几乎是悄声说：我第一眼在火车上看到你，就好喜欢你。你真靓，我在五隅从来没见过比你更靓的女的。

这时轮到她不说话了。心跳得越来越快，就像有个小人横冲直撞地在练习跑步，从左心室大步流星走到右心房，又楼上楼下拼命跺脚——气都喘不匀了，心痛得像立刻就要死掉。但那个可恶的军军仍然抓着她的手一动不动，就好像比她死得还快，还无助。两个人这样僵持了好一会儿，楼上真传来了声音。仔细听，是一个女人细细的猫一样的叫。过一会儿，又传来床板被撞得砰砰响的声音，如果再仔细听，间或还有男人粗重的喘息声。一切就像发生在他们面前。

一时间他们谁都不敢看对方。但军军的手心渐渐沁出了汗。又偷看她一眼，无意识地舔舔嘴，像猫巴望着什么吃不到的好东西。她身体猛然间滚烫。

笨蛋。她轻声说。

真抱在一起她才发现军军如此急切，莽撞得像只小兽，又全然不得其法，笨拙得教人怜惜。她反倒比他还更有经验一点，虽然这经验也着实有限——在镇上的中专半真半假地处过一个男朋友，并没进行到最后一步。

但现在人都出来了，一切都不同了。

等都结束了，军军筋疲力尽地睡着了，她才发现灯还没关，也没力气去关，浑身汗涔涔地——不全是她自己的汗——平躺着，茫然四顾周遭。不到十平方米的小房间，天花板低矮得踮脚伸手就能够到，最多一米二的床靠着墙，床心无可挽救地塌陷了，两个人并排躺上去就止不住一起往中间滑，两个沉重的肉身黏答答地靠在一起。现在都十月底了，华南的秋天真热。墙上还有疑似蚊子的尸体，一摊摊褐红色的血迹像凶杀案现场。床单没洗，褪色前大概是粉红，上面是喜羊羊与灰太狼的图案，现在大概也沾了血——她的——她竟然也懒得起身查看。也许看一眼这一晚上的梦就全醒了。就算是农村姑娘，就算是“大乡里”，她想象过的第一次也应该是和这完全不同的。但她此刻十分乐意就这么懒洋洋地躺着，整个人把身体抛到了全新的惊涛骇浪里，同时体会到一种奇怪的自由感，而毫无想哭的意思。那一瞬间她甚至觉得那些影视剧里坐在床边痛哭的女人太矫情了些。无论如何，这一切是她自己决定的，没人强迫她。没人骗她。而且她想她真的爱这个瘦弱得像鸡崽一样的男孩子。这是她在新世界里遇到的第一个男性，一个和以往生活毫无关系的崭新人物，暴风骤雨般带给她隐秘痛楚的成人礼，一次毫无仪式感的廉价洞房。但这一切也许都是必须经历的。

她大睁着两眼躺在白惨惨的日光灯下，以为自己会彻夜失眠，结果不料旅途劳顿加上倦怠，不知何时就昏睡过去，没做任何梦。再醒来她发现他正一动不动地裸身平躺在她旁边，脸转向她，眼神充满无辜，仿佛比她更惊奇自己为什么会在这里。她刚睁开眼又害羞地闭上，满心以为会得到一个吻。

但并没有。良久，他只是搂住了她，又把头深深地埋在她胸口呼吸着，像小孩子。那么用力，同时又有一种奇异的小心翼翼，仿佛生怕弄疼了她，又像突然得到了一件旷世珍宝，大气儿也不敢出。

你是真的吗？他用一种不能置信的气声问。你是谁？怎么会和我睡在一起？我不是在做梦？

傻瓜。你什么时候醒来的？

醒来好久了。一直在看你，看不够。

林雅情不自禁地笑了。她想她一辈子还没有听过比这更动听的话，就为了这句话，一切都值了。窗帘拉着，灯还没有关，依然是昨晚睡前那种惨淡破败的光景。但她笑着跑下床去，光脚站在地上关了灯，一种奇异的暗处发出的光却瞬间涌满了整个房间。就好像刚才军军说的话打开了什么开关。暗处他男童一样的身体也在发光。

她重新赤身躺回到他身边。他继续像小孩一样偎依着她。

她说：这房间原来有空调的。我刚发现。

他说：噢。我不热。怕你着凉。

他整个身体的确一直在轻轻地发着抖。不知道为什么。

头一晚她并没有哭。但他这过分孩子气的话却把她弄哭了。她悄悄擦掉眼泪，也侧身回抱他，只觉得手手脚脚都像树多余的枝杈，只能笨拙地反复摸索更合适拥抱的姿态。两个人的汗慢慢在床心的凹陷处形成了一个小水洼。但谁也舍不得先分开，起身去开空调。

他们两个人昨晚都没有冲凉。

3

不到半个月林雅身上带的现金就花了一多半。其实除了头四天住在泊寓里——连住四天还是她坚持的，说好歹多住几晚——正因如此，这四天就像泡在蜜罐里，两个人腻在一处几乎下不了床，像冒险家骤然发现新大陆，一天到晚没完没了地向对方探索，也不断挑战自己身体的极限，除非饿得实在不行。是第五天眼看着坐吃山空，才终于咬牙换到了男女合住的集体宿舍，也在附近的城中村里，这样就只能和军军分开了，男一间，女一间，一间房六个上下铺，十五平方米可以住十二个人，每晚十五块钱。

到了五隅林雅才知道军军身上买完回来的车票只剩不到两百块钱。她跑出来前好歹还带了两千，想着出来就找活干，混过第一个月就成，总不至于饿死。

他这几天基本跟她混吃混喝蹭住，交钱时都悄悄后撤一步，让她上前——她糊里糊涂地也就都给了，怀着一种母性的柔情，想象不出他认识她以前是怎么活着的。

我一般都干日结。军军说。去年去富士康干过几个月，流水线真的好苦。有一次机器出故障，差点把腰砸断了，吓死了，后来就不去了。不过现在日结也越来越不好找了，最近身体又不太好——

林雅说：那你就再休息一段时间。没事的。

放心，我随时都能去开工。

她就假装发火：谁让你开工啦？我还有钱。

他们日常总是吃宿舍楼下的炒米粉，军军爱吃这种“挂逼粉”。四块钱的只有豆芽，六块钱的加鸡蛋。辣椒酱免费，盖子上全是油，有一次掉在露天的地上，老板顺手捡起继续盖在辣椒酱上。

林雅总不能习惯这些细节。但军军视若无睹。

他整个人细长精瘦，穿西装空空荡荡，大概因为缺少营养的缘故。问他，他就嬉皮笑脸地企图让这个话题没那么沉重：那今天炒粉加个蛋。

天天吃粉，全是地沟油。吃多了脑子都坏了。

她被自己的大人语气吓了一跳。但军军笑嘻嘻地只假装没听见。

没几天她发现军军也没正经读过什么书，只勉强读到初中，因为S城郊区的农民工子弟学校最多只管九年制义务教育，老师还都大多数是凑合请的民办教师，以及少数有一搭没一搭的城市志愿者，教学质量和工资水平一样低下。他一直也没混上S城户口。老家只剩奶奶和一间破屋，死也不让军军父母把他送回去，说“村里冬天太冷，雪厚，烧不起俩人的炕”。这边倒是四季如夏。他父母也不太担心他——只逢年过节打个电话，确定一下都还活着，至于怎么活、活成怎样就管不了了，彼此能力都有限。他爸一直在浙江，他妈一年到头都住雇主家里，十八岁起就任由军军在五隅自生自灭。雇主家在城里，五隅在西郊，单程三十多公里，坐地铁倒公交得两小时以上，几个月才能见上一面，见面也都只报喜不报忧，偶尔想起来才塞给他一点钱——要没这点钱他可能早完了。林雅想。军军有一次也和林雅说他其实恨他妈：不管我干吗生我？又把我带来这么个鬼地方。要哪天真挂逼了，做鬼也不放过她。

集体宿舍总有没人的时候，他就踅摸到女工屋这边找她。网吧也不常去了——当然主要还是没钱。她成了他生活中最大的甚至唯一的主题，总是一见面就猴上身，大半天大半天地压在她身上，还和那四天一样紧紧搂着她，说些孩子气的傻话。但同样的状态在泊寓是柔情蜜意，换在公共场合就完全不同，至少林雅在下面还得随时眼盯着门。虽然有床帘，但也不顶什么事，偶尔有舍友进出，看到里面在动只假装没看到。但到晚上，即便彼此都不怎么认识，只要有人交头接耳，林雅就神经过敏，怀疑她们都在背后笑话自己就知道天天陪男朋友做那事，又不开房。原本甜蜜的隐私迅速变成一块触目惊心的疮疤，碰不得，除了暴露他俩的穷之外，尤其显得贱。她后来就渐渐不肯让军军过来了。

不然去开个钟点房，我昨天去问过了，才五十块钱。终于有一次她竭尽全力推开军军，说。

五十块钱！再加三十可以过夜了。你好有钱。

那怎么办？

管他的，她们现在又没回来。

随时可能进来的，又不可能把大门锁上。昨天丽娟就撞上了。

撞上就撞上，又不能把我们抓起来。她没男朋友，嫉妒啊？

根本不是这么回事。眼看军军又要猴上身，她一急，套上衣服彻底下了床。

不要。

军军就像要不到糖吃的小孩，一下子颓了。他一直管林雅叫“你”，没任何别的昵称。他在五隅也几乎没有朋友，男的女的都没有。此刻他坐在床边眼巴巴地看着她，像只受伤的小狗。

林雅说：不然还是去找活干吧。两个人都找，钱稍微多点，一起租个房子。小点也可以，现在这样，让我觉得自己像……牲口。

军军不出声地点头。低头看了一会儿手机，又无聊地放下。挨她坐了老半天，房子里静悄悄没再来人。渐渐心思又活络起来，手悄悄伸到她 T 恤里。

少来。她隔着衣服打他一记，力道并不重。其实她也犹犹豫豫的，觉得恐怕伤他自尊心了，尤其牲口那句。

军军就像小孩子一样立刻感觉到了，瞬间高兴起来，搂过她脖子开始痴蹭她的脸，又闭眼找她的嘴，舌头也悄悄滑进去。她很快也喘气不稳，他就势把她推倒在床上。一推她倒又反应过来了，却无论怎样都推不开。床沿硬硬地抵着她的背，他力气变得空前之大，整个人都要冲进她身体里，带着兽类的决心和本能。

林雅则在他身下喘不过气来。不是因为重量——就是整个的窒息。她租的长期铺位在下铺，本来顶就低，宽不到一米的床位，放上行李坐起身都困难，再加上一个一米七三的大男人，再瘦也有骨头的斤两。而且根本不知道这瘦身体里有多少耗之不竭的气力，打不死也用不尽的热情。两个人的四肢渐渐融到了一处，他的汗滴到了她眼睛里，蜇得生疼。

门响了一下。林雅一惊，身子一阵冰凉，不知从哪儿生出一股子蛮力，差点把他掀翻。自己坐起来喘粗气。

军军吃一吓，头撞到上下铺的铁梯子上，整个人紧抓住床沿才没掉下去：干吗这么凶？这梯子角好尖，撞正了不死也得瞎只眼。

有人进来了。

哪儿？

刚有人开了门，伸进来看了一眼，又走了。

操他妈。谁这么无聊。

你才无聊。

他裤子穿起来了，下面还兀自兴奋着，像村里那些交尾到一半却被人用棍子打开的公狗。上半身却可怜兮兮坐在床沿，东一下西一下用手指抹脸上密密的汗。林雅心底瞬间涌上怜悯和恶心交织的情感，同时既可怜又憎恶自己：身上到处是你的汗。我去外面冲个凉。

你要去澡堂？我陪你去。军军说。你不知道五隅有多少流氓，你这样的出去洗个澡，小心有人在暗处强奸你。

轮奸都说不定。想了想他又补充了一句。

才下午三点半。一整个白天燠热漫长，外面不知道哪里的树上还有鸟在叫——她倒不知道五隅还有树，还有鸟。不知怎的又绝了望：算了算了，就坐这里说会话，等会洗完回来又搞一身汗，等晚上再去。你莫再缠我。

他垂着头。像没听见。

军军在火车上的神气劲一到五隅就全没了，一天更比一天彻底地现回原形来：除了第一次见面那身西装，他根本就没有任何一件像样的衣服。好几天不是套着同一件油渍麻花看不出本色的格子衬衫，就是一件图案掉得差不多的旧T恤。一条脱下就可以自己站起来的梆梆硬的牛仔裤。集体宿舍没洗衣机，要洗衣服只能自己去集体卫生间手搓，林雅问了他几次有没现成盆子，他先说买过，不知道扔哪儿了。又说随便和人借一个用就是，总之不必买。

这种东西怎么能用别人的。

她暴躁起来，自己下去买了一大一小两个塑料盆，大的蓝盆子管外套裤子，小一点的粉盆洗内衣裤——加起来才二十块钱。又买了块雕牌肥皂。当天就把军军那件格子衬衣搓了，洗出来几盆黑水上浮着的全是白花花的人油，汗腻子。因水电费是公摊，进出厕所的人都死瞅她。她只权当没看见。

买盆时军军还寸步不离地跟着。到那天下午就只能光着膀子躺在男工宿舍床上玩手机，到傍晚衬衣才阴到半干，他就迫不及待套在身上要出门，声称马上要闷出病来。

她知道他直奔网吧，今晚大概不回来了，下午就没交今晚过夜的钱——他行李全存她这边。住一晚宿舍上下铺得十五块，网吧通宵才十块，他觉得划算。

林雅第一个礼拜就全明白了五隅到底是个怎样的地方——就是全国各地来S城打工者的集散地。还有所谓的五隅大神、挂逼——都是五隅特有的词，算是“屌丝”升级版。军军让她加入百度的五隅吧看看有没有什么机会，她上去研究了半天，别的没学会，只学会一堆网络热词。“挂逼”只可意会不可言传，大概意思是说一个人穷得马上要死了，随时要挂在墙上，同时还需要丧和颓到一定境界，还可以无限延展开来，和任何东西组词。比方说没挂之前，可以吃吃挂逼面、挂逼粉——前者有青菜肉末，要五块钱。后者就是军军爱吃的那种鸡蛋炒粉，比汤面油大。还有挂逼水：水是生命之源，人人都离不了。著名的庆岚大水，两升才一块八，是五隅所有瓶装水里性价比最高的。

贴吧基本上没什么工作信息，要找工作还是得去五隅市场看每天都更换的张贴。

市场白天永远车水马龙，热闹喧哗得像过年的集市。尤其到了中下午，更是各处高音喇叭喊个不停。打个不恰当的比方，招工者有点像影视剧里闹革命的街头领袖，同样地振臂一呼应者云集，同样地富有煽动姓，只除了下面围着的黑压压的人沉默如鸡，并不同样以口号相回应。市场一楼被分隔成无数间门面房，里外川流不息，到处都是拉着行李箱来找活路的年轻人，基本都是男的。军军每天都陪她去，有他讲解，她才明白人才市场那一间间门面分属于不同老板，虽然每间房子里张贴的广告都大同小异——说白了，就是卖人的人不同。有些大点的房间布置成银行办事大厅的样子，属于势力比较大的公司，里面每个举着高音喇叭的招工者面前都围满拖着拉杆箱的男青年。

墙上 LED 屏滚动播放，除掉那些触目惊心的招工广告，有一条格外引起了林雅的注意：

1. 现场人多拥挤，请照看好自己的行李。

2. 兆辉不提供行李寄储服务，请随身携带或找专门寄储店储存。

3. 自行放置于求职大厅行李物品与兆辉无关，兆辉不承担任何责任。

4. 如大厅行李放置超过 36 小时的，将视为遗弃物品清理。

三十六个小时都不管自己的行李，那行李的主人到底去了哪里？未及细想，她的注意力立刻又被那些高音喇叭吸引过去了，虽然喊的内容和滚屏大同小异，但毕竟是人喊出来的，更多了几分可信度：

“沙井捷运电机厂，发普通工衣，入职就奖励两千元，听清楚了，入职就奖励两千元，空调车间，空调车间，要求十八岁到四十岁，无文身，无不良记录，男生不能染发，身体必须健康，厂区严禁吸烟。正式工加入职奖励，月收入可达五千块，再说一遍，月收入可达五千块，包吃包住，餐补七元一天，入职购买社保，还有夜班津贴！每月 19 号发薪！”

“维基电子厂，27 号出粮，不包中饭，不要求体检，文身没有关系。少数民族从优考虑，今天中午一点半集合，集满一车，有意的带着身份证过来排队。一点半集满一车就走！”

“底薪加班加提成，干满三个月再翻番，感兴趣的就拿身份证过来登记！听清楚了没有，26 号发工资，加班提成加底薪，干满仨月有奖励，女工多得数不清！强调一下，全是不到二十岁的细妹子！”

最后一位手举扩音器、看上去长得像经理模样的胖子面前原本才稀稀拉拉围了二三十个男青年，人数远没有前几个高音喇叭面前多，但这时他前面的和路过的人轰然一下全笑了，笑声经久不息。立刻就有人拖着箱子从别的高音喇叭前面走过去，原来这些高音喇叭之间还有竞争。

林雅站在一旁，很快耳朵里嗡嗡地就什么都听不清了，只能努力看 LED 屏上的字，一行一行闪动得飞快，全是黑体字，背景或荧光黄或荧光蓝，格外有一种炫人耳目的刺激性。她看久了也头晕眼花，转而开始注意地上那些被拉着的拉杆箱。

大部分拉杆箱看上去都簇新，箱子的主人眉眼也更怯生生一点，通常紧抿着嘴，手死攥住拉杆不放，军军在一旁讲解说这些都是菜鸟，初来乍到，还没找到地方过夜，随时都可以上车，最好骗的就是他们。也有一些箱子一看就饱经沧桑，暗示出箱子主人是各个人才市场的常客。这种老油条就厉害一点，会动不动抬出劳动仲裁法，出事了知道找工会，甚至还有几个维权律师的电话。但这类老鸟有些地方还专门不要，怕太难搞。

林雅想自己的箱子就是银灰色新硬箱，当时买的时候故意挑了个商务款，没想到反而暴露了没经验；军军的箱子就是普通的黑色软布箱，也看不出来脏，显得低调。他望着她，仿佛知道她在想什么，笑了笑：像不像菜市场？厂子挑人，也被挑。你先看两天，我们有地方住，又是两个人，不急。

四处都摆满塑料椅子，方便找工的人随时坐下歇脚。但其实很少人真的坐，大部分人都紧紧拉着自己的箱子，伸长脖子四处看各种张贴。

起初几天林雅天天都去。最常去的当然也是最大的兆辉大厅，最多的是电子厂和快递公司，也有服装厂，条件大同小异，但让她不舒服的是经常用手写字体注明“妹子多，大量岗位招女工”。这样的厂军军倒是愿意去，说女工多的厂活稍微轻省点，但她不喜欢，感觉僧少粥多，怕一去三个月，车间莺莺燕燕，军军的心思乱了。而那种一看男工就多的厂军军也不想去，说“狼多肉少”。

两个人商量来商量去，反倒比一个人难决定得多。有些地方注明男女工都要，人数一样多的，偏偏工资又少，发薪又晚，要求还多，比如说不准有文身——军军身上有个文得很失败的鹰，据说还是十五岁的时候不懂事别人带他去弄的。结果一多半的厂子都不要有文身的。

一个吉达电子厂的张贴在一大堆花花绿绿的广告里吸引了她的注意力，因为尺寸格外大，还用铜版纸印刷，最上面并排三张彩打车间示意图，感觉比较正规，一排看过去流水线有几十上百人的样子。下面用黄色加粗色强调了“空调车间，空调宿舍，普通工衣”，更粗的黑字写着“包吃包住，不用体检”，下面是几行小一点的字：

男女不限，16～47岁以内，四大名族已满，零散彝族接受。可以有少量文身。全天不能吸烟。

每月工时280小时左右。休息时间保证超过200小时。

住宿：提供住宿，先消费后扣。（入职满7天，可申请100元饭卡）

主要产品：马达。

集合时间：12:30。

她站在那里想了半天“名族”是什么。第一次知道工厂招少数民族还有限制。军军说那是因为以前针对少数民族有政府补贴，所以工厂乐意招。后来每个厂都拿名额去要钱，补贴就越来越少。而且人多了，也容易打架滋事。

“不要去。这种厂男工最野了。”

他俩并肩站在人群里，自觉像人群里的异数，因为成双成对的求职者少得可怜，偶尔有人经过，也会投来不无羡慕的目光。军军也觉得了，手上加了点力气，笑盈盈地看着她，就好像她也是他的战利品。

脸上写满焦灼的男散工中，偶尔也穿插着少数穿着制服的年轻女孩，不拖箱子，只拿着几张轻飘飘的纸走来走去——远比红姐她们的打扮要入时得多——但也都化了妆，有些漂亮得让林雅自惭形秽，更怀疑军军之前的情话是骗她：说在五隅那么多年，从来没见过她这么靓的。胡说，眼前就有一把。问军军“那个好不好看”“这个呢”，军军的眼神倒真的无动于衷：不喜欢这种天天化妆的，皮肤肯定没你好。

她便悄悄放下一半心，又和他手拉手地看招贴。

这些女孩也负责招工，就在人才市场里各个不同的公司上班。有时也会站在张贴旁亲自讲解工厂要求和福利待遇，比如有一家电子厂看上去待遇就特别好，别的地方一小时十七到十九块，他们那里二十二块一小时，仔细一看，才发现还是十九块底薪，三个月稳岗后再加三块。林雅问海报前穿红白制服的女孩：稳岗是什么意思？

那女孩看上去不过十七八岁，丹凤眼，一张下巴尖尖的狐狸脸，发现面前是同性，甜笑立马收起了一半：大姐稳岗你都不知道？就是稳定岗位。要在这家厂干够三个月才好拿补贴，事先说清楚。

——这些人口头禅都是“事先说清楚”。类似丑话说在前头，吃过无数“没说清楚”的亏似的。

那厂子在哪儿？

这可得先说清楚，厂子在武汉北郊，一会儿大巴车过来，愿意去的就先把身份证交给我，一点钟正式发车。

这里还招外地工？

当然了。这次女孩看她的眼神除了没收尽的媚态，还隐隐多了一层看“大乡里”的笑意：大姐你昨天才来的吧？我们五隅全世界哪儿的人都有——连东南亚非洲哈萨克斯坦的人都有，什么地方的工都招，是全国性大型人才市场。

武汉就算了。林雅还没说话，旁边的军军立刻说：S 城多好，谁要去武汉？

又回头硬气地对林雅说：回头我还要带你去中华民族园，去世界之窗，去华强北女人世界。深南大道你还没去过吧，两边都是榕树和鸡蛋花，像公园！

她默默地跟他走开了。

到处都是张贴，黄的红的蓝的印刷体，黑色加粗字号，大多要求年满十八岁，但具体细则都不太一样。比如有一家南山爱普生打印机厂的，就格外要求会二十六个英文字母。还要无刀疤，无传染性疾病。员工底薪两千元至三千一百五十元，加各种补贴三百元至八百元。每月十二号发工资。打卡三天奖励九百元每人。小字部分也许更值得注意：小部分岗位要穿防尘服。防辐射服。

她约莫知道辐射是怎么回事，但想象不出防尘服是干吗的。

还有些用更富有煽动性的话写着："入职不用体检！长白班！坐班！包吃包住！有夜宵！"下面一行小字"水电费平摊，人走账清"。很多术语要想一下才能明白。"长白班"就是"长时间白班不需要加夜班"的意思？

林雅每天读招工广告读上了瘾，极大开拓了想象力和眼界，但新问题还是天天有。这天她问军军什么叫"身份证没磁性可接受"。前一晚他在网吧连赢几把，搞了不少装备，心情不错，就从头多和她解释了几句。

现在哪儿黑心厂都多，尤其夜班多加班时间长的，一天十五六小时，上厕所都得两个人互相盯着，这还不神经？——富士康就这样逼得好多人连环跳的。不过也有人说那里是被人下了降头。反正我是不敢再去了。上次差点死在那里。

也有人没发神经的。

就算不神经，谁肯年纪轻轻就落一身病？现在都是"九〇后"，信息渠道也多了——所以各个厂都闹找工荒。条件也放宽不少。要搁以前，没身份证你做梦。

大家都找日结？

反正五隅日结的人特别多，今朝有酒今朝醉。

那我们也去。

又讲外行话。几点了，以为还等着你？一大早就没了。又不是双十一、双十二，快递公司每天要几百上千个人。我去干过顺丰，也就比别的日结高几十块，累死人。一点程序都不能错，错了就扣钱。妈的我就搞过那么一次，再不去了。

没磁的问题你还没答我。林雅说：扯这么老远。

条件放宽了还不懂？身份证没磁了就是注销过的，你不知道好多人卖身份证？真的假的也卖，价都差不多。

买身份证有什么用？

用处多了，皮包公司买去当法人，有些欠过债有案底的坐不了高铁飞机，也买。反正有挂逼饿疯了，只要能换口吃的，什么都敢卖，一张身份证才七十块钱，吃住两天就没了，以后干什么都不方便。军军盖棺论定：蠢得哭。我才没这么要钱不要命。

七十块，还不如一斤大闸蟹。林雅说：但消磁了不是也坐不了车？

消磁肯定也有消磁的用场。反正好多地方就是看一眼，又不拿机器验。你回老家拿户口本办挂失，补办后自己用新的，旧的转手就可以卖——反正只要是真身份证，都卖七十一张。不过也有风险，像张小黑，明知人家拿他当法人连开三家皮包公司，还憨居居吹名下好多产业。结果有天派出所过来抓人，才晓得这些公司都欠上千万，拉他一个挂逼当垫背。人家公安说了，买卖身份证本来就犯法。五隅到处都拉横幅，你见过吧？

林雅下意识摸了一下自己的钱包，硬硬的还在那儿。不放心，专门又打开看了一下，身份证也还在。

你怕我卖你证啊？放一百个心，只要你不走。

乱说。我能走哪儿去？

就是这么一说，怕你嫌我吃软饭。军军低头避免看她眼睛：再歇两天。歇两天我就去干日结。火起来找个厂子待三个月也不是不行，我就怕你一个人在外面没人陪，太寂寞。

她张了张嘴想说什么，又没说出口。

是遇到你我才知道做人有意思——以前几十年都白活了。老想和你守一起，想到要去工厂坐十几个小时班见不到你人，就心慌得不行。怕我下了工你已经被人家拐跑了。又怕你在线上出什么事。你没去过那些厂，不知道有多苦，多累，多枯燥，多让人发疯。我以前也没觉得有钱有什么好，现在好希望我是王思聪。

林雅低下头，不说话，喉咙也哽住了。大厅里人声鼎沸，没人注意这一对小情侣，没人理会男的在说什么，女的又为什么哭。有三四个搬纸箱的人像坦克一样轰隆隆地过来了，伸手不耐烦地推开他们：好狗不挡道！

军军忙伸手护住林雅：你们干吗！谁是狗？

她赶紧扯他袖子：别生气，是我们挡了路。

那几个人立住，最前面的个子最大，索性把纸箱放下了：龟儿嫌命长嗦？

军军嘴上从不肯输人：大神赶着去修车还是团饭？

他妈才是大神。你们全家都是大神。妈的老子先不去集合了，先揍死这龟儿。

是四川口音，搞不好是重庆的“棒棒”，专门做搬家公司的，现在S城的搬家公司据说全是重庆人。几个人都一起撸袖子，手臂上鼓鼓囊囊的全是腱子肉，林雅刚才只是眼酸，现在真吓哭了：大哥，他不是故意的，就是嘴欠。

妹儿长得倒是蛮乖——我日你先人板板，一个吃女人饭的还啷么凶。

你说谁吃女人饭？军军喉咙也粗起来：你哪只眼睛看见我吃女人饭了？

你不吃女人饭，怎么大白天的不做事？我在五隅见你这种宝器龟儿还少了？大个子微微一笑，倒是放下了拳头。

军军却像头红了眼的豹子一般扑上去。立刻就被小鸡一样拎起丢在地上：你爬！

几个人大笑着扬长而去。军军坐在地上半天挣不起来。嘴唇也自己咬破了，出了血。

就在兆辉大厅这个小小的角落里，其他人甚至都没有注意到这边一场小小的闹剧。只有林雅哭成了泪人：你有没有事？痛不痛？

那天晚上林雅提议说下个馆子吃点猪肝补一下，军军躺在男生宿舍床上背转身子不看她：不去。

我明天就去找个厂子上工，我们马上就有钱了。

你干吗，要去我去。我找个日结，你在这里等我下班回来吃饭。

不要。你受伤了。

这种小伤算什么。上次从富士康出来，我半个月都起不了床。

总之不要你去。我先去试试看。

你懂什么！根本就没有女的做的日结！

怎么没有。好多地方都要小时工，家政。

你做了家政就回不来了，像我妈。军军过了好久，才闷声说：我宁可你去洗脚城，白天还能去看看你。

神经病。林雅说。

去洗脚城可能还比美发店好点。

我去服装厂，去玩具厂，好多厂都可以。干满三个月就有稳岗补贴了。你也找个男工多的电子厂待着，我们周末见。

你去了就知道多惨。还想有周末？人都见不到了。我和你说，尤其不要去牛仔裤厂，去了就知道。

这也不准去，那也不准去，我就只配洗脚？

洗脚也累，但至少没毒。而且就在五隅。

你去死。我才不要给别的臭男人洗脚。

那你想给别的臭男人洗哪里？

军军急了，猛地翻过身。林雅也瞪着他，过半天才想明白他大概还在介意那几个棒棒夸她“妹儿长得倒是蛮乖”，并由此立刻判断他是“吃女人饭的”。他受不得这个气。

要是可以去抢银行就好了。军军突然说。要是有好多好多钱，就可以带你去香港、去澳门、去美国、去日本、去意大利。我们每晚都住五星级酒店，每天睡到自然醒。在海滩上手拉着手散步，看夕阳，看海龟生蛋、螃蟹在沙子洞里爬。你说美不美。

林雅听不得他说这些傻话。她的眼泪又下来了。

你别老哭，脸都哭花了。他轻轻地摸她的脸：等有钱了，就可以给你买最好的化妆品。你比她们哪个都好看。

你不要一天到晚做白日梦。兆辉每个招贴下面都写，任何人的成功都是经过千辛万苦、勤奋努力得来的，千万不要偏信不劳而获或者一夜暴富的鬼话，以免误入歧途！

你真的觉得我们都去厂子就能成功了？他望着她，凄凉地笑了。

不去就只能当挂逼，饿死。

饿死就饿死。和你一起死也蛮好的，至少不分开。

发神经，要死你一个人死。

军军说：我错了。我就错在太喜欢你了。我从来没这么喜欢过一个人，喜欢得让我觉得自己一点用都没有。

我发现你真的神经病。

我错了。我真的错了。——我活着根本就是个错误。我妈就不该把我这种废物生下来。

林雅泪痕未干，气也没消，木着脸僵着手，决心让这些没完没了的“喜欢你”“我错了”都变成水蒸气在空气里消散掉。最好连这个废物也一并消失。但“废物”紧紧地抱着她，任由她的眼泪流他一脸，还伸出舌头尝了一下：甜的。你的眼泪是甜的。你整个人都是甜的。

好话说多了终究还是有用。脸上冰霜在此地十月的秋老虎天气存不住，过一会儿全化了。

但军军再不争气，仍然有让人格外眷恋的一面。比方说睡着的时候。她几次下午过来找他，他还没睡醒，整个人在午后阳光里睡得迷迷瞪瞪的，像小孩。她凝视着他的脸，虽然瘦得颧骨突出，也还是白白净净，青春痘都没冒几颗。男童一样细长的身躯，睡着了以后尤其纤弱，手臂长长地垂在床边，像没生命的什么雕塑，但分外俊美。如果不是投胎在家政和泥瓦工之家，大概多少也是个“靓仔”吧？反正在林雅眼里，也没比那些流量鲜肉差什么。最多就是人靠衣装，他没靠上。

带着一点迷蒙的心情，她努力回想自己第一次在火车上看到他的情形。又突然恐惧地发现，那种怦然心动的感觉已成过去，再也想不起来了。

倒是他现在越来越黏她。有时候她想自己下去走走也不让，总跟着，把整个五隅形容成一个遍地流氓的贫民窟。穷倒是真的，但在林雅看来，真的穷凶极恶之徒并不多——街面上走动的人，大多数挂着一种懒洋洋的、做梦一样的神气。这神气军军脸上也常有，就好像活在另一个不那么真实的世界里。他有时心血来潮，和她说，不如去市区转转吧，请她去看最新的电影。她每次都说好。结果他仪式感还特别强，出去之前非得冲个凉。等花钱去澡堂冲了凉，又嫌衣服太脏太破。但总共换洗衣服就那么两件，除非林雅天天洗才换得过来。她回了两句嘴，他就发起脾气来，说不去了。坐在床边生闷气，怎么推都不理。几乎次次都是这样。林雅有一次也火了，抄起包说自己去。

他伸一只手把她挡住。看她不动，就又伸一只，慢慢做出用手臂把她整个拥在怀里的式样。好在同屋的男人进进出出，看他们秀恩爱已经看惯了。大家都装作没看到，拒不接受投放免费狗粮。

你干吗？

算了，别去了。

你自己先说要去看电影的。

现在快八点了。出去了等看完，没地铁了。还要打车回来。

下午就说要去，你非不起来。等五六点起来了，你又要冲凉。冲完凉又嫌衣服脏。搞什么，干脆以后别出门了。

就是不去了。

那我自己去。

你自己也不要去。求求你。

你是有病吧？

军军不响。过一会儿开始掰着指头和她算细账：现在随便一张什么电影票都要三四十块钱，两张就是七八十。加上地铁来回十几块，再随便吃点喝点，大一百块轻轻松松就出去了。要是回来晚了，还要打车，一百五都打不住。有这钱还不如买件新衣服，班尼路、以纯、贵人鸟，几十块钱就能买件新T恤。一百五都能买全身了。他说：不然你买条新裙子？你其实也没什么穿的。

那你下午发什么神经，突然说要看电影？

我就是随便说说，谁知道给你个棒槌就当针。

林雅气得说不出话来，坐在床沿不理他。过一会儿军军同屋叫老董的回来了，看上去四五十岁，是这屋里年纪最大的一个。不知道日常靠什么过活，看身架子约莫是北方人，不是山东就是东北。那么大个子，脸上却总挂着讨好的笑意。

哎哟，小两口吵架了？

两个人都齐刷刷望过去。林雅还板着脸，军军先端出了笑：没事，小雅闹着要现在去看电影。

我有个爱奇艺账户还没过期，你们要不要？好多新片子上面都有，手机就可以看。

要看你看，反正我不看。林雅小声说。我走了。

军军说：那我们明天白天看。谢谢董哥！

八点来钟男工宿舍这边的人也都陆续回来了。她回女宿舍的路上要经过好长一条走廊，眼望着窗外的夜色潮湿艳丽，而走廊两边的墙壁墙皮都掉了，破破烂烂。到晚上五隅就变成另一个五隅，白天的破败残旧全被霓虹灯遮起来。

她突然想下去走走。刚到楼梯口，就有个黑影闪出来，低声说：靓女。

她被这声音吓得魂飞魄散，手护住胸口半天不敢动。仔细一看，竟然是老董。

靓女你要去哪儿？

自己去楼下公园散散心。

我陪你。都这么晚了。

不用了，军军会陪我。

我陪你也是一样。不然请你到市里去看电影，回来再吃夜宵？

不要。她声音尖起来。

你那个军军那么瘦。我身体比他好，也有钱。

黑暗里老董走近一步，她恐惧得汗毛倒竖。

我有天下午见你们做过的，才几分钟，小伙子身体不行。我来教教你。

你走开！

楼梯口正好上来了一个人，也是个男的，抱着洗衣服的盆子望过来。老董也吃了一吓。林雅趁机飞快地跑回女生宿舍那边。跑回去倒在床上，才发现自己背心全被冷汗打湿了。刚才那么黑，要是真用强，她怎么跑得掉？在那条长长的没人的走廊里被搞死都没人知道。

这件事要不要告诉军军，她想了一夜也拿不定主意。告诉他肯定会去打架。他又的确打不过老董。

4

她第二天什么都没说。只晚上再也不过去男宿舍那边，就算去，也每次都要军军送她回女宿舍。

军军还是没上成工。日结的活都是每天清晨放，招满就走，理论上让人从早八点干到晚六点，干满一天。所以差不多每天早上六七点就有人在那里虎视眈眈地守着了，好些人直接睡在市场门口。他因为睡宿舍，每天洗漱要排队，等七点再过去，人家招日结的早招满了。也试过一次六点就守在门口，结果招工的一来，轻轻松松就被人挤开了。林雅不信，第二天跟去看，发现当真竞争惨烈。军军也就在她跟前逞逞强，在这群如狼似虎的人面前就成了菜鸡，一推就倒。

每天都是这些人上工，别人都不找活路了？

军军忙捂住她嘴：算了。他们也不是故意的。

她气就气在这时候他倒又脾气好了：那今天怎么办？又是一天白费？

再去那边看看有没有好一点的厂，最好还是两个人可以一起的。

以前不是没有，你不是嫌工资低，男工多，就是嫌工种不好，危险。

反正来来去去都是在市场一日游。林雅后来又见过那几个重庆棒棒几次，才猛地醒悟过来：他们以前肯定见过他的，所以认识他，知道他游手好闲不干活。以前是他妈给他钱，现在是她。他们说得没错，他就是吃女人饭的。

也还是因没被逼到绝路上。她算明白了，只要手头还有钱，军军就不会真去找工。

再不上工真的只能挂逼了。一天晚上她正式宣布道：这是最后两百块钱。

你意思是我们明天先去市区耍？我查下最近有什么电影——哎呀这个月流量快用完了。你给我开个热点。

看个鬼电影。你明天到底去不去找事？我真的不想管你了。

凶什么嘛。一说到这个军军声音就小起来，生怕被宿舍其他人听到：你不是说你带了两千出来，怎么这么快就没了？

两千块钱经得起怎么花？再省，两个人每天四五十总也要的。我都过来一个月了，还没找到事。

那你明天自己先去看看？

一股不知名的怒火腾然而起。之前说过的话全都不算数了。那些眼泪和柔情，海誓山盟和许诺，比蜜糖还要甜的情话。此刻林雅想起来全都成了刺心的笑话。他以前还一直骗她说舍不得让她去工厂。其实就是懒。最好大家一起挂逼，一起死。

好。我一个人去。——你就不怕我以后不回来了。她咬着后槽牙说。

你不会的。我对你这么好，你怎么舍得？

你对我好还是我对你好？你怎么不去死！我舍得你死！

好好我死。我去死可以了吧？

你最好今天就死！挂逼！

凶什么嘛。你凶什么嘛。他倒又软下来，像小孩子一样靠在她身上：你是不是不喜欢我了？我乖。我什么都听你的。好，我明天早起，去找日结。

但林雅清楚他不会去的。能混一天，是一天。

每当这时她就觉得前路一片漆黑，恐惧得只能自己把自己的心吞吃掉。一个男宿舍里十二个人，同屋的换了好多拨，老董也早就不在这儿住了。过了九点就熄大灯，所有其他人都躺在床上，脸对着手机，屏幕闪闪烁烁，衬得一个个脸庞都像地狱里的青面獠牙，鬼火幢幢。望都不敢望。回自己那边也没事可做——反正军军现在习惯了每晚都送她回去，送过去她又怕他去网吧，留住不放他走。两个人坐在床边面面相觑，只能相对刷手机。到了九点多钟，同屋的人都回来了，他如释重负地起身要走。

你去干吗？

回去睡觉！

你不要去刷夜。

哎呀，知道了。

但她不放心，他出去后又悄悄跟出去，看他消失在那条漫长的走廊尽头。也许今晚不会去刷夜了：已经交了住宿费，又没给他一分钱。但那个网络世界里显然有更多乐趣，是她所不知道也不理解的。有时军军会和她形容自己怎么怎么开了挂，一夜之间又挣到了多少装备，在游戏的世界里，他叱咤风云，君临天下，令行禁止，万民臣服，因此通宵达旦地攻城略地。

而她只怕他刷着刷着一头死在键盘上。

最绝望的时候林雅想过干脆就此分手：反正也管不了，好比从来谁也没遇到过谁。

但军军回答得也很干脆：可以分，没问题。那以后生死不要相见。你走你的阳关道，我过我的独木桥。

我走了你怎么办？

你也有意思，手都分了，还管我做什么？

那你就饿死？当挂逼？靠团饭过日子？你还不如去市里要饭！

要饭也不关你事。等你日后发达了，第一件事就是赶紧忘掉我，别觉得欠我田又军一条命。是我自己没本事，废柴，自寻死路，和你没半毛钱关系。

你威胁我！你以为我上辈子欠你的！

是我欠你的，但这辈子估计还不清了，下半辈子当牛做马再报答你，好不好？

我真的好想你去死。你怎么还不死？

好好，我明天就去死。他笑起来：活不容易，死还不容易？我现在就死给你看。

两个人抱头痛哭的时候也不是没有。林雅推他，喊他名字，哭着求他。他也哭，说她和外面那些女人其实一样，根本不理解他。同屋的人起初还劝，后来也渐渐习惯了这种琼瑶剧戏码，反正过两天还要上演的。

是在离开五隅很久以后，林雅才开始试图理解整件事。也许算她特别倒霉在火车上遇到军军，可怎么解释五隅会有那么多和军军一样的人？那些人都从哪里来，最后又到哪里去？

也听说有带了二十万到这里花天酒地了一年，最后一贫如洗挂逼死在五隅的。其实人真要死起来也很慢，尤其饿死；或者被自己一天天分泌出来的绝望毒死。

林雅最后是怎么意识到绝对不能待下去的，不是因为一天比一天更和军军吵得天昏地暗，也不是当天早上两人翻箱倒柜搜遍全身才凑出最后八块钱吃了两碗清汤寡水的“挂逼面”；不是因为那天上午去男宿舍催又打了半宿游戏的军军找活，却怎么都推不醒，不知是装睡还是真睡；也不是亲眼看见一只很大的蟑螂慢慢从军军脸颊爬过去，她用力咬住发梢才没有尖叫出声；甚至不是因为当天五隅真死了一个人——来了一个月，还一直没见过跳楼的大神。

原因其实很简单，就因为那天上午她终于发现身份证不在钱包里了。

看到钱包夹层空了的那刻脑子嗡的一声，又瞬间平静下来。好像这么久以来她一直在暗自等待这一天。他其实一直都怕她离开，一直都想方设法困住她，要她养活他，吸血吸到死。

她这两天骂他特意用了一个刚学会的新词，冚家铲。意思就是死全家。他和他那个干家政的妈、浙江工地的爹一起在S城冚家铲好了，最后还要拉她一起死？

她又不是他妈。又不是他老婆。他也永远不会给她家一分钱彩礼。她爸要知道她在外头这么贱，肯定杀人的心都有——有这爱心还不如伺候她亲弟，亲爹妈。这么多天都是她养活他，现在倒还要卖她身份证？

怒气一点点上升，膨胀成随时将爆炸的气球。她刚刚才从那边过来，现在又要咬着牙过去。但那条走廊太长，长到她走着走着就清醒过来：他再瘦弱也毕竟是个男人，力气终究比她大，硬抢抢不回来的，要再想想别的办法。

她突然听见楼下面人声鼎沸。有人跳楼了，有人跳楼了！奔走相告声里，远远地听上去有一种癫狂的、属于末日的喜悦。楼下脚步声、喊叫声织布一样往来穿梭，间或有人互相问询：阿水（警察）来了没有？没有，阿水还没来。死的是谁？好像是老孙？老孙又是哪个？

林雅坐在床边摇醒军军：起来起来，死人了。

她本来想直接问身份证在哪里的。转念一想，问也白问，白讨一场气。不如让他下去，她自己找。

谁死了？在哪儿？

军军之前怎么喊都不起来，这会儿倒是一骨碌就翻身坐起来了，因为动作太大，铁架子床一阵尘灰扑鼻，上午的阳光射进来，无数尘埃和皮屑一同在阳光里飞舞，整个屋子一起散发出呛鼻的男性体臭。

就在下面。我不敢去看，你去看。

军军趿拉着人字拖下去了。她立刻开始翻找他床垫下，枕头下，上次吵架搬回来的行李里，哪里都没有。狂怒和绝望同时击中了她。他是光着膀子下去的，薄薄一张塑料卡还能藏在裤衩里？

莫名的急迫感促使她加快了翻找的力度。熟悉的拖鞋声从远到近了。

这是 2014 年一个相当寻常的五隅的秋日。外面有鸟叫。

你在干什么？

她猛地回过头。

…………

5

林雅下楼的时候警察还没有到，远远只看见一摊物事无遮无拦地躺在地上。旁边稀稀拉拉围了一圈人。可能一开始看热闹的人还更多一点，看了一会见没什么进展，就都骂骂咧咧地散了。那跳楼的大神看上去也不太瘦，很难说是彻底饿得没办法才挂逼，似乎和军军身材差不多。比较惊悚的是头脸侧向一边，马路那边的人应该能看见整张脸。她从这边倒也看不出什么致命伤。本来五隅也随时都有人倒在路边，从网吧出来，劣质啤酒喝大了，什么急病发作了，吸可卡因吸嗨了，都有可能——然而有一摊黑色的血正很慢很慢地从那“大神”脖底下流出来，带来一种全然不真实的情境，像电影里的慢镜头。她站在人群里，也悄悄地，擦了一下自己的手。

有人在旁边说，这不孙大胜吗。好几礼拜没见他找日结了，还以为他早挂了。

不是孙猴子。你看，这人比孙猴子胖一点。另一个说。

怎么好像是老董？

就是老董。

化成灰林雅也认识他那身衣服，破旧的蓝色哔叽裤子，不知道哪个厂发的灰扑扑的的确良工服。她突然想老董的爱奇艺账号再也没人知道了。也许是他在这世界上唯一的财产。

但也比军军好。军军要是真死了，连这点遗产都没有。只剩下她的回忆。她记得他身体的温度，手的形状，笑起来的样子。

突然间林雅控制不住地干呕了一下。

对街卖二手衣服的四川女人远远地端坐在一大堆破烂衣服里，像个洞悉一切的上帝。女人都爱买东西，林雅早就去那堆里翻拣过，一无所获的同时叹为观止。她发现只要你想得到的，肯拿出来的，这里任何东西都可以重新进入循环交换系统，旧得不能再旧的棉毛衫啦，破破烂烂沾满了漆的皮鞋啦，快断成两截的皮带啦，哪里发的厂服保安服啦，厚一点的军大衣也有。一件普通厂服只要四五块钱，连碗挂逼面钱都不够，可见收进来的价格更低。但摆在那里卖就说明有人买——有些厂子不提供工衣，又要求穿厂服上班。此刻这女人异常漠然地往这边看了一眼，晓得这么多人围着，死者的衣服是指望不上了。

老董也永远不会再是她的顾客了。

林雅慢慢从人群里退出去。这是她第一次亲眼看到确定已死的人，其实也没那么可怕，看着就像睡着了一样。但也许就因为像睡着，细想才格外可怕：一只蟑螂以极缓慢的速度爬过老董的面颊，很像刚从军军脸边爬过去的同一只，不是德国小镰，是有翅膀能飞的大的，老家叫“偷油婆”的那种——周围的人也都看到了吧？但没一个人肯伸脚去踩。不知是懒得还是怜命：人都死了，想爬就爬吧。

几只苍蝇不知从哪里兢兢业业地飞来，站在一旁还活着的人肩头搓手搓脚，扑扇翅膀。又被陌生的手不耐烦地挥开，只好将将就就委委屈屈地落在另一个人身上。还是地上不动的人好，不赶它们走。如果警察再晚一点到，它们就打算在这个好人身上干点儿更长久的勾当。这么热的秋老虎天。

或者另寻出路也可以。到处都有人在流血。

但还没等苍蝇们找对位置安心下蛆——两个警察终于慢吞吞地过来了。

林雅又想呕。这段时间她总这样。军军还是趁下午没什么人的时候要她，做贼一样速度飞快。搞不好就是怀上了，因为总也舍不得买套子，都是体外——她跑到一边去呕了一点黄水，再冷静地直起身，远远看警察把地上的身体装进一个不透明的黑塑料袋里抬走，这时围观的人反而多了一点，但全程不再有人说话，就是沉默地围着看。等装完了抬到附近的车子上，所有人才说笑着，叹息着，渐渐散尽了。她也远远跟车走出人才市场后面的街道。牛仔裤内袋还有最后一百块钱，军军之前肯定翻过她钱包，绝想不到她会把钱缝在内袋里。她犹豫了一会儿要不要再回去看一下，想了想又木然地走进五隅市场一个以前没怎么进过的隔断里。

靓女你想找什么工？日结还是长做？

长白班。在不在S城无所谓。发工资要早点，包吃住，不押身份证。

要求这么多。不过靓女你条件好，好找。——今天虎门有家服装厂正好过来招人，每月1号预发下月工资，今天都30号了，正好。底薪两千五，包吃住，有加班费，干满三个月加10%，不过是三班倒，不是长白班。

再不决定来不及了。有什么东西马上要追上来了。林雅拼命压下一阵强烈的干呕的欲望，问：什么时候集合？

马上。那边已经等了几十个人了。你有身份证吧？

没有。

怎么身份证都没有？算了算了，没有就没有。

她出门前顺手拿了包，除了身份证所有细软都在里面。但卡里钱早取空了。

只要不和爸妈打电话、不回去拿户口簿补办身份证，她生生死死都没人管。就当这个世界上没她这个人吧。爸爸见面会骂什么都猜得到：阿木林，我们还以为你早死外头了。

他就永远不会这样对弟弟讲话。她想。就算弟弟混得再不好，混到了五隅，混成了挂逼，只要还肯打电话回家，爸爸就永远不会这么和弟弟说话。当然还是自己没出息，落到这步田地。

在大巴车上她又剧烈地吐了。身边的人表情嫌恶地递给她一个空塑料袋。没说话。

一路上都没人说话。没人问她从哪里来。

但大家都好像知道要往哪里去。

6

林雅在那个服装厂里也就干了六个月。当时招工的女工作人员说是服装厂，到了才知道是专做牛仔裤的——但当时就算直接告诉她，她也不知道原来牛仔裤厂就意味着矽肺病，比电子厂更招不到人，怪不得连身份证都不要。

车开两个半小时后就到虎门。刚下车，就看到了有人正三三两两和她一样脚步虚浮地往外走。明明是上班时间，厂区不大，开在一片农家院似的平房里。一进厂就发现车间昏天暗地，每个人都戴着简易口罩，在不同的流水线上忙碌，对刚进来的人不屑一顾。仔细辨认的话，会发现空气呈轻微的烟雾蓝色，用胶片相机拍出来如梦似幻。她是上班四个月每天咳得喘不过气来，才终于搞清楚空气中那些肉眼几乎看不见的蓝色颗粒和周围铁丝网上挂着的黑色是什么：是喷砂工艺大量释放出来的二氧化硅和其他废料，吸入肺部总有一天会把血全部染成有毒的蓝黑墨水。

什么预发工资全是鬼话。干满六个月，还得过五天才发上月工资。林雅又头晕眼花熬了几天，最后准备领钱走人，才知道新规定出台，没干满六个月的临时工只能发 70% 工资，否则押金一分不退。有小姐妹建议她根据劳动仲裁法找律师或干脆报警——这段时间没长别的本事，光听人交流各种讨薪大法了——她摇摇头，有工夫报警还不如直接撒泼。试了一下往地上坐，却发现坐下已很吃力了：肚子里那个已经七个月了。

其实还有一条找环保局告状的路：为牛仔裤做旧效果的大量污水是从厂子后直接排出去的。怪不得都说水磨牛仔，水洗牛仔，牛仔布根本就是水做的——镇上唯一的小河蓝汪汪的，像动画片里波光粼粼的河流，据说会一直流到珠江去，想一想就美。会不会把鱼啊虾啊都染成靛蓝色？鱼吃了二氧化硅又会不会死？

但她最终还是怕动了胎气。拖着箱子头也不回地走了。

两个月后她在镇上唯一一家社区医院生下了女儿饼干。当然没准生证，但往产科那个五十多岁的女医生手里塞了几百块钱，倒也顺利。医生一副见怪不怪似笑非笑的样子，到处都是和她一样大着肚子行动艰难的单身女工，有男人陪着过来的反倒是少数。生下来也没法上户口，要上户口就得回江苏，听说还要缴纳一笔和她爸妈年收入相当的社会抚养金。这些她都搞明白了，也就放弃了。一方面觉得苏北户口在S城也没什么用，另一方面也实在交不起那笔钱。姑且把孩子养下来，一天拖一天的，竟然也就大了。

之后长了教训，就听人介绍，专找稍微轻松一点的成衣厂，玩具厂。最后一个玩具厂待的时间最久，一年半。她每次偷拿次品出来都心惊胆战，生怕被工头发现开除。但最后离开的原因却很宏大：中美贸易战引发经济危机，代加工厂整个搬到越南，这边的厂只能关门。就近找的其他工都在镇上，工资不高。没法再回五隅了；宝顶和龙山人才市场她没身份证，更不熟。

饼干没法放在自己住处养，白天没人看。还是听厂子里的同乡小姐妹介绍，放在一个老乡私人开的托儿所里，收费不算太高。那里这种情况的小孩有五六个，有大点的，也有小点的，一起跌爬滚打稀里糊涂长到了四岁。吃的也还好，至少比她厂里的食堂好。她每周末把饼干接回家，周一再送走。一开始送饼干去托儿所还哀哀地哭，后来习惯了就不哭了，每次来接都满眼溅出星星：妈妈。妈妈。送走时不哭不闹，仍然眼睛很亮地看着她。

林雅说饼干眼睛里有一些真正的星星就是这个。

她也不知道这星星什么时候熄灭，但至少现在还有。

但饼干越懂事她只有越心疼，偷出来的玩具也越多。除了这些她也实在不知道能给饼干什么。饼干没有爸爸，没有奶奶，没有外公，也没有外婆。她也没想到饼干最喜欢的玩具竟然不是动画片里的小猪佩奇，汪汪队，而是从没见过的螃蟹公仔。这让她想起第一次和军军在火车上相遇的那天，他煞有介事说过想做大闸蟹生意。

结果最后自己也就是只寄居蟹。在S城待了一辈子，依旧是陌生的壳，到死都混不上户口。

——她之所以叫女儿饼干，也是因为军军以前最喜欢吃饼干，尤其奥利奥。因为太贵，很少买。

离开五隅当天林雅就关了机。等预支了第一个月工资后，第一件事就是换了一张手机卡。但看了一眼旧卡也没什么信息——那人也许永远不会再发信息了。她茫然地按了清空键。仿佛只要清空，那天之前的一切就可以变成抛诸脑后的梦魇，连同军军本人一起。

林雅有时甚至不太确定到底有没有在火车上遇到过这样一个长相秀气的男人，但饼干却又是真真切切存在的，正在她无暇顾及的地方一天天长大，越来越可爱。无论如何，自己是逃掉了。——但饼干没户口这事却终于一天比一天更沉重地压在心上。只有这种时候她才偶尔会想，要在火车上没遇到多好。

林雅其实谈不上恨军军。不遇到他，大概也会遇到别的男人，别的泥潭和陷阱。更惨的是被人卖，还得养活那王八蛋，就像红姐——如果不走，保不准最后结局就是如此。

她还去粤海城一户人家当过月嫂，去了才发现她偷给饼干的仿真毛绒玩具那家人几乎每个都有，甚至也有一模一样的螃蟹公仔，只是眼珠稍微升级了一点，白线移到了黑绒球中间，眼里的星星更多，可能是卖到国外又当进口货买回家的一级品，和自己偷的残次品不是一码事，那户人家的螃蟹眼睛看上去格外的又明亮，又善良。饼干的那个则越看越像在翻白眼。就像地上躺着的老董。

那天林雅临走前终于还是忍不住回头看了老董一眼，并没有就此变成盐柱。——她也没读过《圣经》，根本不知道这个典故。

她只是越来越经常地，避免想起以前的事。

7

玩具厂倒闭后，林雅从宝顶到龙山，一直找不到合适的工，终于决定去富士康看看。那边自从十几连跳之后就长期缺人，据说工资待遇也比别的地方稍好一点，反而比较正规。

消磁身份证这两年也涨价了，要一百了。买了立刻面试，只要年满二十岁确认不是童工就不犯法，当天就有工开。她坐了两个钟头车过去，压根没看清厂区规模就上了流水线。等第三天上完白班，换完工衣出来十点多钟，发现外面广场灯火通明，竟然是个不夜城。

——这竟然是她来 S 城这么久，看到最有城市气象的地方了。

这生活区比她待过的任何一个厂也更大，更成气候，也许因为工人也最多的缘故，全国有那么多厂，这个分厂的人至少二十万以上，人口规模快赶上她老家的县城。此刻正是白班下班时间，几千个准备上夜班的人也开始陆陆续续地进去打卡，广场夜生活的繁荣程度正达到一天中最鼎盛的状态。在厂区通往宿舍的路上，有卖盗版光盘的，摆麻辣烫小摊的，还有卖炒粉烧烤馄饨的，林林总总，不一而足。

富士康自己有食堂，但也要交钱，同样也是流水线生产出来的伙食。几乎每个工人待几天后，都会选择在外面解决，十几年来终于发展出一大片和厂区配套的生活区，至少养活了周边上千户城中村农民。如果林雅当时能考上师范，大概会觉得这里和大学城附近的城中村很像，连店铺构成都差不多——头顶天线纵横交错，地面上污水横流，四周都是四五层楼的农民房。只是大学城周边再热闹，也远不至于二十四小时不间断营业：而只要富士康千千万万人还在三班倒，此地街市就永远歌舞升平，从不关门。

她经过炸韭菜盒子的摊子无意识地看了一眼。沸腾的汤锅一年四季都不关火，油大概也一直是同一锅油——刚想到油，那个奇怪的男孩就出现了。

之所以说是男孩，因为他除了一条四角短裤压根没穿任何别的物事。看那瘦长到未发育完全的身体就知道不可能超过二十岁。说他奇怪，是因为他光着膀子，手里却挥舞着一把西瓜刀，但又完全不愤怒，是个有一点嬉皮笑脸，没什么攻击性的现代侠客。

林雅在原地一动不动。某个远古的模模糊糊的记忆熟门熟路地还了魂。

发现男孩挥舞着刀的广场上其他人也全惊呆了。卖麻辣烫和板面的店家，盗版碟小贩，路上准备上工或刚刚下班的人。刹那间人群就空出小小的一块，并在男孩附近形成了一个旋涡般不断扩大的真空。走过路过的人都屏住呼吸，竭力降低存在感，如鲇鱼般尽可能快地贴边溜过去，不让这个奇怪的男孩注意到自己。

他看上去也的确不曾注意任何人。

只一直大步流星地往前走，走到人群更密集也更热闹的地方去，离厂房越来越近。

还有人暂时没注意到他手里有刀，很快又有更多人发现了。向空中挥舞的大刀不断砸起小小的惊呼，制造出更多的空地。男孩看上去很快活，经过煮板面的汤锅就用刀背敲敲锅，经过盗版碟摊，就用刀背敲敲牌子："一张压缩碟在手，你想要的全都有，电影美剧网文《王者荣耀》，走过路过切勿错过。"四句广告字数全然不合辙，但押韵。从挥刀的力度来看也并没有多少恫吓的意思，更像随随便便和人打个招呼。经过水果摊时，仿佛拿不定主意该敲苹果还是西瓜，就在虚空中无意义地轻轻挥舞了一下。水果贩子的脸整个变成了橙色。

除掉刀威风，其实也就只是一个瘦弱而手无缚鸡之力的年轻人。肋骨根根分明，精薄皮肤下是在不断跳动的心脏，鲜红的血。

林雅怀着一种久违的柔情想：傻子，一天到晚不好好吃饭，就得这么瘦。

一个路过的女工拉住林雅问：这人是不是疯了？

她正在怔忡间，反倒被这个没威胁性的动作吓得叫了一声。惊呼声非常短促，却仍惊动了男孩，转头径直向这边走来。林雅一动不动，那个女工倒是飞快地跑了。

直到男孩把刀架在她脖子上她也还是一动不动。后来有人回忆起来，说“那女人倒像是主动向疯子迎了过去”。

如果不是林雅阻挡，这位穿着四角短裤的侠客也许会一路畅通无阻地走到厂区里去，此刻那里是流水线上劳作困顿生不如死的十万男女工人。对他们来说，这个夜晚正和成百上千个其他夜晚一样宁静，一样枯燥，食堂里的食物一样难吃到极点，上厕所一样必须两个人相跟，而号称开到凌晨一点供职工使用的游泳池一样永远空空荡荡。没几个人真会去游泳，放工了大家都只想躺着，连谈恋爱都没力气，只能看看碟，刷刷网络小说，以厂房外香喷喷的地沟油伙食果腹。如果大刀砍到他们的肩膀上，胳膊上，肚子上，就能轻易知道他们今天都吃了些什么：桂林米粉、重庆小面、沙县小吃、四川回锅肉盖浇饭。这些以廉价食物维持运转的年轻身体从白昼到黑夜飞快创造出无数手机、电脑、行车记录仪的细小零件，一刻不停，眼花缭乱，城里人再用这些组装好的手机点外卖——好多也都是地沟油产品。送货的则是他们的老乡、同学，或者早晚可能是他们自己。上升的一切必将会合，天下大同，九九归一。

和上次在五隅一样，阿水来得很快。这次是三个。

其中胖一点的阿水隔着人群大喊：小伙子你放下刀！冤有头债有主，有什么难事好好说，别人是无辜的！

有人看见刀架在那个长相秀气的年轻女工脖子上，她只笑了笑。

真的就是笑。他们后来赌咒发誓。

靓女你叫什么？阿水又冲林雅喊：你快告诉他你是谁，和他说你也是和他一样的流水线工人，让他赶紧放下刀。到目前还没造成任何实质性伤害，没事的。

林雅真的就开始对他说话了。当着众人面，说了很多很多话。但是男孩看到突然围上来这么多人早就吓蒙了，什么都听不进去，听见也不知道该怎么反应。只下意识地想结束一切。他玩儿似的在那个不停发出声音的脖子上试了试刀锋。奇怪那个女人只喘粗气不叫唤，就又试着稍微加大一点力度。鲜红的血马上流出来了，怪好玩的。

她果然再不说话了。外面人群却开水倒入油锅样响起一片惊呼声。

这样的声音林雅以前也听过的，第一次是刚去五隅找工时，那经理说完“全都是不到二十岁的细妹子”，人才市场大厅就响起过这样滚水开锅般的欢呼声。还有最后一天在五隅，有个大神跳楼了，楼下嘈嘈切切熙熙攘攘响成一片的，也是这样事不关己的欢呼。他们究竟在欢呼些什么呢？S 城真是最最繁荣的大都会，有林雅在哪里都见不到的世面，见不完的人，开不完的工。但她来这里四年半了，到现在还没看过一眼世界之窗，中华民族园，华强北女人世界，两边长满鸡蛋花和榕树的深南大道。

军军说有钱了，以后要去香港、澳门、美国、日本、意大利。每晚都住五星级酒店，每天睡到自然醒。在海滩上手拉手散步，看夕阳，看海龟生蛋，螃蟹在沙子洞里爬。

“你说美不美？”

“美啊。真的好美。”

饼干走过来了。紧紧抱着她的螃蟹公仔，眼睛很亮地笑：妈妈。妈妈。

后来那个男孩被阿水也就是警察制伏按倒带回派出所，做笔录时已经彻底醒过酒劲来了，高举双手痛哭流涕：我不想杀人的。就是上班太烦，下班打通宵游戏脑子有点木，又喝多了点啤酒，一下子觉得自己天下无敌。

警察反手就是一耳光：杀了人你他妈还天下无敌！老实交代那个女工最后和你说了些什么！仔细想，一句话都不要漏！

男孩想了想茫然道：她叫我田什么军。一直说军军，军军，对不起。那个铁梯子的角真的好尖。我不是故意的。

田什么军？办案警察和他下属飞快使个眼色：你去查一下，最近这几年S城几个区有没有失踪的进城务工人员姓田的。她还说了些什么？

说饼干特别特别可爱。对，就是饼干。还说她后来就一直没身份证用，问军军到底藏哪儿了。

报告，有三十七个姓田的失踪人口。还有十三个猝死的，四个在宝顶，三个在龙山。五隅也有六个，但都没有军字。

那女人还说什么了？

她说，军军，我好想和你去看一场电影。带上饼干。

短篇小说

宥 真

金仁顺

第三天，我们才第一次说话。

第二天，主办方为作家们举行了欢迎宴会，地点是大学校园。草坪上面支了八九个白色伞形帐篷，围成一个很大的圆圈，离远了看，草坪好像绿色的水，帐篷好像白莲花。帐篷下面的塑料桌子铺上了桌布，用一次性餐具取了饮料和食物的人，随意选择位置坐下。

宴会从下午四点钟开始，到傍晚时分，阳光仍然灿烂，同样灿烂的是人们的笑容，到处都是咧开的嘴巴和整齐的白牙。草坪中心突然传来调试麦克风的声音，“Hello，hello？”

大家都朝发出声音的地方看，特蕾莎是国际写作计划中心的负责人之一，她拿着麦克风在嘴边吹了吹，确认没有问题后插回插座，她张开手臂，在空气中画了几个圈儿，脸上绽放出笑容，给大家介绍这个写作项目：几十年的历史，参加的作家超过千人，其中一些作家获得了世界级的文学奖项，取得了巨大的成就，也提升了这个项目的规格，为它带来国际性声誉。她很高兴今年的写作项目迎来了新的作家朋友们。她对作家们的到来表示热烈的欢迎。他们机构搞笔会已经持续了几十年，每一次都有惊喜，相信这次也不会例外。

特蕾莎说完，作家们要依次走到草坪中央，对着麦克风进行自我介绍。

我对宥真毫无印象。实际上，那天给我留下印象的作家没有几个，宴会场地宽阔，时间漫长，夕阳正在西下，很多人漂洋过海地来到这里，时差都没倒过来，吃吃喝喝之后，精神更加倦怠。新西兰的女诗人显然意识到了这一点，她走到麦克风前面，没有讲惯常的“我是谁，我从哪里来，我是诗人或者作家”，开口就飙高音，两句抒情的咏唱直上云霄。帐篷下面响起一片“哇哦”的感叹和低低的笑声，我们桌边一个人正昏昏欲睡，受了惊吓似的坐起来，睁大了眼睛，想知道自己错过了什么；新西兰女作家之后，是来自丹麦的儿童文学作家，他头发胡子都白了，脸蛋却是婴儿般的粉红色，如果现在是冬天，我们还以为是圣诞老人本尊下凡了呢；印度男作家穿着翠绿色的裤子，讲话时夹杂着很多手势，仿佛随时都要起舞；来自德国的年轻女作家身高接近一米八，白色超短裙加上高跟鞋，像一只白鹭飘飞到草坪中央，她说话的声音像个小女孩儿。

第一天（加上时差的话其实是两天），我倒了三次飞机。第一次转机是在首尔。我在免税店里买了点儿东西，找到一家冷面店吃了碗冷面。还在一个咖啡馆里坐了半天，红薯味儿的摩卡咖啡甜得让人起腻。在同一个机场，同一段时间，宥真也吃了快餐，喝了咖啡。我们登上了同一架飞机，在超过十四个小时的飞行中，每隔四个半小时，机组会有一次送餐服务。这些餐食让原本已经污浊不堪的空气，变得更加暧昧黏腻。有些人拒绝餐食，蒙着头或者戴着眼罩睡觉，发出吐泡泡般的呼噜声，间或还哽咽似的突然停止，噎住了似的。睡不着的旅客们为了缓解头痛、憋闷、腿部肿胀、腰背酸疼，时不时地从座位上起身，走到饮料区：有人边打呵欠边泡茶，有人端着咖啡在有限的空间里徘徊，有人对着机舱外的黑暗发呆，有人往杯子里倒大量的冰块，可乐瓶被拧开时发出吱的一声——

也许宥真当时也在。也许我们遇见过，但灯光昏暗，谁都懒得打量谁。

我们在芝加哥机场下飞机，换乘飞往大学城的小飞机。中间我找了一个黑人地勤问路，我说不好意思，我英语讲得不好，我想知道怎么找到换乘航站楼的小火车。他举起手制止我，他的手心黑色套着粉色，粉色中间是一小块白色：“你的英语很好，你看看，你都能跟我问路，你不要再说你的英语不好，你很棒！”说完了他往不远处一指，“瞧，那儿就是你要找的地方。”

在大学城下了飞机，我找到举牌接我的司机。他说还要等一个人。我们等了二十分钟，同机的旅客们陆续走掉，大厅变得空荡荡的。司机跑去打听情况，回来跟我说，我们先走吧，另外一个作家出了点儿状况。我不知道另外一位作家是谁，出了什么状况，我甚至不确定自己是不是听懂了司机的话，我晕乎乎的，一上车就睡着了。后来才听说宥真的箱子在转机过程中被弄错了，她那天在机场滞留了两个小时，跟机场工作人员解释了好几次情况，第二天，她又跑了一次机场，才把行李箱取回来。

吃早餐时，她过来跟我打招呼。说她是从韩国来的。我跟她说我英语不好，但我可以听懂一点儿韩语。

她说她去过中国，边说边从手机里面调出张照片给我看。照片里面正下着雨，湖边有一张长椅，扶手和靠背处是雕花的铁艺，弧度如花蔓。雨滴像水晶珠子，溅落在长椅灰色的木板条上，还在地面上溅起水花。

“杭州西湖？”我随口问。

“你认出来了？！”她笑了，翻到下一张照片。

这张更容易辨认，是雨中的断桥。

“白娘子和许仙就是在这里一见钟情的。”我随口开了句玩笑。

她没明白。

我只好进一步解释。很久很久以前，在中国，有条蛇，修炼多年变成了女人，而且很美，她在西湖玩儿的时候，见到了一个男人，很喜欢，为了搭讪，她挥手变来了一场雨。男人出于绅士风度把自己的雨伞借给她，他们就这么认识了。

她说她听导游讲过这个故事，“蛇变成美人，跟人类相爱，生了孩子，后来被压在塔下。很神奇”。

我给她讲了另外一件事情。去年冬天，我去杭州。那天下大雪。如果不是亲身经历，我无论如何不会相信江南还会有那么大的雪。雪下了一天一夜，积雪像厚厚的奶油和糖霜，覆盖了整个城市，树枝被积雪压得垂下了枝条，西湖变成了黑褐色，像一大块巨大的巧克力。

那天晚饭后，我们去西湖边的一家茶楼喝茶，从茶楼的窗户，远远能看得到断桥残雪。这样的雪夜，楼上除了我们几个，没有别的客人。我们挑了个靠窗的位置，喝着热茶，聊着天，偶尔举起手机对着窗外拍照：路灯灯光形成一团又一团淡黄色的光区，雪花在光区里落下时，仿佛夏天的小昆虫在飞。一个女朋友下楼去洗手间，回来的时候问我们：看到狐狸了没有？

我们被问得惊呆了。看到狐狸了没有？！而且她问话的语气，就好像狐狸是我们的朋友。

她说，刚刚下楼梯时，一只狐狸跟她擦肩而过，走了上来。

“你们居然没注意？！”

我们四下打量，如果在哪个空桌边，一只狐狸在椅子上或蹲或坐，等着服务员送来茶叶茶具和刚刚烧开的水——我们是不会惊奇的。

“真是太有意思了！”宥真把杭州的照片又拿出来看了一下。我也探头又看了一下。仿佛那张空椅子上面现在多出了些什么。

宥真的手指在手机屏幕上划动，给我看其他的照片：白色细长的灯笼，各种各样的扇子、刺绣作品、整匹晾晒的蓝花布、油菜花田漫漶无边，灿黄色简直要从手机里溢出来；粉墙黛瓦的建筑，白墙被雨水挂上了些斑驳的印迹，形成了天然的水墨画；竹林掩映下的茶馆，石子铺成的小路游没在竹林深处——

当我们更熟悉以后，我才知道她有多爱旅行。为了攒下旅费她不买衣服鞋子包包，甚至不介意一日两餐或者一餐。

她去了很多地方。理由各不相同，比如因为喜欢电影《花样年华》，她跑去了柬埔寨吴哥窟，像电影里的周慕云，对着石洞长出来的杂草，说出自己的秘密。

“你的心眼儿就那么小，连秘密都藏不住？”

宥真眨眨眼睛，笑了，“——你是个坏人”。

非洲男作家过生日。我从来没有搞清楚他是哪个国家的，也不知道他是不是真的是作家，他看起来更像个运动员。大家搞了个生日派对。实际上没有人过生日，大家也经常找个名目派对一下。挑选礼物太麻烦，将近一半的人带了酒过去。房间很大，几张桌子拼在一起罩上了桌布，上面摆放着水果沙拉、几种点心、装薄皮比萨的盒子摞得老高，一堆打开的酒，威士忌、红葡萄酒、白葡萄酒、啤酒，每个人手里都拿着装了酒的纸杯。

我们坐的位置非常好，靠着窗边，闹中取静；窗外，一棵树挂满了银色的串珠，随着夜色转浓，这棵树变得熠熠生辉。

印度男作家郁闷无比。下午他和埃及女作家联合举办了作品推介会，介绍他们的长篇小说。埃及女作家走的是简·奥斯汀的小说路线，写爱情婚姻，世俗人情，以喜剧方式强调女性的卑微地位；印度男作家则讲了某个印度男人的情感生活，这个男人同时跟五个女人交往，引发了一系列的故事。这两位作家的搭配产生了奇妙而有趣的效果，笑点不断，活动进行到一半时，一个黑人女保洁把工具放到角落里，拉开我们身边的椅子坐下，抱着膀子听两位作家互相调侃。到了现场观众提问环节，我和宥真正准备溜走，黑人女保洁起身，举手要来了麦克风，她像说唱歌手似的开了腔，语速极快，滔滔不绝，带着强烈的节奏感。我的英语水平根本听不懂她在讲什么，印度男作家被她骂得脸色灰白，中间好几次他试图解释，但她根本不容他插话，周围观众们刚刚还被男作家的域外幽默逗得哈哈大笑，转眼又被黑人女保洁员圈了粉，好像她是个天王巨星，或者民运领袖，大家几乎要随着她讲话的节奏拍起巴掌、跳起舞来了。

“我们家里的仆人有几十个，”印度作家说，“从来没有哪个人敢这么跟我说话。”

“她不是你们家的仆人。”有人提醒他，“这是在美国。”

宥真去餐台拿比萨，来自白俄罗斯的中年男作家刚又添了酒，凑到她耳边说了句话，宥真的表情瞬间呆住，整个人都僵硬了。

回来的时候，她的身上带着一股怒气，在我耳边低声说："他说我像日本艺伎。"

我想笑，但忍住了。我明白他为什么这么说，宥真的粉底打得既厚又白，画过的眼线和眉毛漆黑、纤细，嘴唇又小又薄，涂了鲜艳的口红。

"他没有什么恶意——"

音乐声比刚才大了一倍。一些人开始跳舞，来自中东的女作家头发甩得像风中的旗帜，跳了一会儿她把外衣脱掉扔到椅子上，身上的亮片吊带衫随着她的动作像两片儿水波荡来荡去，她的腰在水波之下，一会儿露出来一会儿隐进去。几个男作家围着她跳舞，扭腰摆臀，包括那个白俄罗斯男作家。

"他们国家的食物里面有很多香料，那些香料——"有个男作家用下巴朝中东女作家点了点，对另外几位男作家挤了下眼睛，"你们明白的。"

他们笑了起来。

宥真跟我说头疼，想回去。我说我陪你一起吧。

"那个白俄罗斯作家，"宥真说，"有天晚上带了妓女回房间。那个女的穿着长靴，戴了假发，嚼着口香糖。他们搂抱着，说话和笑都很大声，不知羞耻。"

前几天我们去一个相邻的小镇看画展，在车上我坐在白俄罗斯作家的身边，他给我看他妻子和女儿的照片，妻子胖胖的，在阳光下面大笑；女儿一头金发，抱着只猫，她和猫都是褐色眼珠，都眯着眼睛看镜头。

“好像，他的小说写得还蛮好的。”

“写得好就有特权吗？”宥真说起韩国一个著名作家，每次吃饭或者聚会，都要安排两个漂亮的女作家或者女诗人坐在他左右，随着聚会时间的延长，他的手落到身边女人的身上，从肩膀开始，沿着后背一路向下，轻拍、抚摸、捏弄，有时借着酒醉，还把手探进女人衣服里面。

我很吃惊。两年前中韩作家举行过一次文学论坛，告别晚宴上，宥真说的作家作为特约嘉宾被请出来，席间他朗诵诗歌，举杯祝酒，激情洋溢。晚宴结束，从汉江上的轮船下来时，他拉着我的手走了一小段路。

“——会不会是误会了？”

“发生在我自己身上，怎么可能误会？！”宥真停下脚步，语调上扬，“我还被他拉到车上——”

我看到有些话涌到了她的舌尖，旋涡似的打了个转，被她咽了回去。

“世界如此黑暗，阳光普照，伸手却不见五指。”宥真朝河流的方向看去。那条河白天像匹青色长练，环绕着作家村，夜深时，河流却仿佛是大地的伤口，血流汩汩。

“好好睡一觉，”回到作家村，我不知道怎么安慰她，说了一句傻话，“天一亮，心情也跟着亮了。”

宥真苦笑了一下。

我们互道晚安，各回各的房间。

我洗了澡，边敷面膜边在网上跟朋友聊了会儿天。午夜时分，在派对上尽兴后，作家诗人们陆续回来，笑着闹着，互道晚安。

我坐起来，重新打开电脑，一封新邮件在邮箱里面。是宥真发来的："以前的人，心里如果有什么秘密，他们会跑到山上，找一棵树，在树上挖一个洞，然后把秘密全说进去，再用泥巴把洞封上。那秘密就会永远留在那棵树里，没有人会知道。"

这段话似曾相识，我上网搜了一下，发现它们来自电影《花样年华》。

我哑然失笑，这封邮件是个口罩。

走廊上的喧响像河流被搅扰、浮动起来的波浪，重又变得安静，夜色幽蓝，把作家村变成湖水里面的盒子。

中期旅行的时候，宥真和我都选了黄石公园这条线。

"这段时间都没见到你，"她问我，"你在忙什么？"

我说我在写一个短篇小说，快写完了。

我避开了以前常去的牛肉面、寿司店还有拌饭馆，寻找新店。"莉莉"西餐店的煎三文鱼不错，配菜是几种豆子做成的豆泥；一家叫"蓝鸟"的小馆，意面很棒。我参加了两次宥真不在的聚会，一个法国舞蹈家希望我们能提供某些意象，由他的舞蹈团队来转化成舞蹈作品。他说话的时候，手臂像水草那样舞动。

"你呢？这段时间在写诗？"

宥真苦笑了一下："心情很坏。"

我犹豫了一下："——这段时间天气确实不太好。"

"不是天气。昨天我等到半夜，国内的一个诗歌奖评奖出结果，"

宥真说，“我落选了，没有评委肯为我力争。”

她脸色发青，眼袋肿胀，眼睛里面还有血丝。

“‘生活在别处’，”宥真生气的时候，嘴唇显得更薄了，“还有谁比我更适合这个主题？”

“来这儿之前，我申请在一家大学当文学讲师，我的推荐人是个很好的诗人，但我还是被拒绝了。他们聘了一个年轻漂亮的女作家，她才发表了一篇小说就得了奖，”宥真扭头看着我，“你猜猜谁是评委会主席？”

我看着她的眼睛，她的眼睛里面有忧伤和愤怒，也有机舱外面蓝水晶似的天空和棉朵般的白云。

飞机降落在一个小机场。旅客和工作人员稀稀拉拉的，我第一次在现实生活中见到了牛仔，他们肤色发红，格子衬衫配牛仔裤，脚上蹬着长靴，头上戴着帽子，跟飞机上下来的朋友大力拥抱，撞撞肩膀，拍拍后背，边说话边走了出去。机场大厅挂着幅很大的画，是由各种不同花色的面料拼接起来的，大部分时候，它们被做成被罩，铺在床上，这一幅被裱在一个大框架里面，变成了艺术品，倒也别具风味。

旅馆派了一辆中巴车来接我们，两个多小时的车程，我们到达山上的旅馆时，天快黑了。旅馆由十几个分散的房子组成，每位作家一栋，房子与房子之间，隔着几十米的距离。回房间安置行李，简单洗漱后，我们去饭店大堂会合，那套房子有其他房子的三四个大，像一个项链的吊坠，木石结构，举架很高，炉火在壁炉里面闪着蓝黄色的火苗，燃烧的木柴不时发出噼噼啪啪的响声，壁炉台上面摆放着一个牛头骨，牛角打着卷。

老板在调餐前酒，吧台上面摆了几种下酒小食，早到的人已经聚拢在吧台边儿上喝起来了。

我和宥真前后脚到达，大家互相介绍了一下，老板给我们倒上酒。宥真突然尖叫了一声，刚端起来的酒杯掉到了地板上，滚了几下，居然没碎。我被她扯了一下，差点儿从高脚凳上栽下来。

“蛇。”宥真指了下老板，逃到壁炉前面的沙发上坐下。

老板的手指在颈项间抚弄了一下，我这才注意到，一条小黄蛇缠在他脖子上，像个项圈儿或者丝巾，衬衫有领子，遮挡住了蛇的一部分。

“一个小朋友。”老板把小蛇抓下来，在手指间盘玩，“它漂亮死了，对不对？”

我也逃到了宥真的身边。

吃饭的时候，宥真惊魂未定，用叉子在青菜沙拉的盘子里翻来翻去，好像青菜下面能藏着什么似的。老板娘端上桌来的牛排有平时的三份儿大，好像就烤了一成熟，血水流进了盘子里，还滴滴答答地滴到了桌子上，点了牛排的人接过盘子时一片惊呼，连声问身边的人，“要不要来一点儿？”

吃完饭大家各自回房间休息，宥真拉住了我，“我们一起住，行吗？”

我们在同一所房子里住了七天。白天安排了很多活动，最有挑战性的是骑马上山，好几个牛仔陪着我们。有时候他们用鞭子轻轻抽马，让它们快走，有时候他们又拿出零食喂马，拍拍马头。我骑的是匹母马，名叫琳达，正怀着孕，我非常紧张，唯恐自己一不小心伤了它们娘儿俩。宥真在我身后，我回头看她时，她举起手机给我拍了几张照片；我们还去河边野餐了一次。吃的无非三明治、水果沙拉之类，好在风景不错，河水清冽寒冷，光脚探进去的一瞬间，脚底板儿火辣辣的，然后才觉出刺骨的凉。树上好多鸟，后来还飞来了更多，这是固定的野餐点儿，它们知道人们离去时，会给它们留下盛宴；我们还去了一个印第安文化的博物馆，我买了条丝巾留作纪念。

夜里我和宥真在房间里共用一张大床。虽然我们把几个垫子隔在中间，但仍然呼吸之声相闻，牵一发动全身。第一夜最别扭，我想我肯定会整夜失眠，第二天熊猫眼加上眼袋，为了消肿不得不喝双份咖啡。我为什么不能拒绝宥真呢？她担心老板看管不好自己的宠物，让那条小黄蛇四处乱窜，还有山里的蛇，谁知道它们什么时候会钻进房间，像捆绳子那样把她捆住，然后在她的动脉处咬上一口——不只是蛇，旅馆周围树林密布，窜出个什么动物来都不奇怪。

既然这样，当初为什么不选去洛杉矶或者拉斯维加斯呢？

“我喜欢李安的电影，《断背山》拍得太好了。”宥真说，“那两个男人的爱情荡气回肠，比任何男女之爱更让人感动。”

呃，好吧。

“我可笑吧？没有工作，没有房子，没有丈夫，没有孩子，没有钱，没有青春——”她举起手，手指头一个个地弯下去，变成了拳头，好像是在宣誓，“我前夫说我是个疯子。”

“——有梦想总是好的。”

“我前夫也这么说，他说我白天晚上都在做梦，梦游，早晚死在梦里。”

“我说的不是这个意思。”

“我知道,”宥真笑了,偏转头看看我。一个小时前她素颜、裹着浴巾从浴室里出来,把我吓了一跳。失去了高跟鞋、裙子、化妆品后,宥真变成了陌生人,身材枯瘦,脸色蜡黄,皮肤上面有过敏似的红色斑块儿,眼角四周皱纹密布,没有了眼线,她的目光变得涣散、绵软了。“但他是这个意思,他没有什么恶意,只是实话实说。”

“我和我前夫是相亲认识的,他比我大八岁,公务员,哪方面都说不上好也说不上坏。介绍人把他夸上了天,好像他是什么明星闪闪发亮,好像我找到他是捡了天大的便宜。那时候我已经三十多岁了,没什么固定工作,我会写诗,但谁在乎这个?我们交往了一段时间,外出的时候,他的目光会随着那些身材性感,说话嗲声嗲气的女人转。好几次我想说我们分手吧,没有爱情的交往实在太没劲了。但我不能。我需要个住的地方,有人能养活我就更好,我就可以安心写诗了。我们相处了半年,有一天我们吃拉面,他吃光了他那一碗,抹抹嘴,问我,要不,我们结婚吧?他说这话的三天前,我装作无意之中随口提了一句那个月我没来月经,然后就换衣服去了,我从镜子里面看见他发了好一会儿呆。他求婚后我对他说,我来月经了,这个月推后了几天,如果你是为了我怀孕而求婚,那没这个必要;如果你是因为爱我而求婚,那真是太好了。他不想结婚,但不好意思收回自己的话。我们就这么结婚了。结婚唯一让我高兴的是我们去英国度蜜月。事实上,无论哪个男人,只要他请我去英国转一圈儿,我都愿意嫁。”

结婚以后宥真心思都在写作上,逛书店的次数远远超过逛市场和超市。经常是丈夫下班了，她还没想起来做饭。夜里她读书读得入神，半夜才睡，第二天她丈夫只能用麦片和吐司当早餐。

她发表了很多诗歌，她把那些诗歌杂志拿给丈夫看。

“你能得诺奖吗？”他问她。

宥真说不能。

“那你能成为韩国最厉害的诗人吗？”

宥真说也不能。

“那你能给我做顿晚饭吗？”

宥真打量丈夫，等着笑声从他的嘴唇里面喷薄而出，这样她也可以跟着笑起来，顺势蜷进他的怀里，让那个夜晚变得温馨快乐。但她丈夫没笑，他拿起遥控器，把电视打开。

宥真把杂志收起来，进了厨房，切菜的时候她把手指头割了，血流了很多，她举起手指，让血滴滴进正在炖的酱汤里。

再后来，丈夫不怎么回家吃饭了。他在外面跟同事喝酒，或者自己吃饭。闲余时间多了，宥真报了个英语班。初级、中级各花了一年时间，读高级班的时候，带班老师是个英国小伙子。

尼克喜欢东方文化，来韩国之前他去过中国、印度、泰国、日本。

宥真和他有很多可聊的话题，琴棋书画，衣食住行，他对什么都有兴趣，她讲什么他都听得津津有味。

“你怎么会知道那么多东西？”尼克很认真地对宥真说，“你很厉害，你知道吗？”

“哪有。”宥真被他夸得脸红了。

“她是韩国最好的女诗人。”他们有一次聊天时碰到尼克认识的人，他这么介绍宥真。

“不不不，”宥真连连摆手，“我不是。”

“你是！”尼克说，“在我看来你就是最好的！”

她看着他的眼睛，灰蓝色的眼珠，小时候她在海边长大，夏天时一头扎进去的海水，颜色和他的眼珠一模一样。

他们的关系越来越亲密。她带他在首尔四处转，品尝美食，用烧酒和啤酒调制“炸弹酒”，看民俗村和各种各样的博物馆。有一次他们去了一家绣品馆，偏居陋巷，门票便宜，他们乘坐很小的电梯上了四楼，展厅也就二百多平方米，展品乏善可陈，看不出有什么艺术价值，除了他们没有别的观众。但既来之，则安之，她指着几件虽不够华丽但还颇有些古意的绣品做讲解，他紧跟着她，她偶然回头时，不小心撞进了他的怀里，他扶她站稳时，亲吻了她。他细高细高的，弯下来时像一只白鹭，他的吻仿佛在啄她。

他们约会都是她订酒店，每次见面前后，一起吃饭或者看戏也是她付账单。她想了很多理由：他是外国人，他比她小十岁，他收入不高，他周游亚洲，花钱的地方多，他误以为她很有钱——她的私房钱很快就花光了。她想尽办法节省家用，自己在家里时只吃泡菜拉面，有两次还趁丈夫酒醉时，从他钱包里面拿了钱。反正不久后她和丈夫摊牌离婚时，她会把一切都解释清楚的。她开始为将来做各种计划，她和尼克结婚以后，两个人一起周游世界还是在哪个地方定居？如果在韩国，她得找个什么样的工作？如果回英国，他的家人和亲戚朋友会接受她吗？

她患得患失，心情潮涨潮落。尼克开始失约，让她在酒店房间里枯等，每一分钟一百元韩币，她数着时间，数着随着时间逝去流失掉的钱。她心疼。每一秒都更疼一点儿。但她没离开，她觉得下一秒钟门就会被敲响。

尼克离开的时候甚至没跟她告别。告诉她消息的同学意味深长地说："你居然不知道？我还以为你们是朋友呢。"

她回到家里。很久以来对她熟视无睹的丈夫盯着她，接连发问："怎么了？""出事儿了？""出了什么事？！"

她的脑子就像浇铸了水泥，板结硬化了，她看着丈夫，自己也不知道怎么会冒出那么一句话来："你做的那些事情，我都知道了！"

说完她哭了起来，放声大哭，死了人似的那样哭。

"你跟踪我？还是雇了私人侦探？"她丈夫问，"怪不得这段时间你神神秘秘的，还从我的钱包里偷钱。"

她抬头看着丈夫。

"反正我也要跟你摊牌的，"她丈夫说，"我们离婚吧，好聚好散。"

宥真一时间忘了哭泣，虽然眼泪仍然不断地从眼眶里面滚落下来。

"别装得好像你多在乎我似的。"丈夫说。

宥真笑了起来，边笑边哭，身体凉一阵热一阵。

丈夫给她留了一笔钱。她拿到钱的当天就订了一个旅行团。

东南亚的旅行团有一半是韩国大妈。她们穿着款式接近的旅行服和运动鞋，戴着遮阳帽系着小丝巾，随身带着一次性杯子和袋装速溶咖啡，遇到有热水的地方就一窝蜂似的凑过去冲上一杯，把倒空的细长咖啡袋当成搅拌勺在咖啡里面搅一搅，她们有说不完的话，句句高八度也不会哑嗓子，在印度神庙里看到男女双修的雕像时，她们笑疯了，挤眉弄眼互相推搡，然后爆发出更大的笑声。宥真尽可能地远离她们，装作独自旅行的样子。同团里的男中学教师，也避大妈们唯恐不及。

“我们都落单，后来就变成了旅伴。他是历史老师，在一些看上去很没意思的地方，他能讲出非常动人的故事。”宥真说，“他的故事激发了我的灵感和热情，我写了很多诗。”

他们相处融洽，她喜欢他对名胜古迹如数家珍，博闻强识；他喜欢她的诗歌和浪漫，“你是怎么想出来的？！你的脑袋里面装满了鸟语花香啊”。

临回国前的最后一个夜晚，在泰国。他和她的房间挨着，大妈们的房间都分到了电梯间的另外一侧。

他们拖着箱子往房间走时，大妈们边说笑边扭回头看他们，“好好睡哦！”

宥真没搭理她们。

“你们也好好睡哦！”历史老师回了一句。他的话惹来了大妈们的哄笑，像一串鞭炮在另外一侧走廊炸响。

宥真回房间洗漱，整理旅行箱的时候，历史老师带着本书过来找她。

是泰姬陵的画册，印刷精美。

“留个纪念吧。”他把它送给了她，“这里记录着一个男人对女人的痴情。”

宥真道了谢，见他有聊天的意思，给他沏了杯立顿袋泡茶。

“这个团太可怕了，幸亏有你。”他说。

“我也是，”她说，“没有你，我不知道怎么熬过这十二天。”

他们四目相对，有一瞬间她以为他要过来拥抱她，他犹豫了一下，“——你怎么想起加入这个团的？”

“着急出门，一分钟也不想在家里多待了。你呢？”

“我是老师，暑假才有时间，”犹豫了一下，他说，“为什么你一分钟也不想在家里多待了？你要是不愿意说没关系的——”

她哽住了。“——我想喝点儿酒。”

她给酒店吧台打电话要了一瓶威士忌。

“点这么贵的酒——”他感慨了一下。

“你送我的书也很贵啊。”她给他们倒了酒，举杯碰了一下。

“威士忌都喝了，”他说，“跟你说点儿实话吧。”

他在中学教世界历史，他的很多学生有出国旅行经验，而他从来没出来过，那些小崽子们的蔑视很伤自尊。他得出来转转，不能老是纸上谈兵。

她告诉他她离婚了，回国以后又得开始找工作了。她原本是因为总也找不到合适的工作才找了个丈夫的。

他是乡下人。家里没什么钱。家里最扬眉吐气的事情是他考上了名牌大学。靠着父母帮衬加上自己打工，好不容易读完了硕士，找到工作后他妈妈才告诉他，他爸爸得了肺癌，已经是晚期了。为了帮儿子完成学业他放弃了治疗。

她跟他讲了尼克。她不明白为什么他的激情说没就没了？还不告而别？！他太没礼貌了，他欠她一个解释。她也承认，这次旅行，每到一个地方，她都幻想过能和尼克不期而遇。

现在他跟他妈妈一起生活，家里的债还没还完。他不知道什么时候才能考虑结婚。

他们喝酒，眼看着窗外的夜色从墨黑变成炭黑，继而变灰，灰白，青白，直至天亮。

“就喝了一夜的酒？”我问，“没有火花？”

“我们喝多了。”宥真说，“整整一瓶，都被我们喝光了，我吐了，他上飞机的时候摇摇晃晃的，机场安检人员画了一条五十米的线，警告他，如果能笔直地走过来，就让他过关，否则他得等酒醒后换航班回国。他点点头，笔直地一点儿也没摇晃地走过了那五十米，我们那个团的大妈都给他鼓掌叫好，人家还以为他是什么韩流明星呢。”

“回国后没再联系？”

“我跟他要了电话，说会打给他。出了机场我就扔掉了。”宥真说，“说了那么多实话，没法儿做朋友了。他就像个镜子，能照见我自己，我们在一起，是双份儿的不幸。”

旅行结束后我们又回到作家村。笔会临近尾声，大家都在忙着整理行李，有些作家归心似箭，有些作家要利用签证多出来的两个月继续留在美国。临行前的最后一个派对，很多作家都喝多了。

“我从来没跟别人说过这么多话，”宥真对我说，“我在你面前，是个赤裸的人。”

“我会把你说的话放到树洞里。”我拍拍她，“放心吧！”

回国后我们通过几次邮件，每次她都在找工作，在努力攒钱。她总有很多想去的地方。钱总是不够花。

最近几年，我们只在新年前后发个问候和祝福。我参加过几次中韩文学交流活动，见过几十个韩国作家和诗人。

“有个女诗人叫宥真的，”我曾跟韩国诗人们打听，“你们知道吗？”

有两个人说知道。一个说，十年前她还挺红的，经常参加文学活动，还得过诗歌大奖。

“她没得，”我说，“差一点儿得，但没得。”

另一个人说她现在跟谁都不怎么来往了，隐居了似的，作品也越来越少见了，“是不是得了抑郁症啊？离了婚又没孩子的女人，心灵很容易空虚的吧？”

“MeToo”运动来了，在韩国，不只娱乐圈儿地震，好几个中年演员出来谢罪道歉，文学界也引爆了导火索。春天的时候我要去首尔参加一个笔会，我给宥真发了个邮件，把会议日程发给了她，“如果你方便，可否找时间一见？”

几个小时后宥真回了个邮件给我，约好了见面的时间地点。

她头发剪得像男孩子一样，脸上多了很多皱纹，仍旧化着浓妆，穿着牛仔裤，灰色T恤衫外面套着蓝灰色针织衫，我走进咖啡馆时，她起身迎过来，我们拥抱了一下。她比我想象的还要瘦，隔着衣服能摸到她的骨头，她像鸟儿一样脆弱。

“你好吗？”我们互相问。

我说我还好。她说她也不错。

宥真住在水原，有好几份工作，一周三次给一个退休的大学教授当护工。他只能坐轮椅，挑吃挑喝、脾气暴躁，但他爱诗，尤其爱听宥真读诗，爱跟她讨论诗，“他还准备写诗呢”；社区有个诗歌普及班，每个周六周日，宥真在那里上课，“一共四个学员，还经常有缺课的”；宥真还在一家烘焙咖啡店打零工，“我迷恋煮咖啡和蛋糕出炉时的香气”。

我跟她提起“MeToo”运动，还记得那个著名作家吗？他被好几个女作家女诗人实名举报，从神坛上跌落下来了。

“我看新闻了。”宥真说，“他被记者们围堵在家门口，一堆话筒对着他，摄像机都快怼到他脸上了。他的头发白得像朵菊花，被风吹得要谢了似的。”

我们喝了口咖啡。

“碰到喜欢的人没有？”我问她，“有谈恋爱吗？”

“我老了。”宥真说，“我五十多岁了。”

“谁说五十岁就不能谈恋爱？”

宥真沉默了一会儿。

“很长时间没来首尔了。”宥真说，“今天过来见你，我在地铁站提前了两站下车，步行经过以前我学英语的那个培训学校，学校还是老样子，几棵柿子树上结着漂亮的柿子，橙色的小灯笼似的。学校的两边新开了几家店——我遇见了尼克。”

我放下了咖啡杯。

“我每年都去东南亚，越南、老挝、缅甸、泰国，也去日本，一次又一次，从来没遇上过他，他居然就在这里！他从一家咖啡馆出来，胖了，结实了，以前他瘦得像根竹竿，有时候会硌疼我——

“我一眼就认出了他，但他没认出我，至少第一眼时没认出我。我站在原地盯着他，他走过去后又回头看了我一眼，这次他想起我是谁了，他犹豫了一下，冲我笑笑：Have a nice day！然后他就走了。”

“Have a nice day! Have a nice day!”宥真一字一顿地说，“我最近要出本诗集，是我这几年出国旅行时写的，修修改改，打磨了好几年，一直没想好诗集的名字，现在有了，*Have a Nice Day!*”

咖啡馆门口有棵枫树，树叶金红。

我们在树下告别。

天气已经很凉了，她穿得那么单薄。我把围巾拿下来给她戴上。

“我不冷——”

“是为了留个纪念。”我按住她的手，压住鼻腔里面的酸楚，“——好好儿的。”

“放心吧，”她笑笑，眼里泪光闪动，“我有诗，我是个诗人，每天都 have a nice day！”

她的话引来一阵晚秋的风，我们头上的枫叶们，哗哗哗，鼓起了掌。

她

蔡　东

关严房门，拉上窗帘，我是我自己的了。

身体像叠起来的被子几下抖开来，在床上摊平。攥紧的拳头变软，手指离开手掌，一根根分开，过了一会儿，并住的脚趾也松开了。在外游荡的神魂缓缓落回到身上。我依次感觉到额头、脖子、肩膀、膝盖的存在，它们作为我的一部分，此刻跟我一起，等待着沉入宁静。跟我一起等待的，还有一些本来不属于我的东西。比如，左边后槽牙里用来填充龋洞的白色复合树脂，大概十年前它成为牙齿的一部分。还有五年前到来的一小段镂空金属管，撑在胸口的动脉里，让血液得以顺畅流过。最近这几年，右眼增添了一样东西，来回飘动的黑影，并非实体，无法碰触，却始终跟随，如此真实。它来了就再没走，于是黑影也成为我的一部分。

所有这一切，一直属于我的，后来成为我的，都随我一起陷入细沙般柔软的寂静中，越陷越深，寂静的尽头有一个安全的小山洞，我终会到达那里。我翻个身，挪到床的另一侧。靠窗的一侧是她躺过的地方。我的小迷信，以为在她躺过的地方入睡会更容易梦到她，这样就能在梦里见个面了。这是相见的唯一方式。然而只是我的臆想，哪有什么规律，她偶尔出现，并且梦里我不知道这意味着什么，没有紧紧拉住她，也没有急切地倾诉。梦总是全然自由又毫无逻辑的。醒来时，梦境迅速退去，我重新闭上眼睛，反复回想，在梦的断壁残垣中久久徘徊。

在她躺过的地方醒来，有那么一个瞬间，又忘了，叫她的名字，声调从低到高。女儿在外头应了一声。我的心一沉到底，身体坐起来，把房门打开一条缝，问，这就上班了吗?

走出房间，看见女儿连芯子斜倚着墙，站着穿鞋。临出门时她四下看看，钥匙，车钥匙呢?我说在沙发背上，边说边拿起钥匙，快走几步递给她。

姥爷再见!防盗门关上的时候，外孙女道别的声音传过来，跟关门声一样清脆利落。

早晨的匆忙和紧张也被关在门外。门合上的一刹那，我瞥见外头的白昼年轻明亮。屋里，纱帘只拉开一道缝儿，我站在柔和的光线中，搓搓手，准备开始我的一天。早饭是热面条配腌黄瓜，吃完我来到楼下的花园。

工作日的花园属于老人和孩子。会走会跑的孩子们荡秋千、溜滑梯、跳沙坑、坐跷跷板，哪知道什么叫累，一玩就是半天。小一点的孩子躺在婴儿车里，老人们推着车，沿着彩砖铺成的小路一圈圈地散步。

我坐在一棵凤凰木下。

时值秋天，眼前仍是大片的碧绿。清晨的阳光照向菩提树的树冠，光线从心形的叶片间漏过去，充盈的光线中绿叶更加清透，毫无杂质的坦然的绿色。露珠晶莹，垂荡在菩提叶子细长的叶尖上，风吹过，一颗颗掉在地上，滚动着滚动着不见了。花坛旁的扶桑开着深红色的花，花瓣如绉纱，花蕊长长地向外伸着，几棵夹竹桃也还开着。到底是四季有花的南方。

园子西南角有几棵大叶紫薇，花期已过，树叶还是密密的，叶子吸纳着阳光，看上去比春夏时分还要油润饱满。风雨连廊旁，冬青和红叶石楠被修剪成一个个圆球，细看过去，红叶石楠的几片叶子变红了，透出一丝淡淡的秋意。

不知道谁家的窗户里传来弹钢琴的声音，一开始若有若无，似林中小径起伏隐现，接着，小径出了林子，宽阔起来，向着前方伸展得越来越快，琴声逐渐激扬，最后一连串的敲击，为清晨的花园降落一阵骤雨。

一只棕色的巨型贵宾犬拖着一个老太太走。经过凤凰木时，我认出了她们。记得第一次遇见她们是老太太牵着狗，慢悠悠走过来。离近了看，我的第一反应：这只狗是假的。全身羊毛般的小细卷，分明是一只玩具狗。狗摆动着四条腿往前走，我跟上去，心想难道是电动狗？细看上去，狗鼻子表面像黑色的荔枝纹皮，鼻翼潮湿，微微颤动，还是不确定，直到看见它抬起前腿去够老太太的肩膀，用侧脸蹭她的下巴，才相信这是活生生的小动物，只有真正的狗才会露出这般热切依恋的模样。

老太太头发雪白，驼背比前几年更厉害了。她应该也能模糊记起我来吧，正这样想着，她转身冲我点点头，我也招手致意。狗在一棵龙眼树下细细闻嗅，然后拖着她继续往前走。

老连？是你吧。

循着声音看过去，看见一个穿枣红色坎肩的男人踱过来。我赶紧起身打招呼，也叫不上他的名字来，只记得姓王，住在三栋，心里暗自称呼他为“三栋的”。以前他总是一手推着婴儿车，一手擎着手机，音乐外放，曲目循环。不知别人作何想，曲子对胃口，我也就不怎么厌恶。这会儿他独自一人，看上去精神很好。

下来转几圈？孙子呢，上幼儿园了吧，真快呀。我感叹着。

太慢了。他笑着说。接着问，好几年没见，回老家了？

任务完成，早回去了，现在孩子都上小学二年级了。我伸出两根手指。

闲聊几句，他看看四周，这趟跟老伴一起吧？

我闭上眼睛又快速睁开，脑子里出现短暂的空白，漫长的几秒后，我说一起一起，她出去买菜了。

他拍拍我的肩膀，说多住几天。

我点点头，说，她也该回来了，我往门口迎一下。边说边朝着东边的铁门走去。

东门旁边有一排木质长椅，我坐过去，不停地望向门外，像是在等人。等着等着，我以为还是以前，好像坐在这里等她就真的会出现，提着一袋子鲜菜水果，欢欢喜喜地向我走来。我等呀等，地上的影子慢慢拉长，她怎么还没回来？心里有点害怕，手哆嗦着，从裤子口袋摸出手机打电话，提示音还没响起，我整个人一激灵，全身冰凉，只眼眶里暖暖的。等泪全部流下来，我用手背抹抹脸，又向门外望了两眼。

连芯子提前给我说，今晚末末有兴趣班，要晚些回家。九点刚过，她带着末末回来了。对了，末末就是我外孙女，这小名儿还是我起的。女婿姓周，他们刚结婚的时候我开玩笑，以后孩子小名儿可以叫末末。几年后孩子出生，旧话重提，两夫妻正发愁呢，当即采纳，连芯子人裹在被子里，声音传出来，末末，小末末。

末末头发高高绾起，身穿黑色连体衣，腰间围着短裙，是玻璃纸一样的蓬蓬裙。这是我头一回见末末穿舞蹈服的样子，恍惚间想到另一个人。连芯子看着末末，忽然转头问，我妈那时候都跳什么舞呀？

我一愣，说只知道跳得好，哪叫得出名字。

没亲眼见过她跳，但妈的气质真是不一样。连芯子说着，不自觉地调整体态，挺直了后背。

我点点头，思绪一下子飞走了。所谓气质，并不玄妙，她明明穿的是睡衣，看起来却像身上挂着一件希腊式裙子。她早年的舞姿凝固在胶卷时代的几张旧照片上，照片并没有放进相框摆出来，现在也不知道变成什么样子了。泛黄，虫蛀，变脆，一拿起来就碎成几片？

末末的身影从眼前掠过。今晚学的是爵士舞，末末一边说，一边踮起脚尖，五根手指向上伸直，然后她的头好像从一根长杆下钻过去，接着肩膀、胸腔、腹部依次向前送，再往回拉，我的眼前出现了一个柔软完整的波浪。

趁着末末演示新学的动作，我压低声音问女儿，小周经常出差吗？一出去就好些天，顾不上家呀。她说，刚带着项目转去另一家公司，开始会忙一点。她显然没有往下讨论的兴趣，这情况她也改变不了，我不好再说什么。毕竟，我真正参与她生活的日子已经过去了。气氛滑向凝重，她语气轻松地说，放心放心，幸福会遗传的。

你和我妈幸福了一辈子，我也尽得真传。

我笑笑说，能有什么不放心的。一边又暗自打定主意，趁这几天在能帮她一点儿算一点儿吧。

这天晚饭后，我让芯子坐着，刷锅洗碗擦灶台都是我来。先让她歇歇，不一会儿又要辅导功课，孩子睡下她才能喘口匀和气儿。上周末一起去商场，我发现一处室内游乐场，两眼一下子亮了，买了张通票让孩子进去玩，换她一两个小时的清闲。后来在卖甜品的地方我买了两只草莓冰激凌，一只给她，一只给末末。

厨房收拾完我准备下去散步，芯子笑着说，爸，你越老越贤惠呢。我嘴上说，一直贤惠，心里说，你妈生病后我就什么都会做了。

花园里转了两圈，依旧坐在凤凰木下。这是老伴夸过的花树，说凤凰木开花不扭捏，成片成片地开，开满花的树冠在空中横铺，像一个跳舞的人正展开身体。躺在病床上的时候她还说过一句话，等我好了再去女儿家住几天，看看楼下那棵树。

凤凰木初夏开花，一树金红，是我见过的最热烈的色彩。

音乐声随风飘过来，听见这声音便知道三栋的老王也在园子里。二胡演奏的《汉宫秋月》回荡在夜色里，渐渐地，空气变重了，像含满水分一样含满惆怅。一想到老王家的孙子听《汉宫秋月》长大，我就哭笑不得。老王倒是个讲究人，记得早晨的时候是古筝曲，明快一些，晚上才是二胡。

月亮升起来，待在半空中，像是正好停在楼上一户人家的窗前。一天一天地，它瘦下来了。注意到月亮的模样，算算来这里已近半个月，我寻思着该去下一站了。

接下来几天我为女儿家做大扫除。细细擦拭地板、台盆、镜子、家具，又收拾四处散落的玩具，码进几个收纳箱里。有整整一箱都是毛绒玩具，猫、松鼠、海豚、小熊、长颈鹿，还有一些有名有姓陪着孩子长大的人偶。

搬起收纳箱走进卧室，把箱子往松木床下面推，床下有东西挡着，推了几下推不进去。我跪在地板上往里够，手碰到一个毛茸茸的东西。看也看不清，心一横，拽了出来。

是个毛绒猴子，满脸尘灰，一只耳朵不见了。我用半湿的布把猴子抹干净，放在窗台上晒，等猴子全身暖过来，它没进收纳箱，住进了我的行李背包。

家事是无穷无尽的，接下来我在屋里转悠，看看还能做点什么。洗衣机上有一堆衣服，担心洗起来有讲究，拿起来又放下。阳台花架上放着几盆吊兰，是缺水的样子，我挨个浇了水。

这一天真短。很快到了下午放学时分，末末被专职接送的阿姨送回家。小姑娘迅速跑进自己房间，我站在门口试着跟她说说话，她不理我，沉浸在另一个世界里。嗯，这孩子具备专注的天赋，我因此心生感激，轻轻为她带上门，转身忙自己的事情了。

跟女儿告别之前，先跟凤凰木道别。我走到树下，心里默念：我替你来过了。树枝间的鸟扑棱着翅膀飞走，几片叶子缓缓落下来。

来之前，我在电话里对女儿说，想你了，来看看。别的什么都不提。若说是为她妈来看看凤凰木，白惹她一顿伤心。年轻人的力气全用在应付生活上了，不够伤心的。

明天我启程去往下一个地方。

车子在山脚下等着，待客满后开始上山。沿着盘旋的山路，车子转过一个弯，又转过一个弯，随着山势逐渐向上攀升。路旁山间有一条小溪，时隐时现，树木稀疏处显现出一道白亮的溪流，到了植被茂密的地方，不见溪流，只隐约听到流水的声音。

目的地是一座建在半山腰的小镇，抵达的时候，黄昏已至。找到一家宾馆住下，洗把脸，向外看，最后几缕光线已然消失，天色暗了下来。第二天醒来拉开窗帘，窗玻璃上一层冰纹，推开窗户，漫山遍野白茫茫的，下霜了。

吃过午饭，我往镇子西边的小酒馆走，一路想着酒馆的名字，叫什么来着，想不起来了。走到了抬头一看：归林酒肆。

时候还早，酒馆里没几个客人。我在窗边坐下，让店家温了一斤黄酒。等着吧，我要找的人深夜之时才会陆续到来。

傍晚时山里升起青色的烟霭，两杯酒的工夫，天黑透了，远处的山融进夜色，几乎看不见了。不知道过了多久，外面传来一阵笑声，我往门口张望，见一条美人鱼正婀娜地往里走。她化的妆很浓，眼皮褶里嵌着两抹深紫色的珠光。黑色羽绒服敞开着，里面的上衣像一层闪闪发亮的鳞片，紧紧包裹住她的身体。她手里拎着长长的尾端开衩的蓝色鱼尾，进门后将鱼尾放在长凳上，店家马上为她端来热酒和几样小菜。

接下来进来几个侏儒。他们扮成外国人的样子，头上戴着假发，身穿黑色礼服。坐定后，他们摘掉假发，随便擦擦脸上的彩色颜料，开始大口大口喝酒。

夜渐渐深了，舞者、柔术艺人、拿着手杖的魔术师，还有一些游客，陆续进来，酒馆里越来越热闹。我找的人一直没现身。接近午夜时分，一个裹着军大衣的高个子男人走进来，他肩上站着一只鹦鹉，身后跟着一只孔雀。他在我旁边的座位坐下，点了半斤酒，配菜是花生米和酱猪蹄。他跟我打招呼，问我是哪里人。我说北边，这下才看清楚他的脸，半边脸上有一大块紫红色的胎记，灯光下看着颇为可怖。

聊了一会儿，我瞅个机会问他，你常年在这里，见过一个人吗？他马上说，啥样的人？话出口就觉得不对劲儿了，既无名字又无相貌特点，让他怎么回答。我往嘴里倒一口酒，环顾四周，回忆像一股流水从地底下慢慢涌上来。

说起来是六七年前了，我和几个刚退休的朋友来镇上泡温泉。也是晚上，也在这家酒肆。

泡完温泉全身放松暖和，加上几杯酒落肚，恩恩怨怨便开始泛起，又到了陈芝麻烂谷子时段。有咒骂单位领导的，大家跟着附和；有不满自己老婆孩子的，大家打哈哈；忽然有人夸起我的老婆来，夸她人善安静，脸上总带着笑，说话不紧不慢的，气质还那么好。我心里得意，嘴上说气质什么，都一大把年纪了。不知道谁问了一句，她年轻的时候跳舞吧，怎么后来也不上台了？我说，自己不愿意跳了，跳舞哪能跳一辈子。

我们说着笑着，后来也搞不清到几点了，有两个人已趴在桌上睡过去了。我强睁着眼睛，准备叫店家结账。这时候，坐在我们前桌的人慢慢回过头来。整晚他都安静地坐在那里，背对我们，一动不动。

我看见转过来的脸，酒醒了一大半。

一张戴着面具的脸。煞白的鬼脸，仿佛被一双手用力拽着，拉得长长的，脸部下方是歪斜的血红大嘴，嘴里两排尖利的白牙，再往上，一个带勾儿的鼻子，鼻子上面是两个不规则的孔洞。接着，一辈子再也忘不了的一幕要出现了。面具留下的孔洞后面是这个人的眼睛，我看见眼泪充满了他的双眼，泪水颤动着，颤动着，终于流下来，两行泪流过煞白的面具，一滴滴，落下来。

我别过头去不敢多看他，谁知道他主动走向这一桌，还醒着的人忍不住倒抽一口冷气，身体往后缩了缩。他说羡慕你们亲兄热弟，不像我孤零零一个人，父母妻儿都过世了。我问他是不是当地人，他说不是，接着解释所为何来——在哪里做表演都能糊口，这些年一直待在镇上是因为桥东住着个盲人。我们还是云里雾里的，他正正身子，低声说，那盲人能看到死去的人，知道他们在哪里生活，过得好不好。

我只觉得脊背冰凉，其他人脸色也变得青白。我们勉强陪他喝了几盅，他还想继续说，跟我一起的朋友朝我使个眼色，说不早了，我俩把趴着的人拉起来，一起离开酒馆。我回头看鬼脸面具人，桌旁只剩他一人了，看不见他的脸但我注意到他的眼神，他留恋地看着我们这几个陌生人，见我回头，他抬起右手向我挥动。

胎记男人听我讲完，啜一口酒，问，你的什么人没了？我说，老伴，我妻子。他摇摇头说，所以你又来到这里，也算个痴人呀，酒话也信。

我说，当年不信，现在信。

人就是一心盼着解脱得救，盼出些大骗子来。桥东哪有什么盲人，以前有几个摆摊算命的老头，这几年也见不着了。胎记男人说。

是，去看过了，现在那里是一家奶茶店。

胎记男人沉默下来，神色变得黯然，半天才说，真有这样的奇人就好了，我也找他打听点事。

突地，他肩上的鹦鹉发出清亮的口哨般的声音，伏在地上的孔雀站起来，头上的羽冠一颤一颤的。我以为它要抖开尾屏，不料它左右看看又趴回地上，尾羽收拢在身后，泛着金属色泽的绿光。

青灰色的月光照着一座青灰色的石拱桥。我跟胎记男人来到桥边，不，现在我叫他老苗了。我俩互相搀扶着走到桥的最高处，倚住栏杆往桥东张望。

河水缓缓流过，小镇在夜色中徐徐铺展开来。青瓦屋顶一重重高低起伏着，一道道飞檐柔软地弯向天空，巷子曲曲折折，伸向前方的黑夜，路灯稀疏，站立在大树的身旁。

此刻，我站在半圆形的桥拱上，低头往下看，还有一个半圆映在水里。

老苗叹息一声，说，生老病死，谁也逃不过。一阵风吹来，我身体来回摇晃，那种感觉又来了，胸膛是中空的，就像脚下的桥孔。我重新回到那一刻：医生宣布她死亡，有什么东西硬生生穿过我的身体，我被开了个大洞。

一年过去了，那个大窟窿还在。

老苗拉我一下，嗐，谁不苦呢，你看看我，打小儿没人疼，自己养活自己。你至少有工资，退休也能吃上饭。来，别闷在心里，说说她长啥模样，什么性格脾气，会跳什么舞。

我心里一惊，问，你怎么知道她跳过舞？

这就忘了，刚才在酒馆里你自己讲的。老苗双手举过头顶，扭动起身体来。

我推他一把，说别瞎闹。提到跳舞都是老皇历了，但这么多年来她的身姿始终自然挺秀，像清晨阳光下的一棵小松树。我说，她跳过一阵子，很多年前了，快记不清了。

后来呢？老苗问。

我说，还不是跟大伙儿一样找份普通工作，上上班，照顾照顾家里。

是个贤妻良母吧，她一撒手你日子就难过了。

当然，她是个好人，好女人。我迟疑一下，补上一句，舞跳得也好。

那是我第一次看见她跳舞。也许过往的记忆都已模糊不清时，那个片段仍免于湮灭，随时能从一团晦暗中跳出来，放射异彩。

二十世纪八十年代，每到腊月，市里会举办一场迎新春文艺晚会。那年的晚会在工人文化宫旁边的礼堂举行，她的节目安排在相声后面。两个相声演员退场，大幕合拢，舞台上传来急促的脚步声，接着，红色天鹅绒幕布往两边拉开，灯光先是很暗，随即舞台上方打下来一束光，她出现在那束光里，闹哄哄的礼堂安静了下来。

记不清舞蹈细节了，但我一直记得那场舞给我的感受。一开始能注意到舞台两侧几束柱光的存在，还有她耳垂下方流苏耳环猛然闪出来的一道光，后来没人在意这些了，她跳跃、旋转、摇摆，她本身就是发光的物体，吸饱了日精月华，自行发光。

如果说舞蹈动作是一种语言，那我并未完全听懂，但我感觉到很复杂也很澎湃的情感，一波波撞击着我。我听见旁边有人议论，说她就是文汝静，跳舞上过几回电视，还在省里拿了奖。

音乐节奏逐渐加快，礼堂的气氛沸腾了。台上那是个野孩子，风吹，日晒，雨淋；天然，快乐，恣意。最后，我看到她在燃烧，像天地未开时一团混沌的火焰，渐渐地，那团火焰长出骨骼、皮肤和毛发，诞生，接近诞生了。就在诞生的前一刻，灯光熄灭，音乐戛然而止。我盯着黑暗的舞台，整个人像发高烧一般，从头到身子都滚烫滚烫的。

离开温泉小镇，我前往此行的最后一站，一处名叫青林泽的湖泊。

从高处看，湖泊像一个葫芦，住下的地方在葫芦嘴旁边。

门廊下坐着，四下寂然，恍恍惚惚地，以为自己待在墙上的一幅画里。近处的树木和房舍显得很大，远处的水和云不过寥寥几笔，比一场梦还要缥缈，我在哪里呢？大概是白房子旁边那个黛色的小点。

旅馆前台告诉我，湖边的篝火晚会还是在葫芦下肚那里。我提前往那边走，沿着湖岸，走过葫芦的长颈、上肚、腰线，湖面变得开阔起来。岸边有片芦苇丛，这时节芦花已谢，清瘦的芦苇一杆杆站着，几只水鸟伸着细脚立在杆子上，看过去一派萧索冷清。

秋天欲走冬日将来，湖边没有几个游客，四处都安静，虫叫和鸟鸣清晰完整，还能听到黑夜一步步走近的声音。直到有人点燃一堆干木头，夜晚的火光照亮一小片湖水和天空，人们这才从四面八方走过来，会集到火堆旁。

我凝视湖水，如果湖水也看着我，不知它有没有认出来。那一年站在湖边的是两个人。

为了庆祝结婚三十周年，我跟文汝静来这里旅行，白天游览湖中小岛，饭后在湖边散步，等篝火点起来的时候，很自然地牵手萍水相逢之人，一起围着火堆跳舞。

那天晚上真是她吗，我到现在还有些怀疑。那天晚上看到的似乎是另一个人，至少不像那个年纪的她。篝火正旺的时候，她从游人形成的大圆圈上把自己解下来，悄悄靠近火堆，等我注意到的时候，她正独自起舞。

原来舞蹈可以模拟流水。大水从高处落下来，涌向弯曲的河道，迂回蜿蜒地流过去，前进，拐弯，回旋，随着河道的形状和地势的下沉抬升，水流曲尽变化。除了四肢，她身体的每一个部位都在起舞，包括脊柱、血液和魂魄。她的身姿越来越柔软，好像快要化作雾和烟，乘风而去。眼前的一切让我感到震撼，同时又暗自盼望这震撼赶紧消散。我也脱离圆环，走过去拽住她的衣角，她没有停下来，挽起我的手，带着我旋转。我抗拒的身体渐渐变得松弛，跟上她的步伐，宛若随水漫流，涨涨落落。

那是婚后头一次看见她跳舞，也是最后一次。

此时，火堆驱走水边的寒意，烤热了清冷的空气，乐曲声响起，人们拉着手，从成年人的忧愁和戒备中挣脱出来，不管左右两边是谁，一起享受这忘情无忧的短暂时刻。

我在湖区待着，每晚都来到篝火旁，回想我俩在湖边度过的日子。有一天，我在湖水里看到一个身影，是个倒背着手的人。吃了一惊，以前觉得真正的老人才会这样走路，转念一想，可不到岁数了，也该是这个模样了。

除了年老力衰，微薄的退休金亦不足以支撑漫长的旅行，房费一天天往上涨，再不舍，还是要回家了。

我害怕回自己的家。家里很挤，归置着多年生活的物件，满满当当没有缝隙，同时又萧条冷寂，仿若一间空房。在那处房子里，我历经了她的后半生，她看上去不胖不瘦刚刚好，她膨胀，再膨胀，迅速变瘦，干缩脱相，直到成为瓷罐里的一把粉末。

火车擦着一座座城镇的边缘呼啸而过，迎面而来的不只田地、树林、隧道，还有连绵往事。坐在车上，仿佛正驶向时间的深处。

徐阿姨提到她的名字，我以为听错了，文汝静，她不是在南方跳舞吗。徐阿姨没详细说，只强调人早就回来了，工作也找好了。我妈很快站起身来，前来说亲的徐阿姨只好也站起来，她心有不甘，似乎还有很多话等着往外倒，我妈妈轻轻说了一句，女方大两岁呢，别忙活了，回去吧老徐。徐阿姨走后，我妈冲着我爸说，咱这里不知是第几家了，鞋底都磨薄了吧。她说给我听的，我知道。

那是我这辈子唯一一次力排众议。大姑上了点年纪，多次委婉规劝，拖着长音说，你这样老实，这样可靠，后面就没有话了，无尽之意全在空白里。我几次都不接茬，她就直接表达个人观点了：搞文艺的女人，开放，不安分，哪有心思好好过日子呀。我妈见势也跟着说，长得好，又爱打扮，看她好像扎了耳朵眼呢，边说边吸气，不停摇头。

什么年代了！我气愤地说。

堂弟居然也捣乱，阴阳怪气地说，名人呢，见过她，在操场上跟几个不良青年在一起。别说你不知道，就是那几块料，烫着鬅头跳迪斯科，扭胯，抖啊抖，不知羞。

我胸口一疼，何至于被人这样说。她舞动的身体，好像携带着难以尽述的罪恶。不光女性长辈不喜欢她，很多小伙子也只是远望她一眼，等她走下舞台就躲开了。我想起第一次约会看电影时的情景，她穿淡蓝色连衣裙，头发往后梳，在脑后用橡皮筋随意一扎，露出小巧明净的额头，我心里感叹，这是跳舞的人才会拥有的美好额头；她很腼腆，并不比别人更擅长调笑。想着想着，血气上头，这叫什么事呀，我越发想对她好一点。

图她什么，穿得露，会扭屁股？大姑神色鄙夷。

那是艺术！我高声说，额上的青筋暴起来。堂弟嘿嘿一笑，做了一个具有色情意味的下蹲动作。

大姑憋着一股劲儿，你是见得少！

我也憋着一股劲儿，相信我俩能和别的年轻夫妻一样，恩恩爱爱过日子。事实的确如此，我们勤恳上班，养育了一个孩子，住房从平房换成楼房，存折从没有变成几张，当然啦，渐渐的她也不再穿带颜色的内衣，大部分是肉色的了。粗看细看，这都是一个幸福的家。唯一的危机，是的，危机，那时我脑子里的确闪过这个词。

女儿刚上幼儿园的时候，忽然有几个旧日的朋友来找她，我在里屋听着，似乎是拉她一起去排舞。他们走后，房间里还飘动着一股危险气息。我嘴上没说什么，心里其实不愿意她去，我们已过上安稳生活，我害怕她想起舞台上的自由和激情、荣耀和掌声，那些光鲜东西的后面，从来都潜伏着动荡、混乱和破坏。我甚至忌讳想起那两个字来，仿佛有剧毒，仿佛是洪水猛兽。

她不知道从哪里翻出来演出服和头饰，在灯光下翻来覆去地看。我偷偷瞄一眼，发现服装看起来很粗糙，毫无光彩，头饰也不像在舞台上那么鲜艳，一堆廉价塑料。

她到底没去。年终岁尾的时候单位有人撺掇她登台，她推说身上有伤，怎么也不肯。她也很少跟我谈起舞蹈和舞蹈家了，再往后，跳舞的经历绝口不提，有人羡慕她自然舒展的体态，难免问起来，她脸上的表情略显尴尬，复又坦然。后来演出服也看不见了。所有的痕迹消失，无人记得那些旧事。我们白头到老。

广播里传来报站声，下一站到家，我忍不住打了个大大的冷战。

最后的那段日子，她会突然叫我的名字，海平，连海平。我回过头去，她欲言又止，呆呆地看着我。我知道她又想起以后了，为她处理后事时我还能撑着，等后事办完我一个人回到家，剩下的那些日子，可怎么过呢。她强忍眼泪，艰难地用胳膊肘把身体支起来，说，一开始难熬，总会习惯了，看眉毛你准是个长寿的人，不知道还有多少福要享呢。我听了，几步走到她看不见的地方，捂着嘴哭一阵再回去劝慰她。我们互相哄着，哭哭笑笑，又苦又甜，直到，她永远合上眼睛。

那段日子，她身上柔软的脂肪和有力的肌肉都不见了，一层薄皮勉强挂在骨头上，像披了一件不合身的宽大衣服。夜里她侧身躺着，我从后面搂住失去水分枯瘦如柴的她，她挨紧我，都知道这是最后的相依为命。她病中的神情跟以前一样，脸上带着笑，安详满足，让人看见她的脸就觉得舒心。

那段日子，我偶尔回想起第一次见她跳舞的情景，那联结着爱意滋生的隐秘瞬间，一阵冲动上来，想谈谈越来越遥远的过去，临张嘴又觉得没什么可说的。我这个年纪，愿意把所有的事情归结为宿命了。也许每个人年轻时都沉迷过几样事，并误以为自己在那些领域具有神秘的才能。

我打开背包，拿出一件东西抱在胸前，是从女儿家床下找到的毛绒猴子，它被遗忘在黑暗里，头上只有一只耳朵。这一路走下来，我琢磨着它要有个名字才好，一次湖边漫步时想到不如就叫“独耳大圣”。

在自家门口站了一会儿，我对独耳大圣说，我们回家吧。

我的手，大圣的手，一起推开门，走进去。自她去世后我启用新的纪年方式，将这一年称为“分离元年”。门打开，分离元年的一幕幕涌出来。

保留她的毛巾、牙刷、拖鞋、杯子，一切生活用品，好像这个屋子里还是两个人在生活。

天变冷了，找到她常穿的一件棕色开襟毛衣，挂在门口衣钩上。

有时把枕头被子搬到床的另一边，在她的地盘躺下。有时待在我那一边，她那边也不空着，照样铺两床被子，躺下后我的手从被子下面伸过去，抓着一角被单，好像握住了她的手。

多少个早晨醒来，迷迷糊糊的，我的手去找她的手，那是幸福的时刻。每个误以为她还在的时刻就是我最享福的时候。

一开始茶几表面的灰尘像一角硬币那么厚，眼睁睁看着，灰尘变成一元硬币的厚度，再后来，我从自己家逃走了。

站在灯下，看着影子，我确信自己回来了。我让独耳大圣坐在沙发上，接着打开电视，不管什么台，只要有声音就行。

睁开眼，看见窗帘缝漏进来的阳光，听见外面传来电视广告的声响，这一年多来，我头一次庆幸自己活着。我走到客厅，抱起独耳大圣，一下一下摸它的头。我熬过了第一晚。

也许，可以去她的小房间坐一坐了。

小房间是她常待的地方。多少回了，我想把一件好玩的事情告诉她，推开门来，下一秒我意识到，她已经不在了。多少回了，我听见小房间传出声音，推开门来，她当然不在，是风把什么东西刮到地上。我总是站在门口看一看，不敢再往里面走。

一切保持原状。窗下放着一把木质靠背椅，那是她经常坐的椅子，椅背上还搭着她的衣服，一件绞花羊毛外套。小桌上放着一本书，拿起来，看到书签别在157页。我坐在她的椅子上，从157页开始看。

自然光渐渐不够了，我合上书，转转脖子，活动活动酸痛的肩膀。猛然看见一个人，勾着头，弯腰驼背坐在那里。再一看，是镜子里的我。墙边放了一架穿衣镜，正好能照见椅子这边。看到自己在镜中的形象，我下意识地调整，收回往前探的脖子，打开背，挺直腰。

就在这时候，我忽然想到什么，过去的画面一帧帧快速从眼前闪过。

无论穿着睡衣还是戴着围裙，她始终身姿挺拔。她端坐在沙发上，头和背在一条直线上。她晾晒衣服，手臂在空中划出一道柔美的弧线，她剪脚指甲，抬腿，收腿，宛若仪式。隔一段日子她就把我的四季衣服找出来，细细检查一遍，将纽扣松动的放在一起，然后她拈起一根针，举到光线充足的地方，另一只手捏着搓细的棉线，对齐了，在清透的阳光中，棉线极富韵律地穿过针眼。

一幕幕黯淡的家庭场景逶迤而来，它们从没像现在一样清晰、优美、光华闪耀。

她无时无刻不在秘密起舞。

回到那一晚吧。我宽厚地一言不发，她反复摩挲演出服。多么平静的夜晚，无声的对话比能说出来的话意味更明确。

我走到瓷罐面前，想解释些什么，话哽在喉头，该从哪里说起呢。

盼望在另一个地方找到她。也许她还是生病时的样子，头发掉光了，黄黄瘦瘦的，我会用最热烈的目光看着她，我会如少年扑进母亲怀抱，如父亲将女儿搂进臂弯，不，以赤诚的情诗中丈夫热爱妻子的方式，不用她开口，我就自愿化作她需要的任何东西，腰间的一根银链，手腕上的一束飘带，一束追逐她的光，甚至是她足底的一双舞鞋，如果她张开双臂仰起脸庞，说来一场雨吧，我就化作一朵云彩，飘到她头上，为她降落一场温柔无声的细雨。

我只想坐下

张天翼

早晨下的雪，到黄昏就脏了。车站广场上的雪，像洗洁精泡沫堆在黑锅边上，大部分沾在人们为过年回家穿的好皮鞋鞋底上，进了售票厅、进站大厅候车室。热腾腾的候车室里，有一千个人、三千包行李和一个詹立立。

离发车时间还有四十分钟，人们就自觉从铁椅子上起身，排在进站闸口后面，像长跑运动员等在起跑线后面。隔着六七个人，前面有个小女孩围着她妈的腿转磨，头戴格格式的小牌楼发卡，黑漆漆旗头板子，中间一朵大粉绸子牡丹花，两边两条红穗子。今年最兴的剧是《还珠格格》，火车站的纪念品店拿还珠格格发卡当特产卖，满架大牡丹，小女孩一看见就走不动道。再疼钱的爹妈也不会在年根底下疼钱，孩子们缠闹来一个小牌楼，一顶上，立刻小心翼翼用脚心找路，仿佛踩上了透明花盆底，只欠一个皇阿玛来认领。詹立立身边的行李箱里，也有个一模一样的格格发卡，给老家表妹买的。

她左手把行李箱往身边拽拽，右手提包搁在箱子上。提包死沉死沉，好像装着死人头，手指尖都勒白了。包不是她的，是她同学孙家宝的，她自告奋勇给拎着，让孙家宝能腾出两手吃东西。孙家宝一手拿着薯条，一手拿着汉堡，边嚼边说，重吧？没事没事，你放地上呗，那包里有个桃罐头，我坐火车就爱吃个罐头。立立说，没事没事，也没多重。

她跟孙家宝原本不熟，同院不同班，老乡也不是老乡，几个班一起上大课，听点名听多了，知道有这么个人，上学期坐过一次前后排，传表格传材料，相视一笑，顶多是这样。那怎么突然熟到并肩站着候车的呢？就因为坐火车。快过年了，全城外地打工的人、外地学生都要买票回家。一个月前女班长挨屋发火车票，立立手里端着盆洗漱回来，接了票一看“无座”两字，一屁股在床沿坐下了，盆湿漉漉地搁在枕头上。二十九个小时车程，没有座位，这怎么熬？班长坐到她身边，说，瞧你这运气，班里数你路远，还就你是站票，你咋就不多勾个备选呢？硬座没有，卧铺肯定有的噻！

她摇头，说，卧铺……贵嘛。

学校发的订票表格，最后一格是备选：无座，硬座，硬卧，软卧。如果同意备选一张硬卧，就有多花几百块钱的危险，她只勾了无座。学生火车票本来打五折，但卧铺的学生票，只能减掉硬座的半价的钱数，像是一种官方提醒：花着爸妈的血汗钱，还想躺回家，是不是太奢侈了？

车票搁在她大腿上，肉粉色，像豁开一个方方正正、露着嫩肉的伤口。班长叹气，说，咱班男生有人认识“黄牛”，我喊他们帮你弄一张卧铺吧？立立又摇头。班长简直要生气了。你心疼那点钱干啥子噻？你说你……

过夜的火车，即使坐硬座都很煎熬，硬座的硬，是个很妙的定语，不是座位硬，是人硬，不用多，坐几个小时，腰板，膝盖，腿脚，就僵硬得跟棍棒似的。无座跟硬座一个价钱。硬卧比它们贵一百五十二块钱，那一夜她屁股的归属，值不值一百五十二块钱？值不值得她说了不算，因为钱是爸妈给的。叫起来是爸妈，实际是叔婶。爸妈给她说过一次：你也可以叫“那边”爸妈，但即使那时她才小学二年级，也懂得这种“可以”其实是“不可以”。她一直坚持叫“那边”大伯和大伯娘。前两个寒假她先坐短途火车到大伯夫妇做买卖的城市，住几天，再一块回老家。今年大伯夫妇的麻辣烫小店亏了钱，大伯又犯肾结石，一个月前就回了老家。这是她第一次自己面对春运。

填“备选”之前她给爸妈打过电话。她爸妈一直在郑州陪读，陪她弟上武术学校。她说，爸，我学校没给订到座位票，我补订一个铺位票好不好？她爸很豪迈地说，年轻人，出力长力，补啥补？没得座位就没得座位，吃点苦也不坏，梅花香自苦寒来。再说那么大个火车，哪儿还坐不下个你。她不再说这事。她知道弟弟进武校交了好大一笔赞助费。

所以立立不想答班长那句话，为了掩饰这个不想，她把枕头上的盆拿下来，弯腰塞到床底。枕头湿漉漉的，像预先替她愁哭了。班长忽然想到什么，手在她大腿上一拍。我给你讲！你知道隔壁班的孙家宝吧？胸脯挺大、夏天老穿吊带背心上课那个。她跟你坐同一天同一趟车，订到了硬座——咱院的票是我给一张张分到各班的。立立抬起头。班长的小肉手又在她腿上拍一巴掌，另一条腿上的票轻微震一下，方形伤口里的无形神经也跳一下。我男朋友老赵，跟孙家宝是老乡。他们老乡聚会上，我跟她聊过天。她人不错，你去跟她套套近乎，让她照顾照顾你，哪怕给你挤个椅子边边坐呢。而且她家近，夜里就下车，她下了，你不就能坐她的座位了吗？

孙家宝人白白的，敦敦实实的，油乎乎的头发往后梳成一把抓，鼓脑门上总有个高光点。爱笑，嗓门敞。女人之间的友情要搭建起来能有多快？比沙滩上拿塑料桶扣小城堡还快。瓜子话梅请请客，食堂里面对面吃吃饭、掏掏心窝子，再来两杯珍珠奶茶一浇灌，第二天就能替对方在大课上答到（另一个得以在宿舍睡懒觉），第三天两条胳膊就挽成麻花了，就亲亲热热逛后街饰品店去了。

这姑娘人还真不错，虽然明摆着詹立立有求于她，她也没摆起架子，死吃人家一口。立立请三次，她懂得请回去一次。她唯一不太好的地方，是嘴不好，有时话特别冲，好像一块馒头给人塞嘴里，噎得人一愣，不知道该咽还是该吐。就比如现在等在候车队伍里，她一边吃汉堡一边说，哎立立，车站这个麦当劳会不会是假冒的？我怎么觉得这汉堡味儿不对呢？跟我以前吃的味儿不太一样。

汉堡和薯条是詹立立请的。这话也像一个汉堡塞进立立嘴里，她心里叹气，孙家宝也真是的，这种话怎么能随便说？这么说是嫌别人不会买？还是故意贬低汉堡，就不用领情了呢？

她说，不会，肯定是真的，麦当劳哪有假冒的？他们不敢。

好在，随便说话的人也随便忘话，话说完就不是她的了，谁爱拣心里谁拣去。孙家宝低头叼住一根薯条尾巴，像拎出一根烟似的揪出一整根，嘴唇抿啊抿，一寸寸把薯条抽出来，她常有这种无来由的娇憨小动作，自个儿逗自个儿开心，两眼净是宠着自个儿的笑，看着立立，把薯条盒往前一撅，你也吃嘛。

立立说，不啦，我中午吃得多，现在还饱着——“请别人客”的东西，她从来一口不沾，送人情就得送个完完整整的。再“吃回来”一点？那不是她詹立立的作风。

她又瞄了一眼“格格”。小女孩正隔着人，眼巴巴地看孙家宝，一转身，扑在她妈大胯上，大声说，妈妈我要吃方便面我要吃方便面！她妈从身上撕她下来，一手按着五六个月的肚子，说，别闹，你看弟弟多乖，一点不闹，面等上车再吃，啊。立立想，原来肚里是弟弟，怪不得……她妈生弟弟之前之后，也对她好过一大阵，夸她“真会引”，新衣新鞋紧着买，摔碎暖瓶都不挨打。

一阵骚动，风吹树叶似的传过来，检票进站了。人们纷纷弯腰，把散落在脚边的行李提上、背上、扛上、挑上。立立说，你吃你的，我给你推箱子。孙家宝嘴里唔唔，忽然小步跑到最近的垃圾桶处，各剩一半的汉堡薯条往里一抛，手势干脆漂亮，她跑回来一伸手，把挎包接过去。随人群蠕向前方，路过那个垃圾桶，立立把脸掉到另一边。

一过检票闸，人都跑起来，像被狮子撵得狂奔的角马群，好像上火车不是凭票，是凭赛跑名次，排前面才走得了，排后面的就要被丢下。脚步声和行李箱轮子摩擦地面的声音在天桥甬道里混响成一片，立立的身子被后面超过的人撞得一晃一晃。她俩步伐越来越大，最后也跑起来，加入这莫名其妙亡命起来的队伍。孙家宝边跑边小声咯咯笑。

月台顶棚上的大灯亮得人心慌，孙家宝说，上次我坐这趟车回学校，车上有个列车员，老帅了，眼睛像刘烨嘴像金城武，也不知道这次能不能碰上；罐头真够重的，上车咱先把它宰了吃；你知道车厢里最烦的是什么人？打呼噜的，抱小孩的，脚臭还非要脱鞋的。但愿咱车厢里没有……立立顾不上捧哏了，她的心越走越重，等一上车，她将正式成为无处可去的人。

上车一拐弯，一股热腾腾肉味扑到脸上。她们随着前面的人挪两步，停下，再挪。孙家宝手里捏着票，像琢磨谜面一样念着座位号。谜底揭晓：她的座位在一排三连座的最里边，靠窗。靠窗是最好的座位。下围棋讲究“金角银边草肚皮”，搁在火车座位上也适用，靠窗位是金角，困乏了，一歪，连头带身子倚着壁板，舒舒服服，简直等于半个卧铺；靠走道边的座位，胜在方便清静，也有半边可以舒展身体手脚；中间的位置最差，两边都是人肉，那种软中带硬的挤迫，最让人心烦又疲劳。孙家宝拿到的本来是金角，但要再给立立挣扎出一条能坐的地方来，金角就不如银边了。

面对面六个位子，其余五人已经坐满，孙家宝把行李箱推到椅子下面，暂时站住，没进去坐。立立也把行李箱推到椅子下面，堵在过道里，拿后背顶住挤蹭和各种口音的牢骚话。孙家宝轮番把那五个人看了一轮，眼睛盯住对面一排最靠外的黝黑男人，甜甜地送个笑，叫道，大哥，咱俩换个位置好不咯？我是靠窗的，靠窗的舒服。

这是以己上驷，易彼下驷，没不成的道理。男人欣然说，行！起身坐过去了。五分钟之后立立才明白，孙家宝为什么跟对面人换、不跟自己这排换：这边两位，一个四十多岁脖子上一圈金项链的壮大汉子，一个胖妇，对面两位一男一女，看脸就知道是学生，清瘦，能腾出的地方多，而且是“自己人”，也好打商量，果然孙家宝一说“同学帮帮忙挤一下好不好”，靠窗的女生立即拎起座位上帆布包放在腿上，两个屁股此起彼伏地一挪，半尺座椅就省出来了。那块白布包裹的，像凭空长出一雪地，珍珠奶茶、汉堡薯条以及立立巴心巴肺经营出的情谊这一刻终于有了实体化身。孙家宝一巴掌拍在上面，表功似的大声说，来吧，快坐！

立立不断说谢谢谢谢，脱掉羽绒服，把体积削掉一圈，抱着衣服，把身子安排下去，正着坐比较吃力，她调一下坐姿，脸朝外，膝盖朝过道支出去，坐稳了，如释重负，这重负是她自己。现在她也有了一个弥足珍贵的、腰线高的视野，可以跟着等高的眼带着淡淡的优越感，一起看站着走着的人。

车里已经黑压压，人仍在上，像珍珠奶茶的黑圆子在吸管里一顿一顿地行军，应和不可抗拒的吸力。还不光是人，人都提着背着扛着挑着，犹如搬运饼渣的工蚁队伍，因此一个人往往要占两到三人的空间。一些无票的人挑中一个地方，手扶椅背，就站住不动了，过道里人肉密度逐渐上升，汤变成粥，粥变成饭，最后稠得濒临凝固。离开车时间还有四分钟，队伍还有小半截耷拉在外面，像嘴角挂的残粒，很有被一把抹掉的危险。一阵推搡出的波动从门外拐着弯传进来，前面人吼“别挤了”，外面的人焦躁地嚷“赶紧往里走”，玻璃窗蒙着一层毛毛雾气，靠窗的人挥手抹出个扇面，扇面上一幅蒋兆和也画不出的徙民图。

天南地北的口音议论道：外搭还有十几来号咧，哪能上得来？上得来，莫麻搭！妈妈哟，这好多人挤到一堆儿，春运好吓人哦。明儿个就好了，后半夜过郑州，过完郑州车就半空了。

立立的腿从椅子边界探出一截，她频繁地起立给人让道，浑身是生怕碍事的知趣。折腾一阵后，干脆站着不坐了。孙家宝在后面扯她毛衣后襟，你快坐下，别动。又要等一会儿立立才明白为什么“别动”：火车上每个容得人的孔隙都不会被省下，她不填，马上有人填，两分钟后收腿空出的地方揳进一个无票的男人，身子整个偎上来，胳膊肘支着椅子脊背，“思想者”一样手托腮帮，摆定舒舒服服一个姿势。她再想坐，坐不下，用膝头顶了一下，那人岿然不动，巴掌托着的嘴里冒出几句恶声恶气的话：瞎鸡巴顶什么顶？我也没地儿挪动！你等会儿，等他妈人过完了！

她只好转身，不转，胸脯就送到人身上去了。她面向窗户，手撑小桌，把自己支在一个将要倾倒的站姿里，看窗上的扇面。扇面图里多了个人，一个穿着藏青制服大衣的高个儿列车员，他做着很大的手势，让最后三四个实在挤不上去的人往另外的门走，又高举一根食指朝巨大挂钟抖动，意思是就要开车了，快走。帽檐下的脸一转，让顶棚投下的灯光照住了。

所有的感情，事后都被认为是一见钟情，然而这时候立立只能看清他右脸：一杠黑眉毛抵着太阳穴，一颗女性化的毛茸茸大花眼，整个扇面为之一亮。他帮一个带俩孩子的妈提起红蓝条纹蛇皮袋，领她向另一车门跑去，跑出画幅边缘。开车十五分钟后立立再次见到他，才看清左脸，把那个第一印象补全。

她先听见的是一个车厢那头响起的声音：检票！请把车票身份证准备好。声音脆亮，抖擞得很。孙家宝说，哎呀，列车员来了，咱问问他有没有螺丝刀。她那个桃罐头折腾半天了，打不开，前后左右几个人都饶有兴致地拧了一遍，像凡人试拔亚瑟王的宝剑。就这一刻钟里，前后左右几个人交换了你老家是哪搭、念书还是工作、耍朋友没有等等信息，连“思想者”都加入了。四个学生互报了学校院系。那两人对孙家宝说，我们去你们学校听过讲座，你们食堂饭真好吃。

孙家宝说，那你们去的肯定是三食堂，我们大食堂和西苑食堂厨子都是养猪场饲养员改行的，那菜炒的！肉都是大肥肉，一嘟噜一嘟噜跟葡萄似的。

妇人说，哎哟，你们这些娃娃，嘴巴刁哟，我在工地上做饭，哪顿菜里不见大肥肉，工人都要敲碗边、“嚼球毛”的。

跟孙家宝换过座位的黑男人说，人家大学生哪能跟农民工比！人家将来都是公务员，要坐小车，吃酒桌子的。

女学生说，我可不愿意当公务员，我想去云南大理开一家客栈。几个人笑开了，“思想者”说，放着人上人不当，开旅馆铺床叠被伺候人去？这话可别让你爹妈听到。

车中段有人高声说话，跟列车员争执起来了。人们都抻长脖子瞧，有些人急匆匆站起来，钻到人缝里，抢能看得更尽兴的位置。闷在火车里，每一场热闹都珍贵得很。只听一个男人说，我有票！补啥补？

列车员说，您买的车票的区间是郑州到新乡，请您到车长办公席，补上始发站到郑州的票价。男人说，那你就当我是从郑州上的咯！

远远近近发出笑声。列车员说，这个不行，咱们客运有客运的规章制度，请您配合一下，主动补票。立立欠身看一眼，认出了帽檐下的大花眼。他的嗓音独特，亮堂堂的，好像喉咙里藏着个小灯泡。

逃票的人头往旁边一仄，表情烦躁，像被迫说出本想给对方留点面子的事。又不是我非要逃票，春运票不好买啊，票还不是让你们铁路上人倒卖给黄牛了！我们也没办法。你们又不差我这几个钱，你们铁路赚我们老百姓的钱还不够多？车上盒饭卖那么贵，讲理吗？还有，我问你，无座的票凭啥跟座位票一个价！公平吗？周围人纷纷说，是，就是，确实不公平。年轻的列车员孤立了。此人口口声声“我们”,想把舆论煽动起来,躲到“我们老百姓”背后去。立立对面的“金项链”低声说，铁老大铁老大，霸道就是了嘛，哪来的公道。

列车员声音稳稳地说，票价是中铁总公司定的，有意见您可以打电话质询，但是要说公平，别的旅客都是规规矩矩买全价票，您只花一站的票钱，想跟别人坐一样的区段，这样对别人公平吗？

这一招真的高明，再次把他孤立于人民群众，立立在心里给他鼓掌。四周静了，逃票人语塞，他身边一个老乡重重地嗐了一声：没几个钱，莫丢人咧！快快，我帮你补上算！列车员同志，补多少钱？说着就歪身掏裤兜。两人厮打起来。逃票人说，哥，我又没说不补，你快收咧，行啦我自个儿补去行了吧。列车员说，非常感谢您对我们工作的配合，请到16号车厢列车长办公席办理手续，待会儿我再来查验。那人走之前，嘴上还要找点便宜回来，说：你这小子嘴头挺行啊，穿了身制服皮，顶个帽儿，哎哟，母牛不生崽——牛×坏了！人们大笑，对这场热闹非常满意，有波折，有高潮，最后还抖响个荤香的包袱。列车员转向下一个人，脸色平静地说，请出示车票身份证。

人们陆续收回腰身和目光，意犹未尽，议论起自己听过的逃票成功案例。孙家宝趴到立立耳边说，就是他！立立说，谁？孙家宝说，你记不记得我跟你说，这趟车上有个特帅的列车员，眼睛像刘烨嘴像金城武？就是他。我说得没错吧？像不像？

那人走得越来越近。孙家宝她们把学生证押在车票上，握在手中，等着，红底烫金的学校名字，跟一块块霓虹灯板似的，一下闪进四周围人的眼里。高考苦了一番，为的什么？不光为了四年后院长把学位帽的穗子往边上一拨、递来的那一张文凭，也为了眼下这种跟“普通人”分隔开来、扬眉吐气的时刻。这种时刻不多，得珍惜。四周围的人斜睨着，脸上含笑，表情是有点羡慕，有点轻蔑，有点同情，就让娃娃显摆一下吧，当大学生也只就能风光这几年，上了社会还不都是灰头土脸打工仔。

列车员挤过来，在两排座椅中间站定，从伸出的手里挑了一只，接过票和身份证。立立仰头盯着，帽檐下的图景终于看清了，两只眼睛两潭湖，睫毛是围湖栽种的蓊郁草木，鼻子隔在中央，宽宽一道山梁，还有一颗圆溜溜、肉腾腾的灰痣，卧在眉丛里，她听家里爱给人看相的舅姥爷说，那叫“草里藏珠”。这副好面孔，该搁在质地更好的扇面上。跟铁路制服配成一套、出没在这乌糟糟车厢里，是有点浪费了的。但怎样算“不浪费”呢？她也想不出。他察觉到她的凝视，眼睫毛一挑，眼珠朝她钉一下，垂下眼继续看票，好像帘子掀开，里面有个脸蛋一闪，又不见了。

他先查对面那排的人，一言不发，查到立立他们这排，依次看了里头两人的学生证和票，说，上个车厢你们学校的同学特别多。还证时叮嘱，你俩的票是黄州站，记着黄州站跟黄州北站不一样，先到的是北站，别下错了。

人们都发现了，这个列车员跟学生有股不一样的客气，总要和颜悦色地唠两句。他拿起孙家宝学生证，说，好学校，我们系统的副总就是你们学校毕业的。孙家宝说，我知道，礼堂墙上荣誉校友照片有他。帅哥，我这站几点下车啊？

列车员说，正点是凌晨两点五十到站，还有四个小时。

孙家宝说，车晚点没有？

刚才待避特快，停了十七分钟，不过再过几站能追回来。好了，证件收好哦。

立立把学生证和票递上去，她有种错觉，他是故意把她留到最后一个，像那种心数很多的小孩把预估最有趣的礼物盒留到最后拆。翻开学生证，头一页有一寸照，他的目光在照片和人脸上折返跑了几趟，很严谨地验明正身似的，她又想：不会是借对照片的机会看我吧？他再翻一页，念道，生命科学学院，你们这学院都学什么啊？立立说，就学“生命”。

“生命”能学四年？

怎么不能？植物动物微生物，细胞生物，分子生物，能学一辈子。

孙家宝说，我也是生科院的，你刚才怎么不问我？

列车员不抬头地一笑，那页上就算印满五号字也该看完了，幸好他在荒谬边缘合起学生证，连票还过来，说过，詹立立是吧？这名字真不错。立是独立的意思？

不是，我爷从《论语》里给取的，“夫仁者，己欲立而立人”。

孙家宝说，嗨，帅哥，能不能帮个忙？

为旅客服务是我们的义务，请问您需要什么？

我有个罐头打不开，你有没有工具？

让我看看。

孙家宝兴冲冲从桌上捧起桃罐头给他。他的手很大，一下把罐头拿小了，几个长长指头捻着瓶肚子在手心里转一圈。立立心里替那个罐头觉得舒服。孙家宝说，大伙都拧不开，是不是需要螺丝刀？他说，这是旅行装罐头，不用刀。

他另一只手罩到盖子上，两手反着使劲，没开。他甩着手说，得找东西垫垫，摩擦力不够。立立的手一动，摸摸脖子上垂下的棉麻围巾，没说话。他的眼光立即扫过来，同学，你的围巾借我用用？

手底下垫着围巾，他又使了一回劲，罐头盖子咯响一声，孙家宝欣然说，开了开了！哎呀帅哥你好厉害。他把围巾递给她，罐头放回桌上，说，我们班组搞掰手腕大赛，我永远第一，外号大力水手。好！很高兴为您服务，请您留意广播里的到站信息。前一句冲她说，后一句冲孙家宝，于是立立又有一种亲疏有别的错觉……这些无法验证对错的猜想，像猫弄乱的毛线，留给她坐在半个屁股宽的座位上慢慢清理。被那只手握过的围巾再戴回来，成了活物似的，又像那手的无形的一部分还留在围巾上，风吹草动地搭着脖子。

孙家宝匍在她背上小声说，好帅耶，是吧？咱院的男生谁要长这么张脸，绝对院草了！我绝对倒追。

她含糊说，他眼睛还行，大花眼。

大花眼什么意思？

我们那儿管大双眼皮叫大花眼。男人长这种眼干吗呢，简直浪费。她又违心地找缺点，说，不过他脸太瘦太尖了，还有点驼背。

我就爱看小尖脸。哎，他是不是有点喜欢你，跟你唠那么多句！

怎么可能？他们列车员每天还不得见一万个人，说一万句话？人脸估计在他们眼里都是马赛克……那他还给你开罐头呢，算不算喜欢你？

孙家宝说，对，罐头！来，你用我的叉子吃，好不好？……

开车一小时之后，人们已经开始各为彼此的娱乐，聊天、打扑克、吃瓜子、看书报杂志、戴耳机听歌、织毛活，还有女人端着竹篾绷子绣花。能听到所有热门的偏见、历届领导人的秘闻、女演员的风月新闻，车厢宛如一个狭隘与伧俗的移动展览馆。有些人只是呆坐，两眼半开半闭，沉浸在混沌中。立立也是呆坐者，她其实带了书，在行李箱里，但她不想拿，她预感到跟那个列车员“还没完”。雨将落未落，悬念像雨滴悬在半空，她只想把悬念当一颗话梅，尽情地咂吮，滋味无穷。

二十年后拥有智能手机的人们，再也不会呆坐，再也不会无事可做，一部手机等于一个影院加游戏厅再加无数难以名状的啥啥啥。里头全是麻辣火锅，中辣、巨辣、变态辣，清汤寡水的、粗粮小菜的，早就倒闭了。人们愉悦地上缴全副精神和注意力，交给手机，“来！快刺激我！快震惊我！”就像把一整摊肉体交给推拿师，自己不用动，别人揉一把，惊动一下，浑身揉，浑身心惊肉跳。在事和事的缝隙里，他们等不及地跳进手机屏幕。鲸每隔一阵浮出海面透气，他们每隔一阵需要一猛子扎进手机里透气。所有人都有一张手机照亮的脸，千人一面。他们永远不会无聊。他们醉醺醺地，享受这目不暇接的无聊。

立立背后开了斗地主，“对子”“四带二”地红火起来，几个无票的站在椅子边看歪头和。一局完了，孙家宝像在饭桌上让菜一样，说，立立你玩一把！她说，我不会。孙家宝反倒更来劲，不会我教给你！你抓牌，我教你怎么看。她笑道，我可笨了，你可教不会！你快玩吧，我打水去。

她起身，“思想者”刚往前拱一点，孙家宝麻利地一搬屁股占住空，笑道，大叔，别顶呀！让人还以为你欺负小姑娘呢。好男不跟女斗，你说嘞？她两手扑克洗得啪啪响，响得跟打耳光似的，“思想者”也笑了，哎哟你这妹子嘴巴贼厉害，你小心将来嫁不出去哦。

立立拿了孙家宝的粉红 Hello Kitty 杯、自己的白保温杯，又跟里面两人说，我帮你们打水吧，你们出来不方便。这是对人家替她省座位的报答，那两人道了谢，递出杯子。她抱着四只水具刚要走，对面座的金项链男人冷不丁手一伸，她胳膊弯里多了个猪肝色保温杯，他若无其事地说，大学生，学雷锋咯！她说，哦，行吧。男人朝孙家宝说，美女，发牌发牌。

她像崂山道士一样穿人墙而出，艰难钻出好几步，一团迟到的怒气才缓缓成形。一部分气别人，更多的是气自己：凭什么让人随随便便就使唤了，就占便宜了呢？你为什么总这么好说话呢？……

她用软绵绵的嘟囔“对不起让一下”开路，一点点往前钻探，各种口音的抱怨如碎石飞溅，开凿出的缝隙，在身后迅速闭合。有些区域立着的人少，坐着躺着的人多，过道的地板根本看不见，横躺的人，脑袋和小腿伸到两边座椅下，只留一段腔子，丢在行李和鞋子之间，死了一样任谁踩也不动，春运逼得人跟自己的肉体断绝关系了，春运好厉害！她靠鞋尖连拨带撬，东一跨西一跳地插针，跟个跳棋似的往前走。在这样谁都拿自己不当人、当样东西的氛围里，很容易失去对肉体的尊重。她开始还不好意思，像个不会下棋的人，犹豫半天，哆里哆嗦走一步，但很快脚尖果断起来，狠起来。就这样不知挨了多少胳膊肘，感觉已经走了一半西天取经的路，车厢连接处的茶水炉还远得像凌霄宝殿。

差几步路的时候，她停在两个摞起来的蛇皮袋旁边歇脚，把怀里东倒西歪的水杯理一理。前面一片黑压压之中，忽有一张脸转过来，像明月从乌云后面露出。

她毫无准备地接住一个微笑，又完全是下意识地笑回去。

他飞快地笑完，转头去敲厕所的白铁门。咚咚咚。旅客同志，请赶紧出来，车还有五分钟到站，厕所已经停止使用了。周围人看着，等着纠纷。里面没声音。他再敲，咚咚咚咚，声音严厉了。旅客同志，请不要在厕所抽烟！您再不出来我就用钥匙开门了！

三秒钟之后，刺啦一声，冲水的声音，啪嗒一声，门上的红块块旋成绿块块，门开了，一个穿黑毛领皮夹克的男人跨出来，大声说，肏你妈，谁抽烟了？老子拉屎！还“用钥匙开门”，你开个试试，你侵犯我隐私了懂吗？哦，到站就不让人拉屎？你们火车上盖厕所是当饭馆用的？对旅客这态度，我他妈投诉你去，你工号多少？

门是冲立立这方向开的，这个方向的人都能看到门里还没散去的烟雾。然而没人替列车员说话。在这片土地上，维持纪律的人常常陷入孤立，因为大家都同意纪律是发明出来让人吃亏的，至少也是个招人烦，因此有硬脖子的主儿顶一顶“纪律”，群众喜闻乐见。列车员并不回嘴，把门拽上，用三角形钥匙锁起，皮夹克男人在他肩膀上推一巴掌，问你呢！工号多少？叫什么名字？

就像自己也被推了一把似的，她在几步之外开口了，大叔，你确实抽烟了呀，你看那烟气儿都还在呢，人家又没说错！那副不善的目光立即扫过来，她差点扛不住低下头去。这种违反本性的对抗令她整个肺腑都颤抖了，但又不完全因为恐惧。

列车员朝她投去重重一眼。皮夹克男人轻蔑地说，爷们儿说话，你插什么嘴，滚一边去。这时广播响起：× × 站马上就要到了……堵在过道处的人们纷纷站起来，背包的背包，提行李的提行李，往车门口走。皮夹克男人气势汹汹的身姿被撞散了几次，有人不客气地说，让路让路！

列车员以一种娴熟的、有口无心的柔和语气说，我们工作有让您不满的地方，请多体谅，不下车的话，请您回到座位上吧。皮夹克男人哼出一句，傻 ×，转身走了。

她后背靠在壁板上，尽量贴得扁一点，让下车的人从身前过去。他走到车门口准备开车门，在人群中间，又朝她笑笑，嘴角往下感慨地一撇，是对刚才那一遭的总结。不管笑成什么形状，那两条嘴唇都好看得不行。

她搂着杯子一直等，等车门打开，火车像闹肚子似的，急急排泄了一通，又狼吞虎咽了一通，门再关上，车再开动，等厕所前过道里重新挤满，等人们站定坐定，她才走向茶水炉。

茶水炉位于乘务室旁边，炉子跟前空出了一小块地方，人们怕被烫着、溅着，挤得再难受也不往前凑。她把怀里的杯子一个个放在地上，再一个个拿起来装水。糊着水垢的龙头里，落下一道细流，比牙签粗不了多少。等的时候，她透过门上的玻璃往小房间里看，墙上挂着藏青制服大衣，好像有个人在那儿垂头面壁似的；一个小桌，一截皮革椅子面。明亮灯光笼罩那一平方米多的地方，像那种有亭台楼阁的水晶镇纸，她用想象在里面摆上一个人影，想象他在其中度过清醒、睡眠及其间的无数小时……水流砸出的调门尖起来，杯满了，她关了龙头，拧上盖子，换第二杯。

换到第三杯，觉得后面有人，回头，看见他端着一个方便面纸碗，朝她一笑，说，刚才谢谢你啊。她不动声色地羞窘了一下。应该的。你们是不是经常遇到那种不讲理的人？

嗯，经常。春运嘛，也能理解，车里闷，不舒服，想抽根烟解乏。

我们最怕旅客乱扔烟头。让暗访组查到一个烟头，就是一个A类违章，就得扣钱、考核，超过两个我就待岗了。你怎么打这么多水？你是骆驼啊，要喝进驼峰里去？

她说，这是我的，我同学的，还有另外几个人的。他说，那几个人你认识？你老乡？她说，不是，不认识。出门在外都不容易，帮个忙，也就是顺个手的事。我爸爱说，吃亏是福，女孩子在外面手脚勤快点，掉不了肉！

当然不是顺个手的事，他当然知道蹚那条人肉过道有多难。他盯着她，两潭湖成了两盏射灯，像琢磨她似的，半天说，你可真……贤惠。

这词有点造次了，它指涉的是她未来作为女友、妻子的那部分。她嗓子一紧，低头看他手里的泡面，这是你晚饭吗？

他说，不是。那边有个旅客的小孩闹着吃方便面，我看她妈妈怀着孕，走动太费劲，就让大伙把面传出来，我给她冲水。她说，是不是一个小女孩，戴着还珠格格的发卡？他说，还真是，你怎么知道？

她笑而不答。这时最后一杯也打满了，她移开杯子。他说，帮我拿一下。她帮他捧住纸碗，脚下地板微微摇颤。他从碗里摸出调料包，撕开，只倒一半，撕开固体油包，也只挤进去一半，枣红的几块落进去。剩下的，他一伸胳膊丢进垃圾口，制服袖子往后退一下，露出手腕上一道编织的红绳手链，公事公办的制服底下一点家常的东西，格外醒目。

她说，干吗只放一半？他说，小孩的肾还没发育完整，不能给她吃那么咸。

回程时她耳边总回响着“你可真……”，那个刹车抖掉的还有什么词？手链多半出自女人的手，她那个初三念了两次、闹着上武校又嫌苦闹着退学的不成材弟弟，就因为一管鼻子还蛮俊气，身上就总冒出些女里女气的零碎。那条手链背后又有几个人？这些念头像麻醉剂似的抓牢注意力，让她几乎毫无痛苦地原路返回。

座位四周围的人换了一小半，“思想者”的位置现在是个头发染成黄色的干瘦年轻人,趴在椅子脊梁上闭眼睡了。对面那三人里，黝黑男人走了，换了一个眉毛文成红褐色的中年女人，红指甲的手里捏着牌，地主还在斗。立立把怀里的杯子一个个放在小桌上，怕打扰大伙的牌兴，放得很轻，杯底触桌面时用小拇指垫一下。人们从牌面上抬眼说谢谢。

属于她的半尺再次挪出来，她坐下，这次的黄毛被她一碰，就知趣地闪开一块地方，毕竟都是年轻人，脸皮都还没厚起来，也有互相体谅的默契。她摆好双腿，再从行李箱上拖来羽绒服当抱枕搂在怀里。掏出手表看一眼，十一点二十。一来一回四十五分钟，一节课的长度。

这个时间，眼皮像缺油的合页，拉开关拢都费劲了。立立说，你不睡？还三个小时就下车了。孙家宝说，就睡！等我打完这把。

坚持打扑克的人不多了，车厢里安静下来，人们以千奇百怪的姿势睡去，交臂叠股，相与枕藉。这里一点点的亲密，换到任何别的地方，都要惹起“耍流氓”的叫嚷和纠纷的。但这时候，少女的粉脸贴着大汉的发黑的脚心，妇人当着丈夫的面公然倚在别人大腿上。双人座上的夫妻情侣抱得像阴阳鱼，头顶着彼此肚子。为了一点点舒适和支撑力，有人腿架在桌板上，有人脚丫高举到壁板上，有人把脚趾塞到别人屁股底下。大部分睡脸上都有个黑乎乎的嘴窟窿，远一看，像不约而同的呼救。天花板上的灯睁着不倦的眼，洒下白光，所有面孔白惨惨的。睡眠真好啊！睡眠是如此慷慨、如此招之即来的救主。囚徒的梦也跟自由人一样香甜，不管在泰坦尼克号上是头等二等三等，只要爬上睡眠的救生筏，众生就平等了。

立立头靠着椅背，分配好脊椎和几根大骨头的受力，静下来，合了眼。她略想了一下被父亲否决的卧铺什么样。能有一个把腰腿放展的平面，那得舒服成啥样哦？……人肉在饱腹中发酵，火车精神抖擞，呜呜飞奔，挑破黑夜的针脚。她嘴角溢一点口水，梦见了棉拖鞋和红豆粥。

当然不可能睡得多称心，她二十来分钟醒一次，茫然四顾一次。进站出站，下车上车，人挤出去上厕所再挤回去，她都在断成一截一截的睡眠之间知觉了。某一次醒来，后背多了热乎乎的重量，还有一串串小呼噜，震动和声音从皮肉里传来，她知道是孙家宝。

又一次，肩头有异物，她扭头，只见椅子背上骑了个人，身后倚着一个铺盖卷，双手猩猩一样向上抓住行李架，一条腿盘起，脚尖踢着趴在椅背上的黄毛的头顶，一只脚垂下来，刚好踩到她肩头。她拍拍那条腿，那人惺忪地睁眼，挪了脚。淡淡的脚味儿里她又睡着了。夜越发深。里头两个学生下了车，新来的一对中年夫妻抱着婴儿。偶尔发作起来的婴啼也只让她醒了一次。

……醒醒！立立，我要下车了。

她迅速挺直后背，睁开眼，吸一口气，转过身来，只见孙家宝站在她眼前，已经武装好了外套围巾背包，鼓脑门上的高光点特别亮，行李箱的铁把手拽起来，像剑从鞘里拔出一半，蓄势待发的样子。她说，你到站了？孙家宝说，嗯，剩下这袋零食你吃吧，你路还长呢。拜拜，亲爱的，咱开学见！她心里一阵激动，一阵留恋，说，大半夜的你小心点，东西都带齐了？

没事，我爸开车来接我。你也小心点！

这站也是大站，过道里站起不少人。列车慢下来，时而抖动一下，打嗝似的。孙家宝垂头跟她耳语：要再遇见那个列车员，你问问他叫什么名字。

孙家宝随着人流一离开，她立刻坐正了身子，后背顶住椅背，使一下劲，让皮肉最大面积地贴上去，感受那个珍贵的硬面。她感到座椅温柔地说，这半夜受罪了吧？现在你是有座的人了。来！你只管倚着我，靠着我，把你那一百多斤交给我，有我保护你呢，有我撑着呢，脑袋往后靠。总算盼到了，就好好睡吧！宽宽绰绰地睡！

她把后脑勺端端正正地放倒，一种“有所托”的轻松。唯一顾虑是这么睡觉肯定会张嘴，丑，万一那个列车员路过看见……还没等车再次开动，她就仰着脸睡过去。

后来她被硬物扎醒了一次。转头见一个蓝布棉袄的老人站在旁边，手里横着一根扁担，念叨“对不住对不住”。人的屁股是个圆弧，跟座位的直角不能完全贴合，总有个隙，扁担头就打算钻那个空子。立立往前让让，让棍子进来。那边座位的两人摞着睡出了上下铺，别说扁担，枪杆子捅都不理会的样子。老人架好扁担，就坐下去，坐在中间，像巫师坐在扫把棍上。

下一次是被鸡叫惊醒。探头找一圈，声音发自对面椅下的麻袋，麻袋口伸出一对捆住的蜡黄鸡爪子。大过年的，一只公鸡的前途有很多种可能：白斩鸡，盐焗鸡，三杯鸡，栗子焖鸡，麻辣鸡丁……

凌晨四点，这道未来的年夜菜挣扎着司晨，像它头顶人类爱说的“站好最后一班岗”。那扭曲断续的啼声，与其说是打鸣，不如说是哭号，但它不管，反正它全心全意了，尽职尽责了。那对爪子，使劲使得阵阵痉挛，趾尖直戳戳的，像要抓点什么似的张着。睡回去之前，立立怜惜地盯着鸡爪看了会儿。大伙都睡得可香了。这么刺耳的声音，都叫不醒这铁屋子里的人。

再下次她醒过来，是有人吆喝“脚抬一抬、垃圾扔一下”。她一激灵，手先找嘴角，擦口水。眼前的人稀疏了不少，椅背骑手和黄毛都不见了，上一站下了不少人，也有人熬不住，去花钱补了卧铺。其实声音还离得远呢，她镇定了点，嘴角清完了再找眼角，往外揉眼屎。耳朵注意听着：请您把瓜子皮放在废物盘里，不要随地乱扔。一个女人的嗓门说，哎哟，小伙子，扔地下怎么啦？你们不就干这个的吗？我不扔你们哪有活干？

等他过来，她已经能露出一张醒足了的笑脸。他低头用大扫帚把膝盖高的一堆垃圾往前推，清完一段地界，往前推一截，抬头用眼神跟她打个招呼，眉毛里的小珠子一跳。

她也深深一眨眼，招呼回去。距离上次见面，感觉已经好几个月了。她说，这么多？他说，是，过完一宿，能扫出六七大袋子。这位旅客您好，腿让一让，我扫扫椅子底下。你同学下车啦？

嗯，下了。

你什么时候下？

我到终点站，明天下午四点才下呢。

他笑。现在已经是“明天”了。他眼里居然没什么倦意，目光还很有劲。那个笑就像那个小房间一样，密封起一种此地罕见的清洁、明净。

她说，熬了一夜你们不困吗？他说，习惯了，上一站上来了添乘的领导，我被拎过去，口头考了一堆业务问题。刚考完，这会儿老精神了！又是一笑，嘴唇翘成一个新样子的好看。她说，你们也要考试啊？他说，哦，你以为就大学生才考试？我们各种考核绝不比你们少，而且考挂了后果更严重。

有人把喝完的八宝粥罐子扔到垃圾堆上，罐口一歪，剩的汤水泼到他鞋上。她快速抽了张手帕纸（一整张，她自己从来都半张半张撕着用），说，你擦擦。他说，不用不用，我都是全扫完再统一擦。但还是接了纸，抬脚抹了几下，说，谢谢你啊，詹立立同学。她说，不客气。他丢了纸团，左边眼皮飞快一挤，嘴角肌肉起了微笑的涟漪，用喉咙后半截低声说：贤惠！

他弓下腰，像犁地似的，推着垃圾走了。她放松下来，往窗外看看，还是一片撕不开捋不动的黑。黑得绝望。这一夜真长啊，生生死死地睡了好多年，一夜还没过完。

公鸡已经下车了，代替它给车厢添热闹的是身边夫妇的孩子。孩子哎哎啊啊地哼唧，母亲哦哦呜呜地拍哄，丈夫趴在小桌上睡，偶尔转头用乡音抱怨几句。对面让立立打过水的金项链男人也醒了，慢悠悠剥茶叶蛋，剥出大理石纹路的一颗，小口吃。黑裤子上掉落金屑似的一点点，他都一点点捉起来吃了。

立立打开孙家宝留下的半袋盐津葡萄，捏出两粒放嘴里。那酸咸很醒瞌睡。另一处一直醒着的器官，是膀胱。其实她一小时前就憋得胀痛，只是心里总说，再等等！……现在她明白“心里”是怕错过他。

她把羽绒服放下，起身，拖着肿得胖了一圈的腿脚，再次钻进人丛。车厢里的味道很浓，是“人”味儿，又不完全是，是十几吨人肉在钢铁胃口里消化过的气味。椅子上过道上，人们处于半液态半固态之间，她不得不一路把人弄醒。

再回来，她座位上坐了个人，一个宽肩大膀子的男人，驼色毛背心，叉开两腿，两手手心朝上搁在大腿上，睡得鼻翼一扇一扇。她的羽绒服被抛在小桌上搭着。火车上常有这种，趁别人上厕所，蹭着坐一会儿的人。她走过去，犹豫“拍”还是“戳”，最后选择拍了一下他肩膀。没醒，只好再加重拍两下。那男人猛一抖动，睁了眼。她腼腆地笑一下，以为那就够了。

那男人却不笑，木着脸看她。她说，大叔，请让让。

为啥?

这是我的座位。

你的座？你票呢？我看看。

她说，我自己的票是无座，不过这个座位是我同学的，她让给我了。

那你同学咧?

我同学下车了。

她下车了，这座就谁坐了归谁，你说对不对?

立立怔住。她提前怕起来,心口滚过一丝寒气。前半夜的“旧人”只剩那个戴金项链的男人，她投出最诚挚的求助目光，软着声音说，大叔，求你了，求你了，你给我做个证明，是不是我同学把座位让给我了？刚才我是不是一直坐这里?

那人低头从塑料兜又拿出一颗蛋，转着圈在桌沿上磕着，不紧不慢地看她一眼，是你同学的没错，可人家说得也没错，你同学走了，那就是没主的座，你是站票嘛。你们大学生，读过书，讲道理的，对不对？许你坐，不许人家坐？没这个理嘛。

毛背心男人点一下头，哎，大哥这句话公道。

立立说，不是！她鼻子酸胀了。我就去上个厕所，我放了件衣服占着座的。

你衣服呢？……哦在这儿？我没看见，反正我过来的时候，这座空着。

紧里面抱孩子的妈嘟囔，哎呀，欺负人家小姑娘……

毛背心男人胳膊叠在胸口，头往后仰，抬高的下巴让他有了一副坐在自家藤椅上的主人翁姿态。他和蔼地说，你要能等呢，我中午两点下车，我下车了，这座还归你。你要不愿意等呢，赶紧再去找个座吧。他很耐心地授人以渔：我教给你啊，你去挨个人问，问那些人，您哪站下车啊，人家要是说，我下站就下，那你就站在旁边等着，等人家下了，你不就能坐了嘛。快，快去吧！他像打发一个烦人的孩子一样叹口气，闭上眼了。

立立呆站了一会儿。没人看她，母亲注视婴儿，睡的人继续睡，"金项链"吃茶叶蛋吃得打嗝，拧开保温杯喝一口水（那是立立帮他打的水），毛背心男人嘴巴微张，快睡着了。

她低下头，拖起行李箱，手臂上挂着羽绒服，走了。

车上还是满当当的，她只能提着箱子走。地早被圈完，洗手池上都坐了三个。被她惊醒的人催促：快过！快过！她被催得停不下脚，只能不断地"过"。走过一个车厢，又走过一个车厢，终于在车厢连接处看到稀疏的一块，几个人坐在蛇皮袋和塑料桶中间，头垂在膝头睡着。

她摇醒其中一个，问，这是您的桶吗？……您把两个桶摞一起行不行？……谢谢谢谢，您不用动，我来我来。

一个桶的空间，箱子一放，还剩一小半，立立慢慢坐下，尽量蜷紧腿。坐了半分钟她就知道为什么这里人少，因为冷。风从各个方向呼呼吹来，她穿上羽绒服，拉链拽到头，趴在箱子上。这里没灯，比车厢里黑，一个角落里有轻微咔嗒咔嗒的声音，回头看，一个坐在睡着父母身边的小孩聚精会神地扭动魔方，置流到嘴唇的鼻涕于不顾。对孩子来说，贫穷是一桩游戏。他们刚来到人生之中，就像旅行者初到某地，疮痍也被新鲜感美化成风景。即使一无所有之际，他们还有自己，肉体和五官都是玩具。

她把眼皮压紧在手臂上，安慰自己只要闭上眼，黑跟黑也一律平等。像刚才那样睡睡醒醒，过了一段不知长短的时间。她没掏表，想把看时间留成一项盼头。后背窝疼了，就换姿势，最后发现，跪着、屁股歪坐在脚跟上居然最得劲。

以这个姿势，她睡得最长久。再醒过来是因为手被踩了一脚，她哎一声，猛地直起身子，疼得心突突跳。眼前都是腿，人们正准备下车。男孩被父亲拽着胳膊走，手还挣扎着去拧魔方。她刚才睡松散了，手耷拉下来，伸到过道上去了。

手背上半个水波纹似的鞋印，两个指甲紫红。她拿另一只手的手心把鞋印揉掉，捧起手来，吻了一下，再吻一下，手以为有人来慰问，还有软软的嘴唇来哄，不好意思了，就疼得轻了。她侧过身坐着，横起胳膊肘，拿那个尖骨头冲外，有腿凑过来，就泄愤似的恶意一捣。想来是疼的，但那些腿竟都顺着她的劲儿退避了，上面的嘴也都不说什么。

这一夜的种种，才是真正的生命科学。要恶，要稳准狠，才能不吃亏，不受罪，才能有地盘，有座位。火车是一座上大课的阶梯教室，一切“为人处世”的道理都在这儿吃一堑长一智，一切薄脸皮都迅速厚起来，有些是真厚，有些是挨了掌掴后的肿。

车再开动，推小车卖饭的女列车员出来了，走走停停，一路吆喝：吃早餐了，热稀饭热包子有需要的吗？刚出锅的热包子。

她原计划的早餐饼干在箱子里，但她狠心买了个包子吃。两只手都裹上去，手指把包子全身爬个遍，贪婪地吸收那点热力，毕竟那是它唯一的优点。

吃完正喝水，听到几米外有人说，这位旅客请让让。她埋下头，希望过道里的光再暗一点。然而他在她眼前停下，诧道，同学？你怎么在这儿？

她只好抬起头，一笑，感觉笑得面目全非。我去趟卫生间，座位就让人给占了。他两个袖子挽着，露出手腕上一根细红线，手里提个铝水壶，表情并不意外，点点头。你还是没经验。

她说，是啊，我第一次自己坐春运的车。他说，要不然这样……后面厕所方向有人喊：嘿，水呢？他回头应道，来了！转身大步走了。

一走走了好半天，“这样”是“怎样”，在四十分钟之后才接上。这时她已经用纸巾蘸着保温杯里的水，把脸擦了擦，又蘸湿另一张纸，把牙齿也擦了擦。他一边把用“请出示车票”的语气，淡淡说道，你过来，跟我来。走出两步，回头一看，说，箱子拉上。

她跟在他身后，穿过晨光充盈的车厢，原来天已经这么亮了。睡得气色一新的人们都起来了，吃泡面，吃红皮火腿肠，嗑瓜子，望风景，聊天，打扑克，昨夜那副凄惨的地狱百鬼图宛如幻觉。地上的人自动直起来，给列车员让路，他走得很顺，很快。她想起连一句“去哪”都没问，又想，反正去哪都比刚才的地方强，不可能更坏了。

最后他停在乘务室门前，从腰间卸下钥匙，打开门，说，进来吧，箱子搁外面。又在她背后说，嗐！坐下呀，就是让你来坐的。

她慢慢转过身，怕坐空了似的用屁股谨慎地找椅子面，坐下了，只觉得四面壁压迫而来，这空间比外面看起来还小，门口的他显得非常的高，光都挡住了，她仰头说，那你怎么坐？

他说，我不坐，我还得去搞车体卫生。应该是半小时签一次厕所，我已经落一次了。你放心待着吧，詹立立同学。哦，对了……他探身把墙上的制服大衣摘下来，展开，给她往背后一盖。你披上我的衣服，省得外面人看一个穿便服的人坐这里，探头探脑的。

衣服很重，像个人扑在身后，袖子从肩头垂下，衣领子硬硬的，一扭头，腮帮上的肉被戳得浮起来。她说，好。

他又从桌上文件夹里抽出一张纸。这是时刻表，你就假装在背时刻表！说完嗤地笑一声。她看一眼时刻表，右上角有个潦草的字，指着问，这是你名字？

想问我的名字，直接问就行。我叫左一夏，上下左右的左，不顾一切的一，春夏秋冬的夏。说完他眼光在四壁依次打个转，从她眼里看来，仿佛是默默地托付，托这小屋子照料她。他低下头，弯曲食指在桌面笃笃敲两下，代替自满自夸的一句话，便转身离开，从外面给她关了门。

又等了一阵，她才把腰背软下来，品尝心里的窃喜。天，竟然！……竟然这样稀里糊涂地坐了“包厢”！祸兮福之所倚，苦尽甘来！这种甜蜜类似在黑夜的森林里苦熬一夜，忽然见到一座晶晶亮的小房子，墙是奶油饼干，窗玻璃是透明的糖。

她一点一点往后靠，还是不太敢靠实了，两腿在桌下伸开，心里想等再见到孙家宝，该怎么讲这件事，说出他的名字，又不暴露炫耀的心思。

刚才他给她披大衣时，没注意她还穿着羽绒服。这会儿她自己折腾，先都卸了，再把大衣重披上。这么近，能嗅到那种很久不洗的气味。这制服从发下来不知道经过水没有！她想起她妈常说，世上没有香男人，尤其单身汉；男人都跟淹死鬼投胎似的，跟水有仇。

火车噌噌往前跑，窗外太阳不高不低，像一颗情有独钟的眼珠，死死盯着火车看。她拉掉颈上戴了一夜的围巾，挨皮肉的一段是热的，不挨的部分是凉的，它缓缓爬下来，像条蛇游进手里。围巾外套放哪呢？挂着当然不行，太显眼了，放桌上也不好，太添乱，太不识相，最后还是搂在怀里。

上午慢腾腾地过，人们从门外过，都往里看。开始她有点羞涩，后来逐渐感到享受特权的愉快，就挨个看回去，再后来她故意把大衣褪掉，让人去猜为什么一个穿便服的人能坐在乘务室里。黑底子上出现一朵大粉牡丹花（“湿漉漉的黑色枝条上许多花瓣”），下面一张小脸，手指搁在因惊讶而微张的嘴唇上，她朝那小女孩一笑，抬起手摇摇。

偶尔他也经过门外，会透过玻璃递个眼神给她。昨天晚上她那么盼着见到他，跟他说话，现在却有点盼望他一直这么忙，忙到她下车。但他终于回来了，开门进来她慌忙站起来，他不耐烦地皱眉毛，哎呀！你坐嘛！我又不是老师，要点你名回答问题。说完自己先笑了。

虽然不让她起来，他也不出去，只站着，盯住地面想事情，好像等着地面长蘑菇一样长出椅子来，两手慢慢把两边挽上去的制服袖子抹下来，袖口边一点点扑打平，红绳盖住了，又掉出一点。她说，咱一起坐吧？你们这椅子比外面的宽好多。他说，行，你不怕挤就行。

宽归宽，坐两个成年人还是欠点，他坐外边，身子斜出去，两腿分得很开，支撑体重，跟此前她坐的姿势差不多。近处看，赏心悦目的脸变得有点恐怖，挨着她的是他左半边脸，眉里那颗小小的灰珠子，简直呼之欲出，下一秒就要像果子似的掉下来，掉到她怀里了。

不能干坐着，她生怕冷场，主动找话题，问，你们在车上都忙什么啊？他说，就你看见的那些活呗，调整行李架，安全宣传，乘降组织，客伤卡控，卫生清理，查验票证。

问，你们休息是怎么休息？他说，上几天班歇几天，上四休四。

又说，你这间乘务室真整洁，是要求这样吗？他说，对，是要求，而且不能放私人物品，只能放一个洗漱用品盒、一个饭盒、一个水杯。连药瓶、茶叶都不能放。有的暗访组的人专门查这个。

他有问必答，但不发问，答完就闭嘴，嘴角有点笑意，两手支在膝上，好像故意看她到底能提出多少话题。

眼看问答成了记者采访，她也想不出别的问题了，就给他讲家里的事。不是她自己的事，是家人常给她这一辈小孩讲的，两个关于火车的故事，两个历险记。第一个历险记的主角是她姥姥。她大姨调动工作到新疆，在那里结婚，怀孕。她姥姥坐了六天七夜的绿皮火车，过去照顾女儿。伺候月子，带奶娃。娃娃过完百天，她大姨说，妈，你把孩子捎回老家吧。她姥姥又坐了六天七夜的绿皮火车，抱着外孙回去。回程跟去时不一样，车里闷热，婴儿贴着大人皮肉更热，哭得哇哇的，她姥姥把孩子放在座位上，自己坐在地上给他扇扇子。该喂奶的时候，央人帮忙打点开水，用铝饭盒沏奶粉。带着孩子不好便溺，她姥姥就几乎不吃不喝。饶是如此，垂头打盹的工夫，孩子还是丢了。她姥姥把半火车的人都哭起来找孩子，终于在下一站停靠之前，找到了。孩子已经被灌了一点酒，睡得死死的，所以不哭。偷孩子的是个农妇，当场下跪，哭着说自己十年生不出娃，快被丈夫揍死了，这趟本来是打算坐车去上海看看小洋楼就跳江自杀，见着个大胖小子，心里一爱，就犯了糊涂……那酒呢？酒是预备喝了壮胆的，不然怕自己舍不得死。她姥姥跟乘警说，算了，同志，也怪我自己没看好。带娃的人，咋敢睡死了呢。都不容易，莫拘她了。又问那女人，大侄女，你回去的车票钱够吗？不够我给你。

第二个故事主角是她堂姑，也就是她爸的堂姐。一九六六年，她堂姑上中学，十五岁，正跟同班一个男生偷偷谈恋爱，俩人好得山盟海誓。全国中学生搞大串联，那人喊她堂姑一起去北京，说红卫兵坐火车不要票，可以看完天安门，再一起下苏杭玩玩。她堂姑动心了。两人跟着别的搞串联的同学，在车站申请了车票，上了去北京的车，在火车上待了五天。第三天，一车的人都没吃的没喝的，有的女孩子渴得直哭。车里闷热，她堂姑中了暑，差点晕过去，被几个男生举到行李架上躺着。夜里火车停在一个小站，各学校都派人下去找吃喝。她堂姑学校的人从老乡家里“借”来了一堆橘子，回到车上，十几个人分。她堂姑的男朋友说，她睡着了，她那份给我吧，我帮她拿着，等她醒了给她。她堂姑从行李架上往下看，看到那男生背过身，把那份橘子塞进嘴里。回来之后，她堂姑再也不吃橘子。也不再谈朋友，拖到四十，才被家里逼着，跟一个离过婚的厨子结婚。

她讲得嘴都干了，讲完，见他不出声，心忽然虚得慌。幸好他终于评论了，说，你姥姥人真好。你堂姑姑啊，要让我说，有点“各色”。她说，嗯，是有点。他说，女人性格那么……那么烈，对自己也没好处。她后来真的一口橘子也不吃？

嗯，不吃。

那，橙子吃不吃？柚子吃不吃？橘子味芬达也不喝？

她模糊地笑一声，有点不悦，以及失望。这种以一辈子为主题的故事，聆听者即使出于道义和礼貌，也该给出一些沉痛的感慨，提这样半开玩笑的问题就过于轻佻了。

他察觉到她的不悦，起初似乎打算沉默一阵算数，但出于好胜心，或是别的心思，开口解释：我是觉得，人生在世，哪可能什么都合心意？受了点伤心受挫就决裂，哪能决裂得过来？比如说我吧……他像激动了似的转过身，差点跟她脸挨脸。我本来打算念表演的，中戏、上戏、北影，都去考了，离家出走去考的。复试通知书都拿到了，但是怎么样呢？家里不同意，我爷我爸都是铁路局的，他们想要“铁三代”。我一提上电影学院，我妈就躺炕上了，一躺一天，拿枕巾擦眼泪擤鼻涕，脸色煞白，跟活不了似的——她有心脏病，室间隔缺损。我爸，跟我说着说着就能一耳光扇过来。嗐，最后我老老实实干了客运，他们总算舒坦了，我呢，一天天熬得想卧轨。刷厕所有多恶心，你都想象不到，有人能把屎喷到墙上去，有人能拉出跟蹲坑平齐的一池子……哎呀，对不起，不该跟你一个女孩子说这些。

她说，不不，我愿意听，你说得对，是不可能什么都称心的，不过委屈的尽头是福气，你放心……

放心什么呢，她又说不出了。他苦笑，眉毛往上一跳，表达获得知己的小小振奋，灰痣一闪。如他所愿，她打量他的目光变得柔和而复杂。一个人有恨，有痛苦，有夭折的梦就显得深刻了，此前或有轻狂，也是佯狂抒愤。同时她又觉得惭愧，他如此“交底”，亮出见骨的伤口，而她连自己是过继女儿这事都没说。好在时间还有……

他看看手表，站起身说，你坐着，我去餐车吃个饭。你饿吗？

她说，你不用管我，我有吃的。他点点头，也不多问，从架子上抽出个旧饭盒，走了。

这种态度让她放了心：他倒也没“那么”热络嘛，还没有殷勤到给她张罗饭。估计他这样帮过很多人，反正乘务室他坐不住，不如做做善事，选个最合眼缘的、最可怜巴巴的无票的人来坐。有善意，但有限。唯其有限，反而让人释怀。

她推门出去，放倒行李箱，拉开拉链，掀开盖子，取出一个纸碗方便面，到茶水炉里冲了开水。泡面那种虚张声势的香味，本来可供好好咂摸，但她心里有事，面还没软，就嚼蜡似的吃进去了。

肚子一饱，困劲拱上来了，身子乏得一阵阵要蒸发似的。她用围巾垫着手，趴在小桌上，几次呼吸间就睡着了。睡得黑沉黑沉，直到一声门响，她猛地直起身，眼珠因为压得充血，一时看不清，只见他高瘦驼背的影子进来，说，不好意思吵醒你了，睡吧睡吧。

她依言把头搁回小臂上，这次让开眼睛的位置，只压住额头。模糊感觉到身侧被轻轻挨碰着，知道他坐了下来。但她继续做梦，梦像扯不下来的围巾，把她通身缠住。已经是吃年夜饭的时候，一张奇大无比的圆桌，桌边坐着她爸妈，她大伯大伯娘，戴还珠格格发卡的小女孩与怀孕的母亲，孙家宝，“思想者”，金项链男人，还有姓左的列车员，桌上中央一盆红光夺目的荤菜，是一只奇大无比的整鸡。她想吃鸡翅，特别特别想，只忍着不开口，她爸妈小声说，对了，女娃娃就是要腼腆；委屈的尽头是福气。孙家宝却劈手抢了一只鸡腿，那小女孩说，妈我也要吃鸡腿！她大伯娘夹了一筷子，悄悄从桌下塞过来，放在她腿上，一团热乎乎，她低头一看，竟是蜡黄的鸡爪子，几个趾像要抓什么东西似的张着……

她醒来，腿上热乎乎的，还在。她瓷住了，一动不动，视野渐渐清晰，梦里的是鸡爪，现实中的是人手。还在动。

那只大手，伸到她腿上堆的羽绒服下面，正摸她的腿。五个指头以温和的节奏，一紧一松，松的时候手掌揉动，压进肉里。紧的时候指尖陷下去，把肉稍微揪起。像有经验的主妇搋面，知道力量才是最顶用的酵母，不慌不忙，专心致志，一下，一下。每一下，是一句不容置疑的祈使句。那手指又长又有劲，一张，一收，一旋，罐头就都开了，没有哪只罐头是它拧不开的，也没有哪个大腿是它拧不过的。

搋完一块，那手爱惜地轻轻摩挲两下，又换一块，让刚才吃足力道的面团自己饧一会儿。这次它选的地方更靠里，布料底下是更肥沃更松软，也更敏感的一块。平时她自己的手碰到那块，都会酥那么一小下。那手指一使劲，就像有一道针那么细的蛇，噌地从后背蹿到头皮上。

但她仍然瓷着，一动不动。瞪圆的双眼悬在半空，人也悬在半空。震惊造成的麻醉状态过了，她脑子里净是雪花，电视没信号那种雪花。雪花底下还剩一点点信号，仿佛远方传来的缥缈声音说：他是喜欢我的，太喜欢我了。他喜欢我所以才摸我，他以为我肯定会乐意，他心里想的是提前摸他未来的女朋友……可另一种无声的噪声越来越响，那是屈辱与气愤的叫嚷。

她想要一跃而起，想要破口大骂，胸脯提前为那些幻觉剧喘起来。悬在半空的那个自己却两手齐出，把脑袋死死摁住，摁在折起的小臂上。

你要想明白了，如果撕破脸，就得走，走出这个明亮舒适的地方，走回无所依靠、无可归属的浊臭里，重新用两只刚消肿的脚站着，痛苦地站着……人的灵魂要学会跟肉体断绝关系，这是生命科学的新考点。画重点，画重点啊！

……换吧，值得的。

她的剧喘慢慢平息下去，心想，倒不错，家里可供传下去的、关于火车的故事又多一个了。

二十年后她给别人讲这故事的时候，总会嘴角往下撇着笑，说：老娘卖半条腿，换个包厢软座，值了。再说，隔着牛仔裤秋裤，他个傻 × 能摸出个啥来哟？……那时她已经又跟好多人“换”过了好多次，有的值得，有的不值得，她将为自己能笑得出来而欣慰，而悲哀，而前仰后合。

而此刻在冬日的火车上，詹立立一动不动，唯一动弹的是她的眼睛，她啪嗒一声关闭眼皮，犹如一个冷酷的旁观者，看着外面一桩唯她可见的暴行，啪嗒一声合拢了窗帘。

她平静的后背肩膀掩护了一切。这时门外走过的人，看到两个人一起趴在桌上午睡，共披着一件大衣，跟同伴说，你看列车员也真不容易，家属也没座位，跟着挤乘务室。

……就当免费按摩！要是什么都不想，还觉得有点舒服呢，说不定还能睡一会儿。她跟自己这么说，但喉咙里仿佛炸开一个冰凉的催泪弹。眼珠发热发胀，有沉重的两颗冷却成形，一跃而出，挣脱眼眶，从黑暗跳向黑暗，坠落下去。

对 岸

叶 弥

月夜的开始，当然是从月亮升起的时候算起。

祝风夜里一点钟醒来，写到第二天中午，简单地吃了几块饼干，然后一觉睡到月亮挂上半天空。她掀开窗帘看一眼，想，如果没有遍地的灯光，农历十六的月亮光必定铺满大地。

她拿起手机给一个叫作“爱与美”的微信群留了如下语音：姐妹们，每当满月，纯洁完美的月亮挂着天空上，我的心好孤独。——彩云咖啡馆见。

她的月夜之始，是从内心的孤独算起。

很快，她的手机响起好几声微信提示声。她也不看微信内容，就穿好衣服，走出她的别墅。到处都是树，地上却没有影子。她的人也是，没有影子。空气里弥漫着花草树木的香气，这些没有影子的东西，黑郁郁地聚在一起，分不清楚，仿佛密谋着什么。

从去年开始，姐妹们的时间多了起来，首先，储角的美容院门可罗雀，武清河的珠宝店经常关门歇业，宋啸云有个上市的装修公司，去年，有关部门把她好一阵子查，没有查出多大的问题，她也从此想开了，放松了工作，三天两头地出来玩。阮红心在一家外资企业做高管，外资正准备撤资，她有大把的时间消费。祝风是个著名网络写手，她的时间自然可以由她自己支配。

她们能不时地聚会，得益于有共同的无害话题：婚姻的创伤、股票、时装、抗拒岁月的美容手段、吴郭城里流传的各种小故事。

今晚，和往常一样，她们每人开着一辆不同颜色的玛莎拉蒂，来到了彩云咖啡馆。以前，大家在汽车的品牌上较劲，后来约定买同一个品牌，既解决了争强好胜的不良后果，又拉近了彼此的距离，仿佛共爱着一个男人似的。

她们没有喝咖啡，只是泡了一壶菊花茶，坐在湖边看月亮。从这个举动来看，她们对今晚并没预谋什么，而是想喝了菊花茶回家休息。

湖里不远处有一些浅滩，上面的芦苇随风蠕动，芦苇中偶尔传出鸟类咕的一声低语。

储角说："看到这些柔弱的随风而飘的芦苇，流淌不停的河水，我心里也好孤独。我以前会哭，会心酸，现在除了孤独，什么也感受不到。"

武清河、宋啸云、阮红心表达了相同的情绪。

那么现在就面临着一个问题：她们要做些什么，才能让今夜充实起来，不要带着孤独的情绪回去睡觉？

祝风提议道："这样吧，我们讲出每个人心里最后的秘密，从来没有人知道过的秘密，好不好？"

她把"最后的秘密"说得又快又狠，大家听了以后一阵沉默。

储角打破沉默说："祝风，你是提议人，那你先说你的最后的秘密吧。”

祝风说：“我有一个可怕的秘密，从来就没有告诉过谁。我从小就咒我爸死……就是这样。”她听到大家倒吸了一口冷气，没有人敢问为什么。

储角接着说：“我也有一个秘密，我从来就没爱过男人。”大家又是一声惊叹，她说了以后，谁也不敢问什么。储角，有过多少风流韵事的储角，九十年代初，她二十岁出头，就是吴郭城里著名的花心女。

武清河说：“我十年前就得了精神病，严重的焦虑症。每天都要服药。”她语速很快，蹦出来的字，两个一组地在舌头上打着架，舌头和牙齿也纠缠不清，离远一点就听不清楚她在说些什么。

这次没有人发出惊叹的声音，但大家张着嘴，嘴里喷出惊讶的一团一团冷气，这些冷气被微风吹到湖面上，凝结成浓雾，在湖面上飘散开来。

宋啸云和阮红心互相交换了一个眼神，低下头喝茶，表明她们不想再说可怕的秘密了。她俩的决定是明智的，因为大家已经心情沉重，再也装不下更多的可怕的秘密了。

咖啡馆的老板娘和她们很熟，她们不走，老板娘绝不会下逐客令。她们沉默着，不停地喝茶，这一夜好像会无休无止，藏着无尽的空虚，所有奋斗过的人生，是一样无头无尾的怪物。

祝风说：“我们不讲自己了。我们讲别人的故事好不好？每人讲一个。”

她的提议马上得到了大家的同意，讲别人的故事至少很安全。老板娘适时地靠过来，对她们说：“各位美女，今晚上咖啡馆里除了你们也没有什么人，我厨房里有半斤一只的湖蟹十只，还有下午从渔船上买来的四斤重的大白鱼。前几天蓝湖开捕了，总能买到好鱼好虾。不如温点黄酒，大家一边吃一边讲故事，好不好呀？”

老板娘的尾音拖得很长，显得温柔而时尚。穿着打扮最前卫的储角不由得多看了她一眼。

这回轮到宋啸云和阮红心先讲了。

宋啸云说:“我们以前班上有一位个子很高的女生，坐在最后面，体育很好，但是很傻，功课很差，不知道你们还记得不记得？”

阮红心说：“哎哟，怎么不记得？不怎么说话的，一说话嘴里就带出乡下腔，又硬又土。叫什么妹……柴云妹，好土的名字。哪像我们五个的名字，洋气，豪气，大气，不知道的话，人家还以为是男人的名字，这点要感谢爹娘。”接下来她说了一长串英文。没人理会她，她也不做解释。

祝风叹了一口气。

黄酒先温了，服务员端了上来。然后端来了水煮带壳花生、新鲜红菱角、蒸糖藕。

宋啸云说：“听我老宋仔细说来。柴云妹高中一毕业，她爸就逼着她结婚了。她反抗也没用，听说她不愿意结婚，撞头，把头撞在桌子角上，就跟祥林嫂一样。不过她比祥林嫂更惨，祥林嫂撞的桌子是木头的，她撞的是金属包的桌子角。”

阮红心说：“只有乡下人家才用金属包角吧？”

祝风问：“我就不懂了，她为什么不肯结婚？”

宋啸云呛了她一句：“为什么？她有她的理由的。就像你不肯再婚，不是也有你的理由？”

武清河听得焦虑起来，咳了一声，伸出戴了一只冰种翡翠手镯的玉腕，把一碗黄酒递到宋啸云嘴边。于是宋啸云抿了一口酒，说下去：“她为什么不肯结婚呢？是因为她那个搞笑的爸。我只消说一件事你们就明白她爸是个什么人。那一年，他爸晚上搭了顺风车进城找工作，刚进城，就尿急。他就四处找厕所，结果没有找到。他心中大怒，赌着气，憋着尿，朝城外走了十五公里，找到一个加油站里的厕所，才把尿放了。”

听故事的四个女人爆出一阵大笑。

宋啸云自己也笑得合不上嘴，过了好一阵子才继续讲柴云妹的故事：“有一回，一个小偷进了她家的院子，偷了她家晾在外面的一件女式羽绒衣，并且把它穿在身上。她爸追出去，追了五十多公里路，捉住了小偷。他没把小偷交给派出所，反而带回家来，让他给柴云妹当了倒插门的女婿。柴云妹的爸说，这小偷不是惯偷，长得身强力壮，拿他当一个劳动力使唤也好。她就这样嫁给了一个小偷。听说后来生了一个女儿。”

宋啸云说完，阮红心说：“轮到我讲了。我刚才也想起一个故事，也是柴云妹的事。是谁讲给我听的，我忘记了，大概也是哪位同学聚会时讲的。说柴云妹高中毕业后，进了国营丝织厂立织车间当女工，三班倒。她工作上肯吃苦，是一员猛将。后来犯了一个错误，被丝织厂开除了，只好自己在外找事做。不过后来国营丝织厂也倒闭了——这是后话了。她当时还是市三八红旗手，出了事以后，市妇联给她发的光荣册都上交处理了。”

武清河催了一句：“你倒是快快地往下讲呀。”

阮红心说："立织车间都是女人，只有一个男人，就是机修工。女工们仗着人多势众，经常'调戏'这位机修工，给他讲黄段子，说'荤'话，摸他的脸、大腿、屁股。这位机修工还没有结婚，刚从别的行业调过来，很不适应女工们的行为，他认为这是女工们对他的欺压，他要求调到别的车间去。但是领导对他说，天下的丝织厂都是一样的，女人霸权，这个车间的玩笑还是有分寸的，从来不脱男人的裤子。"

储角想起自己的美容院，自从开辟了男士美容项目后，老有年轻貌美的美容师找她告状，说某某男士给她们讲黄段子，某某男士又对她们动手动脚……要是她们有丝织厂女工的胆量就好了。她浮想联翩，咯咯地笑出了声。

阮红心说："领导的话马上就传到了女工们的耳朵里。那位年轻的机修工没有任何心理准备返回立织车间时，女工们捉住他，把他扳翻在地，然后摁住他的手和脚，脱下了他的裤子。就是这样。"

听故事的四位女士面面相觑。

阮红心说："我闻到螃蟹蒸熟的香味了，我要赶快把这个故事讲完。因为吃东西的时候讲这个故事，让人倒胃口。女工们把机修工掀翻在地，脱下他的裤子。脱裤子，就是脱掉男士的长裤。里面的内裤，就像如来佛贴在五行山上的封印一样，没人敢去揭开。别的车间的女工，再疯也是到此为止，被脱裤子的男士，一般来说，从此把女工们奉为神明，唯唯诺诺。所以大家脱下年轻机修工的长裤，一个个就笑着住了手。没想到柴云妹不罢手，也许她继承了她爸莽撞固执的个性吧，或者说她就是疯魔了——反正不知道她是怎么想的，她又撕又扯，拼力扯下了机修工的短裤，跑到外面，把他的短裤扔到外面的栾树上。”

阮红心话音刚落，老板娘就端来了一大盆香喷喷的熟螃蟹，时间卡得正好。

祝风敏锐地问阮红心：“这件事，是在柴云妹结婚以后还是在结婚以前？”

阮红心回答说：“我不清楚。”

宋啸云、武清河、储角也是一脸空白。

这时候，老板娘忽然开口说道：“是结婚以前的事。”

热腾腾的螃蟹渐渐地冷了。它们呆乎乎地伏在盘子里时，红着脸，完好无缺，看上去栩栩如生，还能思考的样子。边上就是无边的湖水，波光粼粼，散发出生机和梦想，对它们简直是个莫大的讽刺，也着实让看着它们的人感到尴尬。

老板娘拿起蟹，每人面前放了一只，温柔地说：“吃吧吃吧。”

五个女人你看我一眼，我看你一眼，机械地开始吃起螃蟹。

老板娘说：“祝风，到底是作家，思考的问题就是与众不同。”

祝风站起来，把放在地上备用的一瓶黄酒，喝了个底朝天。她酒量一般，这种喝法是她的极限了。喝完以后，她对老板娘说：“柴云妹，这一瓶酒，我喝了，给你赔个不是，也是庆祝一下我们重逢。”

老板娘，现在应该叫她柴云妹了。柴云妹站起来，双手合十，给大家鞠了一躬。她礼数周到，仪态万千，一点儿也想不到她竟然扒过男人的裤子。

储角上下打量着柴云妹，满心不快地说：“你也太会迷惑人了，变得连我都没看出来。”

武清河脱下手镯，拉住柴云妹的手腕，硬把这份贵重的礼物送了出去。

宋啸云拍着桌子说："柴云妹啊，我记得你以前个子很高，现在怎么变矮了？"

柴云妹说："宋姐姐，我以前是很高，但是我出了高中以后就不长了。你们五个人很奇怪，又长高了一点。我的脸以前是圆的，经历的挫折太多了，脸上的骨头都显了形。再加上化妆……还有，每次你们都是夜里才来。我是认识你们的，你们第一次来，我就认出来了。"

阮红心一直在边上没说话，此时她赶紧说："这么多年，你吃苦了。"

现在，是六个女人坐在湖边了。

柴云妹说："我也讲个故事给你们听，不是别人的，是我的。"

五个女人同时朝后一仰，好像散步到了悬崖边上，猝不及防。然后慢慢地回正身体，正襟危坐，摆出一副赔小心的样子。

柴云妹低眉顺眼，开始讲她自己的故事："有一天，我和几位女友约好到郊外的一个农家餐馆用餐。我后来搞股票，赚了一些钱，投资在房地产上面。这些女朋友就是我在商界认识的。我有意去得早了两个小时。你们都知道，我本来就是乡下妹进城，心里对土地总是亲的。这么多年忙忙碌碌，不大去乡下回味小时候的生活。我停下车，就去散步，看见一条陌生的河，就站在边上看。我站的时间可能太长了，来来回回的人就以为我在等什么人。一位当地的老爷爷对我说，前面有个人，也在一条河边站着，可能也在等什么人吧。老爷爷让我去前面看看那个人，我没有去。又站了一会儿，我突然发觉，自己好像是在等什么人，等一个喜欢的人出现。这种念头越来越强烈。我就想啊想啊。”

五个女人同时笑了起来，并且不约而同地把身体放松下来。从等一个人到等一个喜欢的人，这里面出现了一个很大的逻辑空洞，只有女人们才能听懂柴云妹的话，所以她们笑了起来。

柴云妹拿了一只蟹开始剥：“我想啊想啊，想到了一个人。那个时候，离丝织厂那件事已经十多年了。被丝织厂开除以后，我跟我爸收留的男人结了婚，生了一个女儿。连他都看不起我了，才结婚一年，他就找个理由和我离了婚。平时他经常问我一个问题：一个没结婚的大姑娘，为什么敢去脱男人的裤子，冒犯一位无冤无仇的异性？这个问题也是我想搞明白的。离了婚以后，这个问题越发像一条毒蛇死盯着我，折磨得我日夜不得安生，我后来就像武清河那样得了严重的焦虑症，然后就像储角一样到处找男人。不知道的人，以为我们水性杨花。我们自己明白，心里没有自信，想从最亲密的人那里得到肯定。越是想得到，越是得不到……我像宋啸云、阮红心一样再婚两次，又离婚。每次都是只维持一年就离了，以后就一直没有结婚，就像祝风一样不思婚嫁。我有一个本事，就是一个人也能把住的地方住暖，不管这个地方有多大。一个人住着，就像有一大家子住着一样，温暖安详，处处显得有人气。反而是每一次有男人共同生活，就会把我住暖的地方搞得僵硬冷清，气息凌乱。这种情况一直到我看见一条陌生的河，想起一个人……”

阮红心插了一句话：“我也有这个本事。”

大家都暗自点了头，证明她们同样也有这个本事。

柴云妹说："我们来喝一杯吧。"

大家把面前的酒一干而尽。

祝风在听柴云妹讲话时，脑子里尽在回忆关于柴云妹的事。她记起了一些事，隐约感觉到，柴云妹想起的那个人可能是高中时的班长方啸天。因为柴云妹有一次上体育课，突然提出要和方啸天掰手腕。方啸天拒绝了她，但还是受到了男生们的取笑。男生们笑话方啸天缺少男子气，所以被女生约战。柴云妹采取了她自己独特的方式，找到一位取笑方啸天的男生，把厚厚的《汉语成语词典》朝他的脸上狠狠地砸了过去。祝风记得当时方啸天也在场，他一脸惊愕，仿佛受到打击的是他。

柴云妹给大家的酒杯里满满地倒上酒。

月亮升到空中了，微风从远处过来，掠过水面，就带着凉了。

柴云妹说："再喝一杯，暖胃祛寒。"

大家又一饮而尽。

柴云妹叹了一口气说："就快讲到关键部分了，我心里慌得不行。我想起了一个人，这个人你们也认识的，就是高中时候的班长方啸天。"

除了祝风，另外几个女人发出惊叹。祝风给大家倒了酒，自己先喝了一大口。

柴云妹说："我的女朋友们都来了，连我一起，也是六位。我们开始喝酒，闹。喝到管不住嘴的时候，我把我心里的秘密说了出来。有一个女友说，啊，那是你的初恋啊！还有一位女朋友说，她正好认识方啸天，两个人有生意上的往来。就有人提议把方啸天叫来，那位与方啸天有生意上往来的女朋友，趁着酒兴，把方啸天叫来了。后来发生的事情都是趁着酒兴了。方啸天是在一个饭局上过来的，来的时候已经喝了不少，到了这里他坚决地不喝了，盯着我看，说，没想到我现在变得这么漂亮，如果他要再喝下去，那就显得愚蠢了。我的女朋友们一看情形，马上起哄，说今晚她们要成全一位新郎和新娘。不由分说地，她们给一家五星级宾馆打电话订了六间房间，当时还没有酒驾犯法这个规定，她们一人开了一辆车，一共五辆，把我和方啸天塞在其中一辆，风驰电掣地开到那家五星级宾馆。我的女朋友们很贴心，给我和方啸天订的这家宾馆是在另一个城市。她们说，干这种事要离开家乡。这个城市不算远，开到那边也才一个多小时。她们七手八脚地把我和方啸天塞到套房里，自己也住下了，说要等着我明天出来，给我放炮仗庆贺，因为我从第三次婚姻出来后，五六年了，没有碰过男人。难得今天找到初恋之人，又对爱情感兴趣了。那间套房很大，很宽的一张大床，睡四五个人都可以。两个洗浴间，娱乐室，摆放着花草的大阳台，小吧台上放着红酒和咖啡之物。总之，气氛不错，我和方啸天两个人，趁着酒兴，什么都不用去想，只需把一件风花雪月的艳遇完成就行。

“但是……什么都不用去想，怎么能做得到？即使我现在脑子麻木，我也想起来问他一句：你有家庭吗？

“他毫不犹豫地回答：有。

“我倒是一愣。随即问了他又一个问题：你背叛妻子，不内疚吗？

“他也马上就回答了：内疚。

“我笑了：那你怎么想的？

“他说：没怎么细想，我和我老婆结婚十几年，从没有出过轨，不是不想，而是怕烦。但是看见你，我就不怕烦了。

“我理所当然地问他为什么。

“他说：我在高中时，就知道你的厉害。我想知道，一个敢扒男人裤子的女人，她究竟是个什么人。”

几个女人听到这里，浑身不由得都是一冷。

柴云妹望着远处。远处，天与水连成一条线的对岸，若隐若现地现出道路的轮廓。她看了一阵，回过脸对着大家说：“我好久不抽烟了。你们谁有烟吗？”

只有武清河有，她说她特别焦虑的时候，连吃药都不管用，就靠着抽烟度过一个个孤独的长夜。

大家每人都抽上一支烟，烟头猩红的亮点在夜色中此起彼伏。

柴云妹说：“我也告诉他，不管他出于什么目的，我不会退却。谁怕谁啊？于是我们各自去洗澡。我拉上浴帘，洗盆浴，他关上浴室的门，洗淋浴。那个洗澡盆特别舒服，放满了温水，又把盆边的干花、鲜花精油、泡澡的浴盐，一股脑儿放进水里，浸在香喷喷的水中，半沉半浮，肚皮老是想朝上翻起，很淫荡的样子，惹得我想笑。我听见方啸天很快就洗好了，并且把电视机开响了。可能受电视机里面的嘈杂声影响，一刹那，纷繁的生活迎面扑来，我心绪不宁了，开始莫名地慌乱、害怕。我是趁着酒兴来的，现在酒意还很浓，当人酒意浓重时，不会考虑到道德这种细腻的问题。我重复地说一遍：我没有考虑什么，我只是莫名其妙地慌乱和害怕。”

柴云妹为了描述她当时的慌乱和害怕，说了许多话。所以，很多年过去，祝风还能很清晰地记得她当时的描述，她努力的样子让大家印象深刻，也让祝风感到她当时的行为有了某种仪式感，仿佛是命运让她走进了一个祭坛，而不是一张床。

当时的情景就是这样，慌乱和害怕是什么样子的？是一片空白，什么颜色都没有。就是一个天大的空虚。不是世界消失了，而是她消失了。世界还好好地在那儿，坚不可摧，强悍到无形，并且每一天都在加固。她像是没有存在过，所以是没有价值的。她在世界之外，还无法命名她是一样什么。但有一点是可以肯定的，她和这个世界没有发生过任何联系，她的呼吸从来不曾与任何人的呼吸发生过接触，她吸进去的空气也与任何人不同……那么，她到底发生了什么？

她紧张地从浴缸里站起来，有一个念头快要接近事物的本质了，她小心地屏住呼吸，清扫大脑中多余的思维杂质，一个她从来没有过的念头发出呼喊：她恋爱了。

但是这个念头光告诉她的状况，还没来得及教她一点点恋爱的方法，就消失得无影无踪。她一下子瘫在浴缸里，呛了一大口水，惊得又一次站起来。

她现在好像不空虚了，拥有了一样最重要的东西，这样东西会让她的人生绽开理想的花朵，这就是爱情。可是她虽然结过三次婚，却从来不懂爱情。不懂爱情，也是她刚刚意识到的。浴缸对面有一面镜子，照出她纤细而柔润的身体。那么今晚只有这具身体能代替她谈恋爱了，也只有这具身体能掩饰她不懂爱情的灵魂。

就像回答她的想法似的，她的身体突然一颤，紧接着，一缕细细的红线从双腿间流过，流到水里。她好像看到红线钻进水里的瞬间，有了生命，像蛇一样，打个水花，然后沉到水底不见了。

她明白了，她的身体用这种方法拒绝了她，身体不愿意单独上床赴会。她是个非常健康的女人，经期从来准时，今天离正常的时间还有十天。她说：你吓坏了吧？这句话，好像对自己说的，又好像是对腿间流下来的那缕红线说的。

她哭起来，哭得十分伤心。哭完，她浑身轻松，宛如重生。因为她刚刚谈完几分钟的恋爱，已经知道了爱情的可贵。

她擦干身体，处理完一切，裹上浴巾出来。她看见方啸天已经穿好衣服准备走了。

方啸天说："你在浴室磨蹭半天，我就知道今天不是一个好日子。我要走了，回家，让今晚上这个小插曲到此为止吧。"

她说："是的，今天不是一个好日子。我吓得例假提前十天来了。很对不起你。"

方啸天做了一个鬼脸，说："你要原谅你自己。人是肉做的，不是钢铁做的。"

她忽然恍然大悟，花了十几年的时间，此刻才明白，当初脱掉一位异性的裤子，只是一个恶作剧而已，并没有特殊的含义。

她原谅了自己。她躺在床上想，我们其实都是孩子。我们没有那么强，要做的就是原谅自己。

这一夜她睡得十分安稳，没有焦虑，没有失眠。她已经多少年没有睡得如此之香了。

后来她没有再与方啸天见面，或者说，方啸天也没想与她见面，他知道她是个什么人了。

柴云妹说完了，这就是她的故事，听来惊心动魄。

咖啡馆外面响起几声规律的按喇叭声，柴云妹说："接我的人来了。"

武清河问她："你的焦虑症后来怎样了？"

柴云妹说："多少年不服药了，也不失眠了。"

一会儿，走来一位男士，远远地看着她们，柴云妹站起来跟着他走了，两个人走到僻静的地方就搂在一起了。

武清河先用手机找了一个代驾的。一会儿，她的代驾来了，她先走了，看她脚步那么轻松的样子，也许她今夜放下了许多莫名的焦虑，把自己当成一个孩子，原谅自己，也原谅别人，然后睡一场清清白白的好觉。

接着，宋啸云、阮红心、储角分别找了代驾，回去了。宋啸云临走时对祝风说："柴云妹说得对，我们都是孩子。"

往常这个时候，祝风还在电脑前码字，所以她一时还不想走。今晚实在是让人拍案惊奇，她得想点什么，或者说，当她发现自己也是一个孩子时，她要有一点时间接受这个事实。

山　河

淡　豹

父亲抛弃了我，我是私生女。然而妈妈说他爱我，也要求我爱他。她认为我将因此长成更健康自信，更善于爱别人，心中不怀怨恨的大人。我认为这是全然的欺骗。

妈妈在电视上看了一期当红上海女演员的谈话节目，女演员说自己来自破碎的家庭，父亲未曾向这对母女交付生活费，但由于那位母亲告诉女儿父母无法共同生活只是由于微小的性格分歧，在窘迫之中母亲也不断向女儿强调父亲始终爱她，女演员长大后没有患上厌男症。

我的出生远在那位女演员结婚生子之前，甚至早于她成为女演员、为妈妈所知的时候。所以我认为，妈妈恐怕是早就想好要向我灌输这些观念，只是回头去找一个例子来向我证明她的做法是正确的。也许她想借此说明我未来也可以像那位女演员一样结婚，生两个孩子，一儿一女，相隔三岁，丈夫就是孩子的爸爸，经过合法登记，在其他人的承认下，一起在家吃晚饭。

为了让我未来拥有完整的生活，妈妈不惜对过去撒无尽的谎言。

小时候她说我没有父亲，我是从天而降的孩子，躺在一个小人踮脚在镜面上跳芭蕾舞的粉色心形音乐盒里飞到她的身旁，就像电视剧片头那样。这比我身边其他小孩听的故事优美一些，他们家中的长辈往往说孩子是从垃圾箱或公厕捡来的。可惜我们很快上学，离开幼儿园后他们不再因垃圾箱而受伤，我也无法再因芭蕾小人而高兴。

婴儿降生时的重量是五斤，六斤，七斤，或者八斤，等于一棵或两棵白菜。音乐盒只有电视剧里人物的手掌那么大。

后来妈妈和我做了第二次谈话，气氛更严肃一些。这番我是一个神秘男人的后代，钢琴家，会骑马，非常帅气，聪明温柔，从夏至冬都想念着我。小学时我已经见过讲解生育过程的画，我问，他的精子是什么样的。妈妈说，精子库中有几万颗精子可以选择，她一页页浏览，好似电视购物，其中最完美的那一颗精子孕育出最好的我。

我的想象中，他是法国人，头发和脸像费德勒。

之后父亲来看我们。妈妈告诉我他爱我，他有难处，才没能在我十岁前来看我。这是她的第三个谎言。这样的日子持续了将近一年，之后他又消失了。然而妈妈不得不始终维持这个谎言，因为这时我已经记事了，拒绝再接受新的说法。

想要让我相信爱与被爱的妈妈不断撒谎，说出许许多多尴尬的话来。她说，从你小时候起，他一直一直惦记你。面试中，我听到别人说“从进大学，就一直一直想要做互联网”时，情不自禁地皮肤发凉。

妈妈是一个靠不住的女人。关于我的来历她撒了许多谎，童年时我忙于分辨其中哪些更靠近真相，长大一些后我知道，认识她的人认为她是靠不住的女人，尤其在精子库的故事无法维持以后。人们原本以为她是有勇气的古怪的人，现在则认为她是无能愚蠢的女人。有些人厌恶她，不再因为她被抛弃而怜惜她。

她在物业公司上班，我们住在物业公司管理的小区内的半地下室，客厅窗外有个小天井。妈妈穿灰色制服，胸前别黄色胸牌，“管家”旁绣有棕黄的长颈鹿。

居委会有一位奶奶喜欢扣住我说话。她说，你妈妈生你时，我们都看在眼里，心疼她。

妈妈说，谁怀孕时不要上班赚工资。

奶奶说，还是要看娘家跟婆家。我怀孕时很轻松的，年轻，稀里糊涂就生了。婆婆嘛，干活不利落，小被子都不会做，不过也伺候了三轮月子。我们看着你女儿长大，将来谁也能给她介绍一个好婆家。

妈妈催我回家写作业，拉扯我的胳膊，从背后推走我，像是我刚说过脏话。

长大后，妈妈告诉我，在妈妈怀孕、生下我、独自抚养我的这些年里，不少人愿意帮助她。公司让她低价住进这套一室户，这原本是保洁员存放工具的仓库。有几年，她下班后在小区内的小广场花园前摆摊，卖切好的葱姜蒜末，也有葱段、姜丝、蒜片可以选择，加起来，新鲜配料一包五角，后来涨到一包八角，供下班的人带回家做晚饭用，物业默许了，没有驱赶她，也没有让她交摊位管理费。不过没赚到什么钱。后来她去这个小区以及邻近小区的住户家里为新产妇通乳按摩。有同事说她能做这样的生意是利用了住户对物业的信任，占公司便宜，不过经理也没阻止她。但妈妈憎恨天下有同情心的人。在这些时候，当善良的人当着我们的面说她不容易和辛苦时，我看到妈妈的眼睛里喷出怒火。

妈妈有好几次感受到我在腹中变成石头。后来知道这是假性宫缩。那时她的肚子胀得又硬又大，手指戳在上面也纹丝不动，肚脐凸出来，她以为我要死了，十分恐惧。在无望的等待中，腹部的皮肤又逐渐柔软下来，过一阵子我动起来，她知道我还活着。

由于我是私生女的缘故，她不和别人谈论这件事，装作没有怀孕。每个人都看着她的肚子渐渐变大。

也因此没有人告诉她怀孕期间应当做什么、不应当做什么。她没有抽烟或喝酒，但她呼吸着小区内新装修的地下库房刺鼻的空气，吃了据说会导致流产的桂圆，有一次两位业主因为遛狗争吵，她上前劝架，一位业主踢了她的肚子。她没有吃过鱼。她经常感到劳累，一天吃一顿饭。

而我还是活了下来。这说明我是一个坚强、勇敢、有主意的孩子。

缺少合法夫妻才能开到的准许生育的证明，妈妈不能在医院建立生育档案。到怀孕后期，她编造肚子疼痛或出血的理由，去不同的医院挂急诊，听到我卖力的心跳，从B超屏幕看到我踢腿不止，蜷缩着长大。预产期后第四天，她通过急诊进入医院生下了我。

这说明我是一个有耐心的孩子。

在政府的分类系统里，我是非婚生子，上户口需要缴纳社会抚养费。她没有因为单身抚养我而得到补贴或帮助，却需要交相当于这座城市城镇户口居民一年收入的罚款。她把我用背带裹在身前，坐公共汽车去交这笔钱，夏天里我闷出许多汗来，昏昏欲睡，脸伏在她胸前，一上午没有吃奶也始终没有哭，她大滴的汗和我小小的汗珠汇成涓涓河流，从妈妈晒得发亮的胸口弯弯曲曲地流下去，流过她的肚腹，浸透她宽松麻质长裤的弹性腰带，流进她贴身的短裤，汇入她以为将永不止息的产后恶露。

这说明我是一个甜蜜的孩子。

这都是妈妈逐渐告诉我的。

妈妈有不应当有的爱心。

她买来一筐扶助贫困农户的滞销水果。咬不动的李子，又酸又涩，塑料筐外贴着洋气的“黑布林”标签，吃起来如同湿润的厚胶皮。她说，街道要求支持对口贫困地区，这是物业公司不得不完成的任务。但妈妈是办公室里唯一真正购买了李子的人。她买了二十斤，留下十斤，另外十斤要送给同事，因为太过难吃被他们谢绝了。

妈妈像赎罪一样购买二十斤黑布林。

还有一次买了有皱纹的绿色冬枣。也是滞销农产品，妈妈像认领孤儿一样在公司的认购表格上仔细画下对勾。

我相信妈妈身体中的某个部分情愿做这样的事。即便居委会没有要求，她也会英勇地做出这样的事来，买下咬不动的酸李子，再愁眉苦脸地买来大块冰糖敲碎，早餐时让我吃下涂着她熬制的过甜的李子酱的切片面包，与蘸着酱油的煎鸡蛋一起吞下肚子。自制果酱容易变质，她要求我涂得很满，在一个月内将二十斤李子做成的酱全部吃掉。

因此，我认为妈妈不是由于勇敢或爱而生下我，而是由于逆来顺受而生下我，不得不在泪水之海中抚养我长大。

我们住的半地下室时常返潮。我在客厅饭桌上学习，正对纱窗，一楼两户人家的厨房窗户夹击我们，他们住在我们左右高一些的位置，是我们的邻居，也是妈妈服务的对象。窗外尺余的草地中央有一口井，天热时放射出来自地底水管中垃圾的臭气。夏天还有壁虎爬进房间，我担心它们会在夜里爬到床上来，时常焦虑得无法入眠。蟑螂像军团。我频繁过敏，长出一片片让我发痒的小红疹，奇怪的是都在腰以上的位置，手臂、耳后、脖子、胸口、锁骨，也许这说明危险的事物悬浮在空中静默地落下，不像我想象的那样都来自地底。趴在桌上写作业时，桌面铺的塑料布剐蹭小臂上的红疹，摩擦令我舒适一些，无声地为皮肤涂上镇静剂。那时我以为过敏是会伴随我终生的影子，上大学住进宿舍后，它毫无预兆地消失了。

我和妈妈睡在一张双人床上。周末妈妈要求我午睡，这样她能够休息一会儿。我睡不着，她责骂我，我开始装睡，向内蜷缩，脸冲墙壁，尽量一动不动，直到她相信我已经睡着了。有时她在我旁边睡觉，我用指甲无声地抠白色墙壁上的墙皮，动作幅度很小，也逐渐在枕头旁边的位置刻出一艘深深的帆船。有时也会在无措的绝望中真正睡着，这样我发现，人大哭之后会因为哭泣带来的疲劳而沉入睡眠。成人后我对这个道理不时温习。

我早已知道有些同学家有书房，甚至有游戏室、健身房、专门用于观看投影的房间。但我上大学后，一堂传播史课上，大家需要讨论《文明的进程》，一本经典著作，有同学发言说她认为孩子的玩具散落在客厅中是社会不够文明的标志，意味着父母与孩子的生活未能充分隔离，家庭以孩子的活动为中心，使客厅失去了原本要便利成人之间交谈、让熟人和陌生人往来交际的意义。孩子的玩具应当放在孩子自己的房间。也许有些家庭缺乏给予孩子专用游戏室或儿童卧室的条件，但若那样，为什么不收纳在储藏间呢？这时，我仍然感到一阵刺痛。

妈妈未曾因生活条件感到抱歉。她时常提醒我，有许多人生活在贫困或饥饿之中，我们的生活是幸福的。这是真实的吧，我们仍然可以，也仍然在帮助着种出滞销黑布林的遥远地方的农户。我们住在壁虎爬行的房间，然而它是爱琴海花园的一部分，我的户口随妈妈，我能够步入小区旁边的学校。但她因我的性别而对我抱歉。即便我告诉她婴儿的性别全然是父亲的责任，她也一再向我重复不相干的话，“可你是我一个人生下来，一个人养大的”。就好像她不得不为我的全部，为我缺少的阴茎与疼痛的智齿，为我在立定跳远测试中的失败，为我未来找到好婆婆的概率负责。

在许多妈妈令我反感的时候，在我抵抗着下午的潮热令身体一动不动，含着泪水，不移动手臂，靠手掌和手指建造出墙壁上的帆船，直到最用力的大拇指指甲开裂了，肉和指甲分离而疼痛的时候，在许多个云雾包裹了星星，没有安装空调，干热的风透过纱窗吹拂我发痒的脚底的夜晚，我曾经梦想我真实的父亲会从天而降，接走我，留给我他全部的巨额遗产。

我从未相信我来自天上。但我曾经真的以为我神秘的父亲会从天上来，搭救我，像一位王子。我在幼年的黑暗中无声地练习喊出爸爸。爸爸啊。

真实的父亲降临时，他送给我一双鞋侧夹层中镶有圆环状的夜光装饰，在晚上如果穿着它奔跑，就会像彩灯一样亮起来的运动鞋。

那年我已经十岁了，不再是三岁或者五岁那种会想要在傍晚穿着它在别人慢慢散步时从广场或公园里快速奔跑而过的年纪。现在想来，我很惊讶这种给幼儿穿的鞋会制作小学生的尺码，也许是打折的滞销货吧。

父亲的出现让妈妈说出更多很快被戳破的谎言。父亲是一位水暖工，妈妈在他来的前一晚告诉我第二天中午我真正的父亲将会出现时，却说他是水电站工程师。这引我遐想，我想象他是邓稼先一样的人，因为要隐秘地研究为国家做出贡献的原子弹不得不离开我们，在水库边隐姓埋名。其后几年我渐渐积累消息，拼凑出的情况是，他和她是在改制前的单位房管所维修班相识的，我十岁那年见到他时，他看守一所中学的男生宿舍楼，负责维修校园内各幢楼的管道电路。

为了让父亲爱我，妈妈那天没有上班，早上去菜市场买来虾，开始熬白粥和海鲜砂锅粥。

在大学里我会告诉别人我对虾过敏。我说，小时候吃太多虾了，家里总用白水煮虾，蘸酱油碟，一成不变，这让我对虾的味道很厌倦。

实际上我是从电视中看到这种白灼虾的做法。我童年很少吃虾，长大后始终无法习惯它扑鼻而来的味道。

那天上午，妈妈煮海鲜砂锅粥的过程是这样：首先从小区中一位她熟悉的保姆那里借来砂锅，清洗大米，滤干后倒进一些油浸泡。

再切姜片，分出一些姜片切成姜丝，洗丝瓜，洗胡萝卜，洗豌豆，切丝瓜，切胡萝卜，洗虾，剪开虾的背部，拎出虾线。然后她在锅中炒姜片，放入米，再加入水，煮好久，始终站在灶前不停搅拌，之后加入虾、丝瓜碎、胡萝卜、豌豆、姜丝。父亲到达后，她又加了一点胡椒粉和盐，盛出一碗粥，在上面撒了葱丝。妈妈说这是她记忆中他会愿意吃下的食物。他胃肠不好，她认识他时他喜欢喝粥，有时又食欲不佳。她认为，在有味道的海鲜砂锅粥之外再准备一份白粥供他挑选，是万无一失的。

父亲在中午到达。他说想吃方便面。如果没有方便面，他宁愿吃光面，也就是没有味道的阳春面。妈妈煮了一锅水，放入干面条，倒了盐，打一个鸡蛋，加上葱花。父亲吃下了它。

当晚，妈妈与我面对着需要尽快吃完的海鲜砂锅粥。第二天早上必须还回砂锅，我们家中没有能盛放这么多粥并放入冰箱的大碗。她在自己的碗里加了些辣椒酱，悔恨地说，中午没有想到可以这样调味。加辣酱和味精后，粥的滋味很接近父亲中午点名要吃的韩式辛拉面。

他爱你，他爱你，你父亲爱你，你应当叫他爸爸。在这件事上，妈妈始终把我当作幼儿去哄骗。我真的那么傻吗？还是她真的那么傻呢？带着对妈妈残存的期待，我希望她没有对自己的话信以为真。

将近一年后他消失了。妈妈和我的家回到没有人拜访的状态。

记事以来，没有人来我家做客。妈妈与她的父母和大姐因为她要生下我的缘故，不再往来。他们在妈妈的家乡，我们北边那个省邻近省会的县城。如今我认为他们可能更担心的不是丢脸，而是增加生活负担。面子是种委婉语，给人以断绝关系的理由。实际上人是为钱，为时间，为成功才断绝或缔结关系的。

小区里的阿姨和街道上的奶奶给我拇指大小的樱桃西红柿和点心吃，因为我是单身的妈妈抚养的私生女。但她们不到我们的家里来，因为我是单身的妈妈抚养的私生女。

有一次例外。有一个夏天，我刚上小学不久，小区里的一个男孩子受他父母惩罚。妈妈回家时，他站在住户的单元门旁，就在通往半地下室的专用入口的雨棚下。他说，小冯阿姨，能不能让我到你家看一会儿电视。看了半个小时后，他父母叫走了他。有一股汗味留在我们家里，妈妈皱着眉头说，男孩子的味道。她在他坐过的沙发和旁边墙壁上喷了花露水和一些驱蚊液。我在学习，看着她做这些。这股味道以及妈妈对这股味道的反应，是我对于性最初的记忆。

父亲以不同的形态翻新出现，始终欺骗着妈妈。而妈妈早起，画表格，写报告，贴告示，做登记，拖箱子，扛东西，做饭，买股票，再买进纸黄金与猛烈下跌的股价抗衡，定时去书报亭买彩票，一天天地无济于事。她在不同的事情上极为努力又始终失效地工作，欺骗着自己和我。

父亲出现后，妈妈坚持对我说，在我出生之后的头两个月，父亲经常来看望我们，每周都会来看我一两次。只不过那时我是胎儿，之后是不记事的婴儿，因此我不记得他曾试图爱我。

她还说，在我出生之前那十个月中，他有过变化，起初恼怒而逃避，到我临近出生的两三个月里，他也来探望过她好几次，甚至陪她去过医院。有一次在医院等了一个多小时，他都没有因为焦急而发火，最后还将她送回家，在楼下与她挥手道别。他甚至主动提出去旁边的超市给她买一箱坚果，让她拎上楼去补身体。她因为身体虚弱，无法拎动而拒绝了，但在她逐级爬上当时她居住的六层楼楼梯时，一直想念着他。

妈妈像精明的肉铺老板，把劣质的肉绞成肉馅，再猛加佐料煮成肉丸子，拼命塞到我的嘴里，以为我辨认不出腐烂的味道。

父亲出现的那段日子，每次停留的时间不长，总会出题，让我心算、背诗、唱歌，又说我跑了调。或者让我讲最近在学校学到了哪些课程要点。有一次我和同学约好，要去超市一起买在英语课上表演短剧时要用的西瓜和彩色塑料喇叭。然而父亲出现了，考我三位数的口算，要求我当他的面做完一道应用题再离开家。

在让妈妈成为靠不住的女人之后，他以他的随心所欲让我成为靠不住的女生。

他几次说，中国的优势在于基础教育，小学该抓紧学数学，进中学后才能学好理科。那时我以为数学对于他很重要。后来我认为，他只是想说了算。

暑假的一天，他像一个刚在早晨离开家去上班的平平常常的男人那样，随意地在中午出现，穿着工作服。我不得不给他开门。妈妈急忙从旁边物业办公室赶回来，她煮了冻馄饨，加了许多香油和葱末，他边吃馄饨边让我讲一个成语故事，又翻语文补充读本，让我查出“铩羽而归”和“折戟沉沙”这两个词的读音，分别用它们造句，每句都需要出现一名中国历史人物。一楼的人家正在看电视剧，纱窗里传来主题歌的声音和煎带鱼的味道，一种香到了极点反而熏人的腥臭气味。他拉上玻璃窗，妈妈在刷锅，她开着厨房门，边洗边瞄摆放在卧室里声音关到细微的电视机，发辫甩来甩去。父亲和我沉默地闷坐在饭桌前，死刑犯和处决人在等待钟声，桌上晶莹的油点闪闪发光，窗外白杨树的叶子在风中拍打着对方。

shā，jǐ，他达到了目的，这两个音我确实永远都不会忘记。

我太紧张，查字典后把翘舌音读成了平舌音，“撒羽而归”，我说。在我查字典前，父亲想必也不知道这两个字的读法，他明明是皱着眉头圈出它们的，现在他仍旧皱着眉，像庙里威严高大的神像，用手指猛地敲击字典纸页上端的空白，让我重来，仿佛他与字典素来是彼此的代表，我需要向他和字典下跪。那一刻我的舌头失灵了，无法卷曲，撒，撒，撒，我说。

后来我经常读错平翘舌，很奇怪，都是在成语中。平时我不会错。高中时有一次我在语文课上发言，命运多舛，读成了 cuǎn。老师在黑板上写，chuǎn，她说，这个字的读音很好记，喘息的喘，命运多舛，喘息着的一个人的命运。这个音我也从此不会再忘记。

还有一天晚上，他让我做题到很晚。妈妈端上两杯热牛奶，父亲没有喝，他说他要回家去了，并且他说，牛奶是食品，不是饮料，晚上九点不适合再吃一顿这样高脂肪让人发胖的夜宵，他已经是中年人了，立秋之时凉风至，如果妈妈这里有梨，他倒是不介意喝一碗梨汁。

我在电视上看到著名的歌手结婚生子后，对主持人说，家让人彻底放松，家庭是一个可以随意放屁的地方。在我的记忆之中，在妈妈和我的家竭力模仿一个普通家庭的那短暂时间里，家是一个男人随意提出要求的地方。我喝掉了两杯牛奶，第二天腹泻得厉害。

二十几岁时我才知道我不耐受乳糖，这大概遗传自妈妈而不是父亲，因为我们的家中平时并不备牛奶。

妈妈喜欢撒谎，而父亲喜欢给出近似于科学的解释以更好地逃遁，这成为我对工程师的理解。当我知道他只是名水暖工时，我万分失望。

现在想来，当晚妈妈应当是临时买来了牛奶。那几年间，我们住的地方出现了便利店，和后来我上大学后见到的并不相同。其一，它不像北京上海的便利店，以及我家乡后来逐渐出现的连锁品牌便利店那样，会卖进口牛奶、盒饭、拿铁咖啡、烤鸡胸肉蔬菜沙拉和特价意大利面，而是在门口架起一个小柜台卖咸菜和无关健康的鲜亮卤菜。其二，它不是二十四小时开张，到半夜 12 点（也许是 11 点？）就关门了。不过，这座城市的一天到这个时间无论如何也会终结，说它是二十四小时便利店也不算太离谱，而且它与以前的杂货店已经相当不同，装潢都是浅色，冷柜整齐，甚至有杂志卖，收银柜台上放着一格格口香糖，不会散放着店主小孩子的饭盒。店内灯光也是冷白的。晚上从很远的地方就能看到它亮起的印有七彩横条纹的白色标牌和自店内透出的白光，像爱斯基摩人的雪屋。

上大学后，我来自广东、童年时曾坐车出关去香港读书的男朋友嘲笑我把 7-11 读成“7 幺幺”。

Seven-Eleven，他说。

如果用中文呢？我问。

他说，七，十一。

让我爱父亲，让我相信自己没有被抛弃，让我听不到别人为我心酸，让我不因为别人的心酸而感到心酸，这像妈妈生活中的魔法棒，让她做出许许多多辛苦的事来。我长大后，妈妈说她是为让父亲对我好一些才委曲求全。但我认为她做的未免太多了。

父亲曾留宿一次。早上，妈妈做了有五种小菜的早餐：拌黄瓜、黄豆烧肉、豆腐乳、青椒皮蛋、炒蘑菇。五个小碟子旁边，大盘子里三只煎鸡蛋，一人一只，另一个大盘子里有她买来的三丁包子，也是一人一只，每人还有一碗红薯粥。我们的饭桌几乎要溢出来，放煎鸡蛋的盘子有一小半危险地落在桌子外面，而且，妈妈把一条普通的黄瓜切得像一条蛇。与这张富裕的桌子相比，我们平时吃的早餐像漏洞中捅出脚趾的袜子。

那时是我人生中的特殊阶段，我还没有进入我自大学开始一直持续到今天的长期减肥之中。小学末段到高中那些年里，我时常饥肠辘辘，学校供应午餐，我因为周围的眼睛而不愿意吃得太多。并且，同样是放在相同大小的铝制托盘右下角的一碗饭，食堂阿姨给女生总是盛得不满，给男生却盛到冒尖。在其他女生提出异议前，我不想提出意见。

我说，“妈妈，今天的早餐太丰富了”。妈妈掐了我的大腿根一下。我不理解为什么她对我生气。

许多年后当我用代做PPT赚到的钱给男友买腰部松紧带上绣着名牌商标的内裤时，才明白这样的心情。不是想要取悦的热情，而是希望得到尊重的冲动。就像在客人来访前擦干净桌子。夏天在腋下涂抹冰凉的滚珠防臭剂。请你尊重我吧。以为我是香的，以为我每天也穿着与这价格相同的上好内裤。

妈妈，以及我，没有在取悦，也并没有真正想要得到什么，或本以为自己能够得到什么。我们放弃了对爱的追逐。

父亲无法持久地来看我们，或者暂时地爱我们。妈妈无法克制想要被尊重的冲动，始终在继续她可笑的做法。在妈妈拼命做饭时，他们会发生冲突，就像父亲说他宁愿吃方便面或白水煮光面时那样。

父亲不曾有一次刷洗他吃过的碗，或者虽然不洗碗，但把他用过的碗放进水槽里，或者虽然把用过的碗留在桌子上，但倒掉碗里剩下的稀粥和鱼刺。我想这可能是一种满不在乎的无谓态度，也可能是一种随时急于离开我们的焦灼态度，或者是一种抗议。父亲以他的方式告诉妈妈，他不喜欢她这样认真隆重的招待，他也许会吃掉她准备的早餐，但他不愿报答也不会被收买。他没那么软弱。只有他能够决定他是否来，什么时候来，是否离开，是否消失。那始终会偶然、随机、暴力地降临在我们身上。父亲用底部留有稀粥的碗和筷子建设了一支背过身去的军队。如果你走上前去抱住他们，他们会立即回转身来，用机枪扫射你。

妈妈让我叫他爸爸。我不愿这样做，也难以用我的声带清晰自然地说出这两个字。在她时而哀求、时而训斥，反复几次之后，我几乎屈服了。就在这个时候，父亲从我们的生活中消失了。

在此之后，妈妈和我的生活缺乏变化。除了一件事。

我十三岁时，妈妈中了大奖。她每周都买五张两元钱彩票，有一次中了五百万。夜里她抱着我睡觉，我们且悲且喜，流泪不止，想着要出门旅行一次，设想了许多可以买的东西。一直以来我都告诉同学我住在下跃户型，我想这和半地下室差别不大，如今可以买一套地面上的新房子了。她则希望给我买一架钢琴。已经不可能专业弹或者获得考试加分了，但有了五百万，谁还会让孩子专门去搞艺术呢，弹琴作为女孩子的特长能够提高你的气质。我想要环游世界，妈妈说不能耽搁上学，那么，我希望去一次中美洲的加拉帕戈斯群岛，达尔文坐着“小猎犬号”到达的地方，他在航行中发现了企鹅、鸭嘴兽、袋鼠、许许多多奇特珍稀的鸟。我们要慢慢地去，不坐火车也不坐飞机，要像19世纪的人那样耐心地穿过海洋，体会遥远。

第二天妈妈和平常一样去上班。她说最好等周末再兑奖，还得先回办公室找遮阳帽和口罩，中了这样的大奖，还是提防别人知道或跟踪为好。

当晚我们发现，她中的实际是五百元。她看错了买的七位号码中的一位。

但这也是她到目前为止中过的最多的奖金，而且妈妈用这五百元，又添上六百元，给我买了一辆新自行车。因此我认为这是一次大奖。

父亲消失以后，妈妈和我很少谈论他。人世就是这样的，无味而多艰，是没有意思的海，大陆起伏冥王星来去它也在，鲸鱼搁浅、岛屿自杀、冰川壮健的腿脚渐渐瘫痪它也在，而你没有办法。

到大学三年级时，父亲再次成为妈妈对我诉说的话题。那时妈妈做美容产品和生活药品推销，从兼职逐渐变成了主要的工作。下线带她信了基督。以前她用隐瞒和谎言来遮盖心中许许多多的不解和不快乐，走进基督之门后，她更宽容，花许多时间合唱练歌，交的新朋友热情高昂，夸奖她是坚强、有爱心、懂盼望的女人，她也更常谈论过去发生过的事。

比如妈妈认为我很像父亲：鼻子、嘴，以及不怕虫子。

还有，在我刚刚出生的那段时间，妈妈曾请一位叫作小燕子的女孩帮忙照顾我。小燕子不到二十岁，是房管所新雇的临时工，妈妈和她商定，由妈妈提供食宿，在家里饭桌旁搭一张军用折叠床，她帮妈妈做饭、泡奶粉、照料我。我夜里哭得太多，小燕子不久就搬走了。

小燕子与我们同住的那一个多月里，父亲来探望过我们两次。见到小燕子后，他评价，腰细的女人，腿都不够长。

如今妈妈带着怜悯的神情说起这些。你爸爸就是一个始终觉得自己有魅力的男人啊，在一个房间中他总会盯着最年轻的女人。我认识他时，我是单位里最年轻的女人。

这样想来，父亲和妈妈也许恰是一对。她心中自己唯一的吸引力正是他最看重的优点。

妈妈说起父亲的样子，就仿佛他，而不是我，是她的孩子。

妈妈还讲起生我的那段时间她身体遭受的苦痛。在此之前她担心被父亲嫌弃的我会感到也受妈妈的嫌弃，向来把怀孕讲成快乐而且乐观的过程，仿佛那几个月里她受到神的护佑，一身轻快地等待世上最好的宝贝。现在她说，怀孕后期她得了妊娠痒疹，浑身红包和肿块，无法退去，无药可消，无法睡着，只有涂上暂时令人皮肤麻木一些的外用镇静药液才能勉强睡着一两个小时。药效迅速消退，又从巨痒中醒来，这让她希望自己可以站着睡觉，像长征行军中的马匹。忍不住挠时，鲜血渗透睡衣，床单和被子上留下斑斑血迹，包裹着妈妈，如同经受过酷刑的一具尸体。那时妈妈的脸也仿佛毁容了一般，从前额到下巴，甚至耳道中都长满突起的疹疱。得了痒疹的妈妈从脸蛋到脚腕都涂着需要在晃动后充分混合的粉色药液，像粉癜风。而这一切最令妈妈困扰的是，那时她仍旧爱着已经离开她的父亲，她苦恼地想，每二百个怀孕的女人中，只有一个会患上这种妊娠期特有的病症，这是怎样的概率，怎样的命运啊。如今父亲更不可能再爱毁容的她了。

就好像皮肤是她与父亲之间最大的障碍。

另一件妈妈新告诉我的事是，在父亲来看望我们的那个阶段，父亲以为他能和一个有钱的女人结婚，他是怀抱着这样的希望从我们的生活中再次消失的。

那当然是不可能发生的，父亲真是一个天真的人。

我曾想，那时到了冬天，做水暖工的父亲或许因暖气上水忙到左支右绌，无法再将时间给予他隐秘的女儿，赶场一段后干脆就此消失。我一直猜测他是那种软弱的人，把生活中发生的意外当成是其他人给自己带来的麻烦，焦躁，发脾气，痛苦。现在我觉得他可真傻。

父亲曾经在我们的饭桌上留下一张字条，“我中午来的，没人，打小灵通也没接。爸爸”。妈妈回家后抓着纸条折起来又打开，大声号哭，嗓子沙哑还哭泣不止。她说，没有想到他会承认自己是爸爸，即便是在一张不会有别人看到的字条上。他有时和妈妈争吵时会说他毕竟是我的爸爸，但他没对他人承认过。我出世后，他也不曾与妈妈或我一起出现在家门外。

我隐约记得这件事。当年妈妈似乎给我看过这张字条。如今它在哪里呢？我不想问。如果妈妈保存着它，就太像电视剧了。我也不想看到十几年前父亲写下的必定丑陋的字，说不定上面还带着他修理管道时沾上的油污。我也认为，署名为爸爸，也许是相对来说他更不愿留下让他的真名实姓与我们有关的证据，类似于他与我们没有合影。妈妈曾经借来相机，要拍下他监督我做作业的样子，那时父亲转过身去说，别搞这些。

他们在同一家单位时，维修班共享同一个休息室，就在妈妈所在的物业办公室走出去的第三间。父亲担任副班长，是个不平凡的人，他常把休息室里的折叠椅拎出去，坐在走廊读书看报，不像其他人那样围着电视打牌。他什么都读，健康杂志，破案的，军事，历史，国际新闻。

他告诉妈妈，他碍于家庭没能继续上学，有亲戚找他做装修，他不预备加入，他得去考文凭，要干也是自己干。

在他会来看望我们的那半年多之中，在妈妈如今记不清时间的一天，父亲获评后勤先进工作者，要在教育系统的大会上领奖。他去奥特莱斯买了平生第一套西装。于是妈妈跑去商场买来熨斗，准备帮爸爸在这件人生大事前熨烫好。

再添置熨衣板太过浪费，她准备在饭桌上垫湿布来熨，小区里的家政阿姨教她，在垫布上洒一点花露水，衣服会散发自然的香气，若是毛料西装要低温多次熨，若是含丝的西装则要非常小心地熨，在面料上再垫一层湿布，先熨反面，再熨正面。

现在想来，这是怎样疯狂的念头，她居然以为在领奖前她会见到父亲，居然以为那周中的某一天父亲会带着或穿着西装来看望我们，居然以为父亲可能从这里奔赴会场，就像这里是他的家。她如此为父亲高兴，以至于她忘记了只有他能决定他来看我们的日期，他的来访是秘密的，我们活在他的社会关系、他的工作、他受到的认可之外。他越忙碌、越荣耀，就越没有我们。他越失败、越生病、越不顺利，就越恨我们。

我始终不知道那套西装是什么样子的，毛扎扎的，还是滑溜溜的。现在妈妈在电话中感慨，当年她认识他时，他不是一般的人，后来是受生活的折磨，逐渐提不起劲来。究竟是谁折磨了谁的生活？我认为妈妈高估了他的雄心壮志和超凡脱俗的程度。我也逐渐开始认为，以前那些年里，她不是因为爱我才在乎他，而是无法不在乎他。同样，她不是因为爱我才留下我，也不是怀着无法明说的、能够终究和他共同生活的隐秘期待而生下我，而是孤注一掷的瘦弱渔夫，在苍茫的海中抓住破烂的舢板，冒着被淹死的危险，打捞纪念物。

国破山河在。

之后的年月里，她在失落中开始重新解释当年生下我的决定，说这是她自愿的选择，与他无关，她一直一直渴望生活中能有一个孩子的陪伴。在现实中我没有陪伴她。她大概也清楚我上学后就不可能陪伴她，只会越走越远。所谓希望让他关心我，她才对他好，这是一个未曾学会主动走开的女人在不可能被爱之后为自己无法停止的感情寻找的遁词。爱情和面子让她撒谎，耶稣基督都没能揭发这一切。想到人会有如此浓密的爱情，爱情是这样一种危险的疯病，这让我恐惧。它比电影里用来类比爱情的瘟疫要可怕得多，瘟疫带来死亡，可不会令人丧失尊严和自由。在那时二十岁的我不认为自己是浪漫的人，我不看粉色封面的小说，但妈妈讲述的一切让我更警觉，来世上一遭不是为了这个。我决心要经常自由地生气，随时愤怒，不作践自己，不立起纪念碑。虽然后来这也并没有给我带来幸福。

出于好奇而乐意听到父亲新鲜事的心情很快过去了，我的耳朵挑剔地筛选电波那端的声音，对妈妈讲述的大多数事相当不耐烦。我更不喜欢打电话给她了。那时我忙于考研，不再实习，也很少去上课，每天待在教室自习，将时间分割成三十五分钟的小段落，保证每个段落都聚精会神，不查手机，不回消息，不看窗外。这是考研辅导班的伙伴教给我的“番茄工作法”，标准版本是每段二十五分钟，休息五分钟，我觉得自己浪费的时间已经太多了，把二十五分钟延长到了三十五分钟，休息的五分钟压缩成四分钟。我坐在固定教室的固定位置，方形的红色电子闹钟摆在书桌上，关掉声音，到时间后红色闹钟外沿的灰圈会骤然点亮，黄灯一闪一闪像燃起火警。经常坐我侧后方的一个女生没有与我说过话，也逐渐按我的番茄时间分割自己，闹钟亮起时，我余光能看见她在我身后抬起头，放下笔，趴在桌上，或者拿起手机，对着屏幕修眉毛。有时在四分钟的休息时间里，她和我都走去自习室斜对面的洗手间，在洗手间内撞见时仍旧不交一言。如今想起她，就像想起一个曾与我相互帮助的人，困在电梯里的另一个人，或者冻在雪山上的另一个人。

告诉妈妈我很忙后，她不再心血来潮突然在下午或傍晚打电话给我。但她有时通过手机给我发长长的消息，占据整个屏幕，这些消息耗尽我四分钟的休息。

她为我祈祷，让我相信上帝会显灵令我考研成功。或者告诉我她卖润肤霜和抗敏牙膏时遇到的麻烦。有时她在基督灵光的照耀下，带着新生出的悔恨回忆往昔。过去她不大爱讲这些，自尊心让她敌视宽慰的话，即使那来自我。

她说，在我小时候，她也想过要去再寻找伴侣。不过眼看着我成绩越来越好，她不想让我冒险，现在我是她的希望。

但看到我考研这样辛苦，她更为将我生成女孩而感到抱歉。她看过两个节目，一个节目主持人讲到，单亲家庭子女成长的好坏，既与孩子的性别有关，也与孩子是随父或母生活有关。也就是说，共有四种排列组合，由父亲照料的男孩，学业比普通的孩子差。由母亲照料的女孩，长大后更容易多次分手或离婚。这说明父亲会对孩子疏于管教，母亲则会把自己的失望传递给女儿。另一档节目中，成为主角的那位四十岁的妇女有一儿一女，丈夫有钱，离开了她，另娶了年轻的太太。这个妇女决定儿子交给丈夫，身边保留女儿，理由是，丈夫的生意需要传递下去，儿子是长子，这样做能保证未来家业仍在自己儿子手里，如果由丈夫抚养女儿，生意恐怕会传给年轻太太未来生下的孩子，年轻太太又恐怕会费尽气力也要生下儿子，一连串地生也要生下儿子，就像古代帝王的宫廷。

节目中的情感专家批评了她。妈妈说那位短鬈发情感专家样貌甜美，自己的家庭是幸福的样本，她分析道，你这样做对孩子不负责任。你可是没有钱的，如果儿子在你手里，他爸爸怎样也会保证儿子的教育、房子、发展。保证儿子的生活，等于保证你自己的生活水准。女儿在他手上，他即便为有钱人的面子，也要让她享有好的教育，也要负责她未来的婚姻。那样，你、儿子、女儿，一家三口都终身有靠。你现在这样做，坑了女儿，也坑了自己。

“得把儿子留在自己身边啊！男人总是舍不得儿子的教育的。”另一位点评嘉宾说，一所中学的心理教师。

她被点醒了。自我出生，她就为我是女孩感到遗憾，想到我将不会打架，难以还击欺负我的人，我也会有经期，她就觉得自己犯了错。现在她进一步认为，假如我是男孩子，就本该拥有更好的生活，父亲会更在乎我，甚至可能会愿意和她一起抚养我。

我想区别在于那是离婚。而且是和有钱人。这与一个水暖工的私生女并不相同。与父亲结识后我不再指望从他那里得到任何东西，只希望能迅速离开家乡。

在深圳男朋友之后，我有了一个北京男朋友。在学校饲养了天鹅的人工湖旁的林荫小道上散步并交换秘密的夜晚之一，我告诉他，自己从小就想离开家，我感谢高考让我终于可以离开。与几乎其他所有同学相反，高三是我最快乐的一年，操场广播里倒数“距离高考还有 ×× 天”，在我心中唤起欢快的、充满希望的鼓点。

他说，那是你的家啊。那么想离开家吗？

就好像在对一株忘恩负义的食人草说话。

我有气无力地说，没有好大学啊。

黑夜里大树投下的暗影中浅浅的吻让我难以相信他不能理解我，就如同他难以想象我离开家乡的念头那般强烈。他生在这里，长在这里，他爱故乡，爱他的家，自自然然。他认为人人都该关心城市的街道变迁，记得幼年时的楼号，与爸妈亲近，虽然恰恰由于家人间十分亲近而习惯于相互抱怨。他认为人人都怀念家属院，想回家吃饭，拥有自小陪伴至今的熟人。我看到我和他之间像两幢刚刚修建好的楼宇之间铺预制板的空中走廊坍塌碎裂，砸在地上，无声无息。

他告诉我，他一起长大的朋友，都是与自己的初中或高中同学谈恋爱。就似乎他如今和我，一个在大学认识的外地女生并排走在去电影院的路上，是一种他被迫忍受的特例。

我决计不做妈妈那样温柔的女人。于是我说，深山里的小村落都是这样的，得和身边的人终生捆绑在一起，古代也是，那时人只认识很少的人，人无能走出自己生长的地方。

有一次在寝室和同学在电脑上看她们下载的西德老电影。一个女人处在痛苦之中，晚上朋友到她家来，黄铜壁灯那一丁点光让什么都显得又游移又犹疑，她难以决定是否离婚。朋友严厉地问，你还爱他吗？我没想到人会在考虑要不要离婚时，不谈论过往的冤屈、孩子的幸福、个人的命运，是谈论爱。同学说，欧洲人看问题好严肃啊。我想，欧洲人好不留情面啊。如果爱呢？你为什么不允许她拿钱、孩子、幸福、旁人的眼光当借口呢？

在仅有笔记本屏幕亮起的寝室里，我想象自己像电影那样逼问妈妈，妈妈绝望地说，我爱我爱我爱。也许我想折磨她。人都喜欢折磨被别人折磨了的人，尤其是对女人。

到这个阶段我觉得我渐渐了解男人了。我发现男人喜欢当受害者，可能因为他们的失败需要解释，就特别在乎谁坑了谁，谁欠了谁，《水浒传》和动作片都是两肋插刀或背信弃义的故事。男人总要识别谁会害自己。小时候我以为父亲是不喜欢我们。现在觉得他是恨我们。我是犯了错，可是你一定要生下来吗？我做了什么大逆不道的事，值得这种惩罚呢？老实人，犯了个错误，就让我负责吗，就让我一生完蛋吗，就让我失去家庭吗，就让我背上骂名吗，就让我非得与你们一起生活一起下坠吗？坑谁不行，坑个老实人。

他觉得妈妈亏欠他。这尴尬的人那么冤屈，我没见过他哭，可是在他来看我们的那段时间里他比妈妈最难过的时候看起来还要难过。他没有办法改变他自己，他因为痛苦而烦躁而缺乏耐心而在回忆里总是显得很坏。人和人会是这么远，人会想离人这么远，我相信世界上即便只剩下三个人，他和我们在海难后相见，他和我们在荒岛上也会是两个分开的草棚子，在不需要上班的地方他也会只在星期一到星期五间找午休或倒班来看我们，在不分白天与黑夜的地方他也会在和我们吃顿晚饭后感到是需要离开的时间。爸爸啊。

去探望父亲是我研究生一年级暑假时的事。

我在病房中见到他。他时睡时醒，醒来时不认识人。病房外雨很大，浸湿运动鞋，让我发冷。我怀疑此刻自己的脚和病房一样发出细微的、会让鼻子激灵一下的潮湿臭气。他床角摆了一个小快递纸盒子，拆开了，张着嘴，弄得我一直在想快递是怎样送进病房的。

因为不熟悉而可以像打量男人一样打量他，我发现他完全缺乏性感之处。妈妈说我有他的鼻子和脸形，不过她那样说时，我已经有许多年没有见过他了。如今看到他的样子，我认为自己要好看不少。鼻子这种东西有些微妙，只要鼻孔略微大一丁点就看起来颇不一样。而且随着人变老，鼻梁不会塌陷，鼻孔却会逐渐变大，将原本挺直的鼻梁衬托得也像压平扩张了似的。

人变老是多么奇异的事，看到父亲，有点像我有一次在火锅店偶然遇到初中时的班主任，似曾相识，又觉得真的并不相识。疑似班主任坐在邻桌，看着我，我也看着她，有灵魂出窍的感觉。实际上，到如今我也不确定那就是我的班主任。我们对看了好几次，没有说话。

床单上父亲的身体在白发与秃顶之外还有一些不那么明显，但只要注目于其上就无法移开目光的记号。此外还会有我无法直接看见的东西。口臭，连阴毛都会变白，这是我在一篇行业内当作学习范例的刑侦电视报道中看到的人衰老之后难以逃脱的隐形惩罚。我对于自己在父亲的病房里想到男人的阴毛感到有些尴尬。

是父亲的弟弟告诉我妈妈他陷入昏迷的。妈妈出于让我爱他的执念，或者出于基督传递给她的崭新的爱，让我去探望他。父亲的弟弟和他的妻子联系过，她允许我到医院去。那是父亲在认识妈妈之前的妻子，也是在认识妈妈之后的妻子，也是父亲妄想他可以离婚好与一位有钱的女生意人结婚那个阶段之中的妻子。他唯一的妻子。过去这些年里，他就与妻子和他真正的孩子住在离妈妈和我四公里外的一栋楼房。四公里外的邓稼先啊。

我没有见到她。也许她知道我会这个时间来，特意避开了，也许她不常在病房出现。总之，我意识到，她会愿意让我来病房探望他，会肯让妈妈知道他失去了知觉，也许快死了，这说明父亲绝对没有遗产可以分割。

其实在去医院的路上，我还有一瞬和童年一样想到遗产这个词，多少次做梦。看到他后，这种心情立即消失了，就像我十岁时那样。还想起一件我早都忘记的事情。小学时我着魔一般迷恋孙兴，为看剧，午休时急着从学校跑回家。我把父亲当作杨逍，光明左使执着爱着纪晓芙，有女不悔，轰轰烈烈。后来挖掉了这种幻想，但看到孙兴上娱乐新闻时还会心动一下，就好像我不是把自己代入杨不悔，而是代入纪晓芙本人。渐渐明白只是寻常委屈，寻常软弱，寻常对不起。父亲也是，杨道也是，妈妈也是，纪晓芙也是，非常非常的没意思。好没意思。病房将残存的一点传奇性也打掉了。

他床前放着塑料拖鞋，一双印着 adidas 的藏青色男式拖鞋，脚跟凹陷，盖着多年间每天生活的印章。在我家中，从未出现这样的东西啊。

我很快离开了病房。用手机从床脚拍了一张父亲躺在病床上的照片，发给妈妈，在吊瓶边上站了一会儿，就走了。三人病房里还有另外一家人，我在进病房时和他们说了话，我说，我来看滕瑜昌。离开时，他们也招呼，"这就走了？不多坐一会儿？"像是他们一家人在招待我做客。我始终没有走近父亲。

医院的电梯口总排着许多人，我走楼梯下去，觉得阴兮兮的，到医院旁边的小饭馆去吃一点东西。很奇异地，我左右两张桌子上各坐了一个女人，都是独自吃饭，各自面前都有一盆酸辣汤。长发的那个只有汤和一碗米饭，勺子举在空中半天不动，余光看过去才发现有眼泪落进汤碗。闻到酸辣汤的气味，我也有些想点，又觉得三桌独自点菜的不同年纪女性都喝酸辣汤，这个场面未免太奇特了，譬如在妈妈所相信的神的眼睛里。最后我点了一份小锅牛肉和一盘干贝炒甜豌豆，都是妈妈和我出门时不会点的菜。

那是一个奇怪的夏天，我执迷于写论文的一个夏天。放假后我拖了很久才离开学校返回家乡，那段时间也没有男朋友，要等到几年以后，我才会重新开始痛苦无能地给出对爱的模仿。学期结束前，导师告诉我，一篇课程作业有希望在学术期刊的评论栏目发表。期末考试后我待在学校东门外无须熄灯的咖啡店连续写了十五个小时，没觉得困，也无须使用番茄工作法，其间只点了咖啡和一份咖喱牛腩饭。大二以来我靠做 PPT 赚钱，借此学会了动画，读研后接过了替导师做 PPT 的任务，导师要求高，要得急，内容给得晚，反复修改，没有钱，不过“简明大气、优美隽永”就 ok，不会再像以前的客户那样提出“70% 的亲切度和 30% 的科技感”之类的需求。我经常熬通宵，逐渐有了整个人都归属于师门的感觉，办会、PPT、跑报销是干活，也像老师给自己的一种荣誉，换来把课程作业变成论文的资格，只要服从就不必再想。这个夏天我退了兼职接单群，专心准备论文，计划研究生二年级开学后去媒体实习，之后读传播学博士，未来有几种选择，或者继续跟随现在的导师，或者在院内换专业，考电视方向，总归是要留在大学里工作，一辈子过这种无止无休地写论文的生活。并且已经想好，如果顺利考上博士，就申请贷款奖励自己一个近视眼手术。心中惦记着这篇论文以及待它结束就可以开工的其他论文，我经常忘事。实际上我回家那天，箱子忘在了高铁上，走出火车站就像走出地铁，只背了书包回家。第二天我前往医院，妈妈在连续不断的暴雨中坐公共汽车去高铁站把我的箱子取了回来，我认为这是应有的交易，因为是妈妈要求我去探望父亲的，而笔记本电脑在箱子里，取回来才能写论文。

有一天我在沙发上打字，妈妈叫我吃饭时说，别玩电脑了。

我有些愤怒。她不知道我在做什么。

还有一次我和妈妈发生了冲突，或者说我看不惯妈妈，她也发现了我的看不惯，同样是在吃饭的时候。手机没电了，我去大排档收银台租了一个移动电源。

她批评我不在家充好电再出来，也不带自己的充电宝，浪费钱。

我说，你就没有手机意外没电的时候吗？

她说可她不会付钱充电，宁愿手机关机。晚看一会儿消息有什么大不了？马上就回家了。

我愿意付钱充电，不愿意关机，这是我与妈妈的不同。但后来，还回充电宝时我发现，充了一个小时十五分钟，按照两小时收费。这时我心里发紧：居然忘了记下租借开始的时间，刚才只要少充十五分钟电，就可以少交两元五角。

然后我想，我与妈妈的区别究竟在哪里呢？

那个夏天妈妈的收入比之前好，也忙碌。新一届业主委员会跟物业闹矛盾，一方自治，拒交物业费，一方怠工，不跟新换的公司交接。胶着中，妈妈领基本工资，拿不到津贴和绩效，常常心疼她为拿到物业资格证交的培训费。对比起来，她说，做化妆品直销是一种没日没夜的工作，就跟养孩子一样，同时也是特别好的工作，她和姊妹在一起又自由又快乐。那三四年她卖了不少化妆品，虽然她的脸没有说服力。她还交了两万八千块成为区域代表，以优惠价参加了在一艘邮轮上举办的品牌庆祝仪式，合影中的妈妈比平时是要美丽一些。她办了护照，拿了我的拉杆箱去。五六天后她下船返家，带的榨菜都吃光了，箱子外面罩了粉保护膜，印着化妆品代言女星的脸。

我和妈妈相处的时间不多。不像学校，家这边没有那种能坐进去学习的路旁咖啡店，打印社也不好找，有回我走了一站路，找到一家房产中介才能印我要用的阅读材料。家里网络也差。缺了这些必需品，我很烦，没法再在家学习，采光和通风都不好，我坐在那张老饭桌前就难受。我一般中午去商场，带着电脑，戴上耳机坐在一家兼卖沙冰和茶饮的店铺，待到晚间再回家，买了视频网站的VIP，在家吃饭时也用手机看综艺。我一直看的节目需要给选手投票，我还没有专业到每天去打卡支持选手活跃数据的程度，不过投票中也有好些要研究的学问和要跟踪的信息，还得按照战略配合行动，比如，在一轮复活赛中，我反而需要投给T，才能保证我支持的M入围。夜里我常熬到很晚，饿的时候，就去家附近一家夜宵铺子吃麻辣烫。街道与我记得的样子已经迥然不同，在白天看去，熟悉的住宅楼色调如故，高层写字楼和商场的玻璃幕墙冷冽得缺乏变化，还有旧相识的感觉，夜晚这些则隐退进多层次的黑暗中，身边崭新的楼盘底商在夜晚光怪陆离，演奏新的音响，远处跃出楼群构成的天际线的高楼是保险公司大厦，这座城市地标性质的建筑，头上顶着金元宝，彩灯勾勒出闪烁的波浪，在夜色里忽远忽近。此刻夜里小区间的窄路不像我记忆中那样萧条可怖，城市已经遍布长明的事物，充分承认也随时准备满足人类多种复杂的需求。夜宵摊旁边，一家美体中心的七色彩灯循环广告，“专收疑难杂症胖子”。还有二十四小时开业的宠物医院、洋酒行、情趣内衣商店。电子烟专营店已经休息，LED显示屏仍然不懈放送男人在吸入电子烟后畅快无忧的脸，眉头从紧锁到渐渐松弛下来，就像我所见过的人在高潮之后的表情。为了让男人获得片刻的愉快，历史投入无限的时间，做出无数的发明，男人认为自己理应获得平静和愉悦，在失意时大发雷霆。表面上为所有人而著，但实际是为服务于男人而印刷的生活指南中罗列无穷多令男人快活满意的妙招，英雄一般的女人被认为可以输出无尽的美意。

那时我没有想到，导师把博士名额给了一位名学者的儿子，表扬了我的PPT功夫和我吃苦耐劳、准时完成任务的精神，说我在社会上肯定能表现很好。再参加校招来不及了，我随我实习的那家媒体的记者，进入一家租房网站的公关部上班。自己也租了房子，要添置许多物品，没能做近视眼手术。现在我按照科普文章给出的建议，用“20-20-20”法则管理自己：每隔二十分钟，看二十英尺外，即六米外的物体，坚持二十秒。长久盯着屏幕研制PPT和Excel后，这样做能缓解眼睛疲劳。红色电子闹钟如今转移到了我的公司工位上。公司空调设定为二十七摄氏度，不准开窗，我的工位吹不到空调，于是我在桌子上装了便携小电扇，把海盐味和桃子味的香氛喷雾喷进电扇。这种香氛喷雾还是研究生时同宿舍的女生介绍给我的，当年，我们从各地入学时，这位从本校直升上来的同学已经在桌子和床上装饰了她自大学时代就拥有的小摆设、马克杯、毛绒玩具，台灯旁贴了一张海报：

虽然枝叶很多，根却只有一条
穿过我青春的所有说谎的日子
我在阳光下抖掉我的枝叶和花朵
现在我可以枯萎而进入真理

读研究生的两年中，我端着饭，拿着盆，打开宿舍门时，会看到进门左手她台灯侧畔柜子上贴的这张满是绿叶的海报。后来不时想起这几句话，虽然无法背诵。也是她把桃子味喷雾喷到学校统一发的蚊帐上。读书时，跟风身边的同学是件让人不好意思的事，如今我则买来同品牌下好几种味道的精油和喷雾，到夏天，夹在工位隔板上方的小电扇吹出湿润的风，让我感到时而身处爱尔兰陡峭的海岸，时而身在果园。

那时也没有想到，八个月后，那家直销公司的董事长逃到海外。几年来，妈妈赚的钱几乎都再次投入了这家公司，像她那些上线和下线一样，把公司允诺她们的高额回报又换成了仓库里等值的除皱霜和羊奶皂，据说收益率是银行的七倍。在这时，这些钱像邮轮上的梦一样成为泡影。报案后，她去找大师测算钱能否追回，有一位同案的难友通过亲戚联系到一位真真正正的大师，在四川绵阳，说是“走紫微斗数的”，曾经成功预测出来布拉德·皮特和安吉丽娜·朱莉要离婚。绵阳大师算出钱在东南方向，妈妈和其他受害者告知了办案人员这条线索，请他们注意东南亚，菲律宾、印度尼西亚等国家，也没有结果。这些关于命运的信仰与她的基督真神并不矛盾。集体找大师，去普陀山和五台山拜佛，请人作法，又花了些钱。不过，我始终不认为妈妈在直销中损失的钱有她说的那么多。她的计算方式是错误的：她把公司允诺她当年将获得的收入也算作自己的损失，把这几年来公司给她的七倍于银行储蓄收益率的分红都当作自己业已赚到的钱，因此她一再说，本来是要取出来买房的啊。按她的算法，足够付全款，但实际上那些“回报”都是下线的投入，无论在历史上还是在妈妈孜孜以求维权“拿回来”的未来，都不可能属于她。

而去掉“回报”，单纯计算她几年来直接投入这个公司的钱数，又让我难过。那个数字说明，她曾拥有的积蓄，她在人生中曾真正赚到的钱，是多么少啊。

那年夏天的另外一次冲突，是妈妈不能容忍我把内裤和袜子放在洗衣机里一缸洗。回忆起来，我小时候也不会这样做，但上大学后，学校的洗衣房八元五角才能洗一次衣服。我就读的四年中，洗衣卡的价格从六元逐渐涨到八元五角，买十赠一，附送消毒液，加柔顺剂要另花五角。服务员会把甩干后仍然带着水的衣服湿漉漉地从洗衣机里拿出来，带褶皱叠好，塞进架子上你存放的洗衣袋。必须尽快去取，否则取回后潮湿的消毒液味道会在衣服上经久不散。这个价格不容许我把袜子和其他衣服分开洗，番茄时间也不容许我手洗内裤，虽然，每天要自己洗内裤、洗下身，内裤和袜子分开洗，也区分开洗下身的盆、洗脸盆、洗脚盆，是妈妈一直教导我的律条。

她自己的内裤一定会手洗，挂在洗手间外右手墙壁上的衣帽钩。其他衣服都挂在阳台晾衣架上，唯独内裤不是。

进门时或者坐在饭桌前时，我会看到她松松垮垮的内裤，有深色痕迹。似乎有比地心引力更为复杂的力量让内裤屁股那部分下坠得比前面那一侧更多一些。

如果妈妈崇拜的神能在天上看到这一切，他所看到的是一个以传统家庭的方式爱好干净，却独居并且不指望任何人上门做客的女人吧。想到这令我不寒而栗。

而意识到我想到了什么，这也让我不寒而栗。她是在努力做个善良的人，还是天性善良呢？而我，是天性不善良，还是由于种种原因而不想善良呢？

谁能告诉我，天堂里，究竟会有什么样的人的位置。

大约四年后，我为不成为我的妈妈而回到这座医院，和自己的第一个孩子告别。

当晚我仍然在出血，扔在家中洗手间里的纸团让妈妈以为我患上了妇科疾病。而那天上午我前往医院后，明白了几年前小餐馆里那两个女人都在独自喝酸辣汤的原因。医生会建议药物流产的女性去喝酸辣汤，让她们喝着汤等待排出孩子。真是奇特的配方。是为了开胃吗？刺激食欲保持心情愉快？让孩子因刺鼻的味道在肚子里感到不适，从而更心甘情愿地离开吗？

我没有喝酸辣汤。中午我在医院二层B超室外的大厅里等到了难得空出的蓝塑料座椅，从自动售货机里买了椰奶和咸蛋黄牛角包。那天下午两点十分，向蹲厕里的一个小血块告别后，我突然非常饥饿。走出医院，我在旁边的便利店要了份关东煮。这是一家“全家”，记得当年来看父亲时，医院旁边似乎是一家我买了热柠蜜的7-11。不过我也不太确定是否“全家”就在当初7-11的位置。我向来不喜欢全家便利店。它未曾考虑过没有家庭的人吗？怎样能算作整全呢？故意唤起人心中温馨的情意以吸引一部分顾客，而无形地将其他人拒之门外，我对这种方式无法产生感情。

店员告诉我魔芋丝还需要再煮一会儿。我在店里转了一圈，看到放方便面的货架上有罐装酸辣汤卖。冲进热水，三分钟后可以喝。

便利店门口的台阶上，一个把外套铺在身下的女人坐着喝酸辣汤，旁边台阶上坐着两个在吃全家盒饭的男人。我在回家的路上流下泪水。

非虚构

小瓷谈往录

乔　叶

实际上，在一个人的身上会发生所有的一切。

——［白俄］S.A. 阿列克谢耶维奇

1. 缘由

之所以能和小瓷长聊这一次，是因为雪姐。雪姐是我豫北老家的学姐，是一家贸易公司的老总，已经在郑州居住了二十多年。我十几年前刚到郑州的时候，因一些琐事承她帮忙，见面比较多。这些年见得少了，近两年只保持着偶尔的微信联系。前些天，她特意给我打了个电话，主题就是小瓷。

雪姐说，她女儿和小瓷的女儿自幼儿园起就是同学，也是好朋友，两个母亲被牵连着，就熟悉起来。都很忙，之前也没怎么详聊过，这次她们一起带孩子去英国游学，住在同一栋房子里，每每孩子们按行程忙去了，只剩下她们俩，就聊啊聊啊。雪姐的生活简单，三言两语就聊到了底儿，小瓷的事情却多，就越聊越细，越聊越深，两个女人就此打发了很多时间。

这个女孩子的故事可有意思了，可有意思了。雪姐在电话里反复强调。

“女孩子”，这个称呼让我莞尔。算起来，小瓷比我小两岁，也有四十五了吧。这个年龄的女子，早就被某些社会标准定义为大妈了，可雪姐还叫她“女孩子”。且也不是个例。近些年，常听到中年妇女们彼此叫“这丫头”“这姑娘”“这孩子”的，颇点儿酸倒牙的味道。男人们肯定会在背后嘲笑吧，但是，这份女人对女人的娇宠和疼爱，我倒是很喜欢的。

还有“有意思”。如我这般的职业写作者，整天琢磨的，就是怎么“有意思”，整天浸泡在“有意思”里，对于“有意思”的认定和寻常人自然也有不同。因此，对于雪姐说的“有意思”，我是打了问号的。不过，既是雪姐这么热情，我也不好推却，就约了聚一聚。和雪姐毕竟多年没见，哪怕仅仅是见见她，也是应该。

约见这天，就在我准备出发时，雪姐打来电话，说孩子发烧，要去医院，让我和小瓷如约见面就好。

反正我都听过，再听也是复习。她会敞开说的，一定是个好素材呢。雪姐说。

我无声地笑。素材，又是这个词。碰到过太多的人试图提供给我素材，或者干脆就不由分说地给我提供了过来，对此，我常常是坚决谢绝：“您的素材还是自己留着写吧，我有自己要写的东西。”——也许只有同行才能明白吧，不是任何人的任何故事都可以成为素材的。温暖的，冷酷的，惊险的，平淡的，都可能是素材，也都可能不是素材。对于素材的分析、判断和使用，只有下笔的人才最清楚。当然，话说回来，撇开素材不提，赴约在即，去听一个陌生人谈谈往事，也不错。

约见之地是郑州东区的一家茶馆，名曰瓦库。以瓦为主要的设计元素，清明素雅，我和女友们常约在这里聚会，和这里气场很合，很是舒服适宜。想到古人将生女称为“弄瓦之喜”——尽管瓦义古今有别——就觉得瓦和女子也确有渊源。

约的是中午十二点，我十一点五十分到，小瓷十一点五十五分到。她身材高挑，足有一米七。穿着黑色连衣裙，外罩淡蓝色风衣。进屋坐定后，她的座位处似乎都提亮了几分，可见“光彩照人”者不仅是照人，也照地方。细看她的五官，眼角微微上挑，眼距有些宽，嘴巴也有些大，有点儿像清瘦一些的邓丽君，也有点儿像丰腴一些的舒淇。皮肤光洁明净，看不到皱纹。言行举止中有着一种不自觉的妩媚风情。声音也清脆甜美，笑起来十分爽朗，很有感染力。在吃饭喝茶带聊天的三个多小时里，她不时大笑，让我不由得也跟着她的节奏大笑起来。她笑时眼睛里闪闪发亮，眼角虽有细细的皱纹，却毫无沧桑之感。一个女人到了中年，还能有这样的精气神儿，真是不多见。

先从她的名字聊起。她说，她爸爸喜欢钧瓷，她哥哥名叫钧，她就叫瓷了。她还有一个妹妹，叫玉。她莞尔一笑：我爸说，好瓷如玉。

2. 姥姥的教育

我从小是姥姥带大的。姥姥家在甘肃，离兰州不远的一个小城。我是三岁到的姥姥家。那时我妹妹刚出生，我妈怀她时身体就不大好，生下她后一直缓不过来。我哥也才五六岁，我爸妈实在是顾不过来，就把我送到了甘肃，让我姥姥带我。在那边待过的人搭耳一听就能知道，我现在的口音还有一点儿甘肃味儿。

甘肃味儿，是什么味儿？

就是大西北的味儿嘛。那边人的口音比较硬。后来到的地方多了我才知道，一方水土养一方人，自然也养一方口音。比如南方地界，就是得软，北方地界呢，就是得硬。咱们河南呢，就是得圆圆的，滑溜溜的。

哈哈哈哈。

那时候在那边，物质比较匮乏吧？

那时郑州物质上也不丰富啊。但我在小城的生活质量还是很不错的。姥姥一家子，除了我大舅，其他都是铁路上的人。姥爷姥姥退休得早，我二舅接的是姥爷的班，小姨那时候还小，长大后也进来了。铁路上的工资福利都还行，姥姥家不差钱。我吃穿上从来不缺，没受过委屈。

上小学前，主要是姥姥带我。姥姥，她和一般的老太太不一样，很不一样。她不大会做饭，却很会玩儿。她经常带我去玩儿，我小的时候，她带我在小城附近玩，我上小学后，一到周末，她就带我坐着火车短途旅行，对，她免票。那个年龄，我也免票。那时候，敦煌、玉门、嘉峪关，我们都去过。姥姥说，你是一个女孩子，一定要见世面。见世面很重要。我问姥姥，男孩子见世面就不重要？姥姥说，当然重要，不过相比而言，女孩子格外重要。因为男子汉走四方嘛，越是长大了越能走得开。女孩子呢，长大了就结婚生孩子，容易被拘到家里，想出去就难。小时候见过世面，眼界就宽。这小时候的眼界宽，是打底子的宽，以后就不会太窄。

> 深有同感。我家是儿子。一直觉得“穷养儿子富养女”这句俗语可琢磨的点儿挺多的。其实，无论是儿子还是闺女，都有需要穷养的地方，比如在意志、品性、习惯等方面的捶打磨炼上，都应该严格要求。也都有需要富养的地方，比如想学什么东西，想去哪里增长见识，无论是儿子还是闺女，都值得鼎力支持倾情付出。反正我对儿子是如此。只要他有这方面的想法，只要在我能力之内，花多少钱我都绝不心疼。我开玩笑对他说，属于你的这一份儿钱，我最愿意花在你这方面的成长上。将来的房啊车啊媳妇儿啊，就靠你自己的本事啦。

姥姥也经常带我去兰州，常常是，吃饱喝足玩累了，我们俩就坐在车水马龙的马路牙子上，看人。一边看，她一边给我出题。问我，你觉得哪个女人漂亮？我就说哪个哪个漂亮。为什么？我说，她穿的衣服好啦，戴的首饰好啦之类。她再问，衣服首饰好在了哪儿？她就这样逗我说着，随时点评。比如我说，那个女人明明个子低，可看着高。她说，那不是高，是挺拔。所以女人得挺拔，挺拔了就显得高。再比如我说，人还是年轻的好看，老的就是丑。她就不乐意了，绷着脸说，年轻也有丑的，老了也有好看的。姥姥我不好看吗？

哈哈哈哈。

我们的笑声震得茶杯里的茶似乎都晃悠出涟漪了。真是可爱的姥姥啊。

我连忙说，好看好看，姥姥好看。姥姥就说，女人好看，不能光仗着年轻。你看咱们吃午饭时隔壁桌那个女人，也不年轻了。可你是不是觉得她很特别？她的五官长得可不算好，眼睛不大，眉毛不浓，头发不黑，个子不高，皮肤也不白，可她点菜的时候，吃饭的时候，跟那些咋咋呼呼的女人就不一样，对不对？你去跟她说话，肯定也不敢放高声，对不对？我跟你说，这就叫气质。气质这个词，我就是从那时候知道的。

你可真洋气。

那是。谁让我有一个洋气的姥姥呢。

姥姥家不是单元楼，而是一个小院子。在那个小院子里，姥姥也经常给我上仪态课，教我怎么站立行。比如，穿裙子的时候应该怎么坐。她教我，坐下来的时候，双手从背后到臀部，虚虚地捋一下，再坐。这样的话，起来的时候，裙子后面不会皱，而且会显得优雅。那时候，我走路有点儿外八字，这成了她的眼中钉。只要看到我犯了毛病，她就会说我。说一遍不行，两遍不行，下次就一脚踢过来，我才能长记性。她踢我的时候，那可是一点儿也不优雅呀。

哈哈哈哈。

敲门声响，服务员进来，送上了一道干炸深海小黄鱼。吃这种鱼，我一向懒得用筷子，就用手拿，觉得痛快。小瓷却不。她仍是一筷子一筷子地吃着。

像我这么手拿着鱼吃，你姥姥不会答应吧？

对外人她会很宽容。对我，肯定是要教育的。我食欲很好，可姥姥从来不让我吃得太饱。主要是为了健康，再就是要养成节制的习惯，不让我胃口太大。她说，女孩子，不能傻吃。那时候，我穿的马甲和棉袄都是她量着我的身子做的，紧紧地贴到身上，既暖和，还能保持身材。对了，她还每天带着我看央视的《新闻联播》，看《人民日报》，说应该关心国家大事。

真是完美的生活。我感叹。

哪儿会有完美的生活呢？我二舅是癌症，死得很早。

我怔住，一时间，竟然不知道该说什么。

不过，生活态度可以尽力完美。二舅的坟在山里。姥姥经常带我去给二舅坟前的树上浇水，有柏树，也有松树。附近山沟沟里有条河，就用河里的水。河里还有很多鹅卵石，给树浇完了水，姥姥会捡几颗鹅卵石回去。我们家的窗台上，花盆里，摆的都是鹅卵石。她还在山沟里挖青苔，把青苔放进花盆里，摆得满满的。对了，她还抽烟。不过，她说她抽烟为的是抽出烟灰，给花攒钾肥。你听听，抽个烟都能找出这么高大上的理由，好像她是为了花才抽烟的。

哈哈哈哈。

现在，回想起来，我觉得我姥姥还真是好看。在她那个年纪的老太太里，她真是数一数二的好看。

沉默中，想象着小瓷的姥姥，我认可小瓷的判定。在那个年代，在同龄人中，她一定是数一数二的好看，好看得，就像我的奶奶一样。

3. 二舅和小姨

你姥姥也是这么教育你小姨的吧？

差不多。她教育女孩子很有一套。

那她怎么教育男孩子呢？我是个儿子，比较关心这个。

我大舅不用怎么教育，天生的学霸，小学，中学，大学，硕士，博士，一路读上去，直到留校当老师，根本不用操心。二舅嘛，是个学渣，再教育也不成。可是，他对我特别特别重要。嗯……他的角色，有时候像爸爸，更多的时候像哥哥。可以说，少年时期，对我影响最大的男人，就是他。那时我最大的安全感，就是来自他。对了，我忘了说姥姥对我的安全教育。七岁那年暑假，姥姥想让我学点儿防身术，就把我送到了兰州武术队。我一看，压腿练功什么的太受罪了，就很抵触。我就哭啊哭啊，把我姥姥哭得没办法，只好作罢。

你在那里学了多久?

满打满算一天。一日游。

哈哈哈哈。

是二舅教的我武术。二舅本来就会点儿拳脚，为了教我，又是看书又是找师傅的，可认真地又去学，边学边教我。那时候，他的身体真是好啊，铁打的一样。我就跟着他，整天哼哼哈哈地练武。说起来，我姥姥家在小城里很是有点儿名气，一是因为大舅学习好，二是因为二舅爱打架，三是因为我小姨很漂亮。小姨那么漂亮却从没人敢招惹，也是因为她是二舅的妹妹。用小姨的话说，在小城的街上，咱们都可以像螃蟹一样横着走。为啥？因为有二舅呀。

哈哈哈哈。

二舅要是闯了祸，回到家必定会挨打。我姥爷打，我姥姥也打，他就硬挨，就梗着脖子，不哭。一副宁死不屈的样子。

二舅保护我的第一件事，我一辈子都忘不了。那是我刚上小学一年级的时候。姥姥家离学校可近，五分钟就能走到，所以我都是踩着铃上学，每次都是慌慌张张地进教室。有一次，我又是踩着铃进教室，同桌的男生应该是早就想和我捣乱一下，就瞅准时机，在我坐下的一瞬间把我的凳子翻了过来，让四条腿朝上，我来不及反应，一下子坐了上去，被凳子腿戳着了。是有点儿疼，关键是还跌到了地上，丢人啊。你想，我这么一个有模有样的小淑女，跌到地上了，这还了得？我立马哭着回了家。二舅一听我哭诉，二话没说，就来到了学校，替我报仇。他很有技巧，把那个男孩子揪出了教室，却没打他。可他的气势吓人啊，怒发冲冠，怒眼圆睁，比打人还吓人。要是下手打了，会让人知道有多疼。可是他没打呢，你就不知道会有多疼，这更恐怖，是吧？

哈哈哈哈。

那个男孩子立马认屄，痛哭流涕地承认了错误，说保证不再欺负我。二舅说，这还不行。我还要交给你一个任务，那就是，你要保证以后没有人再欺负小瓷，以后要是还有人欺负小瓷，我就找你算总账。结果那个男孩子真对我负起了保镖责任，一放学就跟着我，护送我。二舅后来告诉我，这就叫有文有武，有勇有谋。

我二舅读书不行，可这不妨碍他聪明。我一直觉得学习成绩不能代表一个人的智商。解放前，那么多人没机会上学，你能说他们不聪明？不见得，是吧？我二舅的心性就不适合在学堂里读书，他说自己适合自学。凡是他想自学的，成绩都不赖。武术是一项。他还会做木工。我姥姥家里存有可多原木板材，本都是给他准备做结婚家具的。就因为他对木工活儿有了兴趣，就硬是没请木匠，自己琢磨着做了一大套新家具，什么碗柜、橱柜、书柜、写字台、梳妆台、餐桌……全乎得很，周正得很。可是，他到底也没有结成婚。

二舅他，人长得挺帅的，又高又壮，一口细白牙，还爱干净，身上啥时候都是一股淡淡的香皂味儿。他也喜欢在穿衣打扮上教育我，不过他的教育方式跟姥姥有点儿区别。他是站到我跟前，把衬衣往裤子里一扎，说，皮带不要太高，太高了是不是比较傻？是。太低呢？他转过身，是不是就吊到屁股上了？是。那你就记住了：皮带不能扎太高，也不能扎太低。高了比较傻，低了不利索。还有皮带压出来的腰褶子，不要打前，也不要打后，要匀到身体两边。——你看，他说得多细。他这么教我的时候，我就像个二哈一样。

小姨也教我。小姨比我大十来岁，我到姥姥家的时候，她也才十二三岁。有时候姥姥没空，她就带我。她经常命令我干这干那，我要不干，她就揍我。也不敢真揍，就是挠一下，推搡一下。她也经常撵我，让我滚回河南去。有一次，我跟她顶嘴，她正洗着我的衣服呢，恼了，就把我的衣服扔了一地，还踩啊踩的。正好我姥姥回家看见，她做贼心虚，居然说，她是听说这么踩踩会让衣服更干净。

哈哈哈哈哈。

后来嘛，我们俩就越来越好了。她也教我打扮，方式和姥姥、二舅也不一样。只要有空，她就会身体力行地当模特，扒拉自己衣柜里的衣服，一件件穿给我看。我们俩真是很像姊妹淘。对话常常是：

小瓷，我这行吗？

行。

什么话？！岂止是行，还有比这更好的吗？

没有了。

哈哈哈哈。

二舅病的那年，我上小学五年级，根本不知道病是什么，只知道二舅病了，得在医院住着。在小城还不行，还得去兰州。后来在兰州还不行，还得去北京。再后来又回到了兰州。有一天，我正在上课，小姨来到了学校，直接到我班里，把我从座位上拉走，去了兰州医院，看二舅。一路上都没话。我一进到医院的病房里就惊呆了。这哪是我的二舅啊，皮包骨头。他原来是多强壮的一个人哪。眼前的他，很瘦很瘦，躺在床上，白被单下面是平的，找不着身体架子。

可我没哭。只知道吃惊，不知道哭。不明白这是什么时刻。那时候的我，就是个小傻子。

看见我进来，二舅没说话，后来我才知道，他是没力气说话了。他指着床头柜上的鸡蛋糕，示意我吃。我真是傻啊，就去吃。一个鸡蛋糕没吃完，小姨把我带了出去。带出去后，上到了天台，小姨放声大哭。

那时候，我才想到，以后可能再也见不到二舅了。才开始哭起来。也就是那个瞬间，我脑子里跳出了“死”这个字。我还从来没有经历过亲人死亡的事，从没意识到，人活在世界上，都是要死的，无论是谁。那是刻骨铭心的第一次。

不久，二舅就死了。我作为他女儿给他送葬。飘飘洒洒地撒纸钱，往他的棺材上。

没了二舅，家里很久都没有了笑声。我每次出门，都要朝左右看看。我也不知道为什么要朝左右看看，似乎是在看二舅是不是有一天会回来。我和小姨以前常常打打闹闹的，二舅死了以后，我们俩也安静了许多。

电水壶嗡嗡轻响，烩菜在炖锅里咕嘟咕嘟地冒着小泡，瓦库16号包间里，此刻也很安静。

4. 回到了郑州

我回到郑州时，该上初三了。

在家门口，我妈都不认识我了。真的。那时候，我平均两年回去一次。恰好那两年是我发育特别快的时候，个子高了许多，俗话说，抽条了。一抽条，脸形也有点儿变了，圆脸变成了长脸。我是和姥爷一起来的，我步子急，在前头，姥爷落几步。到我家楼下时，我妈在单元门口站着，我路过她身边，看了她一眼，她也看了我一眼，还唠叨了一句：是谁家丫头呀。我没搭腔。接着她看见姥爷，喊了一声爸，才想到我可能是她闺女。就是这样，母女相见不相识，有意思吧？

那种场景，当然是有意思的。只是，这意思似乎复杂了一些。都没认出对方来，这也算扯平了。我笑道。

这怎么好扯平呢？她是妈呀。妈怎么能认不出孩子呢？当时我的心里，可有些难受了。我妈也挺不好意思的，上赶着跟我说话。我刚回到郑州的那一两年，我爸妈都是上赶着跟我说话的。十来年没在身边，他们肯定是觉得亏欠我，总是尽可能地弥补我，好吃好穿都先尽着我。我要什么，他们通常也都不拒绝。这让我哥我妹都很眼红，羡慕嫉妒恨。我是初二暑假回的郑州，在家里住了一个暑假，待到后来，我妹实在忍不住了，就说，你咋在俺家待这么久啊，你咋还不走啊。

哈哈哈哈哈哈。

算起来，我都没怎么在家里住过。初三一年，高中，还有大学——我大学也是在郑州上的——都是住校。除非是周末和寒暑假，我不在家待着。那时候在家里待着的感觉，怎么说呢？就是有点儿别扭。明明一起吃饭，一起看电视，像一家人一样，可我心里就是有一块东西隔着。他们对我可能也是一样。爸妈对哥妹想怎么数落就怎么数落，想怎么使唤就怎么使唤，对我却总是客客气气的。这使得我像一个亲戚。我能感觉得到，比如吃饭的时候，我总是先吃完先离开，等我一回到房间，就听见饭桌上热闹起来了，他们的话明显多了，说说这，说说那。可我在的时候，就是安安静静的，空气都像是在冻着。

毕竟是生脚踏生地，有各种不适应。比如新学校，我刚住校的时候，舍友们没有一个人愿意搭理我。倒不是因为我是插班生，而是她们觉得我矫情。我到宿舍第一天，就告诉她们，这是我的盆，我的水杯，我的毛巾，你们都不要用啊。你知道吗？那时候，我用的盆是四个，一个洗脸，一个洗脚，一个洗屁股，一个洗衣服。还随身一直携带两个指甲刀，一个剪手指甲，一个剪脚指甲，专甲专用，分得清清的。这都是我姥姥教给我的，是生活习惯的延续。可这些在她们的眼里，就很格格不入，就很矫情。她们后来告诉我说，你那架势，显摆的就你一个是城里人似的，好像别人都是土包子。看你八百个不顺！

哈哈哈哈哈。

在外面无论有什么难处，回家我都不说。其实爸妈他们也老是问，可我就是不说。我有时候给甘肃那边打电话，跟姥姥说，跟小姨说，任凭她们费劲巴力地把话再传回给我妈，就是不直接跟爸妈说。爸妈的心意我当然知道，尤其是我妈的，可我就是犟着，熬自己，也熬他们。

越琢磨，我越觉得这句话有意思——孩子是母亲身上掉下的一块肉。是肉，却也是掉下的一块肉，这块肉已然掉下，就意味和母体的分离。这世上有无数母亲都想把这块肉再摁回到自己身上，可是，真的，摁不回去了。何况小瓷和她的母亲之间，还有如此漫长的隔断。

高一那年冬天，我平生第一次遇险。那是周末放学以后，我骑着自行车回家。路上行人不多，三三两两的。走着走着，我发现后面有个自行车，我快他也快，我慢他也慢，总是跟我保持一段距离。我觉得有点儿不妙，就加快了速度。他也快了。到底没跑过他。在一段人特别少的路上，他追上了我，把我逼到路边，把我别倒了。这时候，周边没有人，一个人都没有。他把车子一扎，一步步朝我靠近。我忽然灵机一动，朝着他身后喊，哥，你来啦！他一扭脸，我就在那一瞬间，把自行车扶起来，骑上车就跑。他应该是没想到这一出，有点儿愣，再追来的时候，就跟我错出了几十米。我从容了一些，脑子转得可快，怕他跟到家，就骑到离家不远的一个单位门口，不走了。我在传达室那里站着，传达室的大叔跟我爸认识，我在那儿，一边跟大叔寒暄，一边远远地盯着那个人。他到底没敢跟过来，站了好一会儿，走了。我又等了一会儿，确认他走了，才回到家。到家里，才发现自己一身汗。我哥问我咋啦，我一说，他拎起一根钢筋棍就往外跑，去追。当然，没追上，他说，要让我追上，我弄死他！我看着我哥的脸，恍惚间好像看到了二舅的影子。对于郑州的家，第一次有了点儿家的真切感觉。

对了，我还有一次遇险，是在大四的下半学期，快毕业了，初春时分。大家都忙着找工作。我去粮食学院附近找朋友玩儿，出来后碰到一个很久不见的高中同学，男生，就聊了一会儿。我们是在粮食学院旁边的金水河那里，金水河那时候还很臭呢。在河边的树底下，我们俩扶着各自的自行车，说着以后的工作方向。我记得很清楚，那天晚上，还有大月亮。我们正聊着，一个手电筒照了过来，照在我的脸上，一个很恶的声音呵斥说：找的就是你！

我一听就蒙了。我说，你认错人了吧。那人说，没错，就是你！我找了这么多天，可找到你了。跟我走！他是一副治安的口气，我呢，莫名其妙就成了个犯事儿的。他又对那个男生说，你赶快滚蛋！那个男生早就傻了，看看我，看看那人，在那里犹豫不定。那人就说，你杵在这儿，等着一块挨揍呢吧。那个男生，你猜怎么着？居然真的就走了，把我一个人撇在了那里。

也太渣了吧？我忍不住骂了句粗话。

是很渣。

后来，你们又见过没？

见过。在同学聚会上。

他没个说法？

他有点儿尴尬。我倒是很平静。这事儿，我起初也很气愤，后来想通了，你跟人家就是一般同学嘛，他可以往前站，也可以往后退。要是人家不愿意冒着风险救你，你也没权利谴责人家。想通了，这事儿就过去了。我没不理他，也没很理他。但对他肯定是减分的，没有对于一般同学的感情了。后来，又见面的时候，他自己主动解释了那件事，他说他去找警察了，不过没找到。他担心了好几天，打听到我平安无事，才踏实下来。

你怎么反应的？

我拉长了声音，说：哦——

哈哈哈哈。

总不能感谢他吧？也不想戳破他虚伪的理由。他憋出个理由也不易，是吧？

哈哈哈哈。

他走之后，我对着那个人，努力镇静着，说你真的认错了，我是个大学生。你再仔细看看我，是不是认错了……我嘴里申辩着，心里可明白，这一定是个坏人，得抓住时机逃命。只剩下我一个人，还在可怜巴巴地求他，他肯定是胜券在握了，就任我说着，一手抓着我的自行车把，一手就去点烟，一副闲样子。我一看他去点烟，就知道机会来了。也不知道哪里来的力气，我一把夺过自行车骑了上去，一路狂奔，一口气窜到嵩山路上。嵩山路上路灯很亮。我在嵩山路的路灯下，站住，回头去看他。他还在后面跑着，追我。本来他正这么跑着呢，看我挑衅地看着他，一下子也站住了。我用气势告诉他，你敢过来吗？他就那么站了一会儿，扭头就走了。他走后，我靠在一个单位的大门外墙上，浑身没了力气，几乎要瘫软了。

还是很怕的，是吧？

当然怕啊。怎么能不怕呢？怕得发抖，只是不能让对手看出来而已。我这个人啊，就是事后怕。当事的时候是不怕的。顾不上怕。你知道吗？我还有一次极限逃生，是在谈恋爱的时候。

是初恋吗？

不是初恋，是二恋——不过，我初恋也差点儿把自己谈死。

5. 表白者们

吃过了饭，开始喝茶。我们点了正山小种。服务员送上来水和茶，我上手去泡。人到中年之后，我逐渐爱上了喝茶。一壶一壶泡，一杯一杯喝，喝着喝着，心就静了下来。各种滋味，尽在其中。有多少事，不到年龄是不能体会的啊。

在泡茶的时候，我们沉默了一会儿。小瓷的神情很沉静。这种沉静，也是到了一定年龄之后才能拥有的，是岁月给予的底气。这种氛围里，一句不知道在哪里读到的话浮现了出来："不要剥夺我的年龄，它是我挣来的。"

听到我问"少女时代是不是经常会被人表白"，小瓷低头闻了一闻杯里的热茶，微微一笑，摇了摇头。

三次，算不算多？

第一次是高中时候。有一个男生，高二高三时我们一个班，前后桌。长得有点儿像小虎队的那个吴奇隆。他学习不好，老是抄我的卷子。会考结束后，他就到工厂上班去了。有天晚上，我正上晚自习，班里有个男生喊我出去，说有人在操场等我，说点儿事。我就去了。操场没灯，可黑，我就在那里等着，可是半天也没等到人。我就喊，谁找我？他从黑暗里走出来，说，是我。我可惊诧，说你咋来了？他说，这也是我的母校，我咋不能来呢。找我啥事？你有男朋友没？我愣了，不知道该咋说。说啊，有就是有，没有就是没有。实话实说，有啥难的。要是有呢？他笑了一声，笑得特别轻，然后口气微微一沉，说：要是有，那就不好了。没有。那做我女朋友吧，我喜欢你。我飞快地想了想，说，不行。我语气很温柔。力量悬殊嘛，万一惹恼了他，我吃亏嘛。我跟他解释，说，你看，会考完了，马上就是高考，正是紧要关头，我忙着呢，现在不适合说这事，等我考完了再说。他沉默了一会儿，说，你说得有道理，我不打扰你了，你专心学习，知道有这么个事就行了。说完转身就走了。

我想着，这就算先稳住了他。还不错。谁知道，他表白完了就觉得自己有权利了似的，只要是周末，就来送我回家。我特别不想让他知道我家在哪儿。他说，放心，我就只送送你，别的啥也不做，你别有思想负担。你想，就看在我常抄你卷子的分上，送送你也该嘛。

我就只好任他送了，一直到高考结束。可笑的是，我当时还以为这事儿特别秘密，只有我俩知道。其实早在对我表白之前，也就是我还什么都不知道的时候，他都已经通过各种方式昭告天下了。我们那一茬同学，几乎人人都知道他对我有意思。毕业这么多年来，高中同学一聚会，只要我一出现，同学们都会朝我问他。只要他一出现，也都会朝他问我。

要是你们一起出现呢？

他们就瞎起哄。

哈哈哈哈。

看来人民群众一直默认你们俩还是有特殊关系的。

是啊。哈哈哈哈哈哈。

我收到大学录取通知书后，就给他写了一封信。信里说，我好好上学，你好好工作。等我毕业了，如果你还是对我有感觉，那就到时候再说吧。他没有回信。直到我大学开学后，他到学校找到了我，他手插在裤兜里，特别高冷的样子，说，我知道了，你看不上我。因为我没有考上大学。强扭的瓜不甜，我放手。你安心上你的学吧，祝你学业有成!

虽然很强势，却也算明白事理，还挺可爱的。

是啊。也很出乎我意料。

你们现在还有联系吗?

有啊。上大学时，我们通过一些信。慢慢地，没人写信了，就成了电话联系，手机联系。这么些年，我们一直都保持着联系。无论我换多少次手机号，他都能找到我。我从来都没有把他给甩掉过。每次再找到我，他都会说，为啥换号也不吭气?我说，那就别找我了呗。他说，那不行。同学三年，一辈子都是同学。我想了想，他也对。是我小气了。

他现在是个成功的商人，做生意很厉害，很有钱，对家庭也很负责任。可宠媳妇儿，好多年前，他给媳妇儿买化妆品就都是雅诗兰黛、迪奥和兰蔻，反正啥贵买啥。一说起媳妇儿就是“不是别人，是亲媳妇儿嘛”的口气。去年，他给媳妇儿买生日礼物，还让我给个参考意见呢。

对你是不是也很有分寸？

很有分寸。他最宝贵的一点，就是非常有界限感。对我，他再没有说过任何越过同学尺度的话。

上大学的时候也有两个人跟我表白过。一个是军训时的教官。我们总共四个教官，我属于二教官的小队，他是福建人。都说我们俩长得可一样，像兄妹。他对我也可好，人也好玩。那种胡福灰飞不分的口音，你知道的，本身就很好玩。我整天和他在一起说笑，就是一个开心而已，直到军训结束，也没觉出有别的什么。他那时人在高炮学院。军训结束后，他就回去了。有一天，他来找我们玩，走的时候，点名要我送他，说和我说点儿事。天可黑，我把他送到学校门口，道了再见。说完再见，他给我塞了一卷东西就溜了。我回去一看，是一卷钱。整钱零钞都有，总共有几百块。为啥给我钱啊？我可纳闷了。第二天，他的信就到了。可长。一个中心意思，就是说喜欢我，说我美，说一直想着我，忘不掉我什么什么的，还抄有席慕蓉的诗。

我很意外。缓过神儿来，就琢磨这事儿该怎么办。最后决定，把话说明白，最主要的是得把钱退回去。钱我需要，也喜欢，但这得分是什么钱。他的钱绝对不能要。我甚至觉得他在拿钱侮辱我。现在才觉得，他给钱的这种行为，也算是他表达心意的方式。可当时我就又羞又恼。见到他后，我把钱塞回给他，干脆朗利地说，我不喜欢你，也不想谈恋爱。我只把你当个朋友。你要是不改变态度，就连朋友也没得做。就这么三下五除二，把他解决了。

他当着我的面，哭了。可能他也觉得不好意思，扭着脸儿去擦泪。现在想想，他那时候也没多大，还是挺让人心疼的。可那时候，我一点儿也不心疼，还觉得他哭唧唧的，有点儿滑稽。宣告完了，我心里很轻松，唱着歌儿就走了。

哈哈哈哈。

还有一次表白，来自我大学的班主任。确切地说，他不是表白，而是骚扰。那时候他有二十五六岁？不过已经成家了，有孩子了。他对我一直很好，比对别的同学要好，这我也有感觉。不过我可单纯，觉得这是我老师，也觉得有师娘，不会有啥问题。

然后就是放了一个什么小假，学校里人可少。我要好的同学们都不在学校，他叫我去他家，毫无防备地，我就去了。冬天，可冷。他家可暖和。他让我把外套脱了，我也就脱了。然后我们就聊，聊啊聊啊，全都是些闲话。聊了一会儿，他让我喝水，吃瓜子什么的，我也喝了，也吃了。又过了一会儿，他就越来越靠近我，当他的手往我肩膀上一放，我一激灵，突然觉得这不对了。当时我就翻了脸，扇了他两个耳光。我说，你是我老师，你这样对我很不应该，很不好。我明天就可以到校长那里告你。他还想上来抱我，我随手抓了个什么东西——可能是茶杯——砸了他一下，就跑了。

告校长了吗？

没有。一是嫌丢人。二是我本能地知道，告他对我也没好处。再就是，告他就毁了他。他不仅是他，还有他的家呢。

第二天，他就找了个机会，跟我道歉。他的态度可真诚了。当然，他必须真诚真诚再真诚。他说喜欢我，太喜欢我，就是表达方式错了。我说，你就不该表达！他说，是是是，不该表达。反正我说什么，他就认什么。

我原谅了他。也只能原谅他。那是我能做出的最好选择了。你说是不是？

6. 教父

我和初恋，我的第一个男朋友，是我大三的时候，在一个偶然的场合认识的。他是我大学同学的姐姐的公司的上级领导。就是一个饭局，我同学被她姐姐叫上了，我又和同学在一起办个什么事，就一起去了，算是个蹭饭的。

那时候你多大？

二十一。他三十五。

典型的大叔对萝莉嘛。

那时候还不流行什么大叔萝莉的说法呢，我认为他充其量就是个大哥哥吧。见过那次面后，我都把他忘了。直到两年后，我毕了业，刚找到工作，他七拐八拐地找到了我的电话，联系上了我。我对他毫无印象，他说咱们见过，再见面你就知道了。见面后，他跟我回忆了第一次见面的情形，说在哪儿吃的饭，我穿的什么衣服，说的什么话……描述得特别细致入微。他用各种词汇夸我，说我气质独特举止优雅什么的，问我对现在的工作满意不满意，要是不满意，他可以给我介绍工作。还说他看人很准，觉得我和一般女孩子不一样，格局大，将来能够做出一番属于自己的事业，最起码也会有自己的公司，所以应该早早地对自己的职业有个规划……这些话很对我的心思。总之，他很稳重，很体贴，很像个大哥哥。让我觉得他真的就是看我是个人才，想给我做点儿职业规划。

你没想到他想规划的是你这个人。

是啊哈哈哈哈。

我对当时的工作很满意，没有麻烦他再介绍。这么重逢了之后，他就常来找我，什么买了适合我看的书啦，有人送了他音乐会的票让我陪他听啦，等等等等，反正就是有各种借口见面吃饭喝茶聊天。也会给我买衣服什么的。我一推辞，他就说，你不是我小妹妹嘛，给小妹妹买点儿啥不应该吗？你也可以给我买嘛。我想了想，也对，就接受了。逛街的时候看到合适他的东西也给他买，作为回报。这一来二去的，交往就更多了。

是不是也对他慢慢有了好感？

应该是的。只是自己还糊涂着。那时候的状态，就是暧昧。这么暧昧了有大半年吧，有一天，我们又吃饭，正聊得开心呢，他漫不经心地说，过两天我爸爸想去你家。我问什么事？他说提亲。我蒙了，重复说，提亲？他说，对。你不愿意吗？我说，没想过。他说，那你想一想呗。我说，我们都没有开始谈恋爱呢。他说，那就先开始谈恋爱呗。

他真懂啊。

是啊，他真懂。他说，我从来没有遇到过让我心动的人，直到遇到了你。他说，我知道自己年龄比你大太多，很不配，可我实在不想错过，所以请你给我一个机会，我会好好对你，努力让自己的爱来给年龄差加分。要是实在不合适，那也没关系，咱们就还回到原位。

哈，怎么可能回到原位呢？但是如若不这么说，就不能有效地打消对方的犹疑。最是套路得人心，果然啊。

就这么自自然然地，我们开始谈恋爱了。在我当时的见识里，他对我的好，简直是无所不能。比如，他问我，吃过杨梅没有？我说没有。他立马就会让江南的朋友早上摘下，送到飞机上，晚上我就能吃到。那种杨梅特别酸甜鲜美，肉厚汁多，咬一口都不见核的。

现在还喜欢吃杨梅吗？

早就不吃了。吃伤了。

吃伤了。这是一句标准的河南话，意思是，因曾对某种食物享用过度而最终对其失去了胃口。

除了男朋友，他还有好多种身份。是十级保姆。他给我做蛋饺，做鱼，做虾。来例假的那几天，更是要特别定制。也是服饰顾问。本来我就只讲究花色，小女孩嘛。他说这可不行。应该买什么品牌，什么做工，什么款式，什么面料。我必须得按照他的要求穿。我的发型，他也管。要是事先没跟他报备就去剪头发，他肯定会生气，问我为什么不跟他商量。我说，头发是我的，他说，不，是我们的。

就像那个老笑话里说的那样，胡子也是我们的！

哈哈哈哈哈。

再比如，我要拔智齿，他就要求我必须去北京。他没时间去，就给我买好了火车票，给我找好了医生，那时还没有动车，也没有高铁，不能当天往返，他就让人给我订好酒店，安排好一日三餐。我嫌麻烦，不想跑，他很坚决地说，必须去。别人去哪儿拔牙我管不着，你是我的人，你拔牙，必须去北京！

完全是霸道总裁的风格呀。

按现在的说法是霸道总裁。那时候，我觉得他就是我的教父。小女孩子，哪里扛得住这个呢。我很快就沦陷了，什么都听他的。我本来一直在外面租房住的，就搬到了他那里，住在了一起。同居了大概有一年多，我才带着他去见了爸妈。我爸妈见过后，坚决反对。我爸说，他不会给你幸福。他比你大那么多，到底都经历了些什么，你真知道吗？我说我当然知道。他爱我，我也爱他，我们一定会结婚。我妈崩溃得就跟电视剧里演的那样对我吼：你要是跟他结婚，就别认我们！我说，不认就不认！我还说了更狠的话，说，你们本来就不爱我，要不就不会在我那么小的时候把我送到甘肃去。他对我，比你们对我好，好一千倍，好一万倍！

我爸目瞪口呆，我妈号啕大哭。还是我爸先冷静下来，他说，好，你去吧，去跟他在一起吧，希望你不后悔。我扭头就走。出了门，我也哭了。可我还是走了。我后悔自己说了狠话，可我不能回去低头。

你可真够任性的。

是啊。可是，在父母面前不任性在谁面前任性？我不信他们会不认我。

显然，小瓷是在欺负自己的父母。之所以欺负，是因为欺负得起——他们爱她。想起一句老话：天下无不是的父母——父母的一切都正确，对应的是另一句老话：天下无赢儿女的爹娘——所有的父母对孩子都没有办法。

我就这么义无反顾地决定了，要跟他一起走到底。因为父母不同意，我们把结婚的事暂时搁置了下来。那时候，我对他可以说是死心塌地。那时候的我，没有脑子，因为不用脑子，被养废了。我知道的是：他爱我，这有问题吗？没有啊。他对我很好，这有问题吗？没有啊。他做的一切都是为了爱我，为了我好，这有问题吗？没有啊。那我还想什么呢？

最值得庆幸的是，那时候，我还在工作。我还没有放弃工作。他提出过让我辞职，我就问他，你当初不是说我能做出自己的一番事业吗？我不是该有自己的职业规划吗？他就没话说了。

哈哈哈哈。

工作让我愉快，不是因为薪水。跟他在一起，我根本不缺钱。那时候我也不知道为什么工作让我愉快，尽管也累，但确实心甘情愿。每次一到公司，一坐到工位上，明明公司的规矩也很多，可我就觉得放飞了自我，有了一种自由感。

客观地说，我从他这里也真的学会了很多。比如碰到大一点儿的事，他会要求我把方案流程什么的先给他审阅，我就乖乖地给他审阅，他会说，哪些环节有什么什么问题，想一想应该怎么改。我就改。我需要经常向公司领导汇报工作，每次汇报前，也都要先跟他演示一遍。不见面的时候就在电话里，把汇报的具体内容一五一十地说给他听。他会说，来，把语言再组织一下。真的，他经常让我组织语言，一遍一遍地让我组织语言，每一遍都有这样那样的毛病。直到我必须马上去汇报了，他才会勉为其难地说，就这吧。

小瓷将杯里的茶水一饮而尽。叹了一口气。

我到现在还有个下意识的习惯，就是打腹稿，组织语言。有时候，我在心里反复组织好几遍才能醒过神儿来，就在心里骂自己：组织个屁！

哈哈哈哈。

那时候，我的世界除了工作就是他，以为对他了解很多了，后来才知道所知甚少。比如他的朋友，我都不熟。也没兴趣认识。他也不主动带我认识。有年龄差，职业也不同，我认为这是理所应当的。只有一次，唯一的一次，他带我去朋友家做客，就出了状况。

那一次，吃过了晚饭，男人和男人聊，女人和女人聊。他朋友妻子跟我感叹，说人和人的缘分啊什么的，说他跟他前妻就是过不到一起，有孩子也不能凑合之类的，我的脑子当时就轰的一下——他一直跟我说他没有结过婚的！可我不动声色，继续套她的话。她看着我的脸色，问，你不知道啊？我说，知道一点儿，可这不是他开心的事，所以我也从不敢多问。您就多跟我讲点儿吧，这也是为了我们好，以后我可以注意点儿。

她没了心理负担，就放开了跟我讲，他前妻什么性格，他孩子几岁了……那是夏天，我穿着个吊带裙，浑身冰凉，心里跟猫抓似的。我的意识分出了又一个我，冷冷地看着坐在那里跟主妇聊天的我，真是笑容甜美，青春靓丽。可是，她要疯了。这个一直被蒙在鼓里的女人，真他妈的可怜啊。

我们是微笑着跟他的朋友夫妇告别的，我一点儿都没有失礼。出门后，我就开始哭。我的泪水再也没有停。我就只是哭，无声地哭。他开始没注意，还抓住我的手，说怎么这么凉啊。还摸摸我的额头，说不会是要感冒了吧？一直走到楼下，有路灯照着，他才看见我满脸的泪。

是的。人有时候是不能控制自己的。眼泪控制不住，我也有过这样的时刻。

他问我,你怎么了？我说,你说吧。他马上就明白了。就开始说。等他说完了，我问他，你为什么不早点儿告诉我？他说，要是早点儿告诉你，我们还能在一起吗？

他说得有道理。他总是有道理。那我的道理又该怎么讲呢？可能就是从那以后，我们两个的摩擦就多了起来，我没有那么乖了。这个事情破坏了我对他的基本信任，让我总是想怀疑他。这是有摧毁性的。他要说东，我一定想西。有一次，又吵了起来，之后，我们长谈了一次。所谓的长谈，主要就是他长篇大论地教育我，主题就是：他骗我是因为爱我，所以是小错误。而我死揪着不放，这是大问题。结论就是：我们这一路走来，确实不容易。都有缺点，应该彼此包容。都爱着对方，应该彼此珍惜。呃，那就珍惜吧。

是真的想珍惜，还是，因为别的？

小瓷深深地看了我一眼。

是想珍惜，也是因为别的。那时候，不知不觉地，我已经失去了自信，变得越来越妥协和卑微，只是我不愿意面对而已。我抓住了“珍惜”这个词，是因为这更容易自欺欺人。

珍惜，妥协，卑微，是的，很多时候，这些情绪混杂在一起，难以分辨。尤其是当你不想分辨的时候，就会把其中让自己最舒服的那个词挑出来用。但是，怎么可能一样呢？妥协和卑微意味的是可能是对强力的退让，对失去的恐慌，对自我的否定，而珍惜意味的却是得到的充实和喜悦。

想想，这是否和她童年被送到甘肃有关系？尽管姥姥他们都很爱她，可在她的意识深处，也许还是会残留着些微对被弃的畏惧感，这会成为埋下的种子，适时发芽。

我们之间恢复了平静。但我心里其实还是过不去这个坎儿，解不开这个疙瘩。特别痛苦。还只能自己痛苦，不能跟他说。因为我很清楚跟他说了之后，他会有什么话在等着我。痛苦着痛苦着，我也开始回避这种痛苦。不是说好要“珍惜”吗？我开始有意识地改变自己，想要变成一个他理想中的贤妻。

他的状态慢慢也发生了变化，可能是觉得隐藏的婚史过了明路，也可能是觉得我被他彻底收入了囊中，他越来越放松，越来越无所顾忌，对我也越来越霸道，指教得越来越厉害，越来越具体。就连做家务，他都挑我毛病。比如，我每次收拾房间，他都觉得我收拾得不好，收拾得不好怎么办？他先批评我。说你有什么用处啊？别的不行，这还能不行吗？然后他就让我恢复原位。我也就恢复原位，在他指挥下，再收拾一遍，希望能让他满意。可他就是不满意，还变本加厉地不满意。有一次打扫完卫生，好像是书房，他又是很不满意，批评完了，又是让我回归原位，可是东西很多啊，我回归不了原位啊。他又开始指责我，说着说着，居然开始说我爸妈。说你爸妈怎么养的你？怎么养出你这么一个废物？

那一刻，我觉得，够了，不能忍了。脚旁边有一个暖水瓶，我一脚就把暖水瓶踢了过去，朝他。也是那时候我才知道，原来暖水瓶会爆炸，爆炸起来跟雪花似的满天飞，亮晶晶的。还怪好看的。

哈哈哈哈。

我满眼怒火，咬牙切齿地看着他。沉默了很长时间后，我骂了一句脏话，然后我说，咱俩的事咱俩解决。以后你再提我爸妈，我杀了你。

你在他面前从来没有这样过吧？

从来没有。第一次。那会儿，我觉得可能是二舅附体。

哈哈哈哈。

可能是被我这蛮劲儿吓住了，他跟我道了歉。这事儿就这么过去了。我又开始继续努力。还特意买了烹调的书，学做菜。有一天，觉得自己手艺可以了，就做了一桌子菜，叫他回来吃晚饭。他在外面应酬了一个饭局才回来，有点儿酒气。那我也很高兴。我说我做得很用心，请他品鉴。他坐下，尝了第一口，就把筷子摔了。冷冷地问我：你今年多大了？我傻不拉唧地回答说，二十七了。

哈哈哈哈哈哈哈。

真的，我就是这么回答的，我说，二十七了。他更气了。就又开始骂我。那时候，他骂我应该都成习惯了，骂我可能会让他有快感。我就看着他的嘴唇一张一合，一张一合。说实话，听得都有些麻木了。但是，突然，他又提到了我爸妈，这是我最不想听到的敏感词儿啊，就是点燃导火线一样的词儿啊。我瞬间爆了，炸了。我一把掀翻了餐桌，一字一句地告诉他：这是第一顿，也是最后一顿。今后，我再也不会为你做饭。你不可能再吃到我做的一根菜！然后我走进厨房，拿了把刀出来，又说：我警告过你，再提我爸妈，我杀了你。今天，我再警告你最后一次！然后，我把刀砍向餐桌。可是，兴许是我力道太小，也兴许是餐桌他妈的太结实，我居然没砍进去。

哈哈哈哈哈。

那刀蹦了两下，落到了地板上。就这也把他整个儿吓傻了。他捡起了刀，声音特别温柔，说你干啥呀你。我喝多了，不知道自己胡说了啥，你别当真啊。

那一刻，有没有想杀他？

没有。真没有。可不知道为什么，我就是想拿把刀出来，就是想砍点儿什么。

——也许，是想杀掉她自己。杀掉处于这种状态的自己。

这之后，我开始冷静地想以后。和他在一起四年了，感情却似乎走到了穷途末路。仅存的理智提醒着我，该分手了。虽然也无法想象离开他后该怎么办，可还是先分手再说吧，走着看。我想了几天，终于鼓起勇气跟他提了分手。他很不屑，说，你以为你是谁啊？你一直不知道你是谁。我告诉你，离开我，你吃屎都赶不上热的。你就是仗着年轻。你以为你还年轻吗？来来来，你去照照镜子，去照照。我就真的去照了镜子，去看自己的脸。你知道那是一张什么脸吗？

我看着她，等着她的答案。最准确的答案，只能出自当事人自己。

是一张失败脸。

小瓷喝了一口茶。

他跟到镜子前，说，你以为你还十八九呢？你可不年轻了。我挣扎着说，你比我老多了。他说，男人和女人可不一样。他的口气很自得，说男人的年龄可以打折扣来算，四十能当三十用。女人呢，三十差不多等于三十五，三十五等于四十，四十就干脆混同于五十了……他这套说辞不知道从哪里来的，明明很混账，我却不知道该怎么反驳。

这套说辞一直很盛行。虽然很混账，却也确实有一种坚硬的存在感。在现下的中国婚姻市场上，女人的年龄确实特别容易贬值。生活中，很多男人会在年龄问题上持有优越感。他们会觉得和自己同龄的女人老，甚至会觉得比自己年轻得不够多的女人也老，却不觉得自己老。更可悲的是，很多女人也会不自觉地表示认同。

美国作家梅·萨藤在《独居日记》里写过一件事，她说，一位女邻居告诉她，自己遇上了一次小车祸，这个事件要上报纸，她居然设法说服了报纸把她的年龄写成三十九岁。梅·萨藤感慨道："她这样做是出于一种担忧——害怕假若人们知道了她的年龄后她将不再具有'魅力'。但如果一个人想要得到一种成熟稳重的关系，他会在他的同龄人中去寻找。我难以想象和一个比自己年轻得多的人相爱，我把爱情看作情感教育。关于爱从年轻人那里我学不到什么。"

——爱情是情感教育，且是互相的情感教育。可是，生活中有多少人会这么想呢？小瓷的这位“教父”倒像是在教育，不过他只是想要去教育别人。

他说：想离开我？我告诉你，再给你十年。你闯荡去吧，你看看谁会像我一样对你，谁会要你。我告诉你，你最大的成就，就是找了我！

他滔滔不绝地斥责着我，贬损着我。我完全无语。似乎是个好学生，在全神贯注地听课。在他面前，我好像也只能听课。我从来就说不过他。他口才太好了。我每次见他都打腹稿，对，就是组织语言，拼命组织，想要多抵抗几句。可是不行。总是一两个回合就败下阵来，有时候还不战自败。

那次分手算是惨败，一败涂地的惨败。这时候的我，极度脆弱，极度迷茫。我要疯了，不，肯定是疯了。要不是疯了，怎么会想到去死呢？我那时就觉得“百无一用是小瓷”，我这样一个累赘，一个废人，只能死了才不会成为任何人的负担，才会保留最后一点儿尊严。

第二天，等他上班后，我去买了安眠药，那天，我给妹妹打了个电话，本来想让她照顾好爸妈，却犹豫着，没有说出口。闲聊了两句，就挂了。然后，我出门打车。让司机把我送到金水河边。预先给足了司机车费，就呆呆地从车玻璃往外看着街景，看道路两边的店铺，好吃的东西不好吃了，好看的衣服不好看了，好玩的东西也不好玩了。什么都没意义。每个人好像都那么幸福，只有我不是。

后来我就什么都不知道了。等我醒来，就在医院里，已经两天了。妹妹正在旁边。看我醒来，先是笑，后是哭，哭得很凶。说你吓死我了。你怎么这么傻啊。你真傻啊。以后的路宽着呢，多宽啊。

妹妹说，她听那天的出租司机讲，我上车后，眼神就一直发愣，然后就慢慢儿慢慢儿地倒在后座上睡着了。他把我送到了金水河边，怎么叫也叫不醒。他就觉得这不对啊，就把我原路送回到了上车的地方，这时候我的手机响了，是我妹妹打来的。她也觉得不对，就来找我，正好碰到司机把我送回来。妹妹狂喊：去医院，救我姐姐！去医院，救我姐姐！

妹妹说，我没跟咱爸咱妈说，你放心。

我很平静。一点儿都不难过。我忽然觉得，都过去了。总算是过去了。等我能正常行走的时候，我就先在外面洗了一个澡，然后回到他的房子里，把我的东西收拾好，把钥匙放在茶几上，离开了。我知道，这才是放下了，真正放下了。不再较劲。不再和他较劲，不再和自己较劲，不再和这段千疮百孔的感情较劲。

回到家，我给父母跪下，说，爸妈，我错了。你们别跟我一般见识。我哭，他们也哭。

是不是哭着抱成了一团？

没有没有。各哭各的。你以为演电影呢？各自哭完了，我妈就去做饭了，还说：闺女回家了，可得吃点儿好的！

哈哈哈哈。

他没有轻易罢休。消停了一段时间后，开始找我。他说你怎么那么糊涂呢？怎么那么不懂事呢？怎么那么不相信我呢？他说你还是回来吧，我的新娘就是你啊——他觉得让我当他的新娘，这是一种恩赐。我呸！

哈哈哈哈哈哈哈。

我说，你找别人当新娘吧。我的新郎不会是你。过几天，他还来，又是一番说辞。再过几天，再来一遍。就这么着，他断断续续地求复合，找了我一年。我也斩钉截铁地拒绝了一年，他才死心。

好像去了一趟鬼门关。从他这里爬出来后——他真的像个坑，我是得用爬字——我变得跟以前不一样了，好像强大了。这就是置之死地而后生吧。面子什么的，我再也不顾及了。我决定，从那以后，我要为自己的心而活。

你恨他吗？

不恨。情是情，理是理，一码是一码。现在过去了那么久，更应该去择清楚看了。就像有个段子说，倒洗澡水时不能把澡盆里的婴儿一起倒掉，得先把孩子抱出来。必须承认，他确实爱过我。可这爱的前提是，我是一块橡皮泥，得由着他掰开揉碎随便捏，一切都得他来塑形。可我不是橡皮泥啊，我宁可成为水泥也不能是橡皮泥啊。

哈哈哈哈哈。

他这样的性格也是相当极端了。有什么来由吗？

我也是好几年后才听他一个朋友说的，说他爸妈管教孩子很严厉，他年龄最小，上面的哥哥姐姐都很优秀，相比而言，他在各方面的表现都是最差的，所以他压力很大，从小就很自卑。在成人后，他只有极度讲究，才能表现得自信。也只有对别人特别苛刻，让别人自卑，他也才能获得自信。

还真是一个有病的人啊。

7. 警察

正山小种的茶色已经淡了。我说，咱们再换一道茶吧？小瓷说，先喝一会儿白水吧，清清舌尖。白水也好喝呢。

是啊，白水也好喝，且是一种最为亲切的好喝。人这一辈子，喝得最多的还是这白水，这最平淡最基础也是最需要的白水，这过日子一样的白水。

几杯白水之后，小瓷点了一款福鼎白茶里的“荒野牡丹”，这款茶也是我喜欢的，滋味好，名头更好。我尤爱牡丹前面的这个定语：“荒野”。

和“教父”完全结束后，我一门心思地投入工作，也接二连三地升职加薪，这让我工作得更疯狂，进步得也更快。这是什么循环？该算是良性循环吧？起码让我可以有效地治疗情伤。我由衷地开始热爱工作，工作它诚不欺我啊。

这么一过去就是两三年，我眼看就三十岁了。这期间也有人给我介绍对象，我也相了好多次亲，有我看不上的，也有我觉得还行的，人家都看不上我。至于什么原因，起初我也不知道。我能想到的就是，自己已经年近三十，太大了，太老了。介绍人也觉得纳闷，转弯抹角去打听，得到了一个大致统一的说法，很含蓄，说“我是奔着结婚去的，那女孩只适合恋爱”。这就奇了，难道我不是奔着结婚去的吗？后来我才明白了，他们是觉得我长得——也不能说太好看了，而是，怎么说，太惹眼，太有攻击性，娶回家太不安全了。总之，是个尤物，降不住。

这理由，也是够扯的。我就断了相亲的念头。相什么亲嘛，简直就是自取其辱嘛。大不了单身一辈子呗。拒绝了很多回相亲后，我妈看出了苗头，到处发动熟人给我介绍对象，也逼我去相亲。说我不去就是不孝。在她的逼迫下，我就又相了最后一次亲，认识了那个警察。

我们俩年龄一般大，他身上也有些功夫，会散打，也会拳击，这有点儿像我二舅，可能也是这点儿，让我对他有了些好感。他长得也蛮清爽的，一笑就有两个酒窝，很可爱。见过几次后，他表现得非常喜欢我，有时候简直到了过分的地步。比如，我俩打车，我问司机一个问题，他觉得司机回答的态度敷衍，就想打司机。我们去参加朋友饭店的开业典礼，他觉得朋友对我不够热情，照顾得不够周到，就要赌气半途离席。我觉得这根本无所谓啊，朋友的活动，我们是去捧场的，不是去添乱的，要人家照顾什么？可他不这么想，总想要替我打抱不平。

但他对我也真是很好。只要一发工资，就要请我吃饭。想吃啥就吃啥，只要吃得起。吃饭时，他一定会筷子不停地给我夹菜。他也常带我逛街，只要看到谁穿了什么好看的衣裳，就也一定要给我买。反正，只要他有一百块，就会给我花一百块。从不心疼钱，虽然没有多少钱。

他对她好的这些，和“教父”曾经的做法颇有些异曲同工。区别仅在于，一个有钱，排场就大些，一个没钱，排场就小些。也许小瓷自己都没有意识到，她是在重蹈覆辙。无数女人都和她一样，希望能从男人那里得到这些好，这也无可厚非。可是这种需求越强烈，就越容易有问题。究其根本，就是因为把男人给予的情感份额看得越重，自我就越虚弱。

想起自己多年前的一篇文章，题目为《让自己有光》，里面有这么一段鸡汤味儿很浓的话：“人生之路漫漫，有阳光明媚，也有风雨如晦。如果仅仅依靠命运赐予的外界之光，那黯淡寒冷的时刻一定会很多。若能得到外界的光亮温暖照拂，这很好。但更好的准备也许是：让自己有光。如果你不仅能发光，且发光发得很稳定，这就最好。只要有了自备的光源，无论是工作事业、情感世界还是日常生活，你就都会有源源不绝的能量源，你的小宇宙也就会越来越圆满和强大。”

然而，想要有光，何其难啊。

当然，他也有这样那样的问题，可我也不完美啊。那时，我就想，跟这样一个人过一辈子，应该也行吧。——也行，这话说得有点儿勉强，是吧？对，我就是没那么爱他。刚刚倾其所有爱过一次，我对他，爱不起来。爱是有浓度的。我刚刚有过高浓度的爱，对他的爱，浓度高不了，是兑水的。

他的主要问题是？

他是单亲家庭。父亲去世得早，母子相依为命长大的。他特别维护他妈。

这种家庭，确实也很容易有这样的问题。

慢慢地，他又暴露出了一些别的。比如，他对我也有点儿暴力倾向。有一次，他和朋友们吃饭，要我去，我去了。他还要我陪着去唱歌，我拒绝了。我晚上还和朋友们约有别的事，何况我也不喜欢唱歌。他当着他的朋友们说了几次，我都拒绝了。他有点儿烦，我也很反感——不那么爱，就不会那么有耐心。拒绝到最后一次，我就告辞出来了。他也跟了出来，我以为他只是在送我，没想到他把我送到饭店门口，又拉住我说，再问你一次，去不去唱歌？我没理他，他就抓住我，往外一摔，我摔到了地上，膝盖都磕破了。

回去后我就提了分手。他急了，让做媒的两口子过来说情，也几次找我道歉，说以后一定尊重我什么的，要死要活剖肝沥胆的，挺诚恳的样子。我就动摇了，纠结着，说那就再处处看吧。不久，就又发生了一件事。那时是春节期间，我去了一趟甘肃，去看姥姥。回来后，是大年初五还是初六，我带了一些特产，去看他妈妈。路上碰到一个好朋友，就和朋友一起去他家拜年。拜了年，说了一会儿话，我和朋友就走了。他妈妈也没让晚饭。本来我们也没打算吃，但是她没让，我就有点儿不开心。过了一段时间，说到这事，我吐槽了两句，他马上很严肃地指着我的鼻子说：你听着，我妈把我带大，很不容易。我妈对也是对，错也是对。从今往后，一辈子，你不能说我妈半个不字！

我很意外。但我马上说，我知道了。对不起。他以为我跟他道了歉，这事儿就过去了，没怎么在意。其实我已经下了决定，必须分手了。

这就是男人蠢的地方。他不知道，女人对你格外通情达理的时候，已经把你当外人了。

过了两天，他又约我吃饭，我没去，在电话里跟他说，分手吧。他很茫然，不知道为什么，我告诉他，经过这一段时间相处，我觉得咱们俩不合适，很不合适。不如就此一别两宽，各自心安。

可他显然不宽，也不安，更不让我安。那两天，他把我的手机都快打爆了，后来我就不再接他的电话，上下班也很警惕地躲着他。有一天中午，他来我的住处找我，我正在睡懒觉，被敲门声叫醒，本能地知道是他，没有开门。他打电话，我接了。他问，在哪儿呢？我说在外面呢，朋友聚会，走不开。他说，那我等你。我说，你非要见我吗？他说，非要见。我说，好吧，我想办法早点儿脱身，一个小时后在某某咖啡馆见吧。支开他之后，我立马收拾东西，去找我妹妹——我妹妹和她男朋友住在一起。我们俩腻在一起看韩剧时，他又打来了电话，我说，朋友们不放我，我真走不开。我们真没必要见了，分手吧。就把电话挂了。

你没有想过要跟他再好好沟通一下吗？

没有。我觉得和有些人在某些事上经历过一次就足够了，没有再沟通的价值。

同意。对了，你是什么星座？

天蝎。

我也是。

哈哈哈哈哈哈。

我在妹妹那里住了几天，他好几天没再联系我，我以为这事完了。可是，有一天上午，我回到住处去拿衣服，赫然看到他在门口等我。准确地说，是在蹲守我。他是警察啊，善于蹲守嘛。看见我，他就笑了。还是那两个小酒窝，但是我觉得不可爱了，有点儿可怕。

他贴着我的后背，让我开门。我也只好开门。进屋后，他就用脚把门一踢，惊天动地地响了一声。进屋后，他从后面抱着我，问，你这么想跟我分手，是找好下家了吧？我说，没有。他说，说实话！我说，这就是实话！他挟持着我，把我推到卧室的床上，开始掐我的脖子。他的腕上越来越使力，掐得我满眼泪水。我想，今天可能要死到他手里了。不能这样，不能。我得救自己。

可我说不出话来。只能用泪水和眼神恳求他。不知道过了多久，他终于放开了我。等喘匀了气儿，我就开始说好听话。我说我不是真的想分手，我年龄也不小了，碰上你不容易，何况你这么爱我，我怎么会不珍惜？我提分手，是开玩笑的，是耍小性子，我不知道你这么认真，以后我再也不这样了。我爱你，我当然爱你。你要是不相信，我马上就回家拿户口本，咱们去领结婚证……总之，我把这一辈子的好听话都说完了。就差跪下了。

如果他要你跪，你会跪吗？

会啊，当然会。活着高于一切。我凭什么就这么死在他手里呢？对吧？

当然对。

听我说着好听话，他只是看着我，一言不发，似乎是在辨认我是不是在骗他。听我说完后，他去厨房拿了一把刀——那一瞬间，我就想起自己拿着刀对着“教父”的情形，现在，轮到别人拿着刀对我了，一报还一报啊。

他拿着刀，看着我，说，你真会跟我结婚吗？我说，当然是真的。今后，你说怎么样就怎么样。只要你相信我。他就长长地出了一口气。我趁机把刀拿过来，放回到厨房一个隐蔽的地方。他在沙发上坐着，开始抽烟。明显是放松了。这期间，我脑子里无时无刻地在想，怎么逃，怎么逃。——还是要感谢香烟。看到他在抽烟，我就知道机会来了。他抽完了一支烟，又点了另一支。就在这个当口，我以迅雷不及掩耳盗铃儿响叮当仁不让之势跑下楼。他是警察啊，反应也很快，一瞬间就跟了上来。我不知道自己是怎么跑下四楼的，只知道到一楼的时候，他跟上了我，抓下我一大绺头发。

正是中午。院子里的人川流不息，我知道自己安全了，就抱着一棵树，开始对他喊：你在找死，你在找死！我还跟一个面熟的阿姨说，阿姨快报警！这个人要杀我！他要杀我！

他惊呆了。开始求我，让我上楼。我当然不去。围观的人越来越多，他也打了电话，给做媒的那两口子，让他们来劝我。他们来了之后，我才放开那棵树。

报警了吗？

报了。最后还是当成情侣纠纷处理的，没当成刑事案件。否则他的工作就会丢掉，他一辈子可能就完了。毕竟相处了一场，还是有恻隐之心的。再说，只要有一点儿余地，我也不想把路走绝。但是，那把刀我留了下来。刀上有他的指纹。我对他说，你留下了充足的证据，我随时可以告你，但我不告你，这是我对你最后的仁义。你好好想想吧。此后，他再也不找我了。

你很戏精啊。

对，我可以很真，心都可以挖出来给你。也可以很假，完全像个演员。可以很感性，一三五不论。也可以很理智，二四六分明。我软的时候，像我姥姥，硬的时候，像我二舅。戏精的时候……肯定是像我小姨。

哈哈哈哈哈。

8. 神孩儿

和警察分手后，我妈大骂了我一顿，说，你到底想怎样啊？我也狠狠地顶撞了我妈，说，你看看这种人能行吗？算了吧。以后我再也不相亲了。你要当我面儿说，我扭头就走。你要电话里说，我立马挂电话。

我妈彻底蔫了。她逼着我去相亲，结果认识了这样的人，她实在是没话说了。我在她老人家面前，就又掌握了话语权，又气壮了起来。她无数次想提这茬，都看着我的脸色，说：唉，我说，小瓷啊，你……你吃饭了没？

哈哈哈哈。

逢年过节，家里来了亲戚，也会问，我就耍赖。他们说，妞啊，该成家了呀。我说，我有家呀。这不是我家？他们说，该嫁了。你多大了都？我说，十八，永远十八。

哈哈哈哈。

就这么着，又晃荡了三四年，我还是一个人。事业倒是真有了起色，开了家小公司，一年能赚个几十万，日子过得挺滋润的。有一次，朋友聚会，为的是一朋友移民到加拿大了，大家送一送的意思。那个朋友跟我说，你也可以办移民啊，干吗一辈子待在这一个地方呢。我想，也是，我也可以去国外经历经历嘛，反正是一个人。若是一个人，能落个清静也罢了，在这么个熟地方，谁碰见谁问你的婚姻大事，挺烦的。那就走呗。出去呗。我就开始打听办移民的事，还报了个培训班，准备考雅思，还天天背单词。

跟我老公，就是这个时候开始了。他比我小七岁，在一个事业单位工作，是个小中层。其实以前就认识，也是朋友拉朋友的饭局，吃过两三次饭。那时候我跟警察还在谈，他也有女朋友。然后就是那天，逛商场的时候碰见了。互相问，你结婚了吧？分手了。你呢？我也分手了。就一起吃了个饭，我说羡慕他。他问为什么，我说你是个男的呀，一辈子不结婚也没什么压力，女人到底不行，会有压力，所以我想出去。他问我的英语，我说正在每天背单词，应该还是有希望能过雅思的。他笃定地说，你考不过。为什么？不能说点儿好听的吗？因为你说，应该还是有希望——没有必胜的信心，怎么能过呢？绝对过不了。

哈哈哈哈。

对他有想法了没？姐弟恋。

没有任何想法。姐弟恋现在挺流行的，可那是十几年前呢。还有，大那么多的男人都靠不住，还能指望这小男孩？而且，我那时一心二心地要出去了，真没想法。

在那之后，他就隔三岔五地来找我，叫我吃饭，和我一起玩。他叫我，我就去。因为我们俩聊得挺痛快的，我什么都跟他讲，跟他说对爱情对婚姻的失望甚至绝望，反正也跟他没有任何可能嘛，就当个小朋友嘛。那时候，我从没在他面前把自己当女人一样展示，可以说，在心底里就没把他当男人。

不过，聊着聊着，他就不正经起来，开始逗我。比如他说，反正咱们都是一个人，就凑一起过日子吧什么的。这让我有些烦了。有一次吃饭时他又对我说，真的，我觉得你雅思肯定考不过，就别费这个劲儿了。要不，咱们俩谈吧，我把你这棵白菜给拱了得了。

他是一副开玩笑的样子，让我非常恼火。我说，我把你当小兄弟，你以后不要开这种玩笑，不要哪壶不开提哪壶。要是再这样，绝交，友尽。他也严肃起来，说，我不是开玩笑。是真的喜欢你。这让我很意外。我没搭理他，起身就走了。

好像每次有男人说喜欢你，你都很意外。

是啊。我不知道自己哪点儿吸引了他们。

你不觉得自己美吗？

不觉得，真的。我家里美人多。姥姥，我妈，小姨，妹妹，都很美。都是同款的大眼睛，小嘴巴，小酒窝，还有白皮肤。她们总是笑话我，说我黑，黑得跟泥鳅似的。你看，我的牙齿也不怎么整齐。在甘肃的时候，我小姨教导我说，你可不要随便笑啊，一笑你那大门牙露出来，那可够意思了，都能锄地了。我妈常说：好歹你还有个高个子，要是没这个个头儿，那可真是愁人呢。

所以，最起码，在我家里，我是美人鄙视链的最底层，从不敢觉得自己有多美，在少女时期，也基本没有觉得自己是美女的意识。和男人接触，就很少去琢磨人家是不是喜欢自己什么的，从不轻易地认为谁会喜欢上我。成人之后，经历了这么多事之后，我才知道，如果说美的话，我的美不是那种普遍的传统的大众美，而是很小众的一种美，有点儿个性，只能够吸引某些特定的人。怎么说呢，就像是某种水果，喜欢的人就喜欢得不行，不喜欢的人呢，连味儿都不能闻。

哈哈哈哈哈。

他好几天没出现，后来我就收到了他的信，是一封长信。信里说，他自高中开始，所有的大事就都是自己深思熟虑决定的。对我，也是。绝不是一拍脑袋兴之所至。他会为自己的选择负责，为自己选择的人负责。他说，他有很多面，是我不了解的，还把自己的人生履历跟我粗略排了一遍。他说，更多的细节，我应该了解，了解之后，再对他去考量。他说，你认识我，绝对不会后悔。信写得非常好，传达出来的信息非常诚挚认真，非常值得信任，和生活中的他截然不同。

我考虑了一下，就和他约见了一面，很正式地谈了我们之间的可能性。我说，我比你大那么多，对这个问题我很在意。他说，我认为，年龄不是问题。我都无所谓，你干吗那么在意呢？我说，我过不了自己这一关，想到以后连吃饭都得让着你……他说，我不需要你让。在我们之间，我是男人，你是女人。结婚后，你是我老婆，我是你老公，仅此而已。我说，那你爸妈呢？能接受这样的年龄差距吗？他说，这是我要解决的问题，交给我就好。末了，他还逗我说，小瓷啊，我心理的年龄差极限是十二岁，你还有五岁的余地呢。

哈哈哈哈哈哈哈。

那次谈话之后，他让我去他老家看看，见见他的家人，了解一下他从小生活的环境。我就去了他豫西老家。一去就被他震住了。一到他家镇上，就有熟人说，哎呀神孩儿回来了。到了村上，见到的人都亲热地打招呼，还是那句，哎呀神孩儿回来了。还说我，哎呀这是神孩儿媳妇不是？他说是。我说，你咋有个这小名儿，他挺酷地解释说，因为他从小就是个学霸，目前为止，也是他们镇上唯一在北京上过大学的人。在郑州，这样的学霸自然不少，可是在那样的小地方上，他就成为了一个传奇。甚至有孕妇生孩子，预产期和他生日错不了几天的，就会特意挑那天剖腹产，想要图个彩头。

他家家境很普通，当然我也不介意。我们在他老家住了一晚，晚上，族里的长辈们来家里开会，居然是他主持会议。这很让我意外。他完全不是我平常印象里嘻嘻哈哈的小屁孩的样子啊，很有权威，长子长孙的样儿很足，一派当家做主的范儿。后来，他告诉我，自从他成人之后，族里的长辈们商量大事，都会让他参加，还让他做重点发言，主持会议是再自然不过的事。

那个会，女人们都不参加的。会开完了，他跟我说，我跟他们说了,明年春天可能就会结婚。我抗议说你还没跟我商量呢。他说,这不就在跟你商量吗?所以我说“可能”,没说“一定”啊。我嗔怪着他,心里却甜甜的,很受用。

那两天,还有一件事很奇妙,就是没有人问我的年龄。没有一个人问。直到今天,我们结婚都十年多了,也从没有一个人问起过。这个话题,在他家,在他们族里,好像都是个禁区。

一定是他发话的,不准说。

我想也是。

这个听着好爽啊。

哈哈哈哈。

你以前的事,他都知道吗?

跟他简单讲过。他不让我讲,是我一定要讲的。我说,如果不讲,我过不去。他说,那就讲吧,讲完以后就不要再讲了。过去了就是过去了,我只关心我们的现在和未来。

从老家回来,我们就开始正式谈恋爱。他对我也很好,却也不是多宠着多惯着。他很有自己的原则。比如吃饭,一定不是挑那种门面特豪华特宰人的,而是说,你喜欢吃什么,咱们去吃什么。只选对的,不选贵的。如果对的是贵的,那咱不吝惜钱,如果对的是便宜的,那咱也不嫌丢面子。如今不是都说初心这个词吗?那时候,他就总跟我说,要问自己的初心。

我也问过他，爱我什么？他说，这个问题我只回答一次：我爱你是你。

我笑。这真是标准答案。

我们处了不到半年，就决定结婚了。我跟我妈说的那天，特别搞笑。本来我还有些犹豫的，想了想，犹豫啥呀。心一横，就说了。我说，妈，我要结婚了，我妈在餐桌那里择菜，没反应。我说，妈，我要结婚了呀。她还是没反应。我走到她脸前头，大了声说，妈，我要结婚了呀。我妈把手里的菜往筐里一丢，说，我又没聋，想结就结呗。我说，这次是真的呀。我妈说，那就真结呗。我爸问，什么样的人啊？一听说比我小七岁，我妈嗷的一嗓子，大叫一声说，我的妞啊，你咋这样，不找个爹就找个儿？！

哈哈哈哈哈哈哈哈。

我的妞呀，咱就不能正常点儿吗？！

哈哈哈哈哈哈哈哈。

我说，就是他了。没办法。

我爸沉默了一会儿，说，约个时间，先见见吧。见见再说。他说这话的时候，是满脸勉强。我妈也是满脸担忧。那时候，我真是又难过又羞愧。想着在终身大事这个问题上，自己该是一个多么不省心的女儿，才会使得他们有这种神情啊。

当然，一见面，他们就觉得很好了。他们对神孩儿非常满意，非常放心。再见一面呢，就更满意，更放心。多见几面之后，简直就是满意得不行，放心得不行了。到公婆过来送彩礼那天，婆婆拿着一个装钱的大信封递过来，我爸一把推了回去，说，心意有了就行了。我这不懂事的闺女到了你们家，你们把她当自己孩子一样就行了。我也把他当自己孩子。这是两个好孩子，孩子们好就行了。我的眼泪当时就下来了。

那时候，你妹妹结婚了吗？

没有。我妹妹早就有男朋友了，可她就是不结婚，她说要等我。她怕她结了我不结，我面子上不好看。其实我不在乎，可她在乎。她觉得不结婚就是跟我在并肩战斗，她不能撇下姐姐当叛徒。我上半年结婚，她下半年就结婚了。

真是个好妹妹。

是啊。有这样的妹妹，是我的福气。

之前的两段感情都没有成功抵达婚姻，这次有没有一点儿忐忑？

怎么会没有呢？多少有一些的。结婚前夕，我跟我妈长聊了一次，我妈说，眼下就只管向前走。等到了要孩子的时候，再好好想想。你猜我妈让我想什么？她说，你要想好是不是将来有能力独自把孩子养大。也就是说，如果你婚姻失败，你能不能承受独自养孩子的这个结果。如果能，你再要。如果不能，就别要。

妈妈很厉害。

对，妈妈很厉害。她就是在告诉我，你对这个婚姻，心里要有个最低的底线。妈妈这话让我想了很多次，也延伸出来想了很多。对于老公这个人，我想，有他，更好，没有他，我也能过好。爱情，就是个锦上添花的事。我自己是锦，爱情是花。很多女人把这个事搞错了，以为男人是锦，自己是花。结果抽走了锦，花就成了流水落花，这是不行的。

也就是说，我们要把自己当成是锦。

不是当成锦，而是我们就是锦。

好励志啊。

哈哈哈哈。

9. 我们，我

这大概是款货真价实的“荒野牡丹”，泡了足有七八道，茶汤还是那么明黄通透，喝到口中细细品来，毫香还是那么鲜爽馥郁，从甘甜、清甜、净甜到醇甜，它的甜也还是那么层次丰满。也有着淡淡青味和些许涩感，但很快就会化开。

真是好茶。我几乎可以断定，即使再泡上七八道，它依然会衍生出迷人滋味。

我们俩，真是合拍。就说旅行，从来都是临时决定。比如，明天放假，今天晚上我们商量说，去哪儿哪儿玩吧，明天就开车上路，说走就走，走哪儿算哪儿。说去看海就去看海，说去看沙漠就去看沙漠。有孩子后，别人都是一个唱红脸一个唱黑脸，我们俩是一起唱红脸一起唱黑脸，绝对是混合双打型。

在和我之前，也有很多人给他介绍对象，他都拒绝了。有的还是高官的女儿。我跟他说，你要是找了谁谁谁，就能走捷径了。他说，我要走捷径早就走了。但有的事不能走捷径。我要找什么样的女人过一辈子，这就是不能走捷径的事。

他很少对我甜言蜜语，却喜欢在别人面前撒我们的糖。他单位所有的同事都知道我，就是因为他常把我挂在嘴上。看见谁背个包，就说我媳妇儿也有这么一个包。谁说买香水，就说我媳妇儿用什么什么香水。聚餐时点菜，会说我媳妇儿喜欢吃什么什么菜。哪怕去歌厅唱个歌，也会说这个歌是献给我媳妇儿的。反正“我媳妇儿”就是他的口头禅。

我不会做饭，有人跟他开玩笑，说，你媳妇儿中看不中用啊。他怼人家说，我媳妇儿中用不中用我说了算。我认为最重要的地方她中用，这才是真正的中用。做饭算什么！我问他，最重要的地方中用，这个话怎么解？他说，这还不明白？咱俩过日子过得快乐开心，这就是最重要的地方，这就是你的中用。

有一次聊天时，我半开玩笑地问他，如果我想成为他最理想的好媳妇儿，应该朝哪个方向努力。他指着我的心口，淡淡地说：朝你自己的心努力就行了。做好你自己就行了。一个好的自己里头，肯定包含着好媳妇儿这一项。

说得真好，真不愧是神孩儿。

跟你说一个笑话。我的小公司，业务一直做得很不错，员工们不多，我和他们关系都挺好的。有一次，一个员工对我说，您有个缺点您知道吗？我一听，来劲了，赶忙说，你说。只要有道理我就改。结果她说，您的精神气儿太足，太骄傲，这会让客户们没有牛逼感。我乐了，说，这我可改不了。抱歉啊。

哈哈哈哈哈哈。

总之吧——我觉得，自己经历了这么一些事，还能活成现在这个样子，还是很感恩的。命运对我真是很厚爱的。就像我们家神孩儿说的，越靠后的爱，就是越厚的爱。

小瓷说这话的语调有些调皮。此时，西斜的阳光透过百叶窗，正沐浴到小瓷的脸上。光斑在她的两颊跳跃着，她的皮肤显得更加饱满弹润。看起来真健康啊，这个气血充沛的女人。所经历的一切暗黑好像都没有沉淀为她生命里的毒素，或者说，她把毒排得十分干净，这让她非但没有往深渊坠落，反而养出了如玉容颜。

忽然觉得，她经历的这一切，还真是恰如其名。这瓷虽然被锤碎过，却又被一片片锔了起来，且锔得如此强韧，坚实，丰美。那些锔瓷的花钉呢？也只能是爱：爱自己，爱生活，爱一切所爱，以及，被所爱而爱。

诗歌

灰阑记

翟永明

灰阑记

灰阑中　站着人类之子
乃天精地液孕育生就
孤独中　他长了几岁
依然无力选择

灰阑外　站着两位女性
她们血肉模糊　或者说
她们干干净净
她们刚经历了战争　或者说
她们被战争附体

灰阑虽灰且红
就像争夺的眼睛
眼睛既红且脏

就像争夺的对象

公案上：醒木跳动着
一方拽住无尽山河
一方拽住血缘亲情
无尽山河已榨干血缘亲情
血缘亲情聚拢了无尽山河

我呢？我是什么？
我是争夺物　一堆形质
灵魂不被认可
但时刻准备着
被谁占有？归属于谁？
我可否说　我仅仅是路过此地
我只是偶然　掉进灰阑
我不属于战争
也不属于和平
我属于灰阑画就的地盘

公案上：醒木跳动着
向谁吩咐？
小小灰阑塞满干柴
将我尚未发育的意识
架在法律的火堆上炙烤

鲜血在争夺高潮中吱吱作响

两只手从左方和右方伸来
一只是母爱　另一只也是
一只是玫瑰　另一只也是
一只挂着瀑布　另一只也挂着
它们让我恐惧
灰阑之中的争夺
与灰阑之外　同样荒谬

公案上：醒木跳动着
向谁吩咐？
无论向谁吩咐　母爱都像
滚烫的烙铁　死死将我焊住
一生都在灰阑之中
一生

注：对古典戏剧的套用和变形以及颠覆，是当代戏剧常用的手法。《灰阑记》是被从小说、元剧，直至话剧改编最多的传奇，拥有许多版本，我这里糅合了各种版本及改变了主体视角，用以表达母爱对子女的桎梏。

狂　喜

——献给一小块舞台上的女艺术家

请允许我狂喜
也请允许我自恋
只有这一方舞台
允许我如此

四个男人　站在四个方位
当我在台上旋转
他们是我的后台和背景

在舞台上方　是西斯廷穹顶
穹顶在燃烧　那是艺术家血涂仪式
女人不被允许　去触碰圣殿之顶
多么炫目呵　那是一个巨人的躯体
我曾经被他压碎　形神皆散

在舞台下方
是美第奇家族领地
我从贝壳里重生　含羞忍耻
被复兴的文艺之光照亮
未必那是我自己的呼吸

在舞台前方　是可怕的斯芬克斯
他沉默地坐在那里　形销骨立
像一只野兽　也像一句偈语
它吞吐时间的骸骨
等着我前去靠近
那也许是庇护所
也许是乱葬地

在舞台后方
儒释道三元神矗立
我在它脚下的香灰中缓缓落底
腥臭之物呛入肺中
鲜花鞭笞我的头
花枝锯着我的身体
借着死者的羽翼我轻轻升起

四个男人站在舞台上
发出啧啧的好奇声
他们都在看着这方舞台
他们可能不会喜欢这样的结局

那么　请允许我狂喜
也请允许我自恋
这里有床单　也有帐篷

有尖刀划过的皮肤
也有自我扣动的扳机
有亲密而疏远的注视
也有肮脏的白布裹住的那物事
一如那白布　裹住过我的脚趾
它也许大于一吨半
也许小于一厘米

我开始习惯占据自己的身体
也习惯于摩挲自己的床单
那是我自己的一池睡莲
也是我为自己捏泥成形
撮土焚香铸成的礼器

这些都是女艺术家的故事
仔细辨认，会认出自己的影子
请允许我狂喜　也请允许我自恋
让我掌控四面八方投来的惊异目光
或者　目光中的不屑与敌意
也让我将它们聚于眼底　盈手成握
如呼吸般吞吐出去

注：诗中引用了部分女性艺术家作品。

去莱斯波斯岛

月已没
七星落
子夜时
我独卧

女友吟此诗时　说
在危险到来之前
在黑夜割破空气之前
在花好月圆变成动荡生活之前
在同类的脚印渐渐稀少之前
我想去莱斯波斯岛

移民去
买房去　或者
从第三方国度
绕行去

我也想——
但不是实体　亲身
而是抚着萨福的羊皮书页
入梦而去

弹琴而去

腾云而去

御剑而去

土遁而去

驾诗而去

分身为二　麻痹的性别

留在原地　活跃的欲望

分裂出去　黯淡的思维

留在原地　自由的呼吸

分裂出去　我去

为了让心代表我的身体

躺在莱斯波斯岛

从脚趾到发尖　享受最纯净的阳光

在萨福的诗行中撒欢穿行

每个字　每个词

都拍散我的全身

去莱斯波斯岛的路

有很多条　可乘船

可飞行　可裸泳

我只选一条：

附着于羊皮纸页

去往蓝色海水簇拥的岛

去探访我们的元诗？元性别？
它们并非匍匐在地

数以兆计的沙粒
形成莱斯波斯岛
白色沙粒内心倨傲
地球由海水组成　也由土地
沙粒无处不在　它们并非匍匐在地
地球由土地组成　也由沙粒
我听见海水拍打
将沙粒拍成坚固的岛屿

我听见：无数白沙缓缓而至
一波又一波　没有终止
虽然被垃圾裹挟着
它们绝非匍匐在地
与莱斯波斯岛共生
与萨福共情
无数白沙缓缓而至

三女巫

火刑柱已经竖起　但女巫已跑路
黑夜罩下来　像死寂的坟墓

月亮也跑路了　被黑云掩护

声音叽叽喳喳
碎银光般抛洒
对话简洁 伴随猫叫
一个声音干燥
像是要被火柴点着
他说着昨天的故事
关于谋杀和毁尸灭迹
一个声音痉挛　好似喉结被人抓住
他拼命挤出断断续续的词语
描述着大帅和他的娈童
他们如何在一起
还有一个声音　不男不女
语调老瘦　吹气般喃喃
黑须就手　摩挲出丝丝预言
一切如旧　一切
一切将再次循环

缠绕在黑夜黑须黑锅黑水中的预言
流传了许多世纪　如今
火刑柱　已变为世界中心的龙椅
惊天的阴谋已将世界覆盖
到处都是火焰、私刑，和病毒泛滥

东西南北
大乱无形如大音希声

这是一个预言也无法预知的年代
女巫虽未远去　剧本和舞台
早已变得寡淡无趣
剧情和表演　只会从观众中产生
结尾将走向开放　或者戛然而止
直至在沉浸中，与末日一起下行

天地已透明　但熹光仍微
女巫们　从未远去
他们的喉咙依然发痒
吞吐着各种不祥
因为死亡永不会离去
因为前路永不可预期

寻找薇薇安

寻找薇薇安
寻找一个被遮蔽的故事
寻找一段谷歌不出来的人生
寻找一堆未经冲洗的照片
寻找照片后面的容颜

寻找薇薇安
寻找漂泊不定的地址
寻找一个没有影子的身影
她藏在孩子们中间
寻找孩子的保姆
寻找保姆的家园

寻找薇薇安
寻找悬空挂着的双臂
它们抓着一架老式相机
里面装着女人十五万个瞬间
寻找玻璃后面的面孔
寻找无法复原的内心

寻找薇薇安
寻找十五万张无主底片
寻找二十个箱子
寻找箱子里满满的流浪汉

寻找薇薇安
寻找一颗孤独倔强的灵魂
它沸腾于刻板躯体的内部
销声匿迹但又溢出灼人光线

寻找断肢断臂的人体模特
寻找闪烁在塑料表皮上的激情之眼

寻找薇薇安
寻找扑火灯蛾
它扑向大面积的街道和人群
它撞在橱窗镜子上
寻找烙印上去的镜中之殇
寻找城市的排泄物　剩余物
将它们塞满一个黑色方框

为什么？当皮箱脱手而出
在纽约上空飘浮　冒烟
当那些底片在陌生人手中流转
当时间的灰尘被廉价拍卖
当无数脸庞从红色液体浮出
挂在一整排社交平台
为什么？除了一个名字
她未曾来到人间？

寻找薇薇安
不关乎一个答案
为什么？她不愿与世界分享的
除了身份、秘密、籍贯

对天才的认定与摧毁

以及绝缘社会的艺术制度

还有什么?

十五万个为什么

或者　一个不为什么

随着二十个皮箱的贡品

随着她　一同埋葬在无主之地

注：薇薇安·迈尔是一位死后才被发现的杰出摄影师，生前一直做保姆；业余用一生的时间拍摄了十五万张照片，从未被冲洗。最初在谷歌上，她的全部信息只有一个名字。后来，买下她所有皮箱的一位年轻人，像侦探一样还原了她的一生，也使得她从未示人的照片，被全世界知晓。

花　寒

林　白

花　寒

大团灰云翻滚，
天上星星，
踏雪寻梅。

梅花开在最僻静的地方
不是山上，而是天上，
在乌云的深处，
除了星星，无人能见

在早春大步疾走，
迎面碰见瘦小的保安，
他正奔跑着，
挪开栅栏。

天上的梅花，
如此寒冷，
如此遥远。

复方甘草片

一粒近于老鼠屎的药片，
是的，老鼠屎，
我有二十年没看见它了。

我曾经日夜依赖它，
书桌一瓶，
床头一瓶。

二十年来，它不再出现于药房。
是的，太便宜了，
五角一瓶，后来两元。

今天我去医院开药，
惊喜与之相逢。
虽然涨价十倍，
但仍然是
我相依为命的甘草片。

为了接上之前的二十年，
我特意咳嗽了四天。
甘草片不知发生了什么，
黏糊糊的，
被握在我的手心。

囤　积

我不停地囤积作品，
以等待我的晚年。
我先搬动一些大石头，
就是那些长篇小说。
然后是一些小块的石头，
你可以想象成篇幅不等的短篇与中篇。
可是缝隙还那么多，
我再用什么来喂饱你呢。

我的饥饿是无形的，
我的云彩也是无形的。

我吃下的，都已消化

我不再柔软，
我的血不再鲜红，

如果胃出血，
那定然是黑的。

我记得我的胃，
记得胃的痛，
胃的胀，
胃里一串串打出的嗝。

自从第一次吞下玻璃
三十年，食管与黏膜
悉数变成胃液
我把我吃下的东西变成了我的胃。
在我身体的外部。

我吃下的，都已消化
那些啸叫，
石头，满地的纸片，
木质的纤维，
钢铁的利齿，

我消化了的，都已消失，
连同那只早已变质的胃
坚硬如钢，
粗糙如石。

致——

你这样在意恶评
以至于胜过
对死亡的恐惧
十八日，你认为某书写得很好
十九日，它似乎糟糕到了无望的地步
二十日，你重新获得了勇气
二十一日，你丧失了它

我不打算和你谈论焦虑
我只想谈论河水
清澈与迷人的激流
以及
装在你口袋里的石头

假想女儿出嫁

我多么喜欢油菜花，
地球上的油菜花，
她们永远不出嫁。

就生一片油菜花吧，

我可以当油菜籽的外婆，
榨油的油菜籽，
嫩时深红，
熟时深蓝。

这样蛮好的，
万物终将开花，
时间迎风招展，
女儿，待你出嫁，
油菜花也将新出几垄。

独角兽父亲

周　瓒

母亲与苦楝树

苦楝树淡紫色的笑
自密集的叶丛中满满地涌出

带着心满意足的绿，她注视生活
我的母亲是一个苦楝树支点

放学回家的路上我能远远地看到
无论晴天或雨中，她的身体吸满能量

她谈笑中突然流露的怒气带着一丝咸涩
无论如何，苦楝树液是有毒的

或许如此，啄木鸟没有在她身上敲打过
但她的花簇会有蜜蜂光顾

披着透明的大氅，蜜蜂是夏天的勇士
剑术出神入化，背着金黄条纹的炸弹

绽放的花朵就是被炸开的弹坑，如此说来
苦楝树就像战争中被摧毁的村庄

我母亲的午睡就如被炸翻的瓦屋
她翻身时竹床吱嘎作响，哦，叹息的苦楝树

从排水槽里流淌过的天水
也许摸到过苦楝树根

希望总是藏得很深，被现实的风箱抽出
灶膛里火焰噼啪，洇开苦楝树枝叶的苦香

独角兽父亲

雕花木床上我找到了各种珍兽
麒麟是不是独角兽？它是我的父亲
就像在拼图游戏中，我记起它的
颜色和动态。我父亲卧在
雕刻匠们努力制作的那张大床上

我母亲则像个精灵来去不定
拒绝被塑造成一只骑跨在猛兽身上的
少女战士，她和过去的自己争吵时
就连夏天的小溪都会停止歌唱
我的母亲爱上过独角兽吗？

雕刻匠们俯身于他们的木板
用凿子与刻刀细心地推敲他们心中的乐音
有一阵子我犹豫着要不要打破这宁静
因为我也想当个雕刻匠啊
我在纸上画一匹独角兽

我妹妹只喜欢跳舞，一旦舞动
就停不下时间，她为发条找寻座钟
她梦想成为珍兽乐园里的莎乐美吗？
舞蹈着穿过水面、跳上苦楝树梢
她的独角兽是一名忧郁的看守

暴风雨就能轻易掀翻的草屋里
雕花大床拼合成功，雕刻匠们即将离开
可我还没有做好准备呢
我到底会是一个刻工，还是一位画师
或者一名驯养独角兽的少女
抑或是莎乐美，怀抱着独角兽头

为“帐篷剧场”而作

这群人创造了新身份，而非新角色
从他们立足的位置，那日渐生锈的机器
脱落的螺丝钉，病毒疯狂侵蚀中
成功的剥离，那背叛、逃亡和拒绝
社会有机体上完成的有机革命
每一笔新账的重量和对自身的席卷

接着，他们为自己搭起一顶帐篷
三角形平面组合半个球体
帆布覆盖，一间“想象力的避难所”
收留游民和流民，从社会的缝隙和边缘
从意识的自由国度，摆脱阵风
噪声和言语的灾难，集体内的纷争或喜悦

让这被包围的小片土地退耕、休养
宛如一腔裸露的子宫，无性受孕
汇聚一枚枚单细胞的能量
一只只种在大地上的拳头
小社群的压缩包，反世界的载体
以歌声为血液，舞台为摇篮

夜晚如盛宴，月亮也加入这巨大的诞生
她镰刀般的笑容收割人性的试纸

观《使女的故事》

虚拟空间中，有看得见的世界
虚构的故事却裹藏着现实的样本
而虚设的国度正等待下一位格列佛
虚心加上需要，塑造了追剧人设
她宅在屏幕前叹息着“足矣”和“值得”
第二天的上班途中，却不由得
将眼前的事实带向梦想的解剖室
基列国政变，使女群体的诞生
略显生硬的剧情如同羽毛脱落的翅膀
警惕着飞动的瞬间迫近的危险
若女性被当成行走的子宫
她身边的男人俨然套上制服的兽类
这分裂的错动感无须说明，只求当真
虚幻的巨手操作下，提线人偶
正为我们的每一笔浪费提现
莫非有关人的定义总在改变？
环保者、动物保护主义者也加入了
美的行刑队？聚餐桌上看她
挨个给座边的野兽倒茶，忍受荤段子

稍后又在文章中措辞激烈
键盘上的手指敲出进行曲的节奏
“不如回到那些破碎的自我吧
用支离的音符复活‘此一性非彼一性’”

题注：美剧《使女的故事》根据加拿大作家玛格丽特·阿特伍德的同名反乌托邦长篇小说改编，讲述了未来世界由于环境恶化，人类逐渐丧失自然生育能力，一个叫作基列国的虚构国家发生政变，少数有生育力的女性被迫沦为生殖奴隶（即小说中的使女）的故事。

看那浓妆多感伤

——写给横滨玛丽

戴潍娜

看那浓妆多感伤

在每一缕白发里　我认出你

玛丽，爱擦厚胭脂的玛丽
脸上砌满横滨的灰烬
看这浓妆多感伤
下辈子投胎做月亮

战后的云　是飘起来的尸灰

七十四年，恪守一个妓女的本分
站断一条街的，是秋夜的影子
一生只剩下一个“等”字
年轻的军官，不会再回来了
投进深井的吻，不必再复苏了

就连身体，也不再能分泌期望了
悲哀是可爱的玩具

万物弯腰的人间，至纯的音
等待着最屈辱的手指　奏出

交　换

一个色衰的女人，仅一行诗陪伴

年轻时，在男人间流亡
等老了，成无人追缉的逃犯
挑个周末她跳上亡命列车
尚未进化的男人找她搭讪
“捎你一程？”她原想拒绝
但教养，教养是她最大的障碍
从来都是

就轻易上了当，像少女
被劫持，像有价值
女人被塞进一只巨大的绿色邮筒
躺在树的空心，驶往可怖的命运
黑暗突然光临，像石块砸下
谁被砸中，谁就是黑天赶路的玄奘

硬信封学硬汉消遣
硌得她身子处处叫
她原来一直住在暴风眼
路途太长，恐惧闷透了
她忍不住没教养地拆信
借手机微光，她将私信一封封阅读
终于过上了以为小说里才有的无耻生活

这是文明野兽最好的巢穴
听着信里的情话、俗话、蠢话
调频到尘世的交配音乐会
她不觉克服了恐惧，跟写信人纠缠
和他们骂战、雄辩，插足他人一对一的私语
她复以诗篇。这一路

海水常新，命运也时常改变主意
邮件寄送千里，但也许它哪儿也没去

她拿她的眼睛换了一首诗
又拿她的嘴角换了一个词
腐败的身体漫成纸上绚烂的色气
以为属于青春的，原来属于老年
她终于长成了一个谁也读不懂的老太太

重　复

秋梨膏的路面，老阿尔巴特街
零点出门，我模仿路遇的每一个人

不同的步态，驮着不同的人生
脚一滑，我堕落进他们的历史
重复他人脑海里的蠢物
重复佝偻的角度
重复不对称的嘴角
重复睡姿
战争中死去的人又一次活过来
重复的话，像先知吐掉的口香糖
一枚枚假冒的劣质勋章
解放之花开满胸脯

一场大雪就把大地宽恕复原

驰骋在昨日的帝国，我是潜入时间的鬼魂
从阿尔巴特街，到西伯利亚无辜的雪原
我已走过大半个世界，却还是个小镇姑娘
永远不知自己何时在重复
身体姿势里储存着过去三十年的全部习惯

我的出身，我的祖先，无数套中人
紧身衣，一代人无力抹平的悲喜
每一天我努力模仿年轻的自己
又屡屡在天黑前将她放弃
告诉自己，做明日的新娘

敢活着扮丑，死了方能美丽

我扮过了侏儒，扮过了中将大人
扮过乞丐，妓女，也扮过独裁者
在胆敢扮演上帝之前
让我先来模仿一个醉鬼
踉跄舞步踩着变革的爵士
第一圈经过了蒲宁
第二圈跟蒲宁干杯
第三圈蒲宁仍在等我
突然，被什么给绊倒
一尊肉体！

在我逃跑或道歉之前
那醉汉翻过身，举起晃荡的酒瓶
“兄弟，再来一杯？”

灌木丛中的女孩

玉　珍

灌木丛中的女孩

我祖母没告诉我女人是什么
母亲也没有跟我讲
我们儿时不分男女，一堆堆
跑到任何地方玩，
他们喊我老大，那时我还小
只认识小部分汉字，
却懂得了孩童的霸权
头一天他们给我泡泡糖
簇拥着我，让我尝的零食
第二天他们就叫别的人老大
孩童的随意只能叫作天真，
我蹲在河边的灌木丛中
瞬间长成了大人
不知什么时候起开始陷入美神

也许我儿时也曾孤独
放学后会晤了简·爱、卡列尼娜和阿芙洛迪忒
会晤了雅典娜和东西方痛苦的哲人
她们都干净得使血污发亮，
后来在薇依的绝望中我甚至
找到了艰难的乐趣
我仍然还很无知但理解什么是人
到现在我也不想畏惧我得做什么
在我们爬树时不分男女两队，
当我们跑步全体昂着额头，
那回从山腰上摔下流着血走回家中，
一只黄昏的黑鬼跑过来跟我说，
嘿，可怜的女孩，你在流血
在我们开始流血时一生才发动
会有人喊我们女孩，然后姑娘，女人，女士，妇女，老太太，
以及死去的这位女前辈，
或，温柔的爱人。
我有时会变成一个男的
我是我父亲同时具有母性
我与爱我的人一起做那些平凡的事，
不思考哪些事适合体内的柔弱
有时我没有性别，我是个人
看上去有一具灵魂

女孩已经长大

女孩已经长大
像田螺变成河马
她的眼睛长颈鹿般伸出这群山
带着从前姑妈那样的渴望
清晨时我看见她站在门前沉思
不知道怎样的道路能带她超越命运
更多的孩子像她那样疯长
前仆后继
比当初的我成熟太多了
就现在
我的妈妈还在喊我孩子
在我 26 岁的时候
他们的快乐就被粗暴地结束
在那敞开迎客的班车前
命运早已经发动
提前冒出些黑烟

怀孕者

怀着命运，像一只西瓜
圆滚而心里很甜
一个女人驮着巨大的肚子走来走去

是什么感觉
她当然比西瓜更累
西瓜没有苦恼
而她怀的是命运
一团不确定的亲密正在生长
这让她多少有些慌张
有时她站在厨房里生气，
有时哭，在草地上坐着歌颂自然
然后看报纸，理解政治
不，压根理解不了
想起那薄薄肚皮里
全是未知，她几乎感到严重
几乎要谨慎地学习怎么活
重新，从零地
另外开始
然而怎么准备都不够
永远不够
这一切迫近了她个人的伟大的时刻
由她而来的诞生将会来临
她像个西瓜那样平常，
甚至滑稽地走着，
伟大的西瓜
同时像地球那样在家庭的宇宙中踱步

对谈

关于四十年来中国女性文学与性别文化的对谈

贺桂梅　张　莉

性别问题是普遍的、日常的问题

张莉：非常高兴和贺桂梅老师有这样一次对谈。你是非常早进入中国女性写作现场的研究者，而且很多年前就发表了《当代女性文学批评的三种资源》《性别的神话与陷落——90 年代女性文学与女性话语的表达》，对其后的女性文学研究影响很大，包括《女性文学与性别政治的变迁》这本书，都深具启发性。所以今天我们主要谈四十年来中国女性写作的发展，谈谈四十年来不同时期女性写作特别深有意味的地方。

贺桂梅：要比较宏观地从四十年当代中国历史视野来讨论今天的女性文学与女性写作，这样的问题比较大。我们可以从一个比较具体的问题进入相关讨论，就是先回顾一下自己为什么关注女性文学研究以及自己关注的重点。谈一谈作为一个研究者和批评者，我们为什么关注女性写作，这样也可以把我们自己跟文学创作者放在同一个平台上进行对话。

张莉：做“我们时代的性别观调查”时，我给作家们的问题是：“性别观最早是如何形成的？”那我们就从这个问题开始吧。

贺桂梅：我做女性文学与性别文化研究与我个人的性别经验有较为密切的关系。当然，我认为这也不是我个人的特点，我相信每一个从事女性文学创作、研究、批评的人，特别是女性，都会与她们的性别经验有较为直接的联系。这也是女性文学创作与研究的一个普遍特点吧。我关注性别问题一开始完全是经验性的，和小时候的成长经历有关。我爸妈也不是重男轻女，但是他们在生我包括我姐姐的时候，心里都希望生的是一个男孩。因为农村社会无论怎样还是会有程度不同的重男轻女的观念，最主要是觉得男孩是自己家里的人，女孩是别人家里的人。大概是这种无形的影响，所以我从小是一个假小子，而且下意识和无意识都觉得做一个男孩会更好更强大。这种农村社会家庭——实际上不只是农村，可以说在中国的基层社会和普通的大众社会，甚至包括城市社会一般阶层，重男轻女这样的观念并没有根除。但是因为我们又是在社会主义国家长大，妇女解放、男女平等在制度上普遍施行，又会让我们对这些有形无形的不平等更为敏感。所以我很小的时候就觉得自己要比男的强，下意识觉得做一个女孩是次一等的，所以一直把自己装扮成一个男孩的做派，就是人们说的“假小子”。到了青春期，性别意识开始觉醒，开始谈恋爱、交朋友，周围人们对自己的预期和看法，使我开始有很多不舒服的感觉和体验，但是都说不出来，不知道该用什么语言表达。

这种性别意识明确的觉醒并自觉地转换成一种文学性与理论性的表达，是来到北大之后。我 1989 年考进北大，军训一年后来北大。大学校园大大开阔了我的眼界。第一次用学术语言谈女性文学这样的话题，大概是 1994 年，洪子诚老师开设的一门课，叫“九十年代文学专题”，其中设定的一个讨论题目是女性文学。他为什么设定这个题目？直接的原因是我们有一个师姐叫陈顺馨，她是来自中国香港的做女性文学研究的博士研究生，她的硕士毕业论文做的就是十七年文学的性别叙事，她跟戴锦华老师又是好朋友，而戴锦华老师是当时谈性别问题最活跃的学者。这样的话，性别的话题就出现在洪老师的课堂上并影响了我。那时候正好又赶上 1995 年在北京顺义召开的第四届世界妇女大会，好像当时全社会都在谈女性问题，有一个普遍性的谈论性别话题特别是女性文学的热潮。我因为在洪老师课上讨论的是女性文学专题，就开始带着性别意识去阅读王安忆、铁凝、林白、陈染、徐坤等人的作品，同时去听戴锦华老师开设的女性文学的课，比较系统地了解了女性文学的历史与理论。那应该也是北京大学乃至全国最早开设的女性文学课程，听课的人很多。所以，一方面是我个人的成长经验和困惑，一方面是文学阅读和女性文学研究意识的自觉，慢慢感觉到，原来我以前一直觉得不舒服的那种东西是我的女性身份，当然也还有别的因素。

那时候我觉得找到了一种能够把自己的生命经验跟学术研究直接结合起来的方式，所以很投入也很有热情，一连发表了好几篇关于九十年代女作家与女性文学的批评文章。其实这并不是我最早发表的论文，但是我最早觉得学术研究跟我自己有关系，可以把我在生活里体验到的那些困扰转化成一种学术讨论的对象，是从那时候开始的。那时候谈的就是女性写作、女性文学、女性主义诗学等问题，也读了不少女性主义理论书籍。

更近一步地推进我在女性文学与性别方面研究的契机，是大概1998年的时候我获得一个机会到中央电视台的《半边天》栏目做撰稿人。他们要做一个系列专题片，叫《20世纪中国女性史》，当时设想是模仿美国的Discovery探索频道做的一种可以普及化、大众化的社会史研究节目。他们找到我，也是因为我发表过几篇关于女性文学的论文，当时这个话题特别受关注，我在批评圈里也因此获得了“女性主义者”的帽子。因为我做女性研究，又是北大中文系的，他们就邀请我去做《20世纪中国女性史》的撰稿人。我在中央电视台待了半年时间，读了半年书，比较自觉地把中国二十世纪妇女史、社会运动史、文化史和理论的各种材料都看了不少，也有机会和节目组的导演、编导、特邀专家等谈论女性话题。

张莉：1998年，你还没有博士毕业，是在读博士，但那个时候你已经开始关注这一话题了。

贺桂梅：没有博士毕业，等于借调半年，这对我来说也是很重要的推动。但也可能太密集了，有点倒胃口，后来有好长一段时间都不做性别问题，而是转入文学史、思想史和文化研究。当然也不是不做女性文学，比如做丁玲研究，为什么在所有现代作家里我最有投入感的是丁玲？一方面是因为她的左翼立场，另外一个很重要的原因是她有较明确的女性自觉意识，所以我可以把一些感觉到的问题投射到她身上。

再后来比较集中地关注女性问题是我生完孩子做了母亲以后。一个女性生孩子和不生孩子可能确实会有许多不同，进入生儿育女的家庭生活后，就有可能比较切实地体认到作为一个女人在比较现实的日常生活中的那些面向。比如有一次孩子生病我带他去医院，那个医生首先骂我而不是骂孩子爸爸或骂孩子，说你这个妈妈是怎么当的。他们觉得你作为妈妈，你的任务就是带孩子，至于你个人其他的都不重要。这样的生活细节会让我意识到，性别方面更微妙的权力关系实际上是特别实在地体现在家庭日常生活和观念里的。当然这也不是丈夫对我不好或者孩子不尊重我，而是周围的普通人的那种理所当然的习惯和意识。比如我前两天刚从厦门大学开会回来，参会的都是青年学者，会议的一个话题是谈家庭。因为与会的95% 的都是男生，他们马上把这个话题变成孩子，认为谈家庭就是谈孩子。我只好说我们谈家庭不只是谈孩子问题，如果你把孩子作为家庭生活的全部，那么夫妻关系怎么办？我们自己怎么办？如果只谈孩子的话，妈妈会被想当然地，在观念上、习惯上认为她应该承担很多东西，或者变成孩子的影子。大家也同意我这样的说法，而且男老师们都承认说，跟自己的爱人比起来，他们为家庭和孩子付出得太少了。

大概是这种很现实的、日常生活的细微层面，使我越来越觉得性别问题在中国社会远远没有解决。我原来只是从自我的维度来理解性别观念上的权力关系，但是年龄越大越成熟以后，我发现，其实弥漫在我们现实的日常生活和社会生活关系里的有形无形的性别权力的东西是非常普遍的，可是人们没有把这些东西作为问题提出来讨论。我想起1995年的时候，那时遭遇到一种普遍的男性反应，一个普遍的反问方式，就是说你们已经够解放了，你们还要解放到哪去？我的一个基本判断是，其实四十年来我们对性别问题，特别是女性问题的关注，不是越来越加强，而是越来越弱，这也是现在需要特别把这个问题亮出来讨论的一个现实原因吧。

张莉：刚才你讲的时候，我非常有同感，其实，我们两个人的成长跟这四十年来中国社会的变化是非常契合的。我们家姐妹三个，我是老大，我父母对我们很好，但是，他们内心里面还是希望能有个儿子。

贺桂梅：这种观念有时候都不是一个意识，而是一个下意识。

张莉：是，已经变成无意识。我小时候生活在保定的一所县城里，爸爸是中学校长，妈妈是农艺师。我妈妈的愧疚或者说遗憾是没有儿子，直到现在她也会跟我们念叨。这是我生活环境的一方面，另一方面，正如你所说，我们成长的时候，男女平等真的是一种制度，男孩女孩都一样，我父母也在家里这样教育我们。他们希望我们姐妹三个学习好，自立自强，长大以后不要依靠男人。所以，我从小到大就觉得，我和男孩子没啥不一样，他们能做到的我也能做到。不过，我内心里面一直有负疚感，我为自己生为女孩而内疚，尤其是作为长女。我现在还记得，我小妹出生的时候，我听到大人们说“又是女儿”时心里那种遗憾，以及我为我妈所感受到的愧疚。这种愧疚感如此之深，需要用很漫长的时间来消化，直到现在我还常有那种是我做得不够多、是我做得不够好的感觉。所以，我不能说我克服了这种愧疚。

大学毕业后我很快就结婚了，我在一个中等城市的大学里上写作课，生活安稳。你刚才说 1998 年的时候，我真是特别触动，你看，1998 年的你在中央电视台当撰稿人，而我正在妇幼医院生小孩（笑）。我们住的小区是我先生单位的。没有孩子的时候，邻居们见到我常会说起我先生，有孩子以后，他们会说这是健健的妈妈。孩子快一岁的时候，我接到我所供职高校的通知，学校说我必须考硕士，否则我在高校的学历不合格。也就是那天，别人又叫我谁谁妈妈的时候，我发现自己其实在生活里已经没有名字了，我很悲伤。当然，这是每个女性都可能会遇到的，很日常，但却对我产生了影响，是转折性的。

第二年我考上了清华大学中文系的研究生。那时候孟悦老师给我们开课，我第一次接触到《浮出历史地表》这本书，阅读的时候想到一个问题，“浮出历史地表”之前的那些女作家在干吗，她们是怎么成长为女作家的，这个问题是慢慢生成的，所以，我的硕士论文和博士论文做的便是女学生与女性写作的关系。当然，在我开始做女学生研究之前，有位老师对我说了句话，“你应该从做女性研究开始，你得知道你是谁”。

贺桂梅：这个我们也可以讨论。女学者或者女学生做女性文学研究，好的是自我发现、自我反思、自我研究；但是不好的是，人们觉得你是一个女学生，所以你就只能去做女性文学，或者你是一个女学者，所以你只能做女性研究。像我研究的领域面很宽，但是我发现，只要我一谈性别问题，大家马上对上号，他们觉得你是女学者，所以你就得谈这个。我要是去谈中国研究、思想史、文化研究，他们觉得这个好像不是女学者做的。所以我想说，性别自觉或者做女性作家文学研究，对于女性的学生或者研究者来说是一个自我发现、自我反思的过程，但这并不是一定之规，不是说女学生或女学者就只能做女性文学或性别研究。

张莉：我同意。不过，“知道我是谁”这件事情，对当时的我来说是自我发现，是一次启蒙。其实，我读研究生之前是个文学青年，发表过一些小说，我当时最爱读的作品是《倾城之恋》《金锁记》《玫瑰门》《沉重的翅膀》《爱是不能忘记的》等，张爱玲、张洁、铁凝、王安忆的作品一直伴随我的成长。我想，那些热爱其实是种子。我一度非常热爱张爱玲，后来在清华读书期间，我的老师推荐我读萧红，后来我就渐渐着迷于萧红了。当时我阅读了她所有的作品、传记、研究材料，包括萧军的文字和传记等等。写过一篇关于萧红的论文，不满意，没有发表。很多年过去，2011 年我又重写了一遍，作为萧红诞辰一百周年纪念的文字发表。我研究萧红跟你研究丁玲不太一样。或者说，丁玲之于你，与萧红之于我不太一样。我喜欢萧红的文字，尤其是《呼兰河传》，但与此同时，我又觉得，她作为女性，是女人的另一面镜子，在她那里，我会看到女性的各种不幸，父权的压迫，情人的背叛，身体病痛的折磨，似乎女人身上的戏剧性际遇全在她身上凝结了。别人邀我写萧红传，我说我不能写，我想到她会心痛。

博士毕业找工作，遇到了困难，用人单位领导直接跟我讲，如果那个男生不来你才可以，我们不首选女生。我的反应是什么呢，我就特别抱歉地说，好吧，我理解。找工作这些事情其实我不太想说，哪个博士找工作都有曲折。之所以要提，是想说，很多事情不是忽然的而是日积月累而成的，忽然有一天我意识到，性别问题其实是切肤问题，生而为女人的内疚感原来一直没能摆脱。后来，我索性没有直接工作，而是又去做了博士后。

想到很多年前过春节，是个傍晚，我在厨房收拾，有人敲门，是我先生的哥们儿去邻居家做客，顺路来给我们打个招呼，晃了一圈对我说，“女博士也在刷碗啊”，然后就笑着出去了。其实他们就是开个玩笑。当时儿子六七岁，送走客人后他松了一口气。我知道，小男孩儿明显心里有压力了。那件事给我印象太深刻了。人的性别意识萌醒其实就是忽然一瞬。

为什么会有性别观调查呢，从事文学批评现场批评一段时间以后，我的女性文学研究热情又恢复了。2018 年正好是新时期文学四十年，我在想中国女性写作走到了哪里。我觉得应该重新来看四十年来中国女性意识的发展和女性写作，我们的物质条件发展很快，但我们整个社会的性别意识并没有那么大的进步，当我开始意识到这是个问题的时候，我决定，要行动一下。

贺桂梅：这也是我特别支持你做这个调查的原因，也是我这些年比较集中地谈论、研究性别问题的原因。这涉及一个基本判断，在今天的中国社会，妇女解放、男女平等到底达到了什么程度？我年轻的时候觉得好像也平等得差不多了，因为女孩也可以读书，也可以受高等教育，在普遍的社会权利上都和男生没什么差别。可是进入成人世界和婚后的家庭生活之后，我发现问题远没有我们以前觉得的那么乐观。因为女孩上大学受高等教育、求职到社会上找工作，男女平等，这个姑且不说它是不是真的平等，这个也不是中国社会特有的，而可以说是现代社会的基本特点，因为这表现出的是一种现代的观念，认为人是应该平等的。比如在日本、韩国，他们的社会原来是很保守的，但是要融入现代国际社会，也不得不在法律上做这些规定。这是现代社会的普遍的文明程度，表面上是男女平等，女性好像真的步入现代生活的公共生活里。但是在成人世界，特别是家庭关系里，好像又跨回到那个地方，你会发现无论人们怎么说男女都一样，可是人们在心里头，甚至不是他自己自觉地意识到的潜意识里，都觉得男孩或男人更重要。

这种意识并不一定会大声说出来，但是这是一种习惯或“常识”。如果你学历比老公高，人们真的会怀疑你到底为什么找这样的丈夫。我跟我丈夫的那些朋友们，特别是社会上的朋友们交往，其实一开始很不适应，后来也就习惯了。在人们的观念里，还是会觉得婚姻，特别是一个家庭，是男人的家庭，男人是户主，他是一家的核心，老婆、孩子都是他的。人们不会想男女平等到这个程度，说这个家里丈夫和妻子真的可以完全平等。所以我关于今天中国社会的一个基本判断是，真正的男女平等或妇女解放的程度，可能只限于少数的知识精英这个层面（姑且还不说知识精英背后有多少问题），在中国的大众社会，我们说的一般社会观念和意识层面，其实这些问题还远没有解决。

怎样衡量一位男性的性别意识

张莉：前几天，一位朋友问我近十年来最新的最具女性精神的小说文本是哪几部，最具女性精神的新锐作家是谁。我被问住了，沉默了好几分钟。最近十年来，达到批评家共识的女性作品其实很少。

我讲《中国女性文学研究》，新近十年的作家涉及不多。但我会讲到周晓枫的《你的身体是个仙境》，还有《布偶猫》。《你的身体是个仙境》是一个女性从少女时代到老年，整个身体的变化，包括那些病痛、丑陋、肮脏的东西。看完以后我会跟学生进行讨论，大概有一年半的时间三次讨论，不同的同学都会因为那个散文文本受到震撼。《布偶猫》也是周晓枫的，两性之间亲密关系的暴力，就是性暴力。比如讲到一个女孩子的男朋友伤害了她，她被打得肋骨都要断了，警察也来了，但就是抓不到她男朋友，最后抓到她男朋友以后，发现她男朋友手机里面有 N 多条这个小女孩的短信，告诉他你要躲，你要走。我的意思是这两部作品对当下青年人影响蛮大，他们非常受触动。但是，周晓枫并不觉得自己有性别意识，她反对这样的身份认知。

贺桂梅：你说的这种散文，我们要讨论一下，你用“女性精神”这个概念，我可能会用“女性意识”或者“女性主体性”。我常在想我理想中的女性写作或具有女性独立意识的女性文学会是什么样。读了这么多年书，读得比较舒服的还是丁玲的作品。其实也不是说她特别直接地写到这些问题，而是我感觉到她的那个女性的自我意识是不附加的，她不是要去控诉，她没有那种很强烈的受害意识。她也不想去特别地表演女性主体性，而是她本来就是主体性很强的人，她做事的时候如果这个东西跟性别无关，她就不会考虑性别问题，只有当性别问题阻碍她行动的时候，她才意识到女性身份的存在。这大概是比较好的女性主体状态。其他读起来比较舒服的还有比如像波伏娃的《第二性》、多丽丝·莱辛的《金色笔记》等。中国文学里我读到的表现女性意识和女性问题最狠、最厉害的作品是铁凝的《玫瑰门》，这部作品已经写到了女性承受的极限，那是女性的宿命，一点希望都没有。

张莉 :《玫瑰门》是中国当代文学史上最具女性精神的作品，非常重要。

贺桂梅 : 是。虽然写的都是真实的日常的家庭和家族生活，特别是把女性的命运放在二十世纪的大历史背景下展开，以及女性命运在家族关系中的延续，但是有一种特别强烈的宿命意识和女性没有办法冲破这些东西的悲怆感。我认为这部作品表达的对女性命运的反思和对社会性别观念的批判远远超出了那些被称为是“女性主义”的文学作品。

张莉 :《玫瑰门》有一种女性命运的整体感，它的魅力在于既有具体的个人生活，也有整体的女性生存。

贺桂梅 : 其实铁凝、王安忆等作家，她们在八十年代中后期到九十年代初这一段，都有一个非常激进的关注性别问题和女性命运的创作阶段。比如铁凝的“三垛”系列、《对面》、《遭遇礼拜八》，王安忆的“三恋”系列、《逐鹿中街》、《弟兄们》、《纪实与虚构》等，我觉得都非常好。那大概跟她们的年龄有关，三十岁至四十岁处在女性生命变化最大的阶段，对性别身份很敏感，她们那时候在作品中考虑女性问题非常深入、具体。我在想，理想中的女性写作或女性文学应该是，既洞察到各种各样细微的性别政治、权力关系，意识到女性在这当中遭到的问题和不利处境，同时也不要被受害意识的情绪控制。这大概也是我不大喜欢林白《一个人的战争》的地方，因为这部作品有强烈的受害意识，当然这也是青春期的特点。能够用非常健康的、朴素的、有智慧的、不回避问题但是也不夸大问题的方式来讲述女性的生活、成长，女性在社会的遭遇和命运，这大概是我现在所能想象的理想中的女性写作吧。就一般的创作经验而言，女性写作者最关心性别问题的人，是那些年轻的、在婚恋和成长过程中遇到问题的年轻女孩子。我们缺少那种正面地表现性别问题，能够让人们既获得性别意识，又能够从身为女人这个身份里获得一种很自如的感觉的作品。

张莉：今年我为什么会有“新女性写作专辑”这个设想呢，是因为我觉得当代女性写作出现某种停滞。做文学批评这些年，我特别为女性写作的某种困顿而遗憾。这期专辑是我和《十月》杂志一起发起的，邀请不同代际的女作家，写下她们所看到的女性际遇，所感受到的女性精神。我们没有特别强调什么，只说有一期女性写作专辑，请作家按自己的想法写。没有想到大家的参与热情这么高，这几天我一直在阅读作品，还不断跟季亚娅老师谈阅读感受，我们都认为文本质量让人惊喜。

刚才说推荐女性精神文本时我之所以很犹豫，原因在于，我不能肯定近十年来新一代，“八〇后”或者“七〇后”这一代，哪个人的文本写得像《玫瑰门》《一个人的战争》这样的。首先我们与前辈作家对女性精神的理解可能有些不同，我们是读那些作品成长的。性别意识很可能在她们内心里面已经生了根，所以新一代女作家在写作的时候几乎没有那种强烈的控诉感。我个人非常喜欢门罗、阿特伍德的作品，我自己也很排斥那种控诉性文本，那种作品的艺术性是打折扣的。

贺桂梅：我还在想，其实我自己最早读到的特别有共鸣的女性文学作品，并不是从九十年代读林白、陈染开始的，而要早到八十年代作为文学青年读当时女作家的作品。实际上我是被两种东西撕裂，一种是张洁的《爱是不能忘记的》以及《祖母绿》等，那种特别理想的爱情，我们把爱情的理想完全附加于一个特别完美的男性，并因此激发出无数对自我以及男性的性别身份意识的美好憧憬和想象。可是另一方面我读得最纠结、最能够唤起我在生活中无名的焦虑感的，其实是张辛欣的《在同一地平线上》和《我在哪儿错过了你》，因为那里有更日常、更现实的状况：并不是你不喜欢这个男性，你很欣赏他，他也很强悍。可是实际上你跟他在一起的时候，你总是会感到，其实越优秀的男性，特别是女性进入这个优秀男性圈的时候，她们感觉到的性别问题会越大。所以正像《在同一地平线上》，男女主人公他们在谈恋爱的时候，男人是可以哄着女孩子的，可是真的进到同一生活日常里，男人就收起了他们的骑士风度，而女主人公这一方未免会感到失落，或觉得很脆弱，她可能下意识地仍在期待男性的呵护。这时男人会对她说：婚姻就是我们是合伙人，我们要去共同面对生活，结婚就是要搞成一个小公司那样的共同体，我在外面打拼，你在家里照顾我。这种性别关系模式其实在知识分子阶层中是很常见的。还有《我在哪儿错过了你》，两个人都很优秀，但是他们在一起撞出的问题才是最深刻的性别观。我当时读这两部作品的时候唤起的性别身份焦虑感，给我留下的印象是最深的。其实这种焦虑感正如张辛欣的小说中那样，女主人公其实是没法说出她感到不满的到底是什么。当然我们能说得出来的，都是张洁式的那种“爱”，而在现实生活中体验到的爱当中会夹杂无数含混、说不清的东西。

张莉：《爱是不能忘记的》对我影响特别大，它让我相信精神意义上爱情是有可能存在的，很美好。《玫瑰门》对我的影响也很大，我喜欢里面对女性身体、女性生存、女性与世界关系的理解，我喜欢那种深刻的复杂性。张洁的《沉重的翅膀》，影响我如何看待男人，那本小说里内在有一种判断，尊重女性的男人才是真的好男人，反之不是，这种判断很影响我。

贺桂梅：这也是女作家写作的一个方面，女作家写作能够呈现从女性的角度来看什么样的男性是好的。

张莉：对，女人眼里的好男人跟男人眼里的好男人不一样。在这方面，《沉重的翅膀》给我提供了一个新的判断。日常生活中我们常遇到优秀的异性同行，女性观、性别意识好的男人，我会发自内心地尊重他。有些人各个方面都优秀，但如果感觉到他对女性极度不尊重，我也会本能地远离。

贺桂梅：这有点涉及我们上次谈过的问题，即我们如何衡量一个男性的性别问题。如果这个男性真的很通透、很有智慧的话，他表现出对女性的尊重，可能有两个方面：一方面这是他的教养问题，他的教养很好。如果纯粹只是教养，这不值得我们讨论，真正值得讨论的是一个越聪明越有智慧的男性，他其实越应该意识到在生活里面，无论他自己愿意不愿意，他都处在某种特权集团中的一员的位置，包括在婚姻、家庭、养孩子、工作等场域。如果一个男人对这一点都不能承认的话，我觉得会是一个比较自私或缺少真正平等意识的人。

张莉：完全同意，我也这样认为。

贺桂梅：如果他真的有平等意识，他会看到我们这个社会，实际上在很多地方真的是男权的社会。很多微妙时刻都是他心知肚明会看到体认到的。比如同样一个男生、一个女生面对一个机会，为什么大家一定要选这个男生？这个东西不用说大家也知道，大家都不说，用别的说辞把这个盖起来。这种情形是普遍社会观念中的惯习、常识、下意识或潜意识。可是你作为男性，你应该知道你享受了某些特权，这个特权在某个具体的情境中直接体现出来了。所以我觉得一个优秀的、有智慧的男性，不是说他是绅士或者他有教养尊重女性，而是他作为某种意义上的特权集团中的一员应该有自我反省，也因此相应地会表现出对女性的尊重。

张莉：有些人明白，会承认那些不平等；有些人明白，但不说，还假装不知，这便是区别。当然，完全不明白的人就不说了。

个人化写作、身体写作与中产阶级写作

张莉：我们先前曾经讨论过，但我忘了是公开还是私下里，性别观调查里，除了少数的女作家不愿意承认我是女性写作、我有女性意识，大部分女作家其实是不情愿承认自己的女性的。

贺桂梅：对，这背后还是涉及怎么界定“女性意识”或“女性立场”，涉及怎么从一个比较健康的、准确的层面来强调或者突出女性意识、女性写作。

张莉：首先，我对女作家们的回答是理解的，因为她们也有她们的“前理解”。她们为什么说我不是女性写作，潜在语境是，我不是那种女性写作者，不是那种别人所说的个人化的、身体化的“美女写作”。但是，若让她说我是哪种女性写作的时候，她可能也找不到别的，所以她只能说不是那种女性写作。深度分析，大部分人的语境里面，并不一定是排斥女性写作，而排斥的是先前被标签化的那种女性写作。这是我性别观调查时所想到的，我一直希望我们

俩能够讨论一下，我们今天讨论的女性写作是什么。你以前有篇论文讨论过个人化写作的问题，正如我们所知，个人化写作这个概念的提出，是有语境的。

贺桂梅：实际上回想起来很奇特的是，在九十年代中期的女性文学热，也包括女性批评热，还有社会性的对女性关注的热潮中，当时提出的最有影响的一个与女性写作相关的概念居然是“个人化写作”。

张莉：对啊，我觉得这是女性文学研究界或批评界的失误，或者是大家都没有想到的，最后居然女性写作要跟个人化写作重合才有如此效应。

贺桂梅：但这是当时中国大众社会和一般大众意识形态能够接受的。

张莉：是的，某种程度上也是一种合谋，最后就是各种讨论妥协的结果。

贺桂梅：把女性的问题落在个人这个层面上，当然这有它历史合理的一面。八十年代前中期，虽然出现了包括张洁、张辛欣、谌容、戴厚英等一大批女作家，但是她们并没有特别明确地要表现性别意识。女作家们只不过是在要求一种书写性别差异和女性独特性的权利，而且她们认为这种权利是一种普遍的人性。因为在二十世纪五十年代至七十年代的这三十年里，女作家确实不多，而且对于茹志鹃那样家务事、儿女情，人们认为像茹志鹃那样写家务事、儿女情才是女作家最擅长的。所以在八十年代前期，女作家普遍以回归自我、回归文学，打破重大题材和家务事、儿女情的边界这样的方式在写作，所以集中关注日常生活、情感特别是“爱”这些话题。但是大概从 1983 年、1984 年开始，批评界把这种写作风格和性别问题联合起来，提出了“女性文学”这个概念（实际上很多人都意识不到，看起来很自然的“女性文学”这样的概念是直到八十年代中期才被批评家提出）。但是当时谈女性文学，无论女作家还是批评家，真的在小心翼翼地搞平衡。他们并不像后来李小江等有特别强烈的针对性，说我要反对“阶级”对性别的压抑，所以把女性问题提出来。实际上那时作家们在设想一种普遍人性，无论男人和女人都能共享的，并且“男人像男人，女人像女人”。女性文学是借着“普遍人性”这个概念，从僵化的阶级论里摆脱出来的。所以作家们反复说“我首先是人，然后是女人”，“首先是作家，然后是女作家”。

张莉：所以，就有了“人的文学”和“女性文学”的分别。

贺桂梅：对。可是在八十年代后期到九十年代比较进步的一面是，女作家们开始意识到“大写的人”是分男女的，所谓“普遍的人性”常常不过是男人性。实际上九十年代女性主义的理论进入女性写作，包括个人化写作，要挑战的正是那个普遍化的大写的人，一种抽象的普遍的主体想象。从这个层面而言，用个人化写作破解普遍化的启蒙主义人性论是有历史合理性的。但是当性别问题仅仅落在个人化这个层面的时候，实际是把女性问题封闭起来，封闭在一个单一的或唯一的性别维度上。

张莉：这一命名最终使女性写作陷入了一种危险或者困顿，因为“个人”这个词本身就是“自我窄化”。

贺桂梅：对，实际上这种理解连马克思说的“人是社会关系的总和”这一点都做不到。人不可能只有一面，而是在丰富复杂的社会关系网络中形成其主体性。特别是，我觉得当时说的“个人化”，某种意义上就是“私人化”，就是退回到我们曾经把它视为私人的这个空间，包括儿童成长的“私密经验”、家庭生活内部、婚姻关系内部等“公共空间”达不到的地方，实际上是一个被封闭的空间。

张莉：是的，当个人化写作变成女性写作的另一个代名词时，它就落在了一个话语体系里，这个话语体系里包括的是公与私、个人与集体，于是，女性写作想逃离的那个个人的、私人的属性，不但没有逃离，反而又一次被强化。所以这次的命名其实是有问题的。

贺桂梅：对，以另一种方式遮蔽了女性写作。我在北大给学生们讲当代文学史时发现，同样的个人化写作（中性意义上的个人化写作），男作家写的一点不比女作家差，像余华的《在细雨中呼喊》，就会写到男孩的成长经验。

张莉：朱文也有一系列这样的作品。

贺桂梅：是。但是只有像林白、陈染，她们这种写作得到了命名。而且从真正的性别立场而言，我理解的更激进的女性写作形态其实是铁凝和王安忆，在八十年代后期，铁凝的《玫瑰门》，包括“三垛”系列，王安忆的“三恋”系列，特别是她的《弟兄们》以及《纪实与虚构》，在性别意义上真的已经推进到非常极致的情境。

张莉：铁凝和王安忆的写作，说到底代表了她们对女人的理解，是那种“人/女人是社会关系总和”的写作。所以，当时讨论女性写作的时候，个人化写作也就只把林白、陈染作品归类，张洁、王安忆和铁凝的作品不能涵盖其中，这是特别有意味的。当然，也得承认，因为这样的个人化写作的命名，女性写作的受众更广泛了，它进入了非常大众化的领域，更受全社会关注了。

贺桂梅：戴锦华老师在洪子诚老师主编的“九十年代丛书”里编了一个女性文学的选本，书名就叫《玫瑰门》。其中，尤其是序言《突围与表演》对九十年代女性文学的描述，也并不把林白和陈染作为唯一或最主要的女性写作形态，而是把她们和王安忆等其他女作家一起，来总体性地呈现当时的女性文学格局。其中像池莉的小说《云破处》，讲一个杀夫故事，虽然我没有那么喜欢，但是那种性别立场的激进真是让人震惊。

张莉：我非常喜欢徐坤那时候的一批小说，《厨房》写得多好。

贺桂梅：所以一方面是创作，另一方面也是批评家如何跟创作互动，在共同的性别意识基础上我们一起来讨论一些问题。二十世纪九十年代中期有一个很好的机会，可惜错过了。九十年代，我作为一个文艺女青年被裹挟着进入这个大潮，有许多切身的体验。感觉那时大家整个状态有点遮遮掩掩的，一方面说没想到性别问题这么受关注，所以女作家都来写，比如河北教育出版社出了二十四本女作家选本，丛书名莫名其妙叫“红罂粟”，大概觉得女人就是美丽而有毒的东西，每一本前面有十五幅她们自己的照片；可是另一方面，许多作家和批评家自己真的觉得对所谓的女性主义、男女平等、女性解放这些东西，并没有想得很透。而且那时候的人，无论男的女的都有这样的怀疑：我们已经“男女都一样”了，我们平等得还不够吗？

张莉：我发现当时几乎所有一线的学者和批评家都参与了女性写作的讨论，那也是前所未有的，但现在你看，女性文学批评变成了边缘的……

贺桂梅：为了把它当成社会学的话题，你是女的，所以你来参与这个话题。或者男批评家谈这个话题，因为他们研究的是女性这个特殊的群体，所以他们来谈女性话题。这种理解里，性别身份就是生理身份，是特别自明的东西，而完全意识不到性别身份的文化建构这一面。

张莉：但这也表明当时这个话题是前沿性和先锋性的，谁都愿意参与。接下来，到九十年代后期，女性写作变成了某种身体写作。其实当时还有中产阶级写作叠加，那是跟在身体写作、个人化写作之后马上出现的。

贺桂梅：批评女性主义作家是“中产阶级写作”，我记得大概1997年还是1998年。上海的王晓明老师等新左派批评林白、陈染等虽然好像代表的是全部女性，实际上只是代表中产阶级女性而已。她们看不到自己阶级之外的女性群体的存在。当然他们提出的问题非常准确，不过好像也把林白、陈染们在性别维度上的激进成分一起批评掉了。

张莉：当然，中产阶级的问题也的确存在。

贺桂梅：她们已经把个人抽象化，不只是性别的维度抽象化，而且也表现在阶级的层面上。

张莉：前面的命名其实已经遗留了要被批判的空间，因为这些标签当时就是权宜的，本身就包含了一种过滤和窄化。

贺桂梅：所以我们通过对九十年代这次热潮的回顾，会发现这次热潮留下的东西太少，对这样一个文学史上、批评史上的事件性存在的反思和检讨，是因为当时没有提出一些比较有建设性的理论，没有提出关于文学创作特别是女性写作的一些重要设想。实际上这个时期的文学作品中留下的、我们谈论比较多的，是《一个人的战争》《私人生活》。我讲当代文学史，也要讲到九十年代的女性文学，重点分析林白的《一个人的战争》和陈染的《私人生活》，某种意义上，这已经是女性主义文学的“经典”了，比如林白的《一个人的战争》已经出了二十多个版本。

张莉：《一个人的战争》是“个人化写作”和“身体写作”的集大成之作。

贺桂梅：它已经被命名为女性主义的典型（姑且不称经典）文本。但作为一部小说，从叙事形式和技艺而言还是比较粗的，它的受关注在于它的某种激进性。这部小说写出了女性成长过程当中那些私密的经历，包括一般不会说、不会进入文学写作的身体经验，也包括个人成长经历中的情感体验和家庭生活里的私密内容。《一个人的战争》和《私人生活》这两部小说在这方面的突破和激进性使得它们特别可以被辨识。它们成为九十年代那次热潮中的标志性作品，其成功之处就在于特别明确地突出了女性经验特殊性的面向。

张莉：林白是有敏锐文学感受力的作家，她对性别意识有天然的敏感性。2000 年之后，林白的另一个文本是被大家忽略的，就是《妇女闲聊录》，其实《妇女闲聊录》非常重要，放在整个女性写作史上也很重要，不亚于《一个人的战争》，那是一个低微的女性开口说话，而且全部是非精英的看法、非精英的语言，我喜欢。

贺桂梅：也许可以说，王晓明老师他们对林白的批评，林白特别听进去了，所以她自觉地意识了自己的“中产阶级”属性这个问题。当然，这也只是我的猜测。我也一样，也很喜欢林白的这种变化。这是她非常了不起的地方。

张莉：这位作家是一直在思考的，她与批评家们在文本里有互动。她通过这样一次试验性写作，完成了自我的转变，之后有《万物花开》《北去来辞》，我认为《北去来辞》是她最具代表性的长篇作品。

贺桂梅：《北去来辞》也是要突破《一个人的战争》，其实是她前面写作主题的一个集大成。

张莉：对，但是文学声名反而又不如《一个人的战争》。

贺桂梅：我对林白的这种变化和新的写法也有一些另外的看法。我们刚才聊到新左派对她的批评，认为女性的主体不能只是中产阶级，这一点林白真听进去了，而且用写作去实践了。但我想提出来的是，就创作而言她应该怎么突破呢？并不是说你去写了这些底层的女性就行了，还有怎么写的问题。比如《北去来辞》里有两个主人公，一个是知识分子女性，还有一个是来城市打工的女性，把两个阶级的女性并置在一起写，女性写作有这样宽广的视野是难得的。但是用怎样的主体情感状态去体认、呈现底层阶级的女性，这种对自我阶级身份的跨越如何切实地落实在写作中，林白的创作中还是存在一些问题。问题的关键其实不是说不可以写中产阶级女性，而是不要用中产阶级女性代表一切女性，这个中产阶级女性应该意识到她仅仅是中产阶级女性而已，作为女性她跟其他女性群体分享着共同的命运。

我想拿一个韩国左派女作家做一点参照。我有一阵比较喜欢读韩国作家孔枝泳，《熔炉》的作者，被称为用一部小说改变了韩国法律的那个女作家。据说是韩国有名的美女作家，四次结婚，每次婚姻老公没留下，孩子留下了，她带着四个孩子生活。她是韩国左派，有社会批判意识，她的基本写作方式是先选择一个重要的社会性事件，花一两年时间实地调查和阅读各种资料，了解清楚之后再来创作构思并进入写作状态。这种写法听起来有点像我们二十世纪五十至七十年代的体验生活、深入生活式的写作。这也是我感兴趣的地方。孔枝泳有一部小说叫《顺姐》，写她家里的保姆。可以读得出来她并不想掩饰她自己是一个中产阶级女性，但她真的对作为保姆的顺姐有发自内心的情感和体认，这种东西使她们超越了保姆和雇用者之间的关系，像亲人一样地生活在一起。我读《顺姐》时觉得比读《北去来辞》要更感动，原因之一是孔枝泳活得比较通透，另外一点是她让我想到，一个中产阶级写作者在涉及性别当中的阶级问题时并不是说你回避写中产阶级，而是你怎么把不同阶级的女性之间的共通感真正写出来。所以我对林白的一种感觉是，虽然她在《妇女闲聊录》《北去来辞》等中表现出了更阔大的视野，呈现出更丰富的对世界与人生的理解，但是又觉得她好像失掉了某些《一个人的战争》的情感特质。林白二十世纪八十年代后期到二十世纪九十年代初期的许多中篇小说，特别是《一个人的战争》的写作，是非常诗性的。我们觉得她特别有才华，这是因为她的情感充沛、意象特别有质感、语言风格化等。但这些特质性的东西在她后来的写作里变得要么没有，要么比较生涩，所以我会感觉后来的这种写作没有激发起林白创作的内在兴奋点。

张莉：你的意思是，作品可能缺乏作家自身真正分泌的东西？

贺桂梅：对。她也许过度地照顾了政治正确的东西。

真正的女性写作并非表演性、戏剧性地说女性问题

张莉：今天女性写作者要比男性写作者多，但是我们又同时看到，在女性越来越多的地方，女性写作的先锋性和尖锐性是弱化的，别说尖锐性，本该有的那个东西都没有，反而在豆瓣或者其他的非主流文学期刊上会或多或少看到一些。我觉得可能女性在这个社会里面的不安全感太重了。

贺桂梅：我和你的判断有点不同。你的判断是假定她们知道男女不平等这个事，但是她们不敢说这个事。但我的判断是，第一个层次是她们不知道这个事，真不觉得男女不平等这是一个问题。第二个层次是，她知道了，她很犹豫要不要说出来，或者她藏着不说破。我希望的是第三个层次，就是你知道，你也知道说出来有一些后果，而且你又并不是表演性地在说女性的问题。不是说你受害了或者你要把它变成一种控诉，而是你真的把这些问题都看清楚了，你有一个特别强大的女性主体，你反而可以把这些事情很平淡地但深刻地

表达出来。

张莉：我总觉得，现在许多写作者把自己的价值观混同于大众文化里的价值观。《延禧攻略》这样的电视剧很流行，有人分析《延禧攻略》里有女性精神。那是什么样的女性精神？在很多人眼里，女性精神就是女性不断地赢，女主就要所有人喜欢她。其实在当下的很多作品里，也依然是这样的价值观，比如如何通过手段，一直走到所谓的成功，在纯文学期刊、用很纯文学的一套话语去津津有味地讲述这样的故事。这是一种创作倾向。虽然皮毛很新，但价值观很旧。作家对艺术和人的理解是低的，并没有觉得作为一个艺术家或者作家，应该高于我所在时代普通人的认知。她反而觉得我反映出这个时代的现象，我把这个现实描摹出来，我就是好的，我就是对的。或者还有一个逻辑，既然你们喜欢和奖赏这样的故事，那么我来完成它。所以，非常遗憾的是，今天大部分人对女性意识的理解依然是在这样层面上：一个女作家写了一个女人的奋斗就叫女性写作，但其实不是；在女性写作里，不是女性做什么都对，不是的，对女性自身处境没有深入理解，对女性自身的问题没有反省，反而视不正当手段获得的胜利为理所当然，我觉得这是有问题的，这不是女性写作的追求。

贺桂梅：性别问题不好谈，就是因为人们有无数的定型化的、符号性的、标签式的想象。比如《延禧攻略》就代表“女权”，因为它把女性作为第一主人公，而且她取得了成功。或者如果你写了一个女人受害的故事，就会被认为是“女权”。凡是讲女性或者把女性作为第一主人公的，他们觉得都是女权叙述。当然我们这个社会常常都是这样，人们故意搞一些乱七八糟的标签化的东西来搅乱一些根本而重要的问题。

张莉:如果写一个女人的苦尽甘来,也会被认为是“女权故事”。影视文化领域里面的混乱,我还能够理解,因为它本身要求“低就”,它要面对大众的接受。但是写作和影视创作不一样，所以，在很多层面上，今天很多作家并没有意识到自身应该具有的冒犯性和先锋性的东西，那种独属于艺术家的东西，大家都不敏感。

贺桂梅：那就不是一个性别问题，而是作家的素质。

张莉：是，其实很多男性写作者也没有对庸俗价值观的警惕，没有这个自觉。

女性写作与作家性别没有必然联系

贺桂梅：“女性写作”的这个理论概念，特别强调写作者的女性身份，但是我更愿意强调写作者的性别意识。所以并不是女性作家写了，就算是女性写作或者女性文学，如果没有性别意识，即便是女作家写的，这也不是女性文学或女性写作。同时我也要说，有一些好的有性别立场、性别意识的男作家，他创造的作品也可以叫女性主义文学。“女性写作”这个概念本来是从法国理论界来的，特别强调写作和身体的关系，所以九十年代后来为什么是身体写作？实际上也跟九十年代接受的某一种理论脉络有关系。源自西苏等人的“女性写作”这个范畴，强调一种无意识的情感的激发，这个东西要和女性的身体特质发生一种共鸣。比如像克里斯蒂娃，也强调某种阴性写作，因为女性更多地被男权文明排斥，所以她的身体有很多前俄狄浦斯时期的特质，也就是进入文明社会之前的更本质化的东西。总之女性写作这个概念源发于法国理论，建立在某种女性本体论或者本质主义理解的基础上，这个本体被理解为女性身体区别于男性身体，所以有女性写作这样的脉络。我认为这种把女性和女性写作本质化的理解方式带来了很多问题。比如“女作家以血为墨，男作家以墨为墨”等，特别强调女性在写作时与自己身体的关联性，而男作家好像就可以纯粹用脑子写作。当然，像戴锦华老师理解的女性写作和这种理解有很大不同。我不大同意这种本质主义的性别观念，所以我不大用“女性写作”这个概念，更不愿意强调女性写作者和身体的特殊关系。我更愿意强调的是女性文学或者女性主义文学，你作为写作者，你的“自然”的生理的身体身份，实际上跟你的写作并不必然地发生关系，关键是你怎么看待这个性别身份对人的限制，以及有没有对其中的权力等级的批判意识。所以女性写作这个理论范畴自身的混杂性，也是影响关于女性写作、女性文学讨论不能深入的一个因素。

张莉：这个补充很重要，我非常同意。是否有女性意识，并不能因为是女性就天然具有，反而有时候我们在一些男作家作品里面看到。

贺桂梅：所以我说只要是一个没有私心的、有智慧的人，无论男女，都应该很容易能看得出这一点。

张莉：有些女性作家的文本，读者看到的却是一个化了妆的男人在写作。用男性的眼光，男性的视角，男性的声音……

贺桂梅：是。

张莉：她在维护一整套的性别秩序，并且可能比男人还起劲。

贺桂梅：所以这就是她还是不知道性别平等这件事，就是没有这个自觉。

张莉：这涉及如何理解生理性别和社会性别。我今年请一些作家谈性别观与文学创作关系的调查，就算是性别观调查的收尾。里面特别问到，你认为自己的社会性别和你的生理性别的区别有什么。这次我拓宽了调查对象，二十多个人里面有“五〇后”、“六〇后”、“七〇后”、“八〇后”、“九〇后”，同一个问题的回答，会看到不分年龄的很多一致性，我发现，性别观的理解其实跟年龄和代际也没有很大关系，还是在个体。

贺桂梅：因为我们这些年没有多少进步，一直是八九十年代的观念。

张莉：作为一个男人，在这个秩序里面是一个既得利益者的认知，对于以研究人的生活为主要工作的作家而言，也该是基本认知。

贺桂梅：可这是许多人最不愿意承认的，这个问题也挺复杂，我跟学生交流，他们有一个词叫“田园女权主义”，是说这个女人既要跟男人一样平等的权利，又不放弃各种性别特殊照顾。所以我觉得有些男性拒绝回答社会上还存在不利于女性的处境这样的问题，他脑子里想的是：我跟你一样工作，凭什么你受那么多照顾，我就得靠自己去打拼。他看到的那些女性受到的照顾都是一些不正常的照顾。如果真的在同一地平线上，他肯定会意识到他获取了某些特权，这可能不是他主观去谋求的，而是他身为男性这一点赋予他的。因为这个社会主导的权力还是男性占有的，或者人们觉得应该是男性主导的。这是一种结构性的权力存在，而不仅仅是某个男性的个人品质问题。

去年三月份，北大的学生社团邀请我做一次女性主题方面的讲座，我讲的是丁玲。丁玲那篇著名的短文《三八节有感》一开始就说：你要想获得平等，首先要强己。这是对今天最有启发的一句话。一个不强大的人是没有能力要求平等的。

张莉：阿伦特也有一段话，意思是，女人要用你的强去爱，不能用你的弱去爱。

贺桂梅：然后丁玲说，对于女人我今天只想说“小话”，第一要使自己愉快，第二不要生病，第三不要太浪漫要能吃苦，第四要自己动脑筋用理性而非感情冲动来处理问题。虽然是小话，可是这是你谈性别平等的前提。我讲的丁玲这些话当时女学生们觉得特别励志。

张莉：大概两年前，我刚到北师大的时候你建议我开设女性文学研究这门课，我觉得很有道理。这两年上课，我有特别大的体会，这门课的重要性远大于我自己感觉到的。这很重要，北师大女学生很多，而且，最早的女性写作就是从这里起步的。去年一位本科生来办公室跟我聊天，有一句话我特别难以忘记，她说我不想像我妈妈那样生活，我想成为我自己，我想有我独立的生活，她说这是她在女性文学课上最终学到的东西。

女人/女性是所有社会关系的总和

张莉：很多人习惯性把女性写作理解为专门关注女人身体或女人个人生活的作品，或者把性别研究理解为关注男女关系、婚姻关系、家庭关系、爱情关系，这是有问题的。当我们讲性别或者性别意识的时候，我们应该意识到要在民族、国家和阶级这些层面中理解，这应该是我们讨论问题的背景，民族、国家、阶级在讨论女性写作时不应该被抽离，不应该被过滤。

因此，今天我们提倡新的女性写作，首先要认识的是，女性是什么样的人？她是社会关系的总和，要在这样的轮廓里去讨论。所以理解女性写作，无论作家还是批评家，都应该把女性、女性的生活与生存放在一个广阔而多维度的关系里面去认识，要放在女人与大自然、女人与社会、女人与世界、女人与阶级、女人与民族国家、女人与男人以及女人与女人之间这样的复杂关系里去理解问题。遗憾的是，我们今天很多写作者，包括女性写作者，并没有意识到这一点。而你看早期八十年代成名的那批作家，张洁、铁凝、王安忆，在她们的认知系统里，这些关系和维度都存在，她看的是更广阔的女性生存境遇。比如《玫瑰门》，其实铁凝作品里面也有很多很深刻的对于身体的理解、对于个人生活的理解，还有王安忆的《叔叔的故事》，这种认识方式和理解维度最终贯彻在她们的作品里，因此她们最终没有被归类于个人化写作或者身体化写作。

今天，我们时代年青一代女作家执拗地排斥说“我”不是那种“女性写作”，我完全理解，但是呢，遗憾的是，在她们的文本里面也并没有呈现出另一种是或者怎么不是，整体而言，她们对世界的理解有很多固定的、常规的东西，依然执拗地把女性的生活意义固化在与男人的关系、与父母的关系、与情人的关系方面，并以此为新、以此为异，不要说没有在前人的认识上更进一步，连我们时代最应该理解到的性别关系都没有认识到。

当我们提新的女性写作的时候，其实是想强调女性写作与先前理解的个人化写作、身体化写作有很大区别，要把女性放在社会关系的总和这一维度里去理解，这是我特别强调的部分，而且，我认为需要扭转单一狭窄的思维方式，这对于今天我们理解女性写作、理解性别问题都至为关键。

贺桂梅：是，我们如果重新谈女性写作和性别问题的话，就需要从这些基本的问题谈起。很关键的一点是不要把女性问题简单地理解成一个男人对一个女人的问题，或者男人群体和女人群体这个单一维度的问题。实际上这样的单维度的纯粹抽象的关系是不存在的。一个男人对一个女人，表面上看起来是私人关系，但是，我们也结婚了，我们的丈夫也不坏，也都是好人，要不然我干吗跟他结婚？可是他是属于一个男人群体的，在这个社会上，在观念、在制度安排、在社会惯习的层面上，会特别赋予男性群体以权力关系，这也是所谓性别政治的含义。所以我们作为女性主义者，不是因为老公不好……

张莉：对啊，并不是因为家庭不幸才研究女性文学，并不是因为仇视男人才进行性别研究，都不是，平等是常识，是日常生活中的基本常识。

贺桂梅：单个的男人可能是好的，而且多数是好的，可是社会关于男女权力秩序的安排上、观念习惯上有不平等的地方，才要打破这种权力制度。所以要把这两个层次分开，也就是私人的和社会的。另外一个，这也是女性问题或者性别问题特别有冒犯性、特别不好谈、特别敏感的地方。性别问题虽然被称为“政治”，但它不是那种大政治，而是日常生活的政治。很多人觉得性别这个问题不需要谈，因为他觉得这是你的私人问题。性别问题确实在私领域展开，你出生在什么家庭、你跟父母怎么样、你跟什么样的男人谈恋爱、怎么在家带孩子，这看起来确实是个人的私人领域的问题。而我们的一般观念是把问题一部分分为私人的，另一部分是社会公共的，因为这个问题是私人的，所以你自己去解决。女性主义和性别研究刚好要在这样一个非常私密、敏感的领域来展开讨论，因为这个私人领域的权力不是个人对个人，而是背后的社会权力等级造就的。是这种权力结构使得某个人，就因为他是男人所以他强大，而另一个人就因为她是女人，她就不得不失去一些机会。所以要面对性别问题上的这些微观政治，首先要打破把公和私截然分开的观念。

另外，因为性别问题是这么的日常，它渗透到你所有的生活领域，不是说你谈其他政治问题那样，发表一通演讲、制定一项制度就完成了。性别问题是你在哪儿都逃不开它。所以如果没有平常心，没有真正强大而平和的自我，真的不大能很好地应付这种关系。丁玲让我喜欢的地方是，她早就想清楚这件事，就是强己，你自己不强大别的都不要谈。所以她对女性说的话都是“小话”，这些小话是一个人很难检验，但是我们能够判断的。有的女作家可能也谈女性写作谈女性主义的问题，可是她是不是真的信这个东西，是否真的在性别这个问题上想清楚了？我们还是可以做出判断的。

张莉：当然能判断。今年发布的新的性别观调查里，几乎每一位受访作家都承认，作品里的性别观和性别意识无法隐藏。作为读者，在文本里面，在细节处理上，在非常细微的作家们无意识的那个地方，我是能够感觉出来的，那才是让我下判断的地方，根本不是表面的表态。去年“我们时代性别观调查”发布以来，搜索量已经快十万了，这个搜索量非常高，当然，现在我被很多人认为是女性主义者。有一天我遇到的一位退休多年的老人家，他说他看到性别观调查很高兴，但同时很担心我变成……

贺桂梅：所谓的女强人、男人婆。因为女性问题和性别问题是最敏感的政治，所以它才这么引起人们的关注，而又这么难谈清楚。这个经验是普遍的，因为这个社会就是这样的。因此它是普遍的问题。这不仅是对女性，对所有人都是一个基本的前提，如果你在这个基本前提上不接受，你可能就是学生们说的“田园女权主义”，一边享受特殊的性别保护，一边又要平等权利。

张莉：其实，我做性别观调查，包括这次做“女性写作专辑”，来自一种研究者本分。我们的时代在发生变化，一个新的性别观时代已经悄悄到来了，不管我们愿意不愿意承认。我们从事这个职业，从事教学工作，你看到新的深有意义的变革，就做点基本的事情来表达推动一下吧，不需要一惊一乍，包括我们今天在这个叫柏拉图的咖啡馆，一个日常的地方，谈一个日常的切肤的与我们每个人都有关的事情。

既具有先锋性，又具有多种故事形态

贺桂梅：为什么要在今天谈性别问题，我觉得还是要把它放在当代中国的历史，不只是四十年，也是在七十年的历史里面来看。因为性别解放涉及两个层面，一个层面是社会权力，另外一个层面是文化观念和意识。新中国成立，做得最成功、动员最好的不仅包括农民，另一个重要的群体是女性。女性获得了各种和男性一样的社会权利，并且女性问题受到极大的关注。新中国的第一部法律是《婚姻法》，当时叫“女人法”，因为它特别注意保护女性和儿童的权益。在西方经过一个多世纪，从十七世纪到十九世纪，经过快两个世纪才争取到的这种社会权利，当代中国在这个新国家建立的时候就把这种权利以法律形式确定下来。女性解放、男女平等的社会权利的层面，在前三十年已经完成得很好。

相应来说，前三十年有一些问题是，在文化这个层面，特别是女性的差异性和女性文化自我表达这个层面，人们其实没那么在意。一场社会革命并没有同时伴随一场相应的文化层面的变革，所以作为普遍现象，那个时代女性形象并不是女性自己写作的，女作家也很少。因此从这个脉络来看八十年代的，当时评论家叫“四代同堂”，出现了一大批女作家，而且女性持续地并且强有力地介入写作。这是很好的现象，至少表明女性开始表达她们自己。但是女性写作并不意味着她就具有了女性意识或者完成文化观念的变革，而且推动整个社会来完成这个观念的变革。

所以我的一个基本判断是，后面四十年在推进性别观念上的文化变革方面，其实做得很不彻底，因此导致直到今天主流社会的性别观念还是相当保守的。而且人们只做不说，但是心知肚明其实这是一个男权社会。这不是一个法律层面、制度层面的问题。因为这种权利的制度化已经完成了。可是在观念、在习惯、在一些人们认为是私密的日常生活的角落里，当背着人的时候，表面对你很尊重，背着人家摸一把，全是这些东西在作怪，所以今天特别强调这些。真的把这个问题拿出来讨论，不是什么了不起的问题，而是我们本来应该做的事情。

张莉：说得非常好，真是心有戚戚。我想到十年前，我刚做文学批评，在珠海参加过一个会议，叫作“文学：回到思想的前沿”，现在看来这是一个美好的期许，十年前没有回到，十年后也没有。但是，那句“回到思想的前沿”我印象深刻，那是我们对文学及文学从业者的期许。这句话我一直记得。今天当代文学很式微了，影响力不够，原因是什么呢？全部推到外部环境是不对的。

为什么我很认同你关注阿耐的《都挺好》，因为她的文字跟当下最火热、最鲜活的生活有一个对接，她在传达我们这个时代方面很深入，她写出了这个时代最普通人的所思所想，传达了一位畅销作家应该有的影响力。七十年来，中国纯文学作品的很多人物形象其实是有典型性的，比如林道静、安然、白大省、阿三、林多米类似这样的女性形象，但今天，纯文学作品的女性形象是灰暗的，没有典型性。

我的意思是，每个时代都应该有自己的文学人物，或者文艺人物。但是，都2020年了，今天你很难看到一个性别观非常现代的哪怕很正常的形象，在中国当代文学领域里面至今都没有出现。反而苏明玉这样有很多症候的形象出现了，这就是我们今天为什么要讨论女性写作，因为目前的女性写作与时代对它的期望是不相配的。从女性文本里，应该能真切感受并辨认出我们时代性别观念的变化，但现在并没有，这令人失望。

贺桂梅：我完全同意你的这个说法，我们对文学可以在更具体的场域中来理解。今天的文学早就不是铁板一块，既包括我们谈的作家圈，也包括网络空间，还包括文化产业空间。比如像阿耐这样的并非纯文学作家圈里的作家，是和文化产业，特别是和电视剧这个产业结合很紧的。可以分成几个被不同的权力形态切分的文学空间。网络空间的文学，虽然说性别意识呼声很高，可是整个来说，这里的想象力非常有限，女性向、穿越，最多也就是《延禧攻略》或者是《琅琊榜》。实际上在网络空间里，写作者不大具有思想性的要求，所以他们无法承担先锋性的责任。这也不是贬低他们，因为网络文学本身是类型化的，它是大量生产的，相当于通俗文学在当代变形的、消费功能很强的一种文学形态。

另外，大众文化产业，包括电影、电视剧以及跟它相配套的类型化小说写作，也是以大众文化市场作为目标。像《都挺好》这样的小说，我还挺喜欢读的，一方面，我们觉得重男轻女是多么老套的话题，可是她能够提出来，而且这里面包含了她的生活经验，可以读出作者的某些自传性的东西。另一方面，她把自己在她生活经验里遇到，而且看到别人的生活里还存在的性别等级形态写出来。总之阿耐这样的作家可能更多不是去考虑我是一个作家，我要在作家这个圈子里怎么样，而是在考虑我的小说和电视剧怎么可以卖得更多，让更多的人感兴趣。

文学被不同的权力形式切割还有一个空间，就是我们说的作家圈，实际上是由出版社、媒体、作协、学术研究机构塑造的，就是我们传统的作家文学圈。本来这个空间应该是最有前沿性、探索性、思想性的空间，但这个空间里面的文学反而显得比较沉寂。我其实希望作家们不要太局限在这个圈里，过于追求纯文学先锋性这些东西。而是能够比网络空间和大众文化空间的文学实践更具反思性、探索性，同时也能提供具有想象力的故事和叙事形态，能够从生活的质感上与时代互动。这一点无论对于写作性别问题，还是一般性的社会文化问题，都是共通的吧。

张莉：相比于《都挺好》，我个人喜欢阿特伍德的《使女的故事》，它是女性小说，也拍成了那么好看的电视剧，最后被全世界关注。原因是什么呢，某种程度上是因为，这部关于女性命运的电视剧其实跟全人类的命运都有关系，它把女人命运放在最广阔人类命运的角度去理解，它让人重新理解和认识女性生存的复杂性，《使女的故事》带给人的共情能力完全超越了单一的民族国家问题。其实性别是多么丰富的文学触角啊，简直是四通八达，连带着整个人类社会最丰富的层面，真正优秀的女性文本应该展现这个部分。这就是我想讨论、呼唤新女性写作的动力所在。

2020 年 1 月 4—14 日

附　录

她们说

——“新女性写作专辑”作家微访谈

《十月》：您如何理解今天女性的处境，总体的与个体经验意义上的。比如您更多关注哪一类女性群体，她们在社会生活中扮演着怎样的角色，在性别意识上有什么特征？

叶弥：中国的女性处境挺有意思，无法一言以蔽之。北方和南方不大一样，经济发达地区和欠发达地区有很大差别。家庭富裕或开明与否，也会造成女性不同的境况。很多时候，关上门，女性就是家里做主的那个人。开了门，她就是丈夫或儿子身后的那个人。我认识一位优秀的女性，她嫁在南方，丈夫对她很尊重和宠爱。八十年代她带着丈夫回北方老家，丈夫惊讶地看到她不能到客厅的大桌子上吃饭，所有的女眷只能去厨房吃饭。时至今日，社会已有了很大进步，很少有女性需要为自己的性别去挣体面和尊严。当今社会，女性需要的更多的是求证自身存在的价值和努力体现价值。当女性在体力上与男性存在差异的情况下，女性的劳动（包括体力劳动和脑力劳动），应当与男性一样具有价值。这是一种需要被肯定的前提，因为女性如果要承担更多的责任，一定要获得更多的权利。

我更关注知识群体的女性，她们对世界具有更明晰的责任心，并且更有实现理想的途径。理想，有时候就是权利。她们中的许多人具有不同一般的话语权，她们在社会上扮演的角色是“建设者”“创造者”“指挥者”，而非仅仅是“女性”。她们已经挣脱了传统女性的桎梏，所以更能感受到女性解放的意义。女性解放，关乎爱，关乎人类进步。而女性的修养、智慧、勇气、能力，是女性解放的重要因素。女性争取应有的权利并担当更多的责任，最终目的是自我完善。

张天翼：今天女性处境其实是变糟了，不过女性变得更警惕更清醒了，比如资助失学女童的某慈善项目的广告语：“今天的女童是未来的母亲，母亲的素质影响未来全民族的素质。”这句类似今天我们给神户牛听音乐、将来牛肉会更好吃的话，其实不是今天出现的，它在九十年代创设基金时就有了，那时似乎没人反对（否则也不会留到今天还没改），但现在女性把这句话骂上了微博热搜，她们清晰地说：恶心！她不是谁的母亲，她首先是她自己。

我更多关注的是那种“糖果深渊”里的女性，她们觉得眼前都是静好的岁月，都是糖，其实已身在深渊之中，就像儿童游乐场里彩色球的沼泽，挣扎不出去，躺下来哈哈大笑。

孙频：我觉得现在在我国，现实中的女性处境还是比较尴尬的（不包括各种理论和主义），有趣的是，随着社会经济和文明程度的发展，以及女性意识的增强，这两年的社会环境对女性尤其是单身女性反倒更为不利了。已经从一个旧秩序里出来了，但那个新的秩序似乎还没有确立，心里已经接受了两性平等，接受了女性应当拥有更多的权利，但一旦进入现实又有深重的无力感，发现女性仍然是隐形的弱势者，仍然得向一系列规则与约定俗成的东西妥协。写作中，我一直比较关注处在各种夹层里的女性。

蔡东：说到女性处境，有时候我觉得挺意外的。我接触过一些职业女性/知识女性，让我惊愕的是，她们居然可以容忍来自所谓男性权威的贬抑和打击，接受女性在智力活动方面是弱者的暗示，自我评价很低。在家庭中实现经济独立的女性，可能还处在精神依附的一段关系中。我关注比较多的还有年轻学生，相当一部分女同学的女性意识较为鲜明，懂得质疑陈腐之见，对于被引导或塑造成为符合男权标准的女性——“受欢迎的”女性，有些女同学明显没有兴趣。回想起来，我在她们这个年龄段的时候，对性别可能造成的不公平远没有她们敏锐。当然，观察的样本有限，女性和女性之间的差异性也很大，大家活在同一个年代，同时也活在迥异的意识里。

金仁顺：这个话题如果以“总体”而言，实在太大、太复杂了，只能从个体经验上谈谈。

我在妈妈肚子里的时候，很多见过她的人都讲，怀的是个男孩儿。结果生下来是个女儿。

我的童年和少年时代像男孩子一样度过，疯跑、游戏、打架、冒险，我不知道是不是我在母胎里就受了暗示。

一方面野蛮生长，另一方面，因为出身于朝鲜族家庭，我见了太多男尊女卑的现象，男人永远坐在桌边，享用美食美酒，颐指气使；女人在厨房忙碌、侍奉，除了酒桌边的男人，还要照顾家里的长辈和孩子。事实上，她们大部分是职业妇女，工程师、医生、教师，甚至是领导干部，她们的收入并不比男人少。我很奇怪那些不幸福的女人们为什么不离家出走，而是选择默默忍受？事实上，没有男人，很多女人能生活得更好。这些女人因为无休无止的家务以及家庭负担浪费了自己的才华，追忆逝水年华时，她们不后悔吗？很多人热衷于歌颂母亲的伟大无私，但“伟大无私”作为对某个女人倾其一生奉献的结论，多么空洞虚无。

我从少女时代就没打算过这种生活。我对性别问题的关注完全是出于对性别不公平现象的无法释怀。母胎时期的被性别预期、成长际遇，以及很早就开始的阅读，这些因素集结起来，形成了我的社会性别，我是中性。我的精神世界里面，一直是雌雄同体的。针对不同的事件和情绪，有时候，“她”会奋起；有时候，“他”占上风。

我关注和我的境遇差不多的女性，以及我熟悉的女性群体。她们如何靠自己的努力在社会上站稳脚跟，如何处理爱情和婚姻在生命中的比例关系，如何生存才是最有意义的。这种努力和意义能否改变整个社会的性别观？社会角色很重要，对性别观起着重要作用，

我认同社会性别的说法。我觉得社会性别是一种个人选择。

乔叶：近些年，我更关注大龄未婚的女性，因为我身边有不少这样的女性。她们热爱工作，赚钱不少，独立，聪明，可就是找不到合适的婚恋对象。无论在物质上还是在精神上，她们对男人都有

相当的要求,即使年龄不小了,也不愿意降低这种要求,不愿意妥协。可以说,这些女孩子的小宇宙都挺强大的。就新时代女性的理想价值观而言,她们的态度所意味的似乎都是正确答案。但是,她们也有相当虚弱的时候,却又不能很好地解决这种虚弱。所以我其实也有些困惑:女人的强大到底应该怎么来阐释?男人和女人到底以怎样的状态相处才是最和谐?传统女性的存在意义何在?我想,这些都可以是女性写作的内容。

周瓒:简单说,从身份与责任的角度去理解今日女性之处境,各种观念与成见都会显现出来。仔细考察,在很多方面,中国的女性尚未被当成与男性平等的个人,而是在各种利益与偏见的意义上被物化和利用。社会对女性的要求,总是大于或偏离了女性实际应承担的责任。我不是说女性应该承担更少的社会责任和家庭责任,而是认为现实情况总是存在着这样那样的落差。泛泛而言,我关心各个阶层的女性处境,只要我能够看见,我都想更深刻地了解她们的生活与遭遇。

文珍:我觉得现在女性的处境其实比较两极分化,虽然总的来说仍然处于一个总体性的男权社会里,有一部分受过高等教育的女性性别意识已经进步,所处的工作环境也相对性别友好,即便遇到糟糕的事,也多少知道如何通过法律手段保护自己的权益,平时也会不断学习加强自我保护的意识和能力,也更容易因为个人能力获得外界的尊重和工作机会;但另一些相对没那么幸运,受教育有限的女性,则可能受到性别的桎梏更多一点,被侮辱和损害了也未必可以明确地自知，一定要到非常严重的情形下才会反抗，否则就始终默默忍受。我可能出于写作者的本能，会更关注后一类群体多一点，希望能够为改变她们的处境尽绵薄之力。

戴潍娜：伍尔夫的时代，女人需要一间自己的房间，今天女人需要一间自己的大房间。那些狡猾隐蔽地强加在女人身上的社会角色，让女性必须放弃很多，才能朝着幸福前行；而任何女性意识的觉醒，几乎都是以幸福作为代价。一个醒来的女性，必会时时察觉到那些埋伏在日常生活中的不公感和损失感。这些感受都是在挑战最根深蒂固的公序良俗。从一开始，规则的制定就是为了配合人类的生产力发展和生产关系。尽管经过了奴隶社会、封建社会、资本主义、社会主义，人作为劳动力这一基本事实一直没有改变。但未来的 AI 革命，有可能会实现某种去性别化，人机战争取代性别战争。

这几年伴随着女性主义的烽火燎原，传统的婚姻和繁衍结构正不可逆地遭遇重创。传统婚姻中的三大基石：性生活、经济财产和生育繁衍，正在逐一与婚姻相剥脱。而一夫一妻制的婚姻家庭，是社会的最小的维稳原子，也是劳动力供应的原初机制。这是为什么女性主义一直以来颇为敏感的原因。女性革命撬动了这番社会变革，它要求另一套全新的逻辑，以及价值体系支撑。打破既有的权力结构和精神结构，发出女性自己的声音，背后会形成一套新的话语、新的伦理，发明出新的真理。女性主义是引发旧有结构瓦解的撼动之石，亦是这场危机的解决之道。

玉珍：女性的处境看上去某些方面有改善，在进步，但付出的努力和代价也大，细想仍然很难，压力很大，不过有更多女性更勇敢自由地表达自己，争取得到更高的社会尊重与更好的生活质量。我没有特意关注某一类女性，生命中遇到的任何女性群体我都关注。

《十月》：您如何理解这种处境中的“女性写作”？

翟永明：在中国，大家都觉得不存在性别不公的问题。实际上，这个问题不但存在，这些年还有很大的退步。从八十年代写《女人》开始，我写作已经三十多年了。三十多年以来，我并非只写跟女性有关的诗歌。我大量的诗歌与现实有关，与别的主题有关，与当下社会问题有关，甚至与未来有关——我写过与未来有关的诗——或者与环保有关。但是，在我多年的写作中，女性议题、女性意识，一直时隐时现地伴随着我的创作。我也习惯了别人给我贴一个“女性写作”的标签。虽然写作的时候，我并没有刻意去想到自己的身份。别人评论作家的时候，总喜欢归类，比如什么“八〇后”“九〇后”写作，第三代，女性诗歌。这种归类，是批评家做的事情，很多女性作家不喜欢这种分类，所以总会强调“超性别写作”，但是不管女作家怎样焦虑，总有一只筐子把你装进去。所以，现在我已经不在意任何人的评价和分类了。

叶弥：即使不提“女性写作”，许多小说也都有女性意识在内。女性意识，不外乎就是女性的解放、权利、责任。我们都知道有一本经典革命电影《红色娘子军》，现在好像可以这么解读：它是把女性的解放放到了一个阶级解放的宏大叙事里。我小时候，六七十年代，到处都可以看到“妇女能顶半边天”的标语。妇女解放了，与男子同工同酬，也有了权利，但这些权利还是不够稳定，时有变化，几千年的封建幽灵还在徘徊。“女性写作”在今天的意义，是要坚定地树立女性解放的一面旗帜，倡导女性更为全面地认识自己的灵魂和肉体，主动加入维护世界和平的行列中，从思想解放到能量解放，承担更多的责任。……当然这一切都要有更多的权利。

金仁顺：女性写作，是个很复杂的话题，在写作的初期，我从来没考虑过性别问题。我更担心的是自己怎么能写好以及是不是有能力持续地写下去。其实我更介意另外一个问题，“我到底是一个好作家还是一个差作家？”

作为女作家，女性意识自然而然地深埋在我们的写作中，出现在我们作品中的方方面面，我们的视角和格局必然地受到性别的影响，但这些事情和“女性主义”“女性写作”未必有关系。除非你想要有关系。

好的写作一定是客观的，至少在个人视角和感受上，是真实而且诚实的。人性都是相似的。无论男人还是女人。有些男人的身体里面住着一个女人，而有些女人的身体里面住着一个男人。有些女人性格比男人还要豪放，有些男人的细腻比女人更加极端。所以，女性写作归根结底，跟男性写作没有什么不同。定义和归类，要具体到每一部作品，才能谈得上客观。但有一种特殊情况需要撇清，有些女性写作者，起头就要充分利用自己的女性身份，在写作中有意加入女性色彩，以达到某种效果，产生某些影响，这类写作不在我的讨论范畴。

文珍：我知道有很多同行不是很喜欢这个词，觉得写作的范畴就此窄化了，甚至本能地抗拒“女权主义”或者“女性主义”的概念。我有一段时间也不怎么喜欢自己总被放在女作家队列，就好像作家和女作家是两个截然不同的群体，甚至希望自己尽快抵达所谓雌雄同体的最高境界。但这两年我的想法又有一点改变。怎么被外界定义、是否被放在女作家序列，这是他人的事。而性别是我很难摆脱的生理属性，与之相伴而生的社会属性和社会角色分配，早已内化于自己的思想情感和感知世界的方式里，一个人既然不可能提着自己的头发离开地球，大概也没办法写出完全去性别化的文学。那么，就坦然接受自己的性别，如同接受自己的长相、性格和原生家庭，并在此基础上努力理解陌生的群体，试图和世界不同的部分沟通，我觉得也蛮好的。在这种层面上，也许强调“女性写作”更有其意义，看似局限、片面、偏安一隅，却也因此拥有一个基点，可以向对岸架起桥梁。

孙频：这种处境中的女性写作未必多么有力量，但它的存在仍然是必要的，就算声音微弱，就算短时间内确实不会改变什么，但人类的文明发展总是薪火相传又生生不息的，借用《白貘夜行》里的一句话就是，人类的文明总是向前发展的，总不会倒退。

张天翼：就像引起强烈反响的《82年生的金智英》一样，有时女性争取权益的运动能从“女性写作”那里借到力量和声势。文学的一种基本道德是要站在弱者这边，而在男权社会里女性是资深弱势群体。至于我自己，我没有刻意去做专门的女性写作，只是女性既为生理性别，就要诚实面对已得到和将得到的生命体验。不过强调某一种性别化的东西，会削弱小说的力量，我记得张莉老师跟毕飞宇的一次对谈，毕飞宇说，好的小说是没有性别的。

戴潍娜：维多利亚晚期，小说的阅读者主要是那些被精致家具围绕的女性；一百多年过去了，现如今根据统计，全球女性图书消费远超男性。一直是女性的口味在引领文明。

当下女性写作越发显性和主动。翻看《外国文学动态研究》去年的年度报告，"女性写作"几乎成了各语种写作中的年度热门关键词，例如阿根廷发起了争取堕胎权和终止对女性暴力的"一个都不能少"运动和创作，爱尔兰文学中女性题材的大放异彩，日本女性写作"护理文学"的出现，等等。

蔡东：女性写作者大都有避嫌心理吧，"女性写作"本身当然极具价值。如果有意地关注和挖掘，这里面有很多值得被书写、被看见、被讨论的东西。只是就小说写作而言，写作者可能不希望作品以"问题小说"的面目呈现。注重艺术呈现，作品的后劲儿会更大。比如《早间新闻》《致命女人》这样的电视剧，有态度、有立场、有思考是一方面，关键它不是生硬和符号化的，编剧写得好，演员演得好，真正辨析和展开了女性问题的复杂性和层次感。有这样一些直击本质的艺术作品，改变才能有望一点点发生。

周瓒："女性写作"可以从两个方面理解，写女性和女性写，两个方面同等重要。“写女性”可以由女性和男性分别或共同完成，前提是真正关注和理解女性的处境，以及破除新旧性别歧视观念，保持对性别不公现象的敏感；“女性写”强调女性写作者的主体性，她对现实世界的观察，对女性遭遇不公正命运的反抗，以及她寄予的尊重性别差异和多元文化理想等。

玉珍：没看懂这个提问。我乱答一下，无论怎么写，挖出现状反应诉求，说出点儿难以言表不便言传的秘密痛苦，或者仅仅写出看到的。我爱语言纯粹的魅力，也喜欢它协助沉默的力量。对那些明目张胆的性别偏见或无聊的怪诞之事，写作要为那处境适时提醒尖叫。

《十月》：请简单谈谈您这次专辑里的作品，比如最初的写作意图、所涉及女性处境和女性经验、性别之外的其他因素等。

孙频：这篇小说里用了“貘”这个意象是有原因的，因为在传说中，这种生活在东南亚的动物是一种很特别的兽，它会吃梦。而我要写的这个女主人公是一个曾经追求女性的真正存在，做了很多梦，最后却回过头吃掉了自己所有的梦，也包括吃掉了一部分文明的女性。她最后跳入湖中有太多的含义，可以是自救，可以是示威，可以是自溺，可以是真正的勇敢和迷人。现实中也许并没有这样的女性存在，但她身上会有那些处在夹层里的女性的影子，她也许是那些夹层里的女性集体的一只梦貘。

文珍：我这篇《寄居蟹》是写一名深圳的工厂女工的故事。最初的意图是想写深圳“三和大神”，因为一个偶然的机会知道这个群体的存在，就一直感兴趣；但在寻找资料及实地调研的过程中，我不经意地发现了这个庞大群体中女性劳动者的尴尬与错位。她们在日本 NHK 的纪录片和各种关于三和人才市场的社会学记录中基本上是缺席的，没有声音的，但人才市场里又不时会穿插一些穿着入时的年轻姑娘充当女招工员——这是我自己生造的词——在无数拉着箱子满脸疲惫的男性求职者中间往来穿梭，分发传单，耐心讲解招工单位的情况，仿佛作为一种未来美好愿景的具象化而存在。很多招工广告上甚至会赤裸裸地写明：厂里流水线有大量年轻妹子，速来。这一方面当然是因为计划生育政策在农村执行多年之后，男女比例严重失调，大量男性进城务工人员成年后难以找到合适的对象，在大城市同样难以解决个人问题；另一方面，也有很多女性进城务工者悄然变成了狩猎和觊觎的性对象，她们年轻，单纯，对未来生活充满希望，却茫然不知前路布满陷阱，和一百年前美国作家德莱塞的《嘉莉妹妹》《珍妮姑娘》里的女工心路历程颇有类似，只是工作环境和命运走向甚至还大大不如。所以突然有天，我发心想写写这些身处危险之中的女孩子们。她们就像没多少防御能力的小家畜，而都市丛林里到处都是沼泽和洪水猛兽。我说的危险当然不仅仅只是同样身处底层难以打破阶层固化的男性进城务工者，也包括整个高速运转的无情的资本世界的其他部分。

淡豹：《山河》写一个逆来顺受的妇女，她经过生活的捶打，逐渐以忍耐为使命。她的女儿则开始迷信自我成就的力量，把“孤独”这个概念当成美学。她们二人都在寻找信仰。

这两种人我都熟悉，她们因此而产生的代际关系，我也比较熟悉。现在的互联网上，许多像她女儿这样的女孩子在发言，把家庭当作一种对自己太过危险的诱惑，把自足当成自立的标准，对父母、对爱情都保持相当的心理距离。

除此以外，我还想借这篇写写我熟悉的城市空间自九十年代以来的变化：

——对许多人来说，飞机场和高铁站不再只是过渡性的空间，而是像家，像办公室一样，人连贯地置身其中、处理情感处理工作，是真正的生活场所。

——城市开始密布 7–11 这样的 24 小时便利店，提供一种冷光的安慰。

——巨型城市中楼群构成的天际线和小镇、乡村不同，它不平缓，高低扭动，夜里光怪陆离。这种空间既是人的家，又让人总想寻找家。

城市变成新城市，这既帮助也推动女性变成新女性。一方面，女性想要过一种崭新的生活，在私人领域做心理上的自我改造，不想像上一代那样生活，不想按上一代的要求那样生活，另一方面，这些变化也是种全球性的趋势，难以阻挡，“若惊雷破柱，怒涛振海之不可御遏”。社会应该对此做好准备。

张天翼：我给这次专辑交的小说叫《我只想坐下》，故事讲了一个女人在长途火车上的一夜经历。火车是个有趣的密闭空间，被迫紧挨在一起、亲密无间、相与枕藉的旅客，有一种奇特的“至亲至疏”的关系。很多东西会在这个高压锅里现原形。我认真算过，我大概坐过一千小时的火车。我站在车厢厕所外排队的时候，被后面的硬物顶过，也被邻座男人摸过大腿。现在，我用写成小说的方式来反省和检讨自己的怯懦、软弱。

林白：都是随意写下来的，并没有要怎样的心思。自然也没有考虑某种主义。失之随意免不了，那也无所谓。忽然想起小引的一句诗，酒配不上粮食，衣服配不上棉花。不过我想，酒也不是我的酒，粮食也不是我的粮食，我仅仅是，只能是一个喜欢诗的人。

周瓒：谈自己的写作令我窘迫、难为情。请放过我吧。

叶弥：我这篇《对岸》，写于 2019 年 9 月，原先是要发表在别的刊物上，当知道《十月》有这么一个专辑，我就放在《十月》上发表了。最初的写作意图产生于对女性的身体之迷惑，身体与灵魂息息相关，于是就产生了一个问题：女性到底是一种什么样的生物。这个问题也来自我的自问：我是谁？我是什么样的一个女人？我对世界满意吗？《对岸》里的女性，想挣脱女性性别的桎梏，最终无法达到。如果女性不能完全接受和原谅自己，就会戴上性别的枷锁，那么也无法真正地与男性和解。

玉珍：我写的是我自己的经验，回忆，身边事，身边人，不全是自己，也不全是他人，是事物与人物，自己与别人的一种混合，很多东西在我身上的反应，一种直觉和条件反射，我也不知道有什么意图，就是想表达，对我来说它代表一种隐秘的亲切感，我只能写我熟悉的无中生有也来源于熟悉的“无”，它得有一种让我激动的美和严峻的反省在里面。只要是我笔下的，任何他人也是自我的映照。我翻找了很长时间才找到三首与女性相关的作品，其他的作品，我不知道怎样形容，看不出是个男的还是女的写的。大概是我思考女性与性别差异的东西太少，我大多时候还跟儿时一样，那时跟男孩一样爬树玩耍上课下课。很多事一起做，男孩女孩一堆儿玩，没区别，没那方面意识。但我知道童年的社会不是成人的社会。我独处的时间太长，参与和承受的性别差异体验太少，当我特地去写女人时，比如母亲、奶奶、女孩，跟写男的也没什么区别，也许以后当我做了母亲，一切会不一样，我这些诗里写到的是让我产生了心疼或激动的部分，童年的女孩，怀孕的女人，可爱乖张的地方，笼罩命运感的地方，浓烈的母性光芒和温柔惨烈的对比，这给我带来难以磨灭难以言传的感触。我观察她们脆弱敏感的地方，自己也没有注意到的与生活矛盾和战斗的地方，宿命化日常化的地方，前者发散她们强韧真挚的永恒光辉，后者将她们拉回无趣或惨淡的滚滚红尘。在她们身上的无力和力量，随波逐流和歇斯底里，这些伴随着某种略弱于男性的生理局限，那种“瘦弱”感和刺激后的精神“强力”感，在身上形成强烈戏剧冲突。我写的大概也是这些触动。我的思考还是不够深入，也看到过女性作为弱者甚至被物化的遭遇，部分女性失败的社会工作，生存日常和婚姻状况让我深为同情，也看到她们了不起的抗争和比男性做得更好的地方，这关系到每个女性的生活和未来。他们都有各自的脆弱与强大。女性在我的生命中是最最亲切寻常的所在，她们的伟大毋庸置疑，她们的脆弱毋庸置疑。

蔡东：最初想写一个人对另一个人的怀念，写着写着，那个被怀念的人清晰起来，我被她吸引了。我对她一生的认识是逐层深入的，最后那一层也就是第三层震荡了我，这个人物又往前走了一步，她身心皆在陈套之外。

金仁顺：去韩国次数多了，见的作家也多了。我发现，韩国的女作家在“性别”问题上，还是很受压制的，就像在公司里面，倒咖啡天经地义是女性职员来做，聚餐时，倒酒、替大家搛菜的，也通常是女性。写作圈子里的女作家的境遇也差不多是这样。女作家一直有“当红”的，但文坛上的“权威人物”几乎都是男性。我写这篇小说的时候不知道有这个专辑，我当时真的是想写写这样的文坛背景下，一个女诗人的可能遭遇。当然这只是小说的一部分，更多的以及更重要的，是生命体验，爱情态度，以至人生意义方面的东西。

乔叶：《小瓷谈往录》是非虚构作品，除了工作单位和当事者姓名之类的必要回避，内容都是小瓷的真实讲述。当牵线人雪姐告诉我，小瓷的故事“可有意思”时，我的心理也如文中交代，对雪姐说的“有意思”没有抱太多期待。不过，当和小瓷畅谈了几个小时后，我的认识发生了改变。小瓷的故事尽管说不上多么惊心动魄，作为无数平凡女性中的一个，她的经历却也有相当的代表性。从这个角度上去看，她意味的“有意思”就是无数平凡人的“有意思”，这就有意思了。小瓷本人更有意思的一点，就是她能够比较清晰地回顾自己的过往，比较清醒地审视自己的成长。这也保证了她讲述的质量。文本主体基本就是她原汁原味的讲述，让我捡了个少有的现成。

《十月》：写作中的性别意识与生活中的性别意识有何不同？作品如果涉及特定角色视角中的异性形象，您的观察和写作方法是什么？

翟永明：写作中和生活中的性别意识，我不认为有何不同。如果生活中和写作中的观点是分开的，我认为这种写作就是不真实的，是虚伪的。我理解在中国，甚至整个亚洲，一说到女性意识，男性就谈虎色变，认为这是针对男性的二元对立的观点。这也可以解释韩国电影《82 年生的金智英》，出现女性打 9.8 分，男性打 2.8 分的情况。事实上，围绕这部电影内外的表现，很可能说明现实中的性别状况，电影并没有设定一个与女主角对立以供批判的男性角色，恰恰相反，男主是一位关心妻子、尽职尽责的好男人形象。但是电影也没有遵循大众思路，表现女人只要找到一位好男人就万事大吉。而是女性即便在一段美好婚姻中，仍然需要寻找独立的生存意义。这一点在现实中，比较难以引起男性的理解。现实中，更少有像电影中的男主会暂时放弃自己的事业，去支持另一半的发展。如果我写小说或编剧，我也会乐于塑造这样的一位异性。毕竟这是男女两性能够融洽和谐相处的基础。

叶弥：在很长时间里，我写作时，用的是一种文学化了的性别态度，类似于中性化。不管是写男人和女人，最终写的是人。这样有利于把小说保持在客观和公正的水准上。我在 2019 年，因为张莉的性别问卷，我对性别问题产生了很大兴趣。在此之前，我从没有在我的小说里有意反映这一问题，我开始觉得，性别问题可能是我们解开世界之谜的钥匙之一。所以我用开放的心态接受了我这一变化，并且为此连续写了几篇不成熟的“女性小说”，《对岸》是其中之一。说实话，我不知道称之为“女性小说”是否准确，也还不清楚到底怎样才是真正的“女性小说”，生活并没有给这种小说量身定制一些材料。我需要寻找，摆脱理论化和概念化的痕迹。

我很乐意在小说里塑造完美的男性，恐怕这是我热爱异性的唯一方式。完美的父亲或完美的恋人，都是我心中希望的模样。我在生活中认识许多男性，他们中的大部分人，都是平常人，有着平常心和平常的生活。我观察到一个有趣现象，这些男性或多或少都会表现出令人感到温暖的特质，我可以毫不费劲地拿来用到小说里，升华或者扩充。但如果我想在小说里塑造恶的男性，我发现生活中无素材可用，想象力也达不到，只有从别人的小说中得到启发。我觉得，可能是作为作家，力量不够。

乔叶：这两者肯定是有区别的。就我个人的体验而言，在生活中的性别意识更强烈一些，对自己的女性身份更感性，比如在社会生活中，不自觉地就会很享受男士们主动开车门、帮拎行李之类的行为，觉得他们很绅士。对于亲近的男人，比如我儿子，我也会不客气地主动要求，会说，我是女人啊，你为什么要跟女人计较啊，应该让着我呀，总之就是很喜欢撒娇、任性，不怎么讲道理，现实中会习惯性地把自己置于一种弱势位置。

但写作就不一样了。生活中我是比较懵懂和糊涂的，容易飘浮在面儿上。只有到了写作中，才会行得远一些，至幽微处。写作是我深爱的职业，尽管和生活有密切的镜像关系，但还是有本质不同。生活中的很多东西进入写作，即使有原型，也还是有一个沉淀的过程，哪怕说笔下的角色是个女人，让我很容易有代入感，但进入文本也是一个相对理性的思考过程，我会更从容，更客观，更冷静，更缜密。也正因此，有时候作品反而表达得更为极致和激烈。

金仁顺：在大部分文学作品中，作家的性别观是内在渗透的。一个作家在预备写一部作品时，会想结构，想事件，想人物，想思想内涵，除非有某种特殊性，只怕不会有很多作家专门考虑性别问题。性别问题不用讨论，它天然地存在。就像好作家大多是雌雄同体。

特定角色视角中的异性形象，其实仍旧是作家性别观的体现，只不过，这面镜子里的人，是反的而已。细节很容易完成，这个从来不是问题。

周瓒：理想的状态，对于一个写作者来说，这两个方面应是统一的。相对来说，写作中的性别意识经由理论思考，是理性的、反思性的；而生活中的性别意识往往处于感性状态，有时可能是下意识的。不过，生活中也有思考，写作也需从感受出发。因此，如何分开这二者呢？极端地说，写作也是生活的一种。写作中性别形象可以是自由的，性征也是流动的，正如弗吉尼亚·伍尔夫的奥兰多一样。

淡豹：我觉得自己作为观察者去评判社会话题时，性别意识也敏感也尖锐，是个女性主义者，喜欢用“社会”“结构”“历史”这些概念去想问题，读到一条新闻可能也会叹息“妇人在军中，兵气恐不扬”的古训。在生活里遇到自己的事倒克制思想，多半还是把人当成特殊的个人，事当成单件的事——也许是软弱的表现，如果每日生活在评判他人中，做具体斗争，太辛苦了。也因为这样，我尽量去理解和我一样害怕对峙和斗争、想理解他人又不敢分析他人的软弱者。

我理想的写作，是希望性别观念能更锋利一些。我很喜欢伯恩哈德、穆齐尔那些充满观念的小说。

当然也希望多种观念能在小说中更充分地开展对话，以冲突、以争辩、以调解、以沉默的并存、以联合国的形式、以合同的形式、以战争的形式、以奴隶制的形式。我很喜欢一个英文词“porous”，它很软，念起来发音有点暧昧，是“多孔”的意思，一个形容词。如果小说能够多孔，像海绵一样吸水又滴水，还能透过阳光，全身都是纤维质，观念穿透它而留下故事和人物，那就好了。

特定角色视角中的异性形象——我能想象男人眼中的女人，毕竟几乎整个社会都在按男人的方式看待女人，批评女人，要求女人。可我真是不懂男人！

玉珍：对我个人来说本质上没多少区别，可能创作更理想主义，主宰权在自己手里，可以任性创造，而生活中可供编排的太少。我在写作中没多少“女性”的意识，想到什么写什么，写的内容也与性别大多没关系，文本中若有透露性别的，才能看出我是个女的。如果涉及特定异性形象，我也没什么方法，人性太复杂了，我不一定把男的写得像大家都认为的某种男性，他怎样都行，性格像某种强悍的女孩也行，面对压力时也有女孩的脆弱，觉得自己一无是处，但不脆弱的时候又会有不知从哪儿而来的优越感，任何可能都会发生在人类的身上。至于观察，就是日常经验的集合吧。

蔡东：生活中的性别意识更多的是先天和生理的，写作中的性别意识有本能的一面，也有自觉的部分。我早年的作品在涉及异性的时候，谈不上对抗，但比较尖锐，也不是姿态性的写法，是当时的认识在那一步。

文珍：很多被视为女性弱点的特质我都有，比如情绪化——具体表现就是心情大起大落，容易落泪，轻信，也爱买东西——这点很容易被指责为消费主义，不过在家庭中负责采买必需品者的确多是女性。这其实和女性承担家务较多，更容易注意到各种生活需求有关。即便如此，写作时我仍会更关注实际生活背后的心理层面。千百年的社会性别角色分配，由男女不同的生理特征而来；已有的传统又不断强化了女性的自我规训。就像鲁迅说的，女人天生有母性，有女儿性，却没有妻性。其实所谓的母性女儿性，也都是后人总结出来的：好比儿媳在家中被婆婆批评：哪有你这么当妈的！光这一句话就够严厉的了。同理女儿也是如此，都说女儿是父母的小棉袄，那儿子呢？

我从小和男生一起长大。青春期开始恋爱，工作后也会有一些异性朋友。所以要写异性对我来说似乎不难：只要可以真正做到设身处地。甚至因为太理解男性，被女友开玩笑说成"渣男"。说这个，是想说我对男性并无敌意，当真发生性别战争，男女双方都是受害者。所以，我其实也不喜欢单一性别视角。一边倒的控诉揭露太沉闷，而且很容易暴露自己的傲慢与偏见。不平等、性别歧视固然存在，但这是千百年来的渣滓沉积，究其原因走向，也许比单纯怨诉更有力。

《十月》：对这次疫情，您有哪些观察？经过这些观察，您的写作观念和女性观念会发生变化吗？

林白：我没有观察，因为不能理性而冷静地置身其外。

我 1978 年至 1982 年在武汉大学上了四年本科，后来又在武汉市文联工作了十年，前后加起来十四年。在武汉有我的朋友同学同事，在湖北浠水（就是疫情严重的黄冈地区）有《妇女闲聊录》里的木珍，我们班的邓同学，他的亲人是中南医院消化内科护士，后来去增援雷神山医院。我每天在大学群、同事群，在微信中，听到的都是最直接的惨况。同班同学中有一大半是武汉或湖北人。疫情早期，每天都在听说大学同学的同事，大学同学的中学同学、大学同学插队时候的战友，排了十个小时队才挂上号，确诊了住不进医院……病亡。前几天还听说了母校武汉大学这次新冠肺炎中病亡了很多人。

疫情开始时我常失眠，梦见自己发烧咳嗽，半夜醒来发现自己真的在咳嗽……我觉得自己需要心理疏导。

今天从网上才知道，李文亮大夫所在的武汉中心医院就是之前的武汉二院，这家医院，就是单位给我指定的定点医院，前身为汉口天主堂医院，有一百四十年历史。老的市二院仍在原处，它是中心医院的另一个院区。听说中心医院被感染的医护人员多达二百多人，不少重症。全是第一批被感染者。三个副院长被感染，一个护理部主任感染，多个科室主任正在用ECMO维持；多个主任医师上呼吸机，多个一线医护经历了生死一线间。急诊科损失惨重，肿瘤科倒下近二十个医护……

我想如果我还在武汉，还住在汉口发展大道荷花苑，即使没在离我家两个路口的华南海鲜市场被感染，也会在李文亮大夫的医院、在中心医院眼科被感染。除夕的前一天我到北京军区总医院眼科看了眼睛，开了药，若在武汉，必是去我的定点医院，又是离我最近的，也是最好的医院看眼睛，以我摇摇欲坠的免疫系统（带状疱疹就是免疫系统低下造成的），必定是在劫难逃。

我每天都不能冷静。

我的写作观念没有变化，我一直愿意写出自己最真切的感受，以自己的赤诚。自《一个人的战争》到现在，一直如此。

蔡东：这段时间封闭在家，手机看得比较多，对几个报道印象深刻。由衷敬佩医护人员这个群体，还有其他行业领域的工作者，他们不会高喊什么漂亮话，心思单纯，踏实坚韧地做实事而已。另外，想说一说身在疫区还坚持每天记录的作家和诗人，我不一定认同他们的观点，但敬重他们表达的勇气。即使表述上有瑕疵或欠考量，也不必求全责备。这类文章怎么可能圆融并让所有人满意，挑不出毛病的东西得多假。有个朋友觉得疫情过后很多人会重新考虑人生，大家都经历了恐慌也脱离了生活惯性，没有谁在疫情之外，赶在遗忘之前，它的影响已渗入生活中。这些年来，我的写作观念和女性观念往往只在一段时间里稳定，经历、阅读都会促使其变化，这之后，希望自己能更真实地去面对一些问题。

文珍：疫情使我们每个人的生活都发生了巨大的改变。我还有一个发现，全员禁足的特殊时期，基本上大多数家务仍然还是由家中女性完成，我有很多女性朋友最近厨艺都进步了；但男性则除非独居，否则不必承担此项家务。此外，我还发现疫情对各地的留守儿童来说，竟然是一种利好，和长年累月见不了面的父母突然之间有了一个月以上的相处时间。甚至对城市的非留守儿童也是如此，父母不再忙于工作应酬，终于拿出更多时间陪伴他们。我曾在非周末的时间带父母两次去公园散心，都发现有年轻父母正带着孩子散步，一家人戴着口罩其乐融融。朋友圈里很多朋友的晒娃频率也增加了。中国前些年步伐太快，这样被动地踩了急刹车，当然对世界和我国经济都是重大损失，对那些在这个春天亲人永远离开的人来说，更加是无可挽回的悲剧。但与此同时，更多普通人却因此歪打正着得到一个停下反思生活状态的机会，拿出更多时间回归家庭，甚至因为看太多密集的生离死别，重新意识到家人的重要性。这都是大不幸中的小确幸。比如我。父母第一次来北京过年，本来初五就要回家乡给外婆扫墓，结果因为疫情暴发多住了一个月，我也因此拥有了成年后和父母一起生活的最长一段光阴。在我以安全为名的要求下，他们不断改签、退票、换票，一直到三月一日才终于回到自己住了近三十年的深圳。而送走他们的第一晚我就失眠了，觉得一开始是不习惯一起住，现在是不习惯他们回家。我想很多有成年子女的家庭这段时间或许都是如此。我们都会发现父母在不经意的时候已经老了，而自责此前竟没有给他们更多关注和陪伴的时间。

这段日子，我承担了每天在网上采购蔬果肉菜的任务，偶尔下厨，天天陪父母在客厅打羽毛球锻炼，几乎没怎么写作，只看了好些一直想看却总说没时间看的书。这很像回到了高中时的寒假，只是更漫长，更看不到边界。这么长时间不写当然也会焦虑，但转念一想，彩衣娱亲在现阶段或许是更重要的事。许多武汉的普通人记录每天生活，很动人；而非常时期的写作，对作家的职责却提出了更审慎和长远的要求。

玉珍：各种观察，每天看到的各类消息太多，全方位刺激神经，人性，社会治安，政治，宗教，舆论，常识，等等，各方各面需要反思，有些是过去经常想的，思考过的，基本在预料之中，一些是跌破想象的，带来陌生的震惊，好的坏的都有，大事之下人鬼毕现，给观察提供了最大程度的暴露方便，考验见证者能否从反思中获得真相靠近真理，揭露愚昧丑恶，减少未来的无妄之灾，个体的力量渺小，但个体的反思是疫情后最重要的精神成果。经过这些观察，写作观念会有变化，至于女性观念，好像没有。这类反思基于全体。

周瓒：现在归纳我的观察有点为时尚早，更多的是情绪上的波动和一些感受、认识的强化和确定。一度被忧愤情绪攫住的我，对于我们生存于其中的国家、政府、社会、各个阶层的不同的个人，我们使用着的语言等，我的观感和认识的确有了变化。当然，作为也生存于其间的我，不可能只是旁观。我想起加缪曾经描述他那一代人的心境时的一句话，“以羞耻为营养，以反抗为生”，大概也是我这段时间的经验写照。也许会影响到我的写作观念和女性观念，而变化需要通过写作实绩来体现。我在期待之中。

戴潍娜：每个时代的人，都认为自己是进化史上最先进的一代，因而笼罩在未来世界无所不能的幻觉中。疫情将一切打回原形，人并没有成为自然界的超人，科技也并没有战无不克。现代人自以为是的赛博格演化，在突发事件中失效了。相反，我们身上总有一部分，始终沉睡在中世纪的花园里。封城以来，当进入极端封闭的状态，整个社会变成了一个痛感共同体，几乎所有人都开始关心公共空间，为他人流泪，并意识那些莫谈的国事最终会与每个人生死相关；人们渴求生命，渴求真相，这恰是作为“一个真正的人”的两种基本动力。灾难激励出人性中的壮丽或野蛮，事物回归到非黑即白的原始状态，没有机会也没有借口在灰色地带徘徊。疫情彻底打破了惯性，提供了公民社会发育和一次重大反思机会，然而无论如何代价太过惨烈。很难想象，战役胜利以后是否会像《鼠疫》中的奥兰城一样，轻易忘记我们曾生活在这样的荒谬之中。

悲绝之中，任何修辞都显得轻浮。然而醒来之时，所有人都习得了隐晦的表达，诗的技艺。

叶弥：这次疫情还没有过去，一切还待将来。很多时候，我们需要静心和沉淀，不必忙着做结论。这次疫情对整个民族都有着不可估量的影响，身体上和精神上的。正因为如此重大，我反而怀疑作为个体能不能在短期内认识到完整的意义，也许要留待以后。作为个人，我想我只能得到零星的感受，不足以完整地反映这场疫情。我这些零星感受，也许在将来会发酵，也许会慢慢淡化。这不是我能选择的。在这场疫情中，我看到了人的价值，也看到了人在自然面前的渺小。看到了民族的伟大力量，也看到了民族中的劣性。灾难对于男性和女性的伤害是一视同仁的，灾难的眼里，没有性别。灾难面前，女性与男性一样勇于承担。灾难面前，没有第三性。这也是“女性文学”要反映的内容。

《十月》：假如有可能，您会书写疫情吗？会采取怎样的写作方式？

林白：二月到三月，我一直在写诗。今天捋了捋，竟然已经有十二首：《二月，所有的墨水不够用来痛哭》《千祈，千祈》《记录吧，你》《那只兔子》《二传手》《病毒在喉咙里》《闰二月》《三月，遥望花朵》《你好吗？》《无脑儿》《天使》《春天，无脑儿戴上口罩》。

我不知道这算不算书写疫情。

中间曾经挣扎过。

写到第二首的时候，收获公众号当天推出来，有朋友看了，劝我不要在这个时候写诗，说，“这件事超出你的感受与思考方式，超出你的擅长的领域和驾驭能力。你本身不是思辨的，不是理性的，不是反省的，不是意识形态的，更不是现实/政治的，所以最好放下这个事，不要去梳理了，已然发生的不用去管了，继续写你原来的东西，在疫情中照看身体和家人”。

持这种想法的朋友大概有一半。

我挣扎了一天一夜，还是写。我想明白了，“任何时候写诗都是野蛮的/之后/之前/之中”这是我的第三首，从第三首开始，我就觉得找到了节奏。

我想了一下，不是我要写诗，而是诗自己冲出来，每天早上，先是前面的句子冲出来，然后我就一行一行接下去。有几首，是吃早餐之前空腹写的。

写了这些诗，之前写的我都不想要了。

翟永明：作家的写作是需要沉淀的。诗歌不是作为战时动员的快板书，不可能只是喊一些口号，也不是“右边参差不齐的散文”。诗歌是以语言为媒介的思想形式，是对灵魂进行滋养的艺术。诗歌既是最纯粹最特殊的语言，诗歌也需要反思，需要提出问题，需要有比较深入的思考。不管是对现实，对灾难，对整个时代，有真正的悲悯，能提示现象背后的内在本质。我的意思并不是说目前状态下，我们不应该写作。不是应不应该写，而是应该怎样写。

所以在疫情的初期，我并没有打算写作，我只是关心武汉的情况。最近，我开始写作，这是一种来自内心深处的创作冲动。我不希望我的写作只是在疫情期间刷存在感，而是真实地表述我对这场灾难的认识和体会，以及见证。当然也包括普通民众在灾难期间的痛苦和坚韧。当然，肯定会是用我最熟悉的方式——诗歌。有时候，痛苦会产生一种张力，会在这种非常状态中，发挥最潜在、最有爆发力的能量。

文珍：最近看新闻哭了很多次。时常不安、愤怒，随之而来的不是幸存者愧疚，就是深感“百无一用是书生”。我想，将来如果一直对这段特殊的日子念兹在兹，无时或忘，那么也许还是会写的。又或者只是作为某篇小说的背景。现在一切都不知道：这其实取决于无从设想的未来某日的回望。一个将来完成时。

淡豹：疫情中，有段时间，社会对前线女性医护人员的生活用品需求关注不足。这个问题提出后，开始有捐赠，有文章说要重视女性的“特殊需求”，又有人指出，卫生棉可不是少数人的特殊需求，而是在医护人员中占绝对多数的女性的日常需求。

我会想更多去写女性一些日常经验的小细节，比如孕产中的身体痛苦，比如社会对女性的清洁卫生有更高的要求，一代代女性发展出独特的卫生文化，为此贡献出生活里许多时间、步骤。

写出这些日常的独特，写出这些独特如何成为了部分人群的日常，这是我心目中的性别视角。

周瓒：诗人对于语言及其观照的现实负有责任，我会写相关的诗。

蔡东：还没有成形的东西，需要沉淀和深思，如果书写，首选用小说的方式。

张天翼：短期内肯定不会写。假如有可能，我希望做一个编剧，参与一部像《血疫》《传染病》《流感》《切尔诺贝利》那样讲述这场悲剧的影视作品。

叶弥：我大约不会写疫情，因为写不好。我身处后方，离武汉八百公里。虽然我的家乡也遭受病毒袭击，但情况并不严重。这场疫情涉及方方面面，各种纷繁复杂，各种喜怒哀乐。如果要写的话，希望化繁就简，并且要有文学创意在内，不能搞成一锅平庸的大杂烩。

玉珍：会，需要时间反思消化，因为这个事太大，短时间爆发的东西太多，哗啦一下全炸在我们面前，我条理差，反思过很多问题，很乱，至于写作方式，哪个方式适合最大程度表达出我的想法就用哪个方式，我只能选择一个点，写我眼睛看到的，确定的，应该写的，我没法知道全部，任何人都是，因为庞然大物的真相在任何人那儿只展现一部分，我希望写出那一小部分，让人去理解和发现大部分。

戴潍娜：会的。我们的书写要配得上我们的苦难。

当“新女性写作”遇到“〇〇后”读者

主持人汪琪（北京师范大学2019级中国现当代文学硕士研究生）：微火读书会聚集了一批来自北京师范大学文学院的本科生，他们大部分是1999年到2001年出生的年轻读者，有澎湃的文学热情，青春洋溢，他们关注社会议题，有敏感独立的视角。2020年3月，《十月》杂志推出“新女性写作专辑”。读书会里的许多同学都对专辑很感兴趣，在认真阅读文本的基础上，2020年4月25日晚上，我们通过云端聚会，进行了一次“新女性写作云上讨论”。大家讨论了各自眼中的“新女性写作”，这其中既有对专辑作品的细致分析，也有对女性意识、女性权利的思考和困惑。

一、“新女性写作”与当代女性意识

常旻雨：学习现代女性文学史，我是以提前知道“结果”的身份去阅读的，我和作品之间隔着一百年，我可以清楚地明白那些作家们所诉求的、在乎的以一种什么样的方式实现或未实现，现在，读“新女性写作专辑”时我感到一种困惑，因为我无法以一百年后的目光来看自己，而当文字中的生活与我自己的生活无比贴合的时候，我感到一种迷茫。

作品中女性主角们的身份是复杂的，她们面对的问题也是复杂的，但是她们都有一个最共同的身份，也是最朴素的身份：女性。当从这个角度来看的时候，与一百年前的女性相比，我们似乎再也没有可以“振聋发聩”的声音，也没有了那样激昂涌动的激情，大多写作者仅仅只是平淡地叙述。在这种叙述里，她们具有一种众口一声的雷同性。小瓷、宥真、林雅、“她”、“我”……在我看来她们都是相似的，甚至和我是相似的。小瓷的命运也可能是宥真的命运，她们每一个人的命运都可能是我的命运。

再也没有经典的人物形象“先锋”，而是化成了一个不论换成什么名字都一样的面目模糊的个体。因为她们所触及的问题太过于庞大、普遍。不论是底层的打工女性，还是诗人、舞蹈家，不论她们优雅美丽，或是满面尘霜，我都觉得她们是如此相似。她们都是被从上至下的男权文化，对女性的刻板印象、偏见、歧视和物化所规训的对象。而在我们的日常生活中，从娱乐八卦，到骇人听闻的社会新闻，到政治、学习等种种方面，那些小说女主角们听到的话语都在响起，那些小说女主角们遭遇的事情都在发生，而这正是我们的生活。比如《我只想坐下》中，詹立立听到的：“女人性格那么……那么烈，对自己也没好处。”比如《寄居蟹》中，林雅听到的：“不要去。这种厂男工最野了。”《小瓷谈往录》里，初恋男友对她说的那段男人的年龄和女人的年龄的对比，暗示女人的价值随着年龄的增长而贬值。这些仿佛不经意的细节，说出来就像是“大惊小怪”，但你又不能不去意识到它的存在，每一个女性都能意识到它的存在。而它甚至也是存留于我们自己身体里的东西，“女性是所有社会关系的总和”，令“她”不舒服的社会关系也在其中，就像一个人没办法拽着自己的头发把自己提起来一样，给人一种无可奈何的困难感。

女性总是不缺乏疼痛的，不论是肉体上的，还是精神上的。我发自内心地觉得，女性独有的疼痛也是当代女性主义写作的秘密，这也是我对“新女性写作”的思考：一个完整而复杂的女性，要如何带着她的身体和心灵去生存，要如何强大有力量，要如何达到她不再需要强大有力量也能完整存活的那一天。

金赫炫：新的女性写作究竟是怎样的，这次的“新女性写作专辑”给了我很好的回答。在作家的笔下，我们看到了潜藏在女性身份背后的东西。它们是《白貘夜行》中在小煤城教书的“我们”与外面世界的深深隔阂，是“我们”四个女性之间微妙而复杂的关系；它们也是《宥真》中，“我”体会到的民族、国家、文化背景对女性的影响；它们还是《山河》中女性在日常家庭生活中的处境。作家们的触角既能触及生活中隐微的难以觉察的细节，更能看到女性与女性、男性、社会的复杂关系。

作家们的眼光是独到的，作家们的写作又是犀利的。当我们看到那个入水女性的身姿时，她早就不再是身体，而是一个不羁的灵魂了；当我们读到《她》的开头，“关严房门，拉上窗帘，我是我自己的了”，我们认识到了个体和情感不是女性的专属，它们是人类共同的特质；那位《山河》中的母亲为了孩子，却遭受丈夫和社会隐形的暴力，无奈的妥协，甚至靠近。作家们毫不留情地揭露女性所面对的困境，但又热情地探索出路在哪。答案或许指向女性的自我价值所在。当宥真经过爱情的波折，依然笑对，“have a nice day”，当《对岸》的最后，柴云妹原谅了自己，不因为过往再去否定自己……原来价值不用被印证，它只需要我们自我的认同。

女性不应只是被看见，她们更应该去看见，当《白貘夜行》中“我”对着那条小河，却分不清究竟是她还是“我”在岸上。当聒噪与虚假沉下触底，当周围变得澄澈而透明，“我”才看到河水中的她，不也是镜中的自己？用那套脆弱的小城尊严体系裹挟自己的不也是自己？看见自己，辨认自我，再去体认最广大世界中的女性，才能对人生与世界有更好的理解。关于新女性写作，关于新女性，应该“特立”，但不迷恋“独行”。那个黑夜在汾河里游泳的女性，多么特别，懂得了她，也认清了自己。每一个特别的灵魂所期待的、所应得的是一份尊重与认同。拥有性别气质和性别意识的写作，应该内化为创作的一部分，应该成为看待文学、人、世界的不可或缺的方式。

李昊：读专辑前我就在想，作家们笔下的新女性是怎样的，新女性写作是怎样的。阅读文本之后，我感觉“新女性”特质或者说“女性精神”或许包括以下几点：

第一点，拥有追求梦想、选择自由生活的勇气。比如《白貘夜行》中主人公康西琳的成长和转变。她回归之后，能够不卑不亢地面对经历过的人生起伏，去享受自己当下的生活，而不被他人的眼光所牵绊，不用社会普遍对女性的那一套标准，像事业有成或者家庭美满来评价自己。但是在作品当中的这些女性群体内部，康西琳的回归让她们觉得既松了一口气，又十分慌张。一方面，康西琳当前的生活境遇貌似证实了她们当年没有远走追梦的决定是正确的。她们刚开始有一种优越感，通过与康西琳的对比来获得满足；另一方面，康西琳的生活状态刺激到了她们没能挣脱现实牵绊去追寻新生活的遗憾，某种程度上也是懦弱。“追寻”往往要有所放弃。

第二点，能够正视自己的经历和过往，哪怕是一些附着伤痕的过往，把它们变成自己的经验、体会以及强大的动力。《宥真》中的女作家曾经遭受过性骚扰，听过各种侮辱或性别歧视的话语，她的创作和职业生涯也不被看好。当然她也迷失过，为了自己的梦想而投入并不喜欢的婚姻生活。但她真正开始成熟是在她能够从内心正视自己曾经的一些幼稚想法，以及受到过的伤害，能在此基础上重新审视和规划自己的生活。就像结尾，她给自己作品的命名——*Have a Nice Day*。

第三点，有魅力的生活态度。这是蔡东这篇作品中“她”的形象比较特别的一点。“她”因为跳舞而被人冠上各种标签、指指点点，后来为了爱她的丈夫而选择压抑自己，扮演“贤妻良母”的角色。丈夫信任妻子，却用家庭和婚姻把妻子束缚在更小的空间中。但她从来没有被生活磨平对舞蹈的热爱和向往，以及她作为一个舞者的自信和优雅。她仍然能把自己的生活过得充满诗意，甚至连家务劳动都充满了艺术美感。“她”的自我压抑是令人遗憾的，但她的生活态度值得我们思考。

这么多篇作品读下来，我觉得“新女性”比较重要的一点，就是能够正确地认识自己，既能看到女性自身的优势，也能用有女性魅力的视角看待这个世界。“新女性写作”应该暴露问题也书写美好，解读女性的真实境遇，而不仅是控诉不平等和发泄情绪。还有一点，作为新女性要能承担一定的责任，这种责任并不是单纯针对个人的，就像我们读《山河》和《灰阑记》，可以体会到责任感对女性的不同角色的重要性。正如翟永明诗中讲的母爱的桎梏，作为一个新女性要意识到你的行为、你的写作都会影响后来的女性，影响她们的思想和选择。

另外，我们应该思考，当前一些文学作品中提到的性和爱的自由，包括一些具有反叛意味的、比较前卫的行为，是不是真的意味着女性个体的觉醒和成长。阅读这个专辑，我看到很多女性的成长都在于她之后如何消化自己的经历，而不单单是性和爱等行为本身。在一些网络话语中可能会形成一种误导，大家会觉得如果性和爱自由了，我的行为标新立异，那么就证明我是一个独立的女性。但其实在我们的成长中如何回看和消化自己的经历，我觉得才是更重要的。

二、女性作为社会关系的总和

杨卉昀：我想从“新女性写作专辑”的小说以及非虚构作品谈一下我眼中的新女性写作。这里主要通过对这些“新女性写作”作品的“世界观”的理解切入写作内部。借用张莉老师在对谈时提到的一句话“无论作家还是批评家，都应该把女性、女性的生活与生存放在一个广阔而多维度的关系里面去认识”，我首先要说，“新女性写作”视野应当开阔复杂。一位女性自出生起可能会面临来自家庭、学业、工作以及更广意义上的社会方面的诸多关系，这些显性关系背后是现实秩序以及权力结构，是整个现实世界、整个民族国家投下的注视。一个女性拥有很多身份与角色，她会面临很多不同的人。在这个过程之中，她会面对不同来源正负能量的输入与输出，在积极或消极地介入他者的同时，她也在完成自我主体的建构。

然后我们从此次“新女性写作”的作品序列来看看作家们为笔下的女性主人公设定的世界（我认为“新女性写作”书写女性是必要的，而不是排他的）。总体说来，这些人物涵盖了女性可能从属的不同阶层或身份：有在底层挣扎的打工者，有在中底层沉浮的漂泊者，也有所谓中产或“小资”阶层的“成功”女性；有单身母亲，有女大学生，也有女诗人……她们在年龄、经济水平、接受教育程度等方面呈现出多样性与丰富性。在人物成长的基本经历上，我们能看到作品大体都会有女主人公家庭、恋爱或婚姻的叙述，以及她们在工作事业上的一些遭际。而她们所面临的男性的“他者”，在原生家庭方面一般是父亲和弟弟，伴随着成长，男友、丈夫及其他与之存在情感纠葛的异性角色出现了。

接下来谈谈我对具体文本的个人看法和感受。首先是《白貘夜行》，这部作品从世界或整体社会层面提出一个观点，即“人类的文明总是要不断向前发展的”。它不仅是康西琳不断强调的人类的文明、世纪的更迭，它其实强调的是人、作为个体的人及其生活怎样才算是进步的、怎样才算是发展以及这个标准是怎样变化的。这部作品的名字《白貘夜行》中的“白貘”如作者言是东南亚一种会吃梦的兽，这一隐喻之下文本虽然描绘的是很现实的人生沉浮，但其中核心是这些女孩到女人的梦，她们的梦何以形成，怎样被现实吞噬、侵蚀以及她们最后是怎样拥抱或者和解的。

《寄居蟹》着力展现的是在经济社会发展、在国家政策变动下底层女性的命运，文中不少关于声光色下的城市与周遭环境变化的描写，实质是一种更大的现实对个体施加的影响。作品相当精彩地凸显出底层劳动者于城市的寄居以及两性关系中的寄居。前者集中体现于招工相关的叙述，在这一特定场域中，个体是如此微贱，而女性则被作为一种招工的符号、物品，成为“待遇条件”中单列的一项。后者值得指出的是，军军这一形象塑造得很典型，这是一个“吃软饭”的男性角色，他偶尔展露的纯真的孩童气息会激发某种“母性”，让一个刚刚逃离不幸的原生家庭的女孩感受到被需要甚至被爱的感觉，这种吸引或张力是如此自然，又最终使得林雅不堪重负决意逃离。这不是甘愿为一点甜受尽拖累的故事，不是单向的军军对林雅的经济到精神上的戕害，而是两性关系复杂而永恒的疑难，这种伤害与拉扯背后有一种逻辑自洽，而正是这种自洽将情感中的人推向深渊。不是经济问题本身，而是它对情感的磨损，最终是情感上的绝望造成了悲剧。真正能让女性主体强大的也不是经济本身，而是情感上的自给自足。

《宥真》反映的主体是一个女诗人，她向往一个诗性的、浪漫的世界，但是在事业、恋爱、婚姻中她屡屡受挫，即使身处相对受教育程度高的“文化圈”内，她同样面临着女性可能会遭遇的歧视或不公，这种境况是更令人心寒和无力的。小说《她》其实是在整个作品序列中比较特殊的一篇，以一个老年男性的视角来切入一个女性的一生。如果小时候看这篇我可能会流泪，但不知为何现在对这种情感性太强的叙述有种拒斥和不适。文中“我”眼中的妻子是那种能在同事朋友聚会时引以为傲的“贤妻良母”，这份爱的原点是初见妻子跳舞时那种美的晕眩，由此“我”力排众议（家庭成员对“搞艺术”的女性的偏见）与妻子结婚，妻子为家庭不再跳舞却永远“身姿挺拔”气质佳——这无疑是一个“完美的妻子”的形象。然而作为读者我却始终感到一种缺失、一种模糊。“贤妻良母”背后是很阴冷的。“她”可能面临的挣扎与困境是被抹去的，而正是这种抹去让我们看到一般人对妻子的想象是远离真实的。

《我只想坐下》，我觉得是一部很不错的作品。它以一个原生家庭“缺位”的女大学生的视角，在一个特定的空间中展开了人生百态的叙述，包括女大学生的特殊心理、列车中的生存哲学以及人们的身体是如何“不受尊重”地被安放。詹立立对列车员左一夏的“一见钟情”以心动无措始、以沉默泪水终，由情感的推拉最终回归到一种权力关系中，“只想坐下”的迫切需求战胜了主体反抗的意识。走近看，列车员也只是衣服不洗、带着常见常俗缺点的男性之一，而“我”最终不想放弃的不是一段暧昧的情感，而是被关注、被照料的感受以及那个座位的“特权”，一种被尊重竟然要用另一种不被尊重换回。“贤惠”的调笑更是一种深刻的刺痛，这种“贤惠”来源于爱的缺失与被爱的渴望，原生家庭的压力塑造了詹立立的社会性格与内在心理。小说后半段詹立立面对骚扰自我开解时想到的女性家庭成员的故事，更是几代女性之间一种宿命轮回般的隐喻，含泪的微笑中是女性难以发声的境遇。

《对岸》这个故事要是改编成现代戏剧会很有意思。此岸和彼岸到底是什么？可能是现实与理想，也可能是自我与他者。它以五位或六位“成功”的中年女性的遭际来进行故事的不断嵌套，包括五人小团体的“秘密”与柴云妹的人生故事。我很喜欢的是文中关于柴云妹遭遇爱情的时刻，爱情的突然震颤以及身体的拒斥形成了微妙的张力。

《山河》我觉得有些叙述的插入是没有必要的，比如“番茄工作法”。作为私生女的“我”似乎是在冷眼旁观母亲的自欺欺人与愚昧盲目以及父亲莫名被母亲赋权的一种高高在上的可笑姿态。“我”内心不想过母亲这样的生活，追求独立自主，但是在后半部分又不由发问“我和妈妈的区别究竟在哪里呢”，女性最难直视的正是这种命运的循环。

《小瓷谈往录》是我个人最喜欢的一篇，它不像前面作品或冲突矛盾或荒凉虚无或暂时达至和解的表达，没有太强的对抗感，风格比较明亮畅达。借用“茶”与“瓷”的古典意象，作品给人一种比较豁达圆融的观感。从一个女孩最开始童年所受的各方面教育到她感情经历的不断成长，我们看到一个别样的三段式“青春之歌”。尤其是教父那个故事，我也有听闻身边类似事件的发生，所以会心有戚戚焉。可能两性关系中男性对女性的控制最可怕的不是情感的羁绊，而是对女性自我价值的重塑和思维模式的转变。虽然不是每位女性都能迎来一个“救赎”的他者与幸福结局，但是小瓷所表现出的不断反思、吸取教训的果敢和自信对女性的现实成长是富有启示意义的:“用自己的强去爱”，自我救赎才能拥有真正的强大主体。

从“新女性写作专辑”，我们能看到作品对两性关系问题的审视与反省，对女性身处于这个时代仍然会面临的各种困境的叙写，看到这些困境背后难以改变的现实秩序与权力关系。可以说，“新女性写作”既不以庸常的男性观念束缚女性主体，也绝不囿于“氓之蚩蚩”的怨怼与控诉，它对现实保持忠诚，以典型形象的塑造与丰富多样的笔法切入女性的生存境遇，深刻地体悟、有力地书写、平和地发声，最终正面介入对女性、对人类整体的疗救。

张佳音：我希望把这些文本按照主题来分类，由此谈一下我对新女性写作的认识。第一类是揭露社会中性别权力关系不平等的文本。比如《我只想坐下》，作者选取了火车，这个汇集了形形色色人的拥挤的空间，它是一个小社会，是一个靠力量取胜的地方，这里手无寸铁的腼腆的年轻女大学生，便往往是生存竞争的失败者。而男性不仅拥有力量上的优势，比如那个戴金链子的汉子和抢走她座位的人，还有资源上的优势，比如拥有那个小空间支配权的列车员。

第二类文本，以《寄居蟹》和《山河》为代表，很深刻地反映了女性心理和精神的困境。两篇小说中的女性都有比较鲜明的摆脱被动地位的愿望，但是失败了，作品带给人难以挣脱的窒息感。《寄居蟹》中林雅有两次出走，她希望自己的身体和情感都是由自己做主，而所谓的心甘情愿并不能通向真正的独立和幸福。林雅有很强的牺牲的欲望，想通过自己的奉献来维系两人的关系，这是很不平等的，而林雅始终陷溺于自己的爱的方式中。《山河》里的母亲很想做生活的强者，想得到基于尊重和平等的爱，但她的努力是徒劳的。母亲在情感上非常依赖于父亲，她天然地觉得男性对于家庭来说至关重要，父爱的缺乏甚至需要用欺骗来弥补。而上述精神困境之所以难以突破，很大程度上来自社会文化观念的沉积，一些不平等的因素被视作理所当然，导致女性很多时候活在困境中却不知道究竟是哪里出了问题。

第三类以《白貘夜行》和《宥真》为代表，这些文本不止于反映性别不平等的社会问题及其加诸女性的心理伤害，我还读到了女性的自我反思和批评。比如《白貘夜行》中的四个女孩子都很想走出这个小城市却遭遇挫折，作者在反思，到底是客观环境的原因，还是自身的软弱阻碍了她们走出去的脚步？姚丽丽恐惧外面世界的“庞然大物”，而康西琳敢想敢做，有勇气从生活中突围；姚丽丽拼尽全力维持在日常生活中获得的一点安全感，这是她生活的唯一凭借，而康西琳挑战生活的安全感，将自己暴露在不安全当中。而《宥真》中的女主角，也并不完全是无辜受害者，我觉得她也有一些做得很不好的地方，比如为了获得经济支持，而不是为了爱情而嫁给了一个人，在这样的关系中，宥真很难获得她所希望的平等；她把丈夫的钱偷出来和男朋友尼克约会，两人的关系也没有建立在真诚的基础上。我觉得这些文本写出了女性内心的软弱不坚定，趋利避害的惰性和对自己的不真诚，有比较强的自我反思意味。

然后我把《她》、《对岸》和《小瓷谈往录》分为一类，我觉得这些文本中的女性都让我感受到了独特的美，体现出对自我的悦纳、对主体价值或情感的肯定。我非常喜欢《她》，被老人深挚的怀念所打动，亡妻在他的回忆中是舞动的姿态，篝火舞蹈与亡灵相通，她是那么的超然独立又热烈肆意。《对岸》写的是人和人之间真正的爱情，哪怕只有几分钟，可以化解女性对于男性的仇恨，仇恨也是性别偏见的体现。《小瓷谈往录》也是我非常喜欢的一篇，它展现了一个健康有生命活力的女性，尽管小瓷有一些曲折的感情经历，却没有太多性别身份带来的心理负担，展现出很豁达明亮的美。

最后谈一下我眼中的新女性写作吧，我觉得作家要勇于揭示性别权力关系的不平等，但揭示不是宣言式的，需要深入女性心理和精神的内部，表现出切实存在的困境，发掘我们习焉不察的微妙感受；还要避免将一切女性的遭遇归咎于社会和他人，而需要对女性自身可能存在的软弱和惰性等问题进行反思和批评。我觉得新女性写作不仅要看到问题，也要帮助读者建设生活，启发读者肯定自身的价值，懂得欣赏和悦纳自己，有勇气开辟属于自己的生活。

阎旭：什么是我所理解的女性独立呢，我想，在于自我主体的觉醒，既非展示伤痕的自我欣赏，也非以对于自我和他人的“双标”来要求特权的照顾。今天，我们仍然需要讨论和重提女性主义，因为通过很多窗口，都能看见社会性别意识的滞后。如前段时间引发热议的高管性侵女童案，更多的声音单向地指责高位者的权力压迫与道德缺位。然而，从这种长期存在的畸形关系中，我们应该看到，深层诱因是今天的社会仍然存在着一种被默许的特权秩序，通过婚姻的捷径，以依附关系来改变命运，仍被看作理所应当甚至荣耀的一种选择，符合绝大多数人认知中的传统观念。女孩的母亲在两者关系中的缺位，是以“为她好”之名堂而皇之地出卖。男方对于女童的精神控制，可以猜想到大抵是通过为她描述一幅阔太太的未来，灰姑娘的童话，以驯化来获得征服。我们站在事外高声指责，更应洞见荒谬背后普遍存在的社会强弱力量的平衡，仍然滞后的性别独立观念。

所以我认为今天的新女性写作，应该从关注个人化经验进入下一个阶段，即以女性立场和视角感知更多面的社会问题，纠正和重建一种普遍价值观。很赞同新女性写作不仅是包含女作家的经验性创作，只要是深具女性主义精神的写作都可以归入其中，期待看到男性读者和作家的观点！

专辑中，我印象最深的是《小瓷谈往录》和《寄居蟹》两篇。《小瓷谈往录》是出现在专辑比较靠后的一篇非虚构作品，很温暖、平淡、轻松的故事，亦具有群体代表性，很契合一部分当代新女性的价值观，当婚姻不再成为人生的唯一目标，自我的人生选择和社会位置，两性关系便得到新的审视。读小瓷磕磕绊绊的成长故事，一些侧面好像可以看到我自己的影子。某种程度上，小瓷的形象可以看作新时代理想女性的模范，她们不是生来智慧，不是完美无瑕，不是不会犯错，而是在她的每一次选择中，都能看到为坚持自我而敢于取舍的勇气。

如果说《小瓷谈往录》的叙述让我看到当代知识女性的独立和自我思考，《寄居蟹》则提供了另一面的社会经验。《寄居蟹》中的男女主人公代表了同一种生活环境中的两类人。先说军军，他是男性的身份，但其背后是无关性别差异的共性问题。军军、老董到行凶者，它们可以有一个共同的名字，“三和大神”。他们是城市经济发展到一定阶段的产物，管中窥豹，可以看到越来越凸显出的社会阶层固化问题，他们的生活环境、所受的教育，在一个范围内是已经被确定的，当改变无力时，底层就会出现一种消极抵抗。发现和描写这类同步于时代出现的群体，思考他们产生的原因与存在的不合理性，使小说具有了更为开阔的社会意义。

《寄居蟹》从一段情感的视角切入，一笔笔画出一个群体、一类社会问题，可以说是当代的“问题小说”。同样具有五四时代“问题小说”的焦虑感，但相较而言，冰心等作家所写的问题小说，关注女性重点围绕叙述和女性有关的生活，反而不太能看出作家本人的女性情感特质。《寄居蟹》的文本中，对情感关系的精准描摹，文字表达的细腻，对于爱情的体认，是富有作家个人文学感受性的。从个人经验的理解出发，而超越个体意义，书写远离日常生活经验的社会一面，因此这篇小说的意义已经从情感进入精神关照，以平视的姿态关心各种生活中人的尊严，呈现爱情面对生活重压而致的扭曲变形。笔锋之下的锐利批判与柔软的悲悯，不再是沉溺于个人的自怜自爱和无休止的控诉，而是在对社会的思考中，表现出坚韧的力量，是我认为新女性写作可以具有的胸怀。

理想中的新女性写作，应该从女性的观察看到社会的一面，具有超越个体经验限制的拓展性。女性写作的独特应该体现在看待社会的理解视角、叙事和思考的方式，从贴近经验生活的感受出发，洞见纷纭的社会问题，带领读者看见日常经验之外的生活。《寄居蟹》选择从情感的视角切入庞大的社会问题，以及情节展开中的心理纠结与缠绕，都是其女性特质的体现。

三、写出新一代女性的“寄居”与逃离

邱雨薇：对我触动最大的一篇文章是文珍的《寄居蟹》。虽然讲的是一个很现实，甚至冷峻的故事，整个文章的基调又算是温暖的，温暖又非常残酷。这其中有很多细节是无法定义的，也不忍心去细想。小说最后的暗示：田又军最终把林雅杀死了，并且查无此人，公安局调查没有姓田且名字里有“军”的这个人。那我们就很难不去想，田又军这个身份到底是不是真实存在的？林雅和田又军

他们之间的关系到底是怎样的？还有林雅在这段关系中体现出的态度，我们应该作何思考？这是很微妙的事情。作者像用一个高倍的镜头深入一个社会的角落，然后再把所有的细节都给锐化，让我们自己看到，然后自己去分辨她写的这些事里面的温暖和不堪。

这里面让我最触动，但也最困扰的，是作为一个有女性意识的女性，在日常生活中应该如何自处？在阅读的时候我会不自觉地为女主人公林雅感觉到愤怒和惋惜，她一次一次被田又军拖累，却难以下定决心离开他，我很愤怒。不管是在上进心还是在经济上，两个人并不相配，哪怕林雅是一个离家出走的“问题少女”。但问题在于这到底是她自己的选择，还是我们文化中的印象替她做的选择？

很多人在恋爱的时候，爱情就变成了生活的重心。海枯石烂、天荒地老，生者可以死死者可以生，美则美矣，但是既不现实，更不合理。无论是女性还是男性的人生都远远比爱情丰富得多，爱情也绝不是人生的终极目标，一定程度上这种海枯石烂的幻想是一种束缚，好像也成为了“旧女性”的一种标签。

那么既然“沉溺于爱情”成为了标签，是不是也就成为了一件需要被觉得羞耻的事情？“沉溺于爱情”与“认真去爱”的界限又在哪里？这只是其中的一个例子。在反抗“旧女性”标签时，没有“新女性”的标准，就很难不用刻板印象中“女性”定义的反面来作为标准，可这其实还是受制于旧有的规则体系。

在很大程度上，女性主义很容易被误认为，就像这本书的序言里面说的，男人婆、女强人的角色。文珍在这篇文章里给了女主人公林雅奉献和痴情的权利，给了她坚强的权利，也给了她温柔的权利。在我的理解里，她做得比较好，也是我觉得需要进一步思考的地方是，我们做一个想要有女性精神的女性，到底要怎么做才是一个合适的角色。或许应该先明白自己，尝试着去寻找自己的标准，先学会爱自己，然后再去爱别人。

赵浩宇：我在这期“新女性写作专辑”里最喜欢的也是《寄居蟹》这篇小说。我觉得《寄居蟹》很特殊的地方在于它以一个从苏北老家逃出来、去到深圳打工的“深漂”女性的视角出发，写出了那些挣扎在低端人才招聘市场的底层青年真实的生存状态。这个故事发生的时间离我们非常近，但是这些人群离我们却很远——这篇小说原型的社会事件我们未必不知道，但是作为学院里的学生，我们当时的第一反应是什么呢？很可能就只当成每日新闻看看就划走了。我们不仅很难关注到被淹没的底层女性的生存困境，更不会想到要为她们乃至整个“×漂”群体发声。所以，“新女性写作”要为谁而写？我认为《寄居蟹》提供了一个好的出口，它的艺术性和复杂性暂且不说，但从选择的题材和主体来说，我认为这篇小说的警示力量是非常强大的。

当文珍在描写这种社会现实的时候，不是嘲讽或者刻意揭露式的，她的笔触很多时候是温情细腻的，但又不刻意朦胧残酷，比如她写林雅和军军没钱开钟点房，在女工屋做爱被撞破时，军军“像村里那些交尾到一半却被人用棍子打开的公狗”——我看到这里的时候，真是非常难过。

《寄居蟹》具有女性写作特质的另一个原因在于它对于爱情的描写，它的男主人公是一个生活极端困苦但是游手好闲、吃女人饭的堕落青年，按理说这样的男性怎么会有人爱呢？但即便我们绝不可能爱上军军这样的人，我们也能充分理解和相信林雅产生的爱情，能如此真挚地写出这种抱团取暖的边缘爱情，我是非常佩服的。

接下来我想重点从“爱情”这个线索谈一下我对这篇小说几个细节的理解。

首先，为什么林雅在遇到军军的几个小时后，基本上彼此还是陌生人的一个状态时，但会迅速地和军军发生关系，而且还是一种绝对自愿的态度。我认为她主要有两个目的，一个是自我认可，一个是自我成就。当林雅逃离了传统的父权制家庭后，她在这个陌生的城市社会中是没有确定位置的，她下意识地选择跟一个男性建立性关系，通过确认自己对他的性吸引力来为自己谋一个位置，同时给予自己一个崭新的身份。

但林雅对军军的献身其实很难说是绝对自愿的，她的这种举动有很强的报恩情结。小说中写道：“这是她在新世界里遇到的第一个男性，一个和以往生活毫无关系的崭新人物，暴风骤雨般带给她隐秘痛楚的成人礼，一次毫无仪式感的廉价洞房。但这一切也许都是必须经历的。”这恰恰说明林雅将自己的处女之身看得很重，这种想法和“破处”之后就变成新人的观念都具有传统的男权色彩，细细追究这背后的逻辑其实是很可悲的。

在林雅和军军的关系里非常有意思的一个地方是，明明所有的房租、饮食花销都是林雅出钱，也就是说在这个关系中是女性掌握了经济大权，但林雅仍是受制于军军的，比如小说中写军军笑盈盈地看着林雅，“仿佛她是他的战利品”；以及多次写到林雅和军军相处时，是以一种姐姐甚至母亲的身份，描写军军时，总重点突出他

"男童一样的身体"。

不管是林雅还是卖身养男人的"红姐"，这种不平等的男女关系并不是个例，甚至不只出现在下层社会。很多女性在家庭中挣得更多甚至负担起了全部的家庭收入，但她不仅要承担大多数家务劳动，还要看自己另一半的脸色，担心这种经济不平衡会伤害他的自尊心。这或许是对我们社会的一种影射，我们目前的社会仍旧是由男性主导的，但是他离不开或者说非常需要女性的劳动，女性为社会奉献价值时却处处受到歧视与压抑，即便是经济富裕了也无法获得人格的公正。因此我们就可以理解为什么林雅离开了军军，仍旧无法逃离军军的幽灵。

在张莉老师和贺桂梅老师的对谈中提到，女性问题不应该封闭在一个单一的性别维度上，中产阶级女性应该写出和其他女性群体分享的共同命运。而文珍的这篇小说正是从底层女性的处境观照到了整个底层青年的生存状况，通过繁华的大都会与流水线上劳作困顿、生不如死的青年生活的残酷对比，使得作品有了更宽广的内涵，她不仅写出了不同阶层的女性面临着的共同命运：如重男轻女的传统观念，工作市场的性别歧视，恋爱关系中的PUA，等等，还写出了女人与男人、与阶级、与社会、与自然等复杂的关系网络。难能可贵的是，文珍在写作中没有丢掉她作为作家分泌出的独特东西，她的浪漫、知识分子情怀成就了这样一部能够引起共鸣的优秀文学作品，而不单单是社会调查或者新闻记录这样的东西。

耿明霞：《寄居蟹》中的林雅仿佛正如文章标题所言，是一只寄居蟹。林雅寄居在重男轻女的家庭中时，未来的选择权完全掌握在父亲手里，第一次选择的道路走得不正确，于是又被逼着毫无章法地重新来过。林雅从妈妈的境遇里意识到“女的在这家的地位还不如根草”，于是决然出走，这是寄居蟹的第一次逃离。

林雅与有着恋母情结、懒散不上进的军军在一起的日子，是她完全付出也完全被骗的日子，并且她始终认定，“这一切是她自己决定的，没人强迫她，没人骗她”。林雅寄居于爱情的时候，仿佛成了爱情的玩具，深陷男女关系的旋涡，游离于正常的社会之外。最终梦醒，她开始独自抚养孩子饼干，这是第二次逃离。她意识到，虽然孩子“目前没有法定意义上的爸爸，但这没有什么”，曾经的寄居蟹开始自立自强，结果却不幸殒命，她脱离了限制自己同时也保护着自己的壳，但是面临了更大的不受庇护的伤害。

林雅的故事让人想到出走后的娜拉，林雅出走后被骗，生活拮据，生命安全也没有保障，但是她没有堕落，没有回去，只是意外地通向了死亡。她的身上可以看到觉醒的性别意识，然而由于成长环境的限制，她辨不清真假好坏并且被限制了创造价值的能力。在更深层次的问题上，她还是继承了妈妈的做法，为着军军，依着军军，临死前依然想着军军，逃离不了这个软弱男人的心理控制。前文的对谈中说道：“女人要用你的强去爱，不能用你的弱去爱。”林雅正是用她的同情与依赖——这种自以为强的弱去爱军军，她在心理上倾向于一个归宿，把女性的生活意义固化在与男人的关系方面，她是被迫努力生活而不是那种独立自强的女性。她的性别意识并未完全觉醒，同时她的视野、能力和命运也与社会整体意识脱不了关系。

林雅被杀、众人围观的场面，像极了《阿 Q 正传》中的围观场面，人们可能无力制止，但是他们与受害者之间的隔膜感是可以感受到的。林雅是一个独立抚养孩子的不幸的青年女工，社会能够给予的关爱在某种程度上极其微弱，她的孩子将何去何从，令人担忧。少女、单亲妈妈、孤儿，这些寄居于底层社会的女性群体命运也令人沉思。

四、如何成为“新女性”：认识你自己

陈缘缘：我想以《她》这篇文章为主要关注点，分享一些关于女性写作的个人感受。首先是日常化。生活中我们对女性主义的关注，往往集中在对一个特定的事件或者一个话题的讨论上。在文学和影视作品里，往往看到的也都是具有代表性的形象。让我想起伍尔夫的一句话：“小说中的女人有了如此古怪的秉性，要么美得惊人，要么丑得出奇，要么如天使般善良，要么如魔鬼般堕落。”但是在《她》里面，凭借一个老人对妻子的回忆，作者展示出来的是日常生活里众多女性面临的问题：家庭和爱好的平衡。妻子文汝静为了“安稳”地生活，放下了被看作洪水猛兽的舞蹈爱好，只能拿出之前的演出服和头饰“翻来覆去地看”。读到这里我有了一种无力、惋惜、痛苦交织的感觉。

说到女性写作、女性主义等概念的时候，往往会把对立面局限在男性。但是真正的对立面并不只是男性。像在《她》里面主人公提出要娶妻子时，大姑堂弟甚至连母亲都对文汝静的跳舞经历十分反感，甚至说出“不知羞”“穿得露”这些刺耳的话。所以女性写作不能局限于性别对立，而是要看到对面筑起高墙的男人、女人、社会、历史……

我读完这些作品之后的一个感想是，一直以来我们都在追求平

等，摆脱标签化的刻板印象，但是一个更本质和深层的问题往往被忽视，就是女性如何认识自己。“人是社会关系的总和”，固有标签不是说撕掉就能立刻撕掉的，解放平等也不是一蹴而就的。重要的是真正认识自己，发展自己。通透强大的女性个体是对固有观念的最好反抗，也能更有力地实现平等，而不是靠观念营造出“平等自由”乌托邦。

山景琦：我最喜欢《小瓷谈往录》，它以谈话的方式，讲述了一个女孩子的阶段性成长过程，并且正如题记所说，“一个人身上会发生一切”，小瓷的成长在现代女性中又十分具有代表性。

幼年时代，在姥姥家的成长经历对小瓷产生了很大的影响。姥姥从小培养小瓷对穿着打扮的审美能力，塑造其个人行为举止中的气质，使她保持清醒，保持自我克制。二舅带给她的，是武力上的对外界不公的反抗精神，避免逆来顺受，丢掉自我的人格尊严。而小姨带给小瓷的，更像是一种圆滑的处世之道。

小瓷经历了三段恋情。

第一段感情开始的基础是双方的相爱，但是小瓷对男方是家长式的依赖，而男方对小瓷是所谓的教父式的权威教育。男方和女方在这段感情中的地位逐渐失衡：小瓷逐渐失去了自主意识，失去了自信，变得小心翼翼，越来越妥协和卑微，忍受着无理由的侮辱。一面镜子让小瓷再次审视自己，一次昏迷让小瓷与过去无意识的自己告别，并且走得堪称决绝。这种做了决定就斩钉截铁的个性我是很羡慕的。

第二段感情的发生似乎是在履行义务。小瓷按照长辈的要求去相亲，即使真的不爱对方，也要去完成社会一般规定——女性适当年龄应当完成的家庭义务。但是好在小瓷并没有完全被这种传统观念影响的社会一般意识所淹没，她还是离开了这一段感情。爱情与婚姻是个人的权利，而不是强加于某人的义务。

第三段感情，小瓷得到了对方真正意义上的爱与尊重。这种爱不只限于肉体、性的方面，也无关社会的刻板观念（姐弟恋），而是出于精神的结合。即使这样，小瓷的母亲也告诫她不能一味沉溺，丢失自我，丢失底线。要肯定自我的价值，自己是锦，爱情是花。

小瓷在第一段感情中自我迷失、甘作附庸，第二段情感中，她对社会一般意识无奈迎合。而最后一段感情，似乎给了我们一个避开婚恋不幸的答案：两性之间灵魂的平等尊重，才会促成健康美满的爱情与婚姻。女性想要摆脱困境，外部变革与自我塑造缺一不可，而《小瓷谈往录》更重视对女性自身的探讨：树立平等意识，拥有得到平等的资本与能力——修养自我素质与气质，能够把生活过得丰富多彩，有滋有味，同时保持自我的清醒与独立，去坚韧，坚实，丰美。

姚诗吟：我最有感触的是《小瓷谈往录》和《我只想坐下》这两篇。张莉老师在对谈中说，好多女性写作“既具有先锋性，又具有多种故事形态”，我觉得也可以说是故事形态造就了作品的先锋性。对谈中说性别解放包括社会权力和文化观念两个层面，我们是在文化观念层面进行讨论。我觉得这两篇作品与其说是“性别平等”，不如说是“给予女性自我表达的机会”，从而推动性别文化观念的变革。这两部作品都没有把男性和女性放在对立面，没有像一些假大空的所谓“女性主义作品”一样高呼平等或者控诉不公平。这两篇作品都贴近生活，不是空谈的“理念先锋”，而是真正地从生活层面上与时代互动、沟通。这就是“先锋性”的体现。

除此以外，我也认为这两篇作品都将女性放在多维度的社会关系里进行认识和思考，正是“女性是社会关系的综合”的彰显。这两篇作品确实都围绕女主角展开，确实着重刻画了女性人物，尤其是她们的心理活动，但它们并没有停留在私人问题，而是从私人问题层面展开到了更深刻的社会层面，延伸到了背景、原因、影响等等方面。说白了，我觉得讲的不是“我的故事”“她的故事”，而是“我们的故事”。这就使作品具有了超越年龄、背景和个人阅历的“共情力”。

关于“什么是新女性写作”，我认为除了朴素而又有智慧、既不回避也不夸大问题的讲述女性的生活以外，还要对读者，不仅是有相同经历的女性，还有经历不同的女性和男性读者，有共鸣感和共情感。

图书在版编目 (CIP) 数据

新女性写作专辑 ： 美发生着变化 / 张莉主编 . --
北京 ： 北京十月文艺出版社，2021.3
ISBN 978-7-5302-2084-9

Ⅰ . ①新… Ⅱ . ①张… Ⅲ . ①小说集—中国—当代②
诗集—中国—当代 Ⅳ . ① I217.1

中国版本图书馆 CIP 数据核字 (2020) 第 197626 号

新女性写作专辑 ：美发生着变化
XIN NÜXING XIEZUO ZHUANJI ：MEI FASHENG ZHE BIANHUA
张莉　主编

出　　版　北 京 出 版 集 团
　　　　　北京十月文艺出版社
地　　址　北京北三环中路 6 号
邮　　编　100120
网　　址　www.bph.com.cn
发　　行　新经典发行有限公司
　　　　　电话 (010) 68423599
经　　销　新华书店
印　　刷　河北鹏润印刷有限公司
版　　次　2021 年 3 月第 1 版
　　　　　2021 年 3 月第 1 次印刷
开　　本　880 毫米 ×1230 毫米 1/32
印　　张　14.5
字　　数　320 千字
书　　号　ISBN 978-7-5302-2084-9
定　　价　68.00 元
质量监督电话　010-58572393
如有印装质量问题，由本社负责调换。